U0906492

十日终焉

江苏凤凰文艺出版社
JIANGSU PHOENIX LITERATURE AND ART PUBLISHING

图书在版编目（CIP）数据

十日终焉．乐园 / 杀虫队队员著．-- 南京：江苏凤凰文艺出版社，2024.10（2025.7 重印）
ISBN 978-7-5594-8574-8

Ⅰ．①十… Ⅱ．①杀… Ⅲ．①幻想小说－中国－当代 Ⅳ．① I247.5

中国国家版本馆 CIP 数据核字（2024）第 071599 号

十日终焉·乐园

杀虫队队员 著

责任编辑 周颖若
特约编辑 子 川
责任印制 杨 丹
出版发行 江苏凤凰文艺出版社
南京市中央路 165 号，邮编：210009
网 址 http://www.jswenyi.com
印 刷 上海中华印刷有限公司
开 本 880 毫米 ×1230 毫米 1/32
印 张 11.5
字 数 375 千字
版 次 2024 年 10 月第 1 版
印 次 2025 年 7 月第 10 次印刷
书 号 ISBN 978-7-5594-8574-8
定 价 48.00 元

江苏凤凰文艺版图书凡印刷、装订错误，可向出版社调换，联系电话 025 - 83280257

我听到了——

替罪的回响.

目录

CONTENTS

END ON THE TENTH DAY

87号面试房间回响者档案

REVERBERATOR PROFILES OF INTERVIEW ROOM 87

PRIVATE & CONFIDENTIAL

DESCRIPTION

姓名 Name	回响 resound
齐夏	生生不息：创造潜意识中认为存在的生命。
乔家劲	破万法：以信念和潜意识破除任何人之回响。
李尚武	探囊：拿出潜意识中认为存在的东西。
韩一墨	招灾：召唤潜意识相信并且能够发生的灾难。
陈俊南	替罪：以潜意识转移他人祸患，主动替死。
章晨泽	魂迁：以信念转移生物之灵魂。
甜甜	巧物：以潜意识创造、制作自己所了解的精密物品。
赵海博	离析：以潜意识瓦解无生命之物体。
林檎	激发：大幅提高回响者回响的概率。

END
ON THE
TENTH DAY

不息篇

前情提要

伴随着楚天秋各种让人摸不着头脑的计划，天堂口内部出现了分歧，首领之间产生了信任危机，而本就对楚天秋持怀疑态度的齐夏更是处处留着心眼。就在这时，一支强大的队伍来到了天堂口，一场恶战就此爆发。

齐夏、乔家劲和李香玲躲了起来，而楚天秋带着云瑶抛弃了天堂口驾车逃离。从楚天秋口中，云瑶得知他的目的是让齐夏获得回响，而为了让齐夏获得回响，他不惜花巨大的代价请人血洗天堂口。另一边，齐夏发现乔家劲是许流年假扮的，而许流年的目的是为了向齐夏证明自己，并且成功让齐夏被玄武制裁。就在这时，齐夏获得了他那强大的回响——“生生不息”。

“生生不息”的强大引发了上层大人物的关注，天马和天虎找到猫队，让猫队找到拥有“生生不息”的回响者，于是，宋七带着猫队成员来到天堂口并顺利带走了齐夏……

另一边，陈俊南和云瑶正在参加地蛇的游戏……

END ON THE TENTH DAY

第1关

地蛇·少数与多数

随着房间一阵颤动，链条声停了下来。

陈俊南仔细看了看天花板，根本猜不到自己的头顶有什么东西，只能回过头来盯着屏幕。此时屏幕上已经显示出了第二道问题，看来这一次将由他进行传递。

“请在读题后将问题通过电话传给下一个人：犹太裔物理学家阿尔伯特·爱因斯坦在1918年正式发表了狭义相对论，并于此理论中首次把引力场等效成时空的弯曲，以上说法是否正确？”

“你大爷！”陈俊南大骂一声，“地蛇！你大爷！整我是吧？！”

还不等陈俊南骂完，屏幕上的字已经消失了。

“我……”陈俊南赶忙伸手拍打屏幕，“哎！等会儿啊！老师，我没审完题啊！”

地蛇在中央圆形广场上听着陈俊南闷闷的叫声，不由得会心一笑。

陈俊南沉沉地叹了口气，开始摸着下巴思索起来。这道鬼问题一般人都不知道答案，就算自己真的能回答，可要怎么往下传递？

“管他呢。”陈俊南思索了一会儿，忽然笑了起来，“反正就是出个问题，让大家都跟我的答案一样就行呗。”

他伸手果断按下了“是”，然后举起了电话，拨给了下一个房间的人。

“喂？”那个男人又接起了电话。

“喂，你好吗？”陈俊南笑道。

“我……我还好……”

二人随即沉默了一会儿。接电话的男人感觉不太对，于是试探性地问：“你……你的问题呢？”

“我问完了啊。”陈俊南说，“我说‘你好吗？’。”

“啊？！”男人明显一愣，“这是什么问题啊？！”

“不就是判断题吗？”陈俊南有些不好意思地摸了摸鼻子，“总之你就往下传吧，问题是‘你好吗？’，得了，挂了。”

果断挂上电话之后，陈俊南仰靠在椅子上闭目养神，他感觉这游戏有点诡异——既然不分对错，那答题的意义是什么？像自己这种水平都可以出题，出题的意义又何在？

又过了几分钟，所有人都答完了题，屏幕上又亮起了文字：本次题目的最终答案——是。

哗啦哗啦——

头顶上链条声再次响起，陈俊南抬头看了看，总感觉有什么巨大的东西在头顶活动。

“什么狗东西？”陈俊南站起身，踩在椅子上敲了敲天花板，却发现天花板出乎意料地薄，似乎只有一层不太结实的木板，这薄薄的天花板跟四周完全隔音的墙壁产生了极度鲜明的对比。

“这……”陈俊南从椅子上慢慢下来，眯起眼睛思索了一会儿，可几秒之后他就放弃了。

“真是难……”他摇摇头，“动脑子真麻烦啊，快开始下一轮吧。”

坐在椅子上等了十几秒，屏幕显示已经进入下一轮游戏，可是陈俊南没有收到问题。

他想：这一次的问题出在谁那里？第一回合是云瑶，第二回合是自己，如此看来参与者们应该是顺时针轮流成为第一人，如果猜得没错，现在是从左手边的男人开始，这样自己将成为最后一个回答问题的人。

等了七八分钟，电话终于打来了。

虽然陈俊南已经做好了准备，但还是被突如其来的铃声吓了一跳。

丁零零——

“哎呀！我……”陈俊南吓得一个激灵，赶忙接起了电话，“陈俊南在此，您请讲。”

云瑶思索了一会儿，开口说：“陈俊南，我不知道这个问题对不对……但我听到的确实是这样的……”

“你说。”

“问题是：要坐下吗？”

“嗯？”陈俊南一愣，“坐下？”

“对……”云瑶迟疑地说，“我怀疑前面可能有什么口音很重的参与者，让问题变了……”

“嘶——”陈俊南慢慢吸了口气。

要说口音的话……“要坐下吗？”这句话会有无数个可能，未免太难猜了；更何况……也许根本就不是口音的问题，而是有人跟他一样，故意改变了问题。

“你选的什么？”陈俊南问。

“啊？这是可以说的吗？”云瑶一愣。

“不可以说吗？”陈俊南疑惑道，“游戏规则里有提过这个吗？”

“这……”云瑶思索了一会儿，好像确实没有这个规则，“我选的‘否’。”

“哦？”

“我感觉这道问题是被改过的，应该跟椅子无关。不论前面的人是因为什么而改掉了这个问题，似乎都是想让我们选‘是’，但我不知道他的动机，所以保险起见还是选择了‘否’。”

“我感觉你做出了很正确的选择。”陈俊南点头道，“那我也选‘否’，支持你一票。”

二人挂上电话，陈俊南坐在椅子上思索起来：“坐下……”

前面两轮的问题好歹还算有点逻辑，可是这个“要坐下吗？”既没有主语也没有指向性。到底是谁坐下？到底是不是坐下？

陈俊南是这道问题最后的答题者，一旦他做出选择，这一回合就将宣告结束，所以他变得更加慎重，他总有一种不祥的预感。

“老齐……快帮帮我。”陈俊南揉着自己的额头，学着齐夏的样子摸着下巴，嘴中默默念叨着，“根据规则来说……首先是这样，然后那样，最后是……”

十秒之后，他又放弃了。

“漂亮，什么破规则？完全想不到……去它的吧。”陈俊南摇摇头，果断按下了“否”。

不管谁要坐下，总之先让他站着吧。

几秒之后，屏幕上的字一阵闪动：本次题目的最终答案——是。

“哟……”陈俊南笑了一下，“看来大家还是很舍不得椅子的……”

话还未说完，只听轰隆一声巨响，整个房间明显晃动了一下，陈俊南连人带椅子直接翻倒在地，这感觉简直就像是经历了短暂的巨大地震。

“什么东西？”

他爬起之后环视了一下四周，感觉好像有什么变故发生了。紧接着，他左侧的墙壁被猛烈地撞击了一下，有一股尘土的气味飘散开来。

“等一下……”他茫然地抬起头，发现这一次答题过后并无链条声响起，取而代之的是这声巨响。

“难道……”陈俊南皱起眉头，心跳猛然加速，“去他的‘要坐下吗’！”

他骂骂咧咧地站起身，然后敲了敲房间左侧的墙壁：“是谁这么有心计，已经开始下手了吗？”

他终于想明白，链条声明显是在触动什么机关，有个巨大的东西悬在众人的头顶，而刚才的那个问题让那个巨大的东西掉了下来。

问题不是“要坐下吗？”，而是“要落下吗？”。

虽然众人都听见了这一声巨响，但由于视角有限，谁也不清楚自己的房间以外究竟发生了什么事，他们只知道大概率有人死了。可是死的是谁？又是怎么死的？

陈俊南伸手抽了自己一个嘴巴，怒斥道：“陈俊南你清醒一点，死的那人和你有什么关系？”

轻微的疼痛感让他回过神来，若是再继续担忧下去，死的一定是他自己。他再次起身在屋内踱了一圈，这屋子锁得牢牢的，完全打不开，现在左手边的男人大概率已经死了，可要怎么验证？

第四轮开始了，按照陈俊南刚才的推断，假设云瑶是 1 号提问人，他是 2 号，他左手边的男人是 3 号，那现在轮到 4 号接收屏幕上的问题。3 号大概率已经死了，他又将是最后一个接到电话的人。

问题到他这里又会变成什么样子？

漫长的等待之后，陈俊南感觉时间差不多了，随后将手提前放在了电话上。

丁零零——

电话铃响起的瞬间陈俊南便拿起了电话。

“喂……”云瑶激动地叫道，“太好了，你还活着！”

“嘿，您真会说吉祥话。”陈俊南叹气道，“您放心，我一直离死不远。”

“别耍贫嘴了……”云瑶认真地说，“这次的问题是：杀人的是方块吗？”

“这……”陈俊南愣了一下，“这老淫贼的问题越来越刁钻了啊……”

“所以你怎么想？”云瑶问，“那个声音离我们很近，你知道是谁死了吗？”

“我大概知道。”陈俊南点点头，并将自己对上一个问题的猜测告诉了她，随后道，“可杀人的是个方块还是梅花，我怎么知道？”

“总之我选了‘否’……”云瑶说，“之前每一个答案都是‘是’，你说这会不会跟上一轮死人有关？”

云瑶的话给了陈俊南新的思路。

“大明星，你确实比我聪明一丁点。”陈俊南笑道，“可是我们俩的答案无法左右整场的局势，谁也不知道其他人选择了什么。”

“但你比别人多了一个优势。”云瑶说，“你可以通过拨打电话，来确认你身边的人是不是真的死了。”

“有道理。”

挂断电话之后，陈俊南直接按下了拨号键。

“嘟——”

拨号音响起，无人接听。

“嘟——”

第二声拨号音响起，另一头依然静悄悄，这基本已经可以说明左边的男人已经死了。可他到底是怎么死的？

陈俊南没有放弃，依然耐心地等电话响了十几次，要伸手挂断的时候，拨号音被打断，一个轻柔的声音传了出来：“喂……”

陈俊南浑身一怔，随后收回了手，将老式电话拿在耳边：“喂？”

“你……你是谁？”那个女生问。

陈俊南听后眉头一皱，当即伸手挂断了电话。按照之前地蛇所说的规则，电话铃声响十次没有人接听，便会自动转接给下一个活着的人。刚刚的拨号音至少响了十三四次，也就是说这个姑娘并不想第一时间接电话，她根本没意识到电话会打来。所以她是本轮的第一人。

“这就转了一圈了？”陈俊南自言自语了一句，然后回到屏幕旁边，开始思考起这一轮的问题，“杀人的是方块吗？”

首先要确定两件事。第一件事，这句话是原先的问题吗？如果跟之前那一句“要落下吗？”一样，那么它又被谁改过？改之前又是什么意思？假设并没有人改过问题，那么就需要确定第二件事，方块是什么东西？方块的同类词语究竟是梅花，还是圆饼？既然是同类词，按理来说替换成另一个也同样解释得通。

那应当不是梅花。毕竟从游戏开始到现在，从未提过扑克牌花色，或是任何跟扑克牌花色有关的内容，冷不丁地提起方块，可以确定跟扑克牌花色无关。所以这个方块指的是字面意思，是真正的几何体。

也就是说……这个问题的最终含义，是刚才那人是不是被一个方块几何体弄死的。这样一来就很清楚了，顺带还能猜测出刚才的声音是什么——有一个巨大的几何体从他的头顶落下，活活砸死了他。而之前那句“要落下吗？”，应当就是控制巨大几何体的问题。

“小爷这辈子的脑子都在今天用完了……”陈俊南摇摇头，伸手按下了“否”。

之所以选择“否”，是因为他知道掉下来的东西不是方块。

“如果我没猜错的话……应当是个圆球。”陈俊南伸手抚摸了一下自己左侧的墙壁，在那声巨响之后，他左侧的墙壁被一个巨大的东西撞击了一次。这东西更像是一个落地后不太稳定的圆球，如果落下的是方块，由于平面接触平面，几何体落地后应该立刻停止行动才对。

陈俊南的答案选择完毕，屏幕照常亮起。

“本次题目的最终答案——否。”

他默默点头：“看来有很多人都跟我想得一样……”

几秒后，链条声再次响起，带动旁边房间的瓦砾一同升上高空。陈俊南静静地听着这阵声音，脑海中想象着另一个房间的画面——一根粗壮的铁链栓动着巨大的铁球，在几分钟之前轰然落下，将坐在房间中的人瞬间砸死，而现在链条收紧，铁球再次回到天花板上面。

那么问题来了……为什么砸的是那个男人？难道刚才“要落下吗？”这个问题，只有他选择了“是”？

可这是不合理的，蛇类游戏很少在规则中说谎，既然地蛇说过答案采用少数服从多数原则，那说明刚才有超过一半的人选择了“是”，选择“是”的人至少有七个。

“七个人偏偏砸了他？”陈俊南沉吟一声，若不搞清楚铁球砸人的原理，不一定何时就会死得不明不白。

头顶上的铁链声哗哗作响，吵得他心烦意乱。

“本来脑子就不够用，噪声还扰民……”他一摸手心，发现掌中已经有了细汗，这种不知什么时候就会被砸死的感觉有些不妙。

丁零零——

这一次的电话来得明显比之前晚了不少，似乎每个人都在斟酌自己的答案。毕竟这个游戏真的会死人，谁都有可能是下一个。而生与死的抉择，就隐藏在“是”与“否”的答案中。

陈俊南早已等候多时，伸手抓起了电话：“请讲。”

“那个……”云瑶开口问，“你旁边的人死了吗？”

“嗯。”陈俊南点头道，“大概率被砸扁了。”

“我有些没想通……”云瑶迟疑道，“为什么死的是他？”

“我也没想通。”陈俊南直言道，“估计再来几轮才能看出端倪吧。”

“嗯……”另一头的云瑶沉思了一会儿，“陈俊南，这次的问题是‘让我们再杀一个吧？’。”

陈俊南总感觉有点奇怪：“这老淫贼直接不装了？”

“我感觉很多人都会选择‘是’……”云瑶失落地说，“毕竟活下来的人越少，最后分到的道就越多。”

二人举着电话沉默了一会儿。

“大明星……你说死亡会不会是随机的？”陈俊南冷不丁地问。

云瑶听后一怔，又问：“你是说上次那个‘要落下吗？’，会导致十二个人当中的一人随机被砸死吗？也就是我们每个人死亡的概率是十二分之一？”

“嗯。”陈俊南点头道，“这才符合这个鬼地方的逻辑吧？接下来死亡的概率是十一分之一，随着人数减少，我们每一次的死亡概率将会上升，就像俄罗斯轮盘赌那样。”

云瑶感觉陈俊南说得不无道理，但仔细思索一下又觉得有漏洞：“可这属于运气和概率类了，不像是地蛇的游戏，更像是地猪的游戏。”

“也对。”陈俊南点点头，最后挂上了电话。

这个新的问题很重要，若选择“是”的人更多，就可以直接证明想要杀人的人更多。也就是说不管这个游戏是概率杀人还是计谋杀人，他们一定会竭尽所能地除掉对手。

他慢慢地伸出手，按下了“否”。他希望这一次的问题所有人都能说实话，这样可以更好地判断场上的局势。

陈俊南思索一会儿，随后拿起电话按下了拨号键，这一次依然响了十次无人接听，在第十一次时才被人接起。

“喂？”一个女生开口说。

“怎么称呼？”陈俊南问。

对面的女生思索了一儿，说：“没必要互报姓名吧？问题是什么？”

见到对方油盐不进，陈俊南只能撇了撇嘴说：“问题是‘我们再杀人吧？’，好像是这样。”

“这……”女生听完之后明显一愣，“你没有改过问题吗？”

“你可别太离谱，咱俩已经是这一轮的末尾了。”陈俊南摇摇头，“我改问题的意义何在？仅仅是你和我的答案，左右不了整场局势。”

“说得也对……”女生犹豫地回答道，“那你选了什么？”

“我选了‘否’。”陈俊南如实回答。

“好……我知道了。”女生挂断了电话。

这简短的交谈让陈俊南的思路有些明朗了。地蛇每次提出的问题到底是什么？毕竟他只见过一次真正的问题，那个问题他甚至难以重复一遍。

“爱因斯坦发表了什么……峡谷对对碰？”

除此之外，他收到的所有的问题全都来自云瑶。

那么云瑶有多大概率欺骗自己？他反复思考着。

这个单线联系的电话是个很有心计的手段，若他不了解隔壁房间的人，很有可能产生信任危机。可他太了解云瑶了，毕竟云瑶在陈俊南的心中算得上是终焉之地的地花。这姑娘的心思一直都比较纯粹，在没有发动回响时，普通得不能再普通了。

那么只剩一种可能，当云瑶听到这个问题时……它就已经变了。

还不等陈俊南得出结论，屏幕再次亮起。

“本次题目的最终答案——否。”

链条声再次荡漾开来，如同一群雁鸟滑过头顶，最后不知飞向了何方。

陈俊南算了算，现在已经问了五道问题，三次的答案为“是”，两次的答案为“否”，参与者死亡一人。

一旁房间的云瑶慢慢抬起了头，看向了天花板。好像有什么东西来了，她能感觉得到。

这可能就是女人的直觉，此时此刻她分明感觉有个东西悬在她的头顶。

“来了吗？杀了人的方块？”

陈俊南在房间中不断地抖着腿。这要怎么静得下心？他得知的线索实在是太少了，地蛇这个老淫贼到底问了什么问题？

如果每个人轮流获得问题，那么在他获得下一个直接问题之前，还有七个问题。

他能撑到那时候吗？

没多久，电话打了过来。

丁零零——

陈俊南接起电话，明显地感觉到云瑶的语气变了。

“陈俊南……我可能要死了。”云瑶沉声道。

“什么玩意儿？”陈俊南皱着眉头安抚她，“啥情况都不知道，你怎么就要死了？”

“我能感觉到那个东西……”云瑶再次抬头看天花板，“它就在我的头顶，我甚至都能闻到从天花板缝隙中飘下来的血腥味……”

“在你的头顶……”陈俊南感觉事情不太对，心想：那大铁球刚刚才砸死了自己左边的邻居，紧接着又跑到了自己右边，这是在围着自己砸吗？

“而且这次的问题……”云瑶咽了下口水，缓缓说道，“这次的问题依然是‘要坐下吗？’。”

“哦……”陈俊南眼神一冷，“原来每隔两道题，球就会落下。”

“我感觉我马上就要死了。”云瑶慢慢闭上眼，只感觉耳畔嗡嗡作响，什么有用的信息都没有得到，就要不明不白地死了。

“我觉得不一定。”陈俊南一句话，瞬间扫除了云瑶耳畔的异响。

“你说什么？”

“毕竟跟老齐混了那么多年，我对人性颇有研究了。”陈俊南笑道，“刚才这个问题的答案招来了一阵巨响，吓了众人一跳，所以由于什么乱七八糟的狗屁效应，短时间内他们更想看看选择‘否’的结果是什么，而不是连续做出相同的选择。”

云瑶微微一怔，苦笑一声说：“你这段话听着有点像齐夏说的，可仔细想想又不太一样……”

“反正我觉得你死不了。”陈俊南笑道，“放心吧大明星，我还没去看你的演唱会呢。”

“只能……借你吉言吧……”

云瑶正要挂上电话，却被陈俊南喊住了：“慢着。”

“嗯？”

“大明星，你右边是谁？”陈俊南问。

“我的右边？”云瑶一顿，说，“是个性格着急的姑娘。”

“性格着急的姑娘？”陈俊南思索了一会儿，说，“下次你接电话的时候，问问她的右边是谁吧。”

云瑶沉默了几秒，问：“你觉得她有问题？”

“我感觉你前面一定有一个不怀好意的人，但我不知道具体是谁。”陈俊南思索道，“有机会的话我们搞清楚各个参与者的排布吧，这样说不定可以猜出是谁出了问题。”

云瑶点了点头：“好……如果我能活下来的话，一定第一时间打探我前面几个人的身份。”

“好，剩下的事交给我吧。”陈俊南伸了个懒腰，随后挂上了电话，“这狗贼的游戏还挺危险的，看来得认真点了。”

按下拨号键之后，依然等了很久才连通到下一个房间。

“喂？”那女生说。

陈俊南刚要开口，却忽然想起了什么：“姑娘，死人那次……你收到的问题是什么？”

“嗯？”女生一愣。

“那次你是第二个收到问题的吧？咱俩之间的那具尸体是第一个人，他告诉你的问题是什么？”

电话那头的姑娘听起来很谨慎：“你要做什么？”

“我想活下来。”陈俊南说，“现在咱俩离得很近，可以在一定程度上互相照应，所以要不要合作？”

“这……”女生思索半晌，开口说道，“可我感觉你作为我的上家，是全场最容易害死我的人，毕竟大多数情况下我的问题都来自你。”

“唉……”陈俊南摇摇头，“行行行，我换个说法，你要不跟小爷合作，小爷以后每次通了电话就挂，您自己猜问题吧。”

“你！”姑娘生气地怒骂一声，可这句话确实把她架住了。沉默许久，女生开口说：“行吧……我当时听到的问题是：要在这里落下吗？”

“啊？”陈俊南没想到这个问题会如此清晰。

“要在这里落下吗？”这句话在十多个人的传递中，逐渐变成了“要落下吗？”“要坐下吗？”。

此时的陈俊南忽然有了一个想法，难道是第一个获得问题的人来承受这个有可能落下的巨球吗？换句话说，剩下的参与者的选择，完全是在决定第一个人的生死。

陈俊南感觉这个想法算是比较合理，如果每隔两个问题就会出现一次“要在这里落下吗？”，那么四十八个问题的游戏，铁球总计会落下十六次。可现场只有十二个人，也就是说每个人都有机会跟铁球亲密接触，同时，生与死并不掌握在自己的手中，而掌握在其他人的手中。

“可好像还是不太对……”陈俊南感觉自己发现了什么漏洞，“既然每个人都有可能被砸死，十二个人总计要被砸十六次，这样还会有活下来的人吗？”

这个游戏会不会太难了一点？

他又扭头看向右边的墙壁，如果是第一个被提问的人有死亡的可能，为什么云瑶会紧张？现在分明不是她的回合，她又为什么会感受到死亡的威胁？

只见他思索了一会儿，又问向电话的那一头：“姑娘，你后面是谁？”

“我后面？”女生说道，“我不认识那个人，只知道是个男的，听起来有点紧张。”

“那我明白了……”

“这次的问题呢？”女生又问。

“你想死吗？”

“啊？”

“就这样，挂了。”陈俊南挂上电话之后，趁着还有些时间，伸出一根食指磨了磨指甲，然后在墙上刻出了现在的情况。

他先是写下了一个“云”字，随后又在“云”的左边刻上“俊”，右边刻上“着急姑娘”。三人身份已确定。他吹了吹指甲里的粉末，又在“俊”的左边刻上了一个“死”字，“死”的左边是“谨慎姑娘”，再左边是“紧张大叔”。六人身份已确定。他随后又在“俊”的正对面刻下了“白衣姑娘”四个字。

全场十二个人，已有七人确定身份，而在剩下的五人之中，藏着云瑶所说的危险男人钟震，以及剩下的三男一女。

“破局之法到底是什么？”陈俊南摸着太阳穴一脸的不解，“小爷明明已经开始动脑子了，可还是没想明白。”

此时的屏幕开始闪动起来，看来本次的问题已经有了答案。

“本次题目的最终答案——否。”

陈俊南见状轻笑一声：“那个什么狗屁效应生没生效我不知道，小爷的效应倒是生效了。”

头顶的链条声再度响起，若没猜错，此刻头顶巨大的铁球正在转换位置。

现在到哪儿了？思索了几秒的陈俊南瘫坐在椅子上，居然慢慢打了个哈欠。这个游戏进行的时间虽不久，可他渐渐已经没有紧张感了，那种死不死都无所谓的感觉开始袭来，竟然让他有些犯困。他曾无数次地因为这种感觉而死在游戏中。

“我果然不适合老齐的路子。”他慢慢站起身，伸了个懒腰，“老乔的路子在这儿也用不上，看来只能用自己的路子了。”

陈俊南不知道这一次是谁获得问题，屏幕一片漆黑，他却在此时直接拿起了电话，果断拨给了下一个人。对方明显完全没想到此时他会打来电话，响了将近二十次才接起来。

“你……”

“没错，就是小爷我。”

“你……你什么毛病啊？”那女人直接开口说，“现在打电话的话违规了怎么办？一会儿不能打了怎么办？”

“怕什么啊？”陈俊南笑道，“小爷我太无聊了，不找个人聊天的话估计就要睡着了。”

“那你打给别人啊！打给我干什么？！”

“这……有没有可能是因为小爷的电话只能打给你？”

听着陈俊南这懒洋洋的声音，女生气不打一处来。

“我说……你能不能紧张一点？现在不一定什么时候咱们就会死……”

“紧张就不死了吗？”陈俊南挠了挠耳朵，“姑娘，怎么称呼啊？”

“我……”女生叹了口气，“徐倩。”

“嘿，我有一老同学也叫徐倩，这不巧了吗？”

徐倩沉默了一会儿，无奈地说：“我这名字本来就很常见，你能不能别硬聊？到底想说什么？”

“我就是觉得这游戏让我有点犯困了。”陈俊南叹了口气，“我们搞点有意思的玩法吧？”

“有意思？”徐倩有些不太理解，“在这随时都有可能死的时候，你还在乎什么有意思没意思？”

“当然了。”陈俊南笑着说，“你是女生，所以你可以把地蛇叫过来是吧？”

“不对吧……”徐倩一愣，“地蛇之前说只有感觉自己要死了的时候才可以跟他——”

“求救。”陈俊南插话道，“对，求吧。”

“我求个鬼啊我求！”徐倩已经不是第一次想挂断电话了，“我为什么要跟他求救啊？”

“为了帮我把他叫过来啊！”

“你自己怎么不叫啊？”

“我是男的啊！”

两个人虽然才通过几次电话，可眼下已经要吵起来了。

“你是男的又怎么了？！”徐倩看起来被气得不轻，“呼叫裁判还分男女吗？”

“那个老淫贼怎么会听我的啊？倩姐，你就帮帮我吧。”

“你都说了他是老淫贼了！”徐倩大喝一声，“而且地蛇刚才还说，只要表现得好他就会帮助女性，这一听就不是什么好话吧？我为什么要叫他啊？”

“哎！你放心！”陈俊南笑道，“你把他叫过来了之后由我跟他聊，绝对不让你有事。”

“可你看起来一点可信度都没有啊……”徐倩叹了口气，“你连门都出不去，拿什么保证我没事？”

“那你要我怎么保证？”陈俊南也有些没辙了，“我现在只能联系到你了。”

“这样吧……再过几个回合。”徐倩说，“如果你能保我平安，我就帮你把地蛇叫过来。”

“唉，行吧。”陈俊南惋惜地点点头，“那先挂了，常联系啊。”

徐倩二话不说挂掉了电话，陈俊南也不舍地把电话放下了。

他来到椅子旁边坐下，双手自然地搭在了屏幕两侧。在他的双手触碰到两个按钮的同时，一股奇妙的感觉渐渐浮现。

“哎……”他将两个大拇指分别放在两个按钮上，感觉刚刚合适，“这……这是……”

正在他犹豫间，电话陡然响了起来。

丁零零——

“哎呀，妈呀！”陈俊南又吓了一跳，“大爷的，小爷早晚给你把电话线拔了……”

他伸手拿起电话：“喂？俊男驻地蛇办事处，请讲。”

“陈俊南，你那里是怎么了？”云瑶不解地问，“刚才怎么一直占线？”

“占线？嗐，骚扰电话。”陈俊南摇头道，“来问题了吗？”

“没错。”云瑶点点头，“这次的问题是：一年有四个季节吗？”

"这……大爷的，哄孩子呢？"陈俊南叫骂一声，"我真想跟这老贼好好聊聊，他到底有文化没文化啊？"

"而且……我也打探了一下我前面的人，那个性格着急的姑娘说，他的前面是个声音比较闷的男人，可不知道具体是谁。"

"是你说的那个钟震吗？"陈俊南问。

"大概率不是。"云瑶否认道，"你应该听过那个男人的声音，他虽然年纪三十多岁，但声音听起来还算年轻。"

陈俊南一边答应着一边用指甲在墙上刻上了"闷声男"三个字。

"快了，已经有了八个人的位置信息了。"陈俊南刻完之后对云瑶说道，"大明星，这个问题我们选'否'吧。"

"否？"云瑶思索了一会儿，开口问，"陈俊南，这个问题是'一年有四个季节吗？'，你确定要答'否'？"

"确定啊。"陈俊南应道。

"可这不是答错了吗？"云瑶思索了一下，"答错了没关系吗？"

"实不相瞒，小爷第一个问题就答错了。"陈俊南顿了顿，说，"第二个问题我连题都没看明白，估计又错了。"

"啊？"

"第一个问题我选的'是'，我承认自己是个姑娘，可是没有受到任何惩罚。"他笑着说，"现场一共五个女生，结果最终答案却是'是'，这说明什么？"

云瑶顺着陈俊南的思路考虑了一下，回答道："有两个可能，第一个是至少有两个男人说了谎，第二个是有人在后面改变了问题。"

"没错。"陈俊南继续说，"正如我一开始考虑的一样，这个游戏中的对和错并不重要。毕竟第二题的时候我直接改变了问题，并且让大多数人都做出了和我一样的选择，如果当时的答案是错的，现在你们应该都错了。"

云瑶还是有些不理解："可是你选'否'的原因是什么？"

陈俊南慢慢歪起脑袋，用脸颊夹着电话，然后拉长电话线，走到显示屏旁边，将手放在屏幕左右两侧的按钮上。

"大明星，你小时候玩过小霸王[①]吗？"

"小霸王？"云瑶愣了一下，"抱歉，听都没听过。"

"得，又聊出代沟了是吧？"陈俊南思索了一会儿，说，"我

① 二十世纪八十年代末、九十年代初，小霸王公司所推出的一系列仿日本任天堂红白机的游戏机。

记得你是‘00后’？”

“什么‘00后’，我有那么老吗？”云瑶叹了口气，“我是一一年生人。”

“哦，一一年啊？”陈俊南点点头，“那你见到小霸王的机会确实有点渺茫，你们那时候PS[①]都出到第四代了吧？”

“陈俊南……你要不要说重点？”

“嘿！”陈俊南笑着说，“大明星，我只是忽然冒出来一个想法。”

他伸手按了按左侧的“是”和右侧的“否”，又说：“你说咱们屏幕上这两个按键，有没有可能一个是向左，一个是向右？我们所谓的对和错，其实是在控制巨大几何体的左和右？”

“什么？”云瑶皱起眉头迅速地思索了一下，很快就瞪大了眼睛。

没错，按照这个方向思考的话，和现在情况就能对上了。

云瑶快速心算了一下，在脑海里画了一根数轴，然后说：“假设我是‘0’，选择‘是’会减一，选择‘否’会加一，则现在死的人应该是‘-2’，巨球现在到了‘1’的位置。”

陈俊南听后愣了半天，开口说：“大明星你说慢一点，我有点跟不上了。”

云瑶耐心地给陈俊南讲解了一遍整个原理，这才让他大约明白过来。

“原来你是用数字代表每个人啊？”陈俊南点点头，看向墙壁上自己刻的文字，“确实比我方便点啊……”

“你帮了大忙了，陈俊南。”云瑶闭上眼睛快速地回忆着刚才的几个问题，仔细想想确实无关对错，只有左右，他们每一回合的最终答案，会确定铁球移动的方向。只要明白了这一点，再加上随时修改问题，就有极大的概率可以控制杀人的时机。

陈俊南宽阔的思路确实帮了大忙，他嘿嘿一笑，随后说：“小爷知道自己蛮帅，你可不要爱上我。”

“放心，我不喜欢臭男人。”云瑶不假思索地说。

“啊？”这个答案显然超出了陈俊南的预料，他甚至还嗅了嗅自己的胳膊。

---

① 指索尼（Sony）旗下的Play Station系列游戏机。

云瑶思索了一会儿又问："所以你一直选'否'，是为了尽量将死亡移向我们的右手边，是吧？"

"没错，我是这么想的。"陈俊南点头应着，"尽量先让巨球在那边降落，我们再找找有无其他规则。"

云瑶听后慢慢地点了点头："看来这次跟你来参与游戏真是个不错的选择，只要我不死，或是获得了回响，这份地级攻略就可以完整得到了。"

陈俊南听后忽然来了兴趣。

"大明星，你们现在这个组织为什么要收集攻略？"

"因为我们要赌死所有的生肖。"云瑶坚定地回答道。

"哟！"陈俊南没想到居然会得到这个答案，"怎么玩得这么大啊？"

"这是我们前进的动力。"云瑶长舒一口气，"若在这里长期生存而没有目标的话……我会疯掉的。"

"可是赌死生肖有意义吗？"陈俊南不解地问。

"别说了。"云瑶好像已经知道了什么一样赶忙打断了陈俊南的话，"不管意义是什么，这都是我前进的方向。"

"得了……"陈俊南点点头，"那我知道了。"

二人挂上电话，陈俊南又拨给了下一个房间。十一次拨号音响起之后，对方接起了电话。

"倩姐，好久不见，最近咋样？"

"说人话。"

"好嘞。"陈俊南干笑了一下，"这次的问题是：一年有五个季节，对吗？"

"什么荒谬问题？"徐倩叹气道，"我知道了，挂了。"

"等下。"陈俊南又叫住了她。

"怎么？"

"倩姐，三个回合。"陈俊南笑道，"三个回合之内，我会让其中一个参与者死，但会让你活下来。"

短短的一句话让徐倩的后背凉了一下。

"你……你跟我说这个干什么？"

"我想证明一下我已经完全看透了规则，并且可以随意掌握杀人的时机。"陈俊南坏笑一下，"倩姐，我在威胁你啊，你快紧张起来啊！"

“什……什么东西？”徐倩确实有点紧张了，“你说你已经看明白这个游戏了吗？”

“没错。”陈俊南点头道，“如果三个回合之内真的和我说的情况一样……我要你把地蛇叫过来，否则小爷马上就杀了你。”

“你……”徐倩思索了一会儿，还是略带嘴硬地说，“那就等三个回合之后再说。”

二人不欢而散地挂上了电话，陈俊南也毫不在意，倚在椅子上耐心等待了起来。

现在巨球的位置应该在云瑶右手边的女孩儿的头顶，若这次的答案是“是”，那么巨球会重新回到云瑶的头顶，如果是“否”……他伸手点了点他画在墙上的位置图：“‘闷声男’……到你了。”

屏幕上渐渐亮起了文字。

“本次题目的最终答案——否。”

果然。

现在已经是第七题了，随着收到问题的第一人离自己越来越远，陈俊南改变问题时造成的影响会越来越大。毕竟后面的人都会受到他的影响，从而改变他们的答案。

随着头顶的链条声响起，铁球应该差不多悬在了那个“闷声男”的头顶，只不过距离落下还有一轮，所以这次死的不是他。

几分钟之后，云瑶再一次打来了电话，这一次的问题依然荒谬：“请问一年有十二个月吗？”

陈俊南笑着将电话打给了徐倩，但他将问题稍做了修改：“请问一年有十三个月吗？”

第八回合结束，这次的答案依然是“否”。

陈俊南在脑海中想了一圈，云瑶的右边分别是“着急女”和“闷声男”，此时的巨球已经从两人的上方掠过，停在了一个陌生人的头顶。而现在从屏幕上获得问题的人，应该在他的对面，如果不是那个穿白裙子的女人，那么就是她左手边的人。

按照云瑶的说法，她是这个游戏的开始，她的坐标是“0”，第一个问题出现在她的屏幕上，当时巨球也应该悬在她的头顶。现在已经要到第九道题了，那么下一个获得问题的人的坐标是“-8”，也就是云瑶从左手边数去第八个人，而巨球悬在坐标为“3”的人的头顶，也就是云瑶右手边数去第三个人。

“哎！”陈俊南好像感觉哪里怪怪的。

由于他们处在一个环形的场地内，总共十二个房间，所以，“-8”在这个环形场地内的坐标也可以写作“4”，而“3”也可以写作“-9”。

“他们是邻居？”

陈俊南的坐标是“-1”，他离这次获得问题的人并不远，中间只隔了四个人，只要他改变问题，剩下一大半的人都会受到他的影响。这何尝不是一件好事？

只要这一次他能够让球成功砸向坐标为“3”的房间，那么徐倩就会中计，从而喊来地蛇，他的计划就可以进行下一步了。

“终于要有意思了……”

没一会儿，云瑶打来了电话，可她的语气不太对：“陈俊南……好像出了点问题……”

“怎么？”

“这……这一次的问题很奇怪……”

“哪里奇怪了？”

云瑶迟疑了一会儿，说：“这次的问题是：一周有六天吗？”

“什么？”

陈俊南终于知道云瑶为何感觉如此忐忑了。按照之前的推断，这次的问题应该是“要落下吗？”，可为什么变成了这个问题？

“你说究竟是我们猜错了……还是有人改变了问题？”

陈俊南低头仔细地思索了一下眼前的情况，有些摸不着头脑。之前第三个和第六个问题都是“要落下吗？”，第九个问题却变了。难道规律不是这样？

“等一下……”陈俊南忽然想到了什么，“说起来第六个问题，由于众人都选择了‘否’，所以我们也并不知道铁球会不会真的落下。”

“这……”云瑶也想起了那一次的经历，“所以你是说……那时候我们被人误导了吗？”

陈俊南也不敢下定论，毕竟一切都来源于猜测。

“大明星……我还是相信自己的直觉。”陈俊南果断停止了思考，有些时候想得越多越麻烦，“我觉得这个问题依然是‘要落下吗？’，只不过那个要被砸死的人不想死，所以改变了问题。”

云瑶听后也点了点头：“有道理，‘一周有六天吗？’这个问题，答案明显是‘否’，改题人是希望我们选择‘否’，这样他就可以活下来了。”

“对咯！”陈俊南点头赞同，“小爷说过，一切套路在我这儿都不好使，毕竟他这个改题思路我已经用过好几遍了。”

“改……改题？”云瑶一愣，“陈俊南……你刚才改题了？”

“喀喀喀……”陈俊南尴尬地咳嗽了几声，“怎么会呢大明星，我只是把题目润色了一下。”

云瑶无奈地叹气道：“行吧……这一次……你决定要动手了吗？”

“没错。”陈俊南笑道，“来到终焉之地的每个人随时都会死，我早就没有负罪感了。”

“我……我知道了……”云瑶犹豫着挂断了电话。

陈俊南回头选择了“是”，随后坐在椅子上低下了头。他在思考如何才能让剩下的人全部选择“是”。究竟有什么方法，可以让剩下的人团结一心？

片刻之后，他露出一丝带着邪性的微笑，按下了拨号键。十几次拨号音响起，徐倩接起了电话：“你说。”

“倩姐……这次的问题有意思了。”

“有意思？”

“嗯。”陈俊南笑道，“我们团结一心的时候要来了。”

“是……什么问题？”

“我前面的人是这么说的：最终瓜分的筹码要翻倍吗？”

“啊？”

徐倩明显被这个问题吓了一跳，可还没等她发出疑问，陈俊南先开口了：“倩姐，你说这不会是骗人的吧？”

“这……”电话那一头的徐倩明显愣了一下，随后问道，“你选了什么？”

“我当然选了‘是’啊。”

“你都不知道有没有人改过问题，你就选‘是’？”

“对啊，我虽然不知道有没有人改过问题，但是选‘是’的话我没有损失。”陈俊南叹气道，“大家都是来赚道的，难道你不想试试吗？”

徐倩思索了一会儿，觉得陈俊南说得颇有道理。

“你说得也对……就算是骗人的，选‘是’也不会有什么损失。”

陈俊南的嘴角慢慢一扬，幸亏第六次时铁球没有落下，现在大多数的人还没有完全摸清楚规则，他们只知道第三题时有人因为“坐下”而死亡了，却很难找到规律。

“对啊，倩姐。”陈俊南说，“反正我把话说给你听了，咱们都冒着生命危险来参加游戏，如果能多赚点就最好了。”

“好，我知道了……”徐倩思索了一会儿，挂断了电话。

陈俊南再次回到座位上坐好，接下来是漫长的等待时间。趁着空闲的时间，他又做了一个大胆的假设。这一次他和从屏幕获得问题的人之间只隔了四个人，这其中有一个人改变了问题。改变问题的人大概率不是云瑶，因为她这样做没有任何意义，也就是说改题者是另外三个人，分别是云瑶右手边的“着急姑娘”“闷声男”以及“闷声男”右手边的人。

陈俊南又看了看自己画的图，为了方便分析，他在“闷声男”右手边位置画了一个正方形，这个正方形的头顶正悬着铁球。

“这三个人当中有人说谎了？”

可是几秒钟之后他就发现了问题所在——不，还有一个人。他在正方形的右手边又画了一个三角形，随后将三角形圈了起来。

“三角……你是这一次的第一个人，你也有可能在得到问题的第一时间修改问题……是吧？”

正在此时，屏幕亮了起来。陈俊南聚精会神地盯着上面的字。

“本次题目的最终答案——是。”

轰隆——

他甚至还未读完这行字，一声巨响陡然炸开。就在陈俊南右手边的不远处，一个连样貌都不知道的人死了。

陈俊南慢慢露出了笑容。他本以为会一步错步步错，可是这一步偏偏对了。

果然生而为人不能太谨慎，该相信自己的时候就要相信自己。

“正方形，早点回家吧，我们下次再见了。”

陈俊南站起身，慢慢走向了电话。此时不是问答时间，可徐倩依然接到了陈俊南的电话。

“倩姐！”陈俊南热情地叫道，“怎么样？听到了没？”

徐倩的声音慢慢低沉下来：“你……真的能够控制它落下的时机？”

“差不多吧。”陈俊南点点头，“说好三个回合之内让你见到死人，现在是第二个回合。”

徐倩感觉到电话另一头的男人似乎并不像听起来那样玩世不恭，他似乎有点危险。

“你就这样随便杀人……不怕一会儿有人杀你吗？”

“不是，倩姐，你在这儿放什么狠话呢？”陈俊南有些不解地问，“一会儿有没有人要杀我，和你有什么关系啊？小爷我就想让你帮忙叫个地蛇，怎么这么费劲呢？”

徐倩这才意识到陈俊南从一开始目的就是呼叫地蛇，只是因为自己不愿意合作，才渐渐变成了威胁。

“是我的问题……”徐倩说，“我……我现在就叫地蛇过来。”

“得嘞。”陈俊南点点头，“靠你了啊倩姐。”

徐倩刚要挂断电话，陈俊南却叫住了她：“别挂。”

“啊？”

“举着电话，我才能保你没事。”

“这……”

徐倩慢慢站起身，拿着来到房门前，伸手拍了拍门。

“裁判！地蛇！”她大叫道，“过来一下！我有事找你！”

地蛇微微一愣，看向了徐倩的房门。

“快过来一下！”徐倩继续大声喊道。

“哟……”地蛇冷笑一声，随后挪动着佝偻的身体走向了那扇门，“这一次的姑娘求救得真早啊。”几步之后，他来到了房门前，隔着房门说，“怎么了小姑娘？害怕了？”

仅仅一门之隔，徐倩似乎已经闻到地蛇身上那难闻的味道了。她扭过头，小声地说：“喂！现在那老家伙就在我门口，我要说什么啊？”

“你让他开门。”陈俊南说。

“开……开门？”徐倩咽了下口水，“你确定他不会在开门的瞬间直接杀了我吗？”

“不会。”陈俊南摇了摇头，“那样的话他就违反规则了，毕竟在这个游戏里他不可以随意屠戮参与者。”

“好……好吧……我试试。”徐倩慢慢抬起头，问，“地蛇，你能把门打开吗？”

“哦？”地蛇贴着门，将他那猥琐的声音传了进来，“小丫头，你等不及啦？”

短短几个字让徐倩起了一身的鸡皮疙瘩，这油腻的语调让她感觉格外恶心。

等不及？她巴不得地蛇去死。

“总……总之你开一下门。”徐倩壮着胆子说，“我有事要和你说。”

地蛇听后将一张长满皱纹的老脸再次贴近了门板，怪声说：“小丫头，你要是敢乱来，我就算不杀了你……也绝对不会让你好过，知道吗？”

“我……我知道……”徐倩答应了一声，然后立刻低头冲着电话小声问：“喂，我感觉自己在找死……你真的能行吗？”

“当然了。”陈俊南笑道，“小爷欺负谁也不可能欺负姑娘，您尽管让他开门。”

徐倩知道现在已经骑虎难下了，眼前的地蛇很危险，可是陈俊南又何尝不危险？他找到了游戏的规律，可以洞察杀人的时机，自己合不合作都已经身陷危机了。如果非要在地蛇和陈俊南之间选择一方投靠的话，她更倾向于陈俊南。虽说通常情况下裁判都比参与者更守规矩，可是地蛇例外，他实在太恶心了，他就像职场上某些自以为德高望重的男性老前辈，瞪着一双猥琐的眼，说着自以为贴心的话，然后利用职务之便想方设法地满足私欲。

“地蛇……你先把门打开。”徐倩苦笑道，“你是地级，我没有胆子乱来……”

“嘿嘿……你知道就好……”地蛇从外面转动了一下门把手，解开了锁，然后将门拉开了。

门内的景象让他费解。

这个女人手中还拿着电话。

“你……”地蛇微微一怔，慢慢皱起了眉头，“你在做什么？”

“我的妈……”徐倩离地蛇太近了，身上的汗毛根根立起，她只能呆呆地举着电话问，“你到底有什么计划？”

“让他听电话。”陈俊南说。

“啊？”徐倩瞪大了眼睛。

“让他听。”

徐倩听后只能默默地伸出了手，小声说：“你的电话……”

地蛇看了看她手中的电话，不由得谨慎起来。

“电话那头是谁？”他问。

“你……”徐倩无奈地摇摇头，“我只能接到上家打来的电话。”

“上家？”他扭头看了看徐倩右手边的房间门，若没记错，是那个刺头的房间。

地蛇转动着明黄色的眼睛看了看徐倩，疑惑地问：“他有话跟我说……为什么是你让我开门？”

“我也不知道。”徐倩如实回答，“我受到了生命威胁，所以不得不叫你过来。”

“不好！”地蛇瞬间瞪大了眼睛，伸手就要去关门，却听到电话听筒里传来了两个字。

“赌命！”

地蛇手上的动作停了下来，整个人也愣在原地无法动弹了。

陈俊南嘴角微微一扬，又补充道：“我是说我和你。”

地蛇听到这颇有心机的倒装句，浑身慢慢颤抖了起来。这是什么赌命方式？他居然让另一个人把宣告赌命的电话递到了自己脸上，如此一来连捏住他的嘴都做不到！接下来该怎么办？

“啊——”地蛇忽然之间捂着脑袋哀号了起来，“太吓人了……太吓人了！”

为什么真的有人要跟他赌命？！他明明可以在这里过着天上人间的生活！这个人凭什么扰乱他？！

“啊——”地蛇像是见了鬼，不断地扯着自己的脸皮大叫着。

“妈呀……”陈俊南隔着电话问，“那老头怎么了？你可帮我做个见证啊，我没动他啊，别讹人。”

徐倩虽然有些惊讶于地蛇的表现，但更惊讶于陈俊南的做法。

“你说你能保我没事……这就是你的计策？”她声音颤抖地问，“你要在这里送命吗？”

“送命？”陈俊南摇摇头，“非也非也，我不一定会送命，倒是有可能在这里击杀一个地级生肖，作为和老齐阔别七年后的一个见面礼。”

地蛇依然在自顾自地抓着脸惨叫，徐倩看着他将脸抓出了一道道血痕，甚是恐怖。

“那老头咋了？”陈俊南什么也看不见，只能着急地问。

“好……好像有点崩溃了。”徐倩疑惑地说。

“不是，这就有点离谱了。”陈俊南在电话里大叫道，“堂堂一个地爷，我跟他赌命他崩溃什么啊？小爷我还没崩溃呢。”

“那……那现在怎么办？”徐倩说道，“就这样等他崩溃？”

“别啊！”陈俊南说，“再让他接一下电话。”

“还接？”徐倩苦笑一声，“你不会直接把他吓死吧？”

“怕什么？赌命都已经说出来了，还能比这更坏吗？”

徐倩点点头，将电话线拉长，往前走了两步："那个……地蛇，他还要跟你讲话……"

地蛇浑身一怔，呆呆地看向徐倩手中的电话。

"干……干什么？！"地蛇大叫道，"这小子想杀了我啊！她要来了啊！她马上就要来了啊！"

"倩姐啊，甭管他，把电话甩到他脸上。"陈俊南说。

徐倩只能慢慢地伸出手，将电话递上去。地蛇终于忍无可忍，伸手夺过了电话。

"你小子到底要做什么？！"地蛇用沙哑的嗓子冲着电话怒吼一声，"跟我赌命？！你有这个本事吗？！"

"不是，你别急啊。"陈俊南一脸认真地说，"年纪这么大了要注意身体，这儿也没监控，你真躺下了我可就解释不清了。"

"你……你……"地蛇不断地喘着粗气，他有些后悔，明明知道陈俊南是个刺头，却大意地收了刺头的门票。可是谁又能想到一个看起来吊儿郎当的刺头居然敢跟地级生肖搏命？

"小子，你为什么这么做？"地蛇颤抖着问。

"既然你这么问了，按照规矩，小爷应该跟你盘盘道[①]。"陈俊南伸手挠了挠鼻孔，"前不久有个漂亮大姐来你这儿参与游戏，因为不想跟你做些恶心的事，被你抽了四个巴掌，有这事没？"

"什么？"地蛇简直不敢相信自己的耳朵，"你有什么毛病吗？我就打了她四个巴掌，我什么也没做啊！你要为了这件事跟我赌命？！"

"小老头，听听你自己说的是人话吗？"陈俊南在电话中义正词严地说，"你得到了强化的身体，结果用来打女人？我想问问你当生肖的时候没有别的生肖揍你吗？"

"你……你……就算我不对，那你也太激动了！"地蛇大叫一声，"你知不知道这场游戏若我成了参与者，就没有出题者了！她会来的！"

"那个疯女人吗？"陈俊南笑道，"让她来呗，咱们俩好好交交手。"

"这……这样吧……"地蛇哆哆嗦嗦地说，"我有一个两全的办法，可以让咱们安稳地度过四十八个问题，谁都不用死，事成之

① 北京方言，意为互相了解、试探或者较量。

后我多给你一些道……”

“这样的吗？”陈俊南犹豫了一下，“听起来倒是很诱人，但之前你打的那四个巴掌怎么算？”

“我……我打回来还不行吗？！”

“哦？还可以这样？”

“没……没错……”地蛇道。

“打。”

听到陈俊南的话，地蛇伸出手狠狠地抽了自己一个耳光。

啪！

这一巴掌让徐倩彻底看蒙了。

“这个不能算。”陈俊南继续挖着鼻孔，用脑袋夹着电话漫不经心地说，“巴掌不够响，再打。”

地蛇咬住牙，沉了口气，伸出手又狠狠地打了自己一巴掌。

啪！

这一下听起来声音很响。

“这声儿听起来差不多。”陈俊南点点头，“老头儿，这是第一个，还差三个，再打。”

啪！

地蛇确实有些害怕了，若不照做，这个男人极有可能会粉碎他的皇帝梦。

“再打。”

啪！

啪！

四个耳光打完，地蛇的脸都肿了起来。他上一次挨耳光，还是因为那个该死的白色地羊。

“行……行了吧？”地蛇咬着牙说，“四个巴掌也还你了，接下来你听我的，咱们——”

“可我不同意。”陈俊南笑道。

“什么？”

“我说之前你那个一起活下去的建议啊，小爷我不同意。”陈俊南伸了个懒腰，“咱们开始赌命吧。”

陈俊南的话音刚落，整个场地内忽然刮起了一阵邪风。

“你个王八羔子……”地蛇大骂一声后，惊恐地四下看了一圈，第一反应居然是逃跑，可两步之后他就停了下来。

不，他不能逃，逃跑的话一定会死，留在这里却不一定会输。这一切都怪那个刺头……

他慢慢地抬起双眼看着半空，那里出现了一个古怪的身影。这个身影浑身都被长长的头发包裹着，此刻正如履平地一样站立在半空之中。

地蛇咽了下口水，嘴中的芯子不受控制地抖动起来。

只见半空中的身影伸出一只手，慢慢地掀开了面前的头发，露出了苍白的脸庞和赤裸的身体，然后低头看向地蛇，厉声说："吾乃玄武。"

听到这个女人危险的声音，地蛇只能深呼一口气，装傻充愣地问："有……有何贵干？"

"我感受到此场地触发赌命，裁判空缺，特来补足。"

果然，逃不过的依然逃不过。

"那……那……"地蛇的声音已经有些颤抖了，他已经过了太久花天酒地、淫乱糜烂的日子，已然忘记了生肖会遭遇的危险。

"地蛇，请参赛。"玄武冷言说。

"能……能再等会儿吗？"地蛇的眼珠子转了转，心中正在盘算如何才能逃离这场游戏。

"不能。"玄武从半空之中落了地，来到了场地中央的讲桌旁边。

地蛇知道自己已经逃脱无望了，接下来只能绞尽脑汁地在游戏中存活。短短的思索了几秒之后，他露出了难看的笑容。

太久没有更换过游戏了，他险些忘了自己曾经设下的保险。这个赌命的刺头还是太年轻了，他忽略了一件事。

自己现在是什么？是地级生肖。那个巨大的圆球就算直直掉下来，也不见得会直接砸死他，毕竟他在设计游戏的时候曾经用自己的肉体做过实验。虽然会受伤，但是不一定会死。地级毕竟是地级，他们有着普通参与者永远也无法比拟的身体素质。

这就是他的撒手锏。

给自己吃了一颗定心丸之后，地蛇抬头看向了玄武："我……现在要进入哪个房间？"。

"已经死了两个……"玄武环视了一圈说，"你挑选一个死者的房间。"说完之后，她又轻轻挥了一下手，徐倩的房间门关闭了。

徐倩一屁股坐到了地上。太可怕了，玄武这种级别的人刚才就出现在她的几步之外，危险的气息展露无遗。这也是她第一次被卷入地级的赌命现场。

“倩姐，你没事吧？”陈俊南问。

“我……我没事……”徐倩舒了口气，“我发现你是真的有毛病……你还觉得现在的情况不够危险吗？”

陈俊南依旧吊儿郎当地说：“我觉得这个游戏从头到尾都很危险啊。”

“那你为什么要把地蛇拉进来当参与者啊？！”徐倩生气地质问他，“他完全熟悉这个游戏的规则，咱们又要怎么跟他斗？”

“嗐，这才哪儿到哪儿啊？”陈俊南笑道，“您别忘了，宣布赌命的人是我，若是输了的话，受到惩罚的也只能是我。”

“这……”

“别犹豫了，快帮我看看地蛇进入了哪个房间。”陈俊南严肃地说，“刚才玄武让地蛇那个老淫贼选择一个死者的房间……现在一个死者在我后面，一个死者在我前面，这老贼选择的房间将影响我后面的战术。”

“我想看也看不了了……”徐倩叹了口气，“他们把我的房间门关上了。”

“哦？”陈俊南一怔，“这么快吗？”

除了陈俊南和徐倩之外，其他参与者也犯起了嘀咕。

游戏进行到现在，这似乎是第一次中场休息。问题没有被继续传递，没有任何人的电话铃声响起，由于隔音出色，他们的房间都十分安静，这让每个人都略微有些忐忑和受煎熬。其间云瑶还试着给陈俊南打了几次电话，可奇怪的是每次都占线。

到底发生了什么事？为什么第二个人死后会有这么久的空闲时间？

又等了几分钟，云瑶的电话忽然响了起来。

丁零零——

END ON THE TENTH DAY

第2关

陈俊南·赌命之局

“喂？”

“啊！”一个女生激动地叫道，“可急死我了，我……我终于收到问题了！”

云瑶点点头：“怎么停了这么久？知道发生什么事了吗？”

“我不知道……我等了好久才等来电话。”

“那……问题是什么？”

“这个……”着急的姑娘思索了一会儿，说，“这个问题是我前面那个声音闷闷的大叔告诉我的，虽然他传递得很清楚……可我还是觉得很诡异。”

“你说来听听。”

“那你可记好了……”着急的姑娘一边回忆一边说，“我、橘子、谋杀犯、在太行山上、水果不吃。”

“啊？”云瑶从未想到这个问题居然离谱得像是一串密码，“你前面的人真是这样说的？”

“是的，那个大哥说他记忆力很好，仅用了几秒钟就记住了这些词语，可他不知道是什么意思，所以一字不落地复述给了我，希望后面的人有人能破解。”

“你……你再跟我说一次吧。”

姑娘给云瑶又说了一遍，云瑶也把这些词语记下来了。可她还是不太明白，这些词语和判断题有什么关系？这听起来更像是个小孩儿在电脑上随机敲出的几个名词。

云瑶只能先选上答案“否”，然后给陈俊南拨打了电话。

她一五一十地把这几个词语告诉了陈俊南。

“扑哧……”陈俊南听后忽然笑出了声。

“陈俊南……”云瑶叹了口气，“你能不能认真一点？刚才游戏停止了那么久，说不定发生了什么变故，这些词语之中可能隐藏着——”

“大明星，别多想了。”陈俊南打断道，“接下来才是真正的开始。”

“什么？”

“我刚才干了一件大事。”陈俊南笑道，“我想问问，你们天堂口从成立至今，干死了多少地级生肖？”

“这……”云瑶沉默了一会儿，叹了口气，“一个都没有，我们尝试过，但是下场太过悲惨了，从那往后这个计划就一直被搁置，我们只能去赌人级生肖的命。”

“一个都没有？太扯了，那你有没有兴趣跟我一起干死地级？”

“啊？”云瑶慢慢瞪大了眼睛，随后捂着电话低声说，“陈俊南……你……你跟地蛇赌命了？”

“是啊。”

“太危险了！”云瑶说，“若没有百分之百的把握，跟地级赌命实在是太危险了！你如果输了的话会变成原住民的。”

陈俊南听后干笑一声：“大明星，你知道什么叫‘赌’吗？这世上不可能存在百分百把握的赌局，就算是老齐也做不到。”

“这……”

陈俊南的一番话点醒了云瑶。

“大明星，如果你一直在等一个百分百成功的机会，我劝你趁早换条路，否则你一百年也出不去。”

“你似乎说得对。”云瑶苦笑道，“是我太畏首畏尾了……”

“那你想明白了吗？”陈俊南说，“我们一起干死他？”

“嗯。”云瑶点头答应，“有什么需要我帮忙的，尽管说。”

见到云瑶答应得如此痛快，陈俊南笑道：“倒是有件事需要你帮忙。”

“什么？”

“若是我死了的话，你别忘了把今天的事转告给老齐，最好能够添油加醋一下，让他知道小爷我不是凡人。”

“你在说什么？”云瑶瞬间疑惑起来，“你刚刚宣布跟地蛇赌命，怎么直接就开始交代遗言了？”

“怎么？不行吗？”

“我不会帮你转达的。”云瑶说，“你要说就自己去说。”

“嘿，小爷我只怕活不到那个时候。”

云瑶越听越感觉不对：“陈俊南……你到底什么意思？你自己决定跟地蛇赌命，可现在看起来你一点把握都没有……你真的能行吗？”

“小爷不是说了吗？”陈俊南笑道，“我纯粹是赌，我的胜率最多三成。”

“你用三成胜率去跟地级赌命……”云瑶觉得陈俊南简直是疯了。

“三成很少吗？”陈俊南严肃地说，“在我看来三成已经是很好的结果了。”

“什么？”

“大明星……如果跟每个地级赌命都有三成胜率的话，理论上三个参与者就可以击杀一个地级。”

云瑶听后感觉不太对：“不能这么算吧？”

“好，就算我学习差，算错了，那么四个够不够？五个够不够？”陈俊南的语气逐渐严肃起来，“十个参与者换一个地级的命，够不够？”

“你想说什么？”

“地级一共才二十多人，可参与者有多少个？”陈俊南一针见血地问，“如果所有人都能团结一心，前赴后继，现在生肖早就灭绝了。就算输了会变成原住民又如何？只要这个鬼地方能够毁掉，大家不还是能够逃出去吗？”

云瑶知道陈俊南说得非常在理，如果真的要赌死所有的生肖，整个终焉之地的人团结起来自然是最优解。可是这个最优解依然逃不过人性，都知道冲锋会获得胜利，可是谁又愿意冲在最前排？

“你也知道，这只是个概念。”云瑶叹气说，“参与者并不是纪律严明的士兵，他们各有各的想法，其中更不乏懦弱者和自私者。”

“所以小爷来当那个无私者。”陈俊南笑道，“虽然我也不知道赌死所有生肖是不是有用……但就拿地蛇试试手吧。”

电话另一头的云瑶沉思着，她感觉陈俊南似乎对终焉之地非常了解，但又隐藏了不少事情，她不清楚他的目的到底是什么。

“刚才的问题你也不用考虑了。”陈俊南说，“出题人是玄武，她大概率不会使用地蛇的设备，刚才的问题是她乱按的，估计以后每一次的问题都会是这样。”

“那……你准备怎么办？”

“还能怎么办？”陈俊南笑道，“我们没有出题者了，这个游戏现在已经变成了彻底的左右游戏，一切都由玩家掌控。”

陈俊南又交代了几句，随后挂上了电话。现在他有更重要的任务——确定地蛇那个老淫贼的位置。

事情变得稍微有些棘手。他左手边的房间原先是空的，按理来说打一通电话就可以确定地蛇是否选择了这个房间。但地蛇深谙游戏规则，他知道从玄武接手之后，问题完全不重要，接下来只要主动控制“是”和“否”就可以掌握游戏，所以他有可能为了隐藏位置而选择不接电话，这样就没法确定他的坐标究竟是“-2”还是“3”了。

陈俊南按下拨号键等了一会儿，正如他所料，左手边的房间没有人接听，拨号音响到第十一声时，徐倩接听了。

“喂？”

“倩姐……”陈俊南道，“我把问题告诉你，让我们看看这里的众人都是什么态度吧。”

“好……”

陈俊南闭上眼睛思索了一下——假设地蛇就在他的左手边，故意没有接听电话的话，这并不是一件坏事。这说明地蛇没有办法干涉问题，他的想法将准确无误地传给徐倩。而由于地蛇加入了游戏，众人已经不再需要互相残杀，只要能够杀死地蛇，即可以平分他身上的所有道，所以团结性应该会相对提高。

陈俊南慢慢睁开眼睛，说：“倩姐，问题是这样的：有人跟地蛇赌了命，让我们一起杀死地蛇吧？”

“这个好……”徐倩点头说，“只要将这个问题传遍全场，参与者就有可能会占据主动权。”

“也不一定。”陈俊南否认，“毕竟在其他人的眼中这只是一个普通的问题，没有人可以证明它是真的，但……先按照这样传下去吧。”

“好。”

二人挂断电话之后，陈俊南又看了看他在墙上画出的人员分布图。现在他左手边的房间和云瑶右手边的第三个房间是空的，地蛇就隐藏在其中一个房间里。而现在铁球正悬挂在云瑶右手边第三个房间上，这一次问题的答案若是“是”，铁球会继续向左移动。

陈俊南已然确定了战术。这一次“是”，下一次“否”，让铁球重新回到坐标“3”，然后第三个问题“要落下吗？”选择“是”，狠狠地砸下去。不管地蛇在不在那个房间，先狠狠地砸它几次。

但这一切都要建立在参与者团结一心的基础上，只要没有任何人修改问题，陈俊南的信息就会传递给至少六个人，再加上他自己和云瑶，知道地蛇参与游戏的人会达到八人，无论如何都是多数派，地蛇只能等死。

若运气再好一点，地蛇根本不在“3”，反而在“-2”，那么他没有任何修改问题的机会，场上的所有人都会知道地蛇参赛的消息。接下来铁球还会落下十次，最好的方法当然是全部落在地蛇的头上，这样一来任他身体再强韧，终究必死无疑。

等待了几分钟，陈俊南面前的屏幕闪烁了起来。

“本次题目的最终答案——是。”

“嗯……”陈俊南迟疑着点了点头，仅仅是一个“是”，依然无法推断出整件事的全貌，众人知道了地蛇参赛的消息吗？

“下一个问题是第十一题……”陈俊南看了看墙上的分布图，慢慢皱起了眉头。

第十一人……正是坐标“3”！

“哈哈！”陈俊南忍不住笑出声，按照规则，收到问题的第一个人需要用电话将问题传给下一个人，若地蛇在坐标为“3”的房间里却依然装死，定然会违反规则。

“地蛇你个老贼，这还不把你揪出来？”

接下来就是等待，等待这一次的问题传递，若是地蛇想要活命，那他一定会传递并且改变问题。

丁零零——

电话响起来的瞬间，陈俊南已经将它放在了耳边：“说。”

“陈俊南！”云瑶既开心又紧张地叫道，“地蛇现身了，他的坐标是‘3’！”

“果然。”陈俊南点了点头，“那个老贼提了什么问题？”

云瑶回答：“他说‘我是地蛇，我参赛了，只要让我活下来，每个人都将获得四十八颗道’。”

“什么？”陈俊南感觉有点疑惑，“这……这老贼脑子有病吗？我就在这儿坐镇，他直接亮底牌了？”

“难道他不知道你的位置吗？”云瑶问。

“怎么可能？”陈俊南伸手摸了摸下巴，“我是通过左边人的电话跟地蛇联系的，他一定知道我的位置。”

“那不是太奇怪了吗？”云瑶有些疑惑，“他知道你的位置，却依然传出这个信息……”

陈俊南也感觉这件事有点奇怪，地蛇这个老淫贼看起来已经狗急跳墙了，但还有第二个可能……那就是传递这个消息的人根本不是地蛇。

这样一想的话事情就更恐怖了。也就是说在“-1”和“3”之间，有一个人说了谎。这个说谎的人已经洞察到了一切，他不仅料到地蛇已经参与了比赛，更是设计好了计谋，他想误导众人地蛇的坐标是“3”。

“可是……”陈俊南扭头望向他右手边的墙壁，“就这么几个人……却有人说了谎？”

虽然看不见，但从他的右手边依次数去，分别是云瑶、“着急姑娘”和“闷声男”。这三个人当中有一个人说了谎。

陈俊南没有挂断电话，开始怀疑起云瑶。

好像有点奇怪，云瑶的表现真的有点奇怪。仔细想想，她会不会从一开始就说了谎？

自己接收到的第一个问题是有关爱因斯坦的，可云瑶接收到的第一个问题是“你是女性吗？”。她会不会从一开始就说了谎？

一个念头忽然闪过陈俊南的脑海。

在来到地蛇的游戏之前，云瑶曾经清清楚楚地说过“你也知道地蛇是什么德行，你一个大男人，地蛇怎么跟你敞开心扉？”，这不就说明云瑶了解地蛇吗？

她曾经参与过地蛇的游戏，抑或是从天堂口的其他队友那里收集到了地蛇的游戏攻略。

她有极大的概率说了谎。她的目的是什么？

“云瑶……”陈俊南的声音有些冷峻，这一次他不再呼唤“大明星”，反而叫了对方的全名。

“怎么？”云瑶问。

“你……在跟我说谎吗？”

“什么？”云瑶迟疑了一下。

“我这人说话不会拐弯抹角，咱俩今儿把话说清。”陈俊南拿着电话坐到椅子上，身体向后一靠，跷起了二郎腿，“我自从参与这个游戏开始就想着如何保下你……你却跟我说谎？”

“我……”云瑶的声音渐渐变了，“被你发现了吗？”

陈俊南听后点了点头：“到底是为什么？你要杀了我吗？”

“我……”云瑶释怀地笑了一下，说，“我并不想杀了你，但正如我所说的，我不能相信你，所以我准备自己挑战地蛇。”

“啊？”陈俊南一愣，“不是，我没太明白啊，你……你骗我是因为……”

“我觉得你有点傻……”云瑶说，“但你看起来跟齐夏的关系很好，如果可能的话……你们一起毁了这里吧。齐夏他……真的很重要。”

“什么玩意儿？”陈俊南感觉自己有点听不懂了，“大明星，你这说的是什么话？你不想逃出去？”

“我吗？”云瑶苦笑着说，“陈俊南，不知道从什么时候起……我的目的已经不是出去了，而是赌死所有生肖。”

听到陈俊南没有说话，云瑶又说：“你的话点醒了我，我身为天堂口其中一个首领，却从未向地级生肖提出赌命，组织里的其他成员就更不会了。”

“不是，小爷我算是听明白了。”陈俊南有些安心地说，“大明星你是想逞英雄啊？”

“我？逞英雄？”

“我没猜错的话……你活够了吧？”陈俊南干笑一声，“你想用一个看起来体面的方式离开。”

云瑶听后微微一怔，笑道：“你好像不傻。”

“到底发生了什么？你不是跟小楚混得风生水起吗？”陈俊南的面色由一脸笑容转为阴冷，“那小子对你不好吗？你现在看起来已经完全失去希望了。”

云瑶听后浑身都微微颤抖了一下，眼中微微一酸，她终究还是把眼泪憋了回去。

那一天她回到天堂口时，只看到了遍地的尸体。猫已经将整个天堂口的人都屠杀殆尽了，这一次获得回响的人再度减少，天堂口也已经名存实亡了。

她追逐了两年的梦想，那个支撑她活下去的赌死所有的生肖的目标，也已经越来越遥远了。

“陈俊南，我确实想死在这儿。”云瑶含着泪说，“我很自私，这一次要么是地蛇死，要么是我死，我绝对不允许其他的情况发生。”

“原来这才是你跟着我来地蛇游戏的原因啊……”陈俊南终于明白了一切。

云瑶从一开始就已经决定好了，她想要死在这儿。

“没错。”云瑶点点头，“陈俊南，谢谢你给了我向前一步的勇气。”

“不是，连我死都不行吗？”陈俊南不解地问，“我帮你赌死地蛇都不行？”

“你……”云瑶犹豫道，“陈俊南，我没说明白吗？我已经不想再活下去了。”

“这样吧，我盘盘道。”陈俊南干咳了一声，清了清嗓子，“虽然不知道楚天秋那小子做了啥，以后你就跟着我和老乔吧，我俩……哦，还有老齐，我们仨不会亏待你的。”

“什么？”

“我确实不知道这些年你到底经历了啥，很久以前你可讨我们喜欢的啊……”陈俊南笑道，“没必要再跟着不该跟的人了，我听说你这次还交了新朋友，是吧？你死了她怎么办？”

甜甜那孤单的身影忽然出现在了云瑶的脑海中。

“大明星，你和甜甜是整个终焉之地最让我心疼的姑娘，带着她一起来吧。”

“你知道我的过去？”云瑶皱着眉头问，“你也知道甜甜的故事？”

“不仅如此啊……”陈俊南笑道，“‘强运’和‘巧物’，对我们来说缺一不可。”

“巧物？”云瑶低头思索了一会儿，说，“我明白了，这一次让我们联手吧。或许你能够让我重新找到活下去的动力。”

“哈！”陈俊南笑道，“这就对咯！”

“但……”云瑶话锋一转，“虽然我之前跟你说了几次谎……但这一次没有。”

“啊？！”陈俊南刚刚放下的心一下子提了起来。

“我刚刚收到的问题，确实是这个。”云瑶说，“地蛇似乎真的在我们右边。”

“既然如此……”陈俊南说，“只能说明地蛇那个老贼比我想象中的笨太多了，他真的狗急跳墙了。”

“那我们接下来怎么办？”

“这一次的问题只能选择‘否’，不然铁球回不去，你就危险了。”陈俊南说，“交给我吧。”

二人挂上了电话，陈俊南算了算铁球的位置，直接按下了“否”。

现在铁球的坐标是“2”，必须让它回到“3”，否则后面危险性太高了，因为云瑶的坐标是“0”。

陈俊南思索一会儿，拨通了徐倩的电话。

“倩姐……”陈俊南思索道，“你刚才将问题传下去了吗？”

“这不是废话吗？”徐倩没好气地反问道，“我刚才可是亲眼见到地蛇参与了游戏啊！我怎么可能不往下传啊？”

“也对。”陈俊南感觉自己又有点多虑了，可经过刚才云瑶的事，他看谁都像在说谎。

真希望此时此刻齐夏就在这里，毕竟在他心目中，齐夏一眼就能看透所有人的谎言。

“倩姐，你帮我把这个问题传下去吧……”陈俊南思索了一会儿说，“选‘否’，让地蛇去死。”

“这……这会不会太直白了？”徐倩问。

“直白不好吗？”陈俊南反问道，“当务之急就是让大家都知道地蛇参赛的消息，然后把他杀死啊。”

电话那头的徐倩沉默了半天，才终于开口说道：“我觉得你的想法好像有点偏激了。”

“什么？”

“你说有没有这么一种可能……现场并不是所有的人都想让地蛇死？”

这句话犹如扎进气球的细针，让陈俊南的思绪陡然炸开。

是啊！他犯了个大错！现在是他和地蛇的赌局，这就像是一场赌大小的比赛，他和地蛇赌命的结局就像是盅里的骰子，众多参与者对“大”和“小”各有想法，他们会选择自己认为赢面最大的一方下注。并不是所有人都会赌他赢。

若是他们一起攻击了地蛇，反而没能杀死他，那接下来的时间就不好过了。

“原来是这样……”陈俊南笑道，“那小爷明白了。一开始我以为场上的所有人都是热血男儿，现在看起来还是有不少孬货啊。”

“什么？”

“倩姐，能帮我个忙吗？”陈俊南问。

“什么忙？”

“待会儿你别接电话，我要跟你左边的人聊一聊。”

“啊？”徐倩已经不是一次被陈俊南的想法吓到了，“这样能行吗？我……我还没死，如果不接电话的话……”

“我的问题已经问完了，你不算犯规，只是不想接电话而已，放心吧。”陈俊南笑道。

徐倩只能听从陈俊南的意思，毕竟她已经算是陈俊南的帮凶了，现在对于她来说，不杀死地蛇只会更加危险。

没多久的工夫，徐倩的电话响了起来，她没有选择接听，让铃声生生响了十次。在第十一次时，铃声戛然而止。看来这个电话的工作原理是机械式的，不管房间中的人是否死亡，只要十次之后无人接听就会自动跳转到下一个人。

陈俊南耐心地等了一会儿，电话终于被接起来了。

“喂……喂？”电话那头是一个听起来非常紧张的男子，和徐倩的描述一致。

“哟，大哥。”陈俊南笑着打了个招呼，

“啊？！”男人吓了一大跳，“你……你谁啊？我前面那个妹子呢？”

“大哥您不介意的话，我可以当那个妹子。”

紧张的男人沉默了半天，声音颤抖地问：“她……死了？”

“怎么会呢？”陈俊南意识到这个大哥到现在为止还没有搞清规则，“说不定她没死，只是身体有点不舒服，不想接电话，所以我电话直接打你这儿来了，没打扰你吧？”

“你到底要干吗？”

“我想和你聊聊……”陈俊南笑道，“大哥，刚才那个妹子给你传的是什么问题？”

男人刚要开口，却忽然意识到不太对。

“你问这个做什么？”他反问道，“按理来说你应该知道她提出的问题是什么吧？”

“嘿，你还挺聪明的。”陈俊南笑道，“实不相瞒，你前面的姑娘已经被我弄死了。小爷和地蛇赌了命，现在我草木皆兵啊，任何可疑的人都不能放过。”

“啊？！”男人吓了一跳，“弄……弄死了？！”

他环视了一下自己身处的封闭空间，忽然感觉并不安全。

“你不相信我？”陈俊南笑道，“你知道现在为什么在跟我通电话吗？你回忆回忆规则。”

男人思索了一下，规则似乎确实说过，只有房间中的人死了，电话无人接听之后才会转拨给下一个人。

“你……你真的杀了那个妹子啊？你……”男人遗憾地说，“那个妹子人很好的啊，她每次都会跟我说明现在的情况……”

“那就当我杀错人了。”陈俊南说，“我杀错一个就可以杀错第二个，大哥，你想死吗？”

“我……我当然不想。”

“可现在是我跟地蛇赌命的关键时刻。”陈俊南说，“所有人只有两种下场，要么为我所用，要么被我杀掉。毕竟我的回响是穿墙啊。”

“啊？！”男人吓得从椅子上站了起来，“你……你会穿墙？！”

“没错。”陈俊南面不改色心不跳地说，“你等着，小爷现在就穿过去弄死你。”

“倒……倒是不用……”男人干笑一声，“我感觉你比地蛇还要恐怖，肯定站在你这边的。”

“好，那我可以给你开开恩。”陈俊南凑近电话说，“你现在是我的小弟了。”

“啊？”

“一会儿我的电话会再次拨过来，你不要接电话。”

“这……不接电话？”

“要不然你去死？”

“啊，别别别……”

陈俊南知道这个男人的胆子很小，应该不可能左右整场的局势，基本可以忽略不计，果断开启了第三轮电话。

“谁？”这次接电话的人是一个声音很尖的男人。

“啊，您好您好……”陈俊南热情地说，“咱们就是说……有个赌命活动想跟您推荐一下，不知道您有兴趣没？”

“没兴趣。”男人冷冷地说，“你是谁？”

陈俊南已经大体猜到了这个男人的性格，他跟刚才那位紧张的大哥不同，并不能够靠威胁让他屈服。

“我……”陈俊南沉吟一秒，说，“我是跟地蛇赌命的人。”

“什么？”“尖声男”一愣，随后沉默了十几秒，问，“也就是说刚才那个长时间的停顿……是你搞的鬼？”

“没错。”陈俊南答应道，“我这次打电话来，是想确认一下你的立场。”

“原来如此。”男人瞬间明白了一切，“原来电话还可以主动放弃接听……你是想知道我会支持你还是支持地蛇？”

“是。”陈俊南点头道，“我想让地蛇从终焉之地彻底消失，但这件事仅凭我是做不到的，我需要帮手。”

“这我不好说。”男人如实回答道，“我不想插手你们二人之间的事，只想等游戏结束之后拿着道离开。”

陈俊南听后点点头：“这样的话……你也应该想要多赚一些吧？我们赢下游戏的话只有四十八颗道，可是地蛇身上应该有更多，他如果死了的话……”

“我只是个普通的参与者。”“尖声男”打断陈俊南的话，“我不想卷入你们这些大人物之间的斗争，得罪了谁对我来说都不是好事。”

“那换句话说……你是中立的？”

“我并不是完全中立的。”男人回答道，“我大概率倾向于地蛇，毕竟生肖要比参与者厉害得多。”

“那我明白了……”陈俊南皱着眉头说，“如果我让你待会儿不要接电话……你会同意吗？”

“我不同意。”男人果断回答道，“你想做什么都没关系，但我会严格按照规则来完成游戏，只要电话响起我一定会接。”

“原来如此。”陈俊南叹了口气，“那么我挂了。”

挂掉电话之后陈俊南在自己的墙上再一次完善了一下现在的布局。徐倩的左边是“紧张男”，再左边是“尖声男”。由于“尖声男”拒绝不接电话，陈俊南的探路工作到这里已经断了。好在整个人员布局已经大体浮出了水面，现在“尖声男”的左手边不确定是谁，但再左边就是白衣女子了。

陈俊南伸出手指在白衣女子的左右两边画了两个问号。现在所有的人之中，只有白衣女子左右两边的人不确定身份。这样看来如果钟震没死的话，就在白衣女子的身边，虽然不知道是左边还是右边，但他们一定通过电话。

现在陈俊南暂时没有更好的办法，只能给徐倩拨打电话，让她开始传递问题，而后等这一次的电话传递结束。

几分钟之后，陈俊南面前的屏幕终于亮了起来，这一次似乎比任何一次花费的时间都要多。

“坏了……”陈俊南的眼睛眯成了一条线，事情并不在他的控制中。

“本次题目的最终答案——是。”

链条声在头顶响起，现在的巨球移动到了坐标“1”。

“什么情况？”陈俊南感觉自己有些捉摸不透了。

这一次的答案依然是“是”？

他感觉他的问题至少传递给了左手边的三个人，这三个人的答案大概率都是“否”，再加上云瑶和他自己，已经是五个“否”了。现在场上有十一个人，难道剩下的人全部都是“是”？

“太奇怪了……搞什么？”陈俊南扭头看向自己的右侧，现在铁球悬在了云瑶右手边的女人头顶，她会死吗？

“别这样啊……”陈俊南站起身来茫然四顾，“我们的机会不多……一定要砸死地蛇才可以……”

可是空荡狭窄的房间里，他的声音完全传不出去。

他感觉剩下的人当中有一个厉害人物开始出手了。

这一回合获得问题的人在坐标“2”，也就是“闷声男”。陈俊南离对方很近，没一会儿，电话响起了。

陈俊南面色严峻地将听筒拿了起来。

“出什么事了？”

“我也不知道……”云瑶的声音听起来似乎不是很紧张，“我右手边的女孩儿似乎活不下来了。”

“你……为何这么淡定？”

“陈俊南……我忽然想起了一件事。”云瑶说道，“我好像死不了……”

“你在说什么屁话？你知道现在铁球离你多近吗？”

“是，是很近，但正是因为很近，所以我才绝对安全。”

“什么？”

云瑶沉了口气，解释道：“陈俊南，我是双数，现在要死的只能是单数……”

陈俊南一时竟然没听明白云瑶的话，只能愣愣地看向自己刻在墙上的布局图。

“双数和单数？”他将手指放在坐标“1”上，算了算，随后慢慢瞪大了眼睛。

如果按照一、二、落下，一、二、落下这样的节奏来看……现在在坐标“1”的铁球居然永远也砸不了坐标为“0”的云瑶。

“什么？！”陈俊南感觉自己的脑子有点乱，这个游戏的铁球只能砸单数？！最多死六个人？！

短短几秒之后他就感觉不太对，而后看向了自己的左手边。

不对啊……好像有个问题。云瑶的坐标是“0”，他是“-1”，可是“-2”死了啊！他又赶忙掰手指算了算这几次的答案，过程中没有出现纰漏，铁球的位置也完全在他的预料之内。

“到底是什么时候，死亡的目标从双数变成了单数？”

云瑶听到陈俊南的疑问，长舒了一口气，说：“是第二次铁球要落下时，我们选择了‘否’。”

“啊？”陈俊南思索了一下，忽然想明白了。当铁球要落下时，若答案是‘否’，那么铁球就会向右侧平移一格，这时死亡目标也会进行双数和单数的切换。

“大明星……我以前一直不知道，你学习这么好的吗？”

云瑶叹了口气：“是我没想到你学习会这么差。”

陈俊南庆幸有云瑶在，二人的头脑几乎完全互补，他负责提供想法，而云瑶负责完善细节，在二人的通力协作之下，这个游戏的全貌已经浮出水面了——

每三个回合视为一个大回合，每个大回合前两个问题的答案是在调整铁球的位置。答案为“是”，铁球向左移动一间房；反之，向右移动一间房。而每个大回合的第三个问题都是“要落下吗？”，此时答案为“是”，则铁球落下；反之，铁球向右移动一间房。

每个大回合前两个问题的答案若一样，则铁球向左或者向右移动两间房；反之，铁球经过两次移动后回到这一大回合开始的房间。若每个大回合的第三个问题的答案都是“是”，铁球一开始在单数房间，那么它将一直在单数房间上运动，直到下一次关于是否要落下的问题答案为“否”时，才会让铁球威胁到双数房间。

“原来是这样……太好了。”陈俊南说。

“好？”云瑶愣了一下，“陈俊南，我没说明白吗？你现在是单数，你会死的啊。”

“我会死吗？”陈俊南假装惊讶，却又不以为意地说，“哦……多谢提醒。”

“你……”

“大明星，我怕很多东西，唯独不怕死。”陈俊南说，“在这终焉之地，我随时都可以去死。”

“但你在赌命啊！”云瑶说，“我们死了只是死了，你死了可就消失了。”

“没事。”陈俊南打了个哈欠说，“都一样，和地级赌命输了无非就是换一种形式存在，我依然是终焉之地的一分子。”

“你连这都知道的吗？”云瑶疑惑道。

“小爷知道的事多着呢。”陈俊南笑道，“别跑题了，这一次的问题是什么？”

“就像你说的，这一次依然是随机的文字，没有任何的意义。”云瑶无奈地说。

“好，我知道了。”陈俊南说，“下面交给我吧。”

“你想选择‘是’还是‘否’？”云瑶问。

“你……希望我怎么选？”陈俊南反问。

“我不知道。”云瑶回答说，“为了我自己的安全考虑，我更希望这一次的答案是‘是’，这样我右手边的女孩儿会死，但我在下面的几个回合都是安全的。”

“是，这样选择是对的。”

“我也不会干涉你的想法。”云瑶说，“你毕竟是这一次的赌命发起者，铁球一直悬在单数房间的头顶会让你十分危险，若你想要把答案变成‘否’，进行单双数的切换，我也觉得理所应当。”

“这样吗？”陈俊南嘴角一扬，“那我知道了。”

“嗯……”云瑶本应挂上电话，却始终拿着听筒不肯放下。

“怎么了大明星？”

“陈……陈俊南……”云瑶低声说，“我身边的那个女生和我并不相熟，她的死活我不是很在乎，但我有预感，下一次，死的极有可能是你……”

“打住打住……”陈俊南连忙摇头说，“姐，你闲着没事在这儿‘招灾’呢？能不能说点好听的？”

“可……可我就是有这种感觉。”

“别别别。”陈俊南头摇得像拨浪鼓，“你36℃的嘴怎么说出这么冰冷的话？我会因为救你而不改变答案吗？你太天真了，还是趁早挂了吧。”

陈俊南挂上电话，然后回头选择了“否”，又拿起电话拨给徐倩，整套动作一气呵成。

这一次不能选择“是”，就算云瑶会安全，也绝对不能选择“是”。

电话被接了起来。

“倩姐。”

“在，你说。”

“有人要大开杀戒了，这一次如果选择‘是’，就会拦不住地开始死人。”陈俊南说完之后沉默了几秒，又说，“这一次的问题你来出吧，目的就是让你后面的人选择‘否’。”

“拦不住地开始死人？”

“是。”陈俊南点头道，“多余的话我也不再说了，记得，选择‘否’。”

“我……知道了。”徐倩迟疑地挂上了电话。

虽然陈俊南已经尽了最大的努力让答案倾向于“否”，但他知道希望并不大。几分钟之后，屏幕照常亮起。

“本次题目的最终答案——是。”

轰隆——

声音很近，仿佛就在耳边。

坐标“1”死了，那个性格着急的姑娘。

这是第十二个问题，经过了这么多轮问答，大部分人应该知道了规则。现在单数房间的人和双数房间的人已经分成了两个阵营，现在只要接下来的回合中双数房间的人齐心协力，就能够杀死所有单数房间的人。

“接下来可真是……”

陈俊南话还没说完，突然一阵灵光穿过脑海。此时他终于明白齐夏那些绝妙的想法是从哪里冒出来的了。

“老齐……就是因为你没有回响，每一次都是在面对真正的死亡，所以你一直都如履薄冰啊……”

陈俊南露出了笑容，他已经知道地蛇真正的位置了。答案很简单……为什么现在双数阵营的实力会这么强？每一次的答案都如他们所愿，这说明双数阵营的人数比单数阵营更多。

坐标“-2”和坐标“3”死了，按理来说双数阵营和单数阵营各减少一人，双方阵营人数不变。可自从地蛇加入游戏之后，双方的人数发生了变化，双数变强了。这样一来，地蛇的位置已经完全确定了。

陈俊南站起身，面向左边的墙壁，露出一抹邪笑。

“你……原来离我这么近吗？”他将手缓缓放在墙壁上，眼神渐渐兴奋起来，“你说咱俩……到底谁会永远留在这儿？”

而一墙之隔的地方，地蛇也转头面向他的右侧，虽然他从进入房间开始就没有接听过任何电话，也并没有暴露过自己的位置，但偏偏感觉右手边传来了一股冰冷的杀气。他也将手掌放在了墙壁上，二人隔墙相望。

“小子……”地蛇咬着牙说，“你实在是太危险了，绝对不能留下。”

接下来不出陈俊南所料，头顶的铁球就像失控的列车一样冲向了云瑶，悬在了她的头顶。

趁着这次通话的机会，陈俊南告诉了云瑶他的推断，他说地蛇就隐藏在双数之中，坐标是“-2”。紧接着，陈俊南又和云瑶说了他的另一个猜想，那就是要小心“闷声男”——这个不显山不露水的男人，应当是之前冒充地蛇的人。毕竟在冒充地蛇的那个回合中，只有他可以改变问题，这说明他在不知道全貌的情况下，已经完全猜到了事情的发展，所以绝对不是个小角色。并且，他假装接到了坐标“3”打来的电话并改变了问题，成功误导了后面的参与者。

如果真是这样，云瑶接下来的处境非常危险。

第十四次问答开始，陈俊南的屏幕上也亮起了一行诡异的文字，看似是个问题，但毫无意义。

“一朵花崩溃在雪花间。”

陈俊南看到问题后，拿起电话拨给徐倩，然而，即便他猜到了地蛇就在他的左手边，也没能改变自身的处境。铁球最终悬在了他的头顶，下一个问题将会决定他的存活。

果然如云瑶所说，已经砸过人的铁球和刚开始的铁球完全不同，它带着浓烈的血腥味悬在那里。陈俊南能隐隐地感觉到它那巨大且冰冷的轮廓。它似乎可以填满整个房间。

“完全拦不住啊。”陈俊南笑道，“地蛇……你怎么这么着急？”

第十五次问答开始，徐倩作为第一个回答的人，最后，陈俊南才接到云瑶的电话。

“陈……陈俊南……”云瑶说，“我……我已经选了‘否’，待会儿你也选一下‘否’，说不定你会活下来……”

“好，我知道了。”陈俊南淡然地说，“我会选择‘否’的。”

“你……真的不怕死吗？”云瑶有些紧张地问，“现在铁球已经在你的头顶了……”

“说实话……”陈俊南叹了口气，“我对死亡的感觉已经十分淡漠了，就算知道自己可能真的要死，内心依然毫无波澜。这么多年来我只担心朋友会死，却从不担心自己会死。”

“可你……”

“而且我的看法跟你并不相同。”陈俊南举着电话，慢慢抬起头来看着天花板，“我有一种奇妙的预感……感觉自己并不会死在这一回合。”

“为什么？”

“因为我想明白了一件事。”陈俊南眯起眼睛说，“这场游戏前面几个回合是我在引导，可不知从何时开始……场上的引导者已经换了。”

“你是说……有人控制了这场游戏？”

“是的，大明星，现在场上有一个非常聪明的人，我感觉他和老齐旗鼓相当。”陈俊南伸出一只手，摸了摸墙上的布局图，“我猜他在第一时间就推断出地蛇参与了游戏，并且推断出了地蛇的准确位置，从那时开始他就试图掌握游戏的主动权。”

陈俊南的一番话让云瑶大惊失色。

这世上真的会有这么厉害的人吗？

“所以呢？”云瑶问。

“他正在让铁球奔向坐标‘-2’。如果我以上的猜测全部都是正确的，那么这一回合他会让众人选择‘否’，进行双数和单数的切换，所以我可能不会死。”

“这个假设太大胆了。”云瑶皱着眉头说，“只要有一个猜测是错误的，你就永远消失了。”

“正因为我跟老齐组过队，所以才把人的上限想得很高……跟聪明人相处时，需要完全相信对方的手段。”陈俊南笑道，“大明星，你猜猜那个人有没有料到我是赌命发起者？”

“就算他猜到了你是赌命发起者又如何？”

“那他应该知道一旦我死了，那么赌命就结束了，地蛇有可能会被放出房间重新成为裁判，那时候就说不准地蛇是会报复还是报恩了，所以最好的方法是让地蛇留在这里。”

云瑶咽了一下口水，感觉陈俊南似乎太信赖聪明人了。这世上真的会有这样一个人，坐在孤零零的房间中就能洞察整个游戏的全貌？

“大明星，你了解那个叫钟震的男人，他有这么聪明吗？”陈俊南问。

“他不是个蠢人，但也绝没有你说的这么聪明。”云瑶说，“他最大的特点就是冷血，我曾和他参与过几次游戏，他杀死的队友不在少数，甚至连我也被他杀了一次。楚天秋曾经说过，他正是看中了钟震这一点，所以才把他纳入天堂口。”

陈俊南点点头：“这样说来……操控全局的人应该不是他，而是另一个人。”

云瑶也思索了起来，刚刚他们跟所有的参与者打了照面，可有谁能有如此手段？

“大明星，先不说了。”陈俊南说，“毕竟我马上就可以证实我的想法是否正确了。”

他挂上了电话，一脸慎重地按下了“否”，随后喃喃自语道：“让我看看你的能耐吧。”

短短十几秒的时间，陈俊南感觉像是过了一个世纪，他眼睁睁地看着屏幕上的字亮起。

宣告他生与死的审判书落下了。

“本次题目的最终答案——否。”

“赌对了……”陈俊南的眉毛瞬间扬了起来，随后只听咔嗒咔嗒的链条声响起，带动头顶的巨大铁球离开了。

从这一刻开始，这颗铁球就像是一辆缓缓转动着炮筒的坦克，转头瞄准了地蛇。

陈俊南感觉有一道隐秘的桥，将他与对面的某个人联系到了一起。

云瑶抬起头，听到了巨大铁球的移动，微微地叹了口气。

一切都如陈俊南所料，但现在问题同样棘手，如果下一次铁球要落下，死的人要么是云瑶，要么是“闷声男”，要么是地蛇。

此时，陈俊南慢慢闭上了眼睛，接下来的时间他只有等，等到第十八题来临。对方究竟是一个深谋远虑的智者，还是一个随意杀戮的恶魔，就在第十八次问答见分晓了。

第十六次问答，众人照常传递问题，云瑶打来电话的时候传递的问题很简短，就两个字：选“是”。

接下来最好的处理方式自然是跟着这个隐形的领导者走。地蛇的审判之日要来了。

陈俊南拿起电话拨打给徐倩，可电话响到第二声就被人接起来了。

自从坐标“-2”死去之后，他每一次的电话都要响十次以上，此时难免有些不习惯，但还是很快反应了过来。

“老贼？原来你离我这么近啊？”陈俊南笑道，“最近身体好吗？喜欢惨叫的老毛病改了没？”

地蛇沉默了一会儿，开口说：“能不能……放过我？”

“放过你？”

“没错，我不想死。”地蛇说道，“你开出的任何条件我都可以答应，要漂亮女人、训练过的小孩儿……或者我帮你杀个人都行，你能不能放过我？”

陈俊南听后渐渐收起了微笑，随后瞪起一双冰冷的双眼说：“你个人渣连求人也是这么让人恶心，什么叫漂亮女人和训练过的小孩儿？我恨不得现在就冲到你的房间扯断你的舌头。”

“不……你冷静一点听我说，每个人在终焉之地都一定有所求，你的所求是什么？”地蛇严肃地问，“这个地方没有法律和道德的约束，我会变得无所不能，无论你是什么要求我都会满足你，你尽管提出来。”

陈俊南沉默了一会儿，冷笑道：“你说的话还真挺有道理啊，这个地方确实没有法律和道德的约束……”

“是的，是的！”地蛇点点头，“你难道不想凌驾在别人之上吗？平日里你得不到的那些女人，成为地级之后就能易如反掌地得到她们，没有人可以反抗你的啊！如果你愿意，甚至可以从人蛇做起，我可以成为你的启蒙导师……”

陈俊南摇了摇头，继续冷笑道：“你的意思是小爷我的这副尊容不要了，然后套上一张腐烂发臭的蛇皮，接着学你那样，在游戏中利用规则来威胁姑娘，让她们屈服于我？”

“这不好吗？！”地蛇有些着急地说，“在现实世界里，有什么事情是你可以完全做主的？！又有哪一件事是完全顺你意的？！但在这里我们可以啊！我们成为生肖就可以！在我们的游戏里她们只能听我们的！就连上面的人也要遵从我们所设立的规则！”

陈俊南听后深深地呼了口气，看起来气得不轻。

“小爷还真有点好奇了，你现实生活到底过得有多么不如意……才会在这种阴暗恶臭的土地上寻求自己的存在感？”

“我……”

“只可惜啊……小爷的思想太过传统了，接受不了你那潮流玩法。我这辈子揍过无数的人，可偏偏没在姑娘面前红过脸儿。老天爷让我生得身强体壮，就是为了让小爷我在姑娘有难的时候帮衬一把。”

地蛇听后紧紧地皱起了粗陋的眉头："事到如今你还在说什么漂亮话？！同样都是男人，我怎么可能不了解你在想什么？你跟那个漂亮女孩儿一起来参赛，你以为我不知道你的目的吗？你无非就是想上演一场英雄救美的戏码罢了！可你现在选择了赌命，明明是玩砸了！你现在后悔还来得及！"

陈俊南笑道："同样都是男人，你还真的不了解我。你居然希望我站在你那一边，可小爷我交朋友只看两点，一是对朋友局不局气，二是对姑娘客不客气。你自己撒泡蛇尿好好照照，你符合哪一点？"

"呵……你倒是深明大义了……"地蛇冷笑道，"虚伪的男人我见得多了，搔首弄姿的女人我也见过不少，你带来的那个女孩儿穿着短裙，不就是为了给男人看的吗？你俩还在这儿装什么清白？"

听到这句话，陈俊南知道好好聊天已经没有什么用了。

"哟，我想请问你那俩眼珠子是长膀胱上了吗？怎么整天渗尿，看啥都骚呢？人家穿衣服就为了给你看的？你现在是又当狗又吃草，满嘴是屎还想装样（羊）了是吧？小爷现在脱得就剩裤衩跑到你房间里是不是可以告你骚扰了？"

陈俊南搁着电话将地蛇劈头盖脸地痛骂一顿，竟然骂得他还不了口。

"怎么？高血压犯了？说话啊！"陈俊南叫骂道，"你刚才那牛气哄哄的架势呢？老北京的各大胡同里你去打听打听，小爷动手只排第二，动嘴天下无敌。"

地蛇确实没有办法了，叹了口气问："我不和你吵，最后问你一次……你要不要合作？"

陈俊南听后顿了顿，说："这样吧，小老头儿，你答应我个要求，我就不针对你了。"

"什么要求？"

"你刚才说的女人，还有受过训练的小孩儿……她们现在在哪儿？"

"你还是感兴趣啊……"地蛇听后干笑一声，"她们被我关着呢，就在这栋建筑物里。只要你让我活下来，她们就都是你的了"

"好，那就太好了。"陈俊南点点头，"既然如此，你就放心地等死吧。"

"什……什么？"地蛇一愣，"你小子给我耍诈？你不跟我合作？"

"有点遗憾了。"陈俊南摇着头说，"我确实不想针对你，可是现在场上有另一个人要你的命，我实在是无能为力。"

"另一个人？！"

"是啊，小爷我运气好，有个人开着坦克过来，想要将炮筒塞到你的嘴里，而我为了保险起见，只能也爬上这辆坦克和驾驶员一起杀了你……至于最后谁才是坦克的拥有者，那就是我和他之间的事情了，您老走好吧。"

说完，陈俊南没等地蛇回复，直接挂断了电话。

…………

第十六次答题时间结束，陈俊南的屏幕亮了起来。

"本次题目的最终答案——是。"

陈俊南心想：果然，对方的思路和自己的搭在了一起。

现在的铁球悬到了陈俊南的头顶。

接下来第十七次问答也毫无悬念。虽然这次地蛇并没有接听电话，但上一次问答徐倩必然接到了他的电话，并且很有可能告知后面的人地蛇就在"-2"。

第十八题，答案也不出所料。

只听铁链声阵阵，巨大的铁球砸向了地蛇所在的房间。可让陈俊南略感疑惑的是，这一次的声音跟之前的不同。铁球曾在隔壁房间落下过一次，可这一次落下时产生的声响远远不及之前，只感觉地面一阵轻微摇晃，其他异常的声响几乎没有。

这合理吗?

陈俊南低头思索了一下。地蛇的肉体经过强化，有很大的概率能托住铁球，使它不接触地面，从而使发出的声音大幅度减小。

可好像还少了点什么……之前的轰鸣声和瓦砾声呢？他瞬间想起了什么，紧接着抬起头看向了天花板。问题出在天花板上。

铁球第一次落下时砸碎了天花板，可这一次没有，之前每一次铁球落下时的巨响都是因为砸碎了天花板，这一次是铁球第一次落在先前砸过的位置，所以声音相对小了许多。

"铁球明明在我的隔壁，听起来的声音却并不大……"陈俊南摸着下巴沉思道，"那对于远处的人来说岂不是根本听不到……"

几秒之后，陈俊南露出了一脸兴奋的表情。

"哈！太逗了！"他一拍手，大叫道，"小爷真的是个天才啊！居然想到了一个妙招啊！"

他心想：虽然是先赌的命，后想的招，但好歹想到了啊。果然“车到山前必有路”的人生信条没错！

“如果你个老小子能接住那个铁球，那么我就只能出这招了。”

第十九次问答开始，陈俊南象征性地接了云瑶的电话，随后拨给左手边的人。他本以为地蛇那个老小子能拖着半只脚踏入地狱的身体接个电话，可没想到接电话的人变成了徐倩。

“是你？”徐倩愣了一下。

“是我啊，怎么，不欢迎？”

“哎……你刚才听到了没？”

“你是说斩蛇起义吗？”陈俊南点了点头，“算是听到了吧。”

“他……死了？”

“问得好。”陈俊南笑道，“等会儿我有空了出门帮你看看啊，别急。”

听到陈俊南这么说，徐倩只能叹了口气：“他上一次问答给我打了电话，我已经把他的位置告诉后面的人了，可我不知道后面的人是否相信我……现在好不容易砸到了地蛇，又不知道他是不是死了，这种感觉真的好烦啊！”

“急什么？”陈俊南笑道，“地蛇那个老贼如果没死的话，过两个回合就会给你打电话报平安了。”

徐倩沉吟了一下：“也对。”

“倩姐，接下来我们按照‘是’‘否’‘是’这种节奏，将地蛇砸成蛇肉饼吧。”

二人挂上电话静候了一会儿，第十九题的答案浮出水面。

“本次题目的最终答案——是。”

第二十题，地蛇依然没有接电话，陈俊南象征性地跟徐倩交代了几句，随后继续等待。

可当答案浮现时，他失算了。这一次的答案也是“是”。

炮筒的方向转了，场上的风向也转了。铁球没有继续回到地蛇的头顶，反而远去了。陈俊南看了看自己画下的布局图，现在铁球悬在了“紧张男”的头顶。

他招谁惹谁了？

刚刚的问题，自己、云瑶和徐倩都已经选择了“否”，为什么最终答案会是“是”？陈俊南想不通。

是什么导致了变故？这一回合和之前的回合有什么不同吗？如

果硬要说的话……那就是徐倩告诉了后面的人地蛇的位置。

“糟了……”陈俊南站起身，似乎想明白了。

那个所谓的聪明人似乎并不相信地蛇的真正位置……他想让铁球从坐标“-2”一路砸回坐标“3”？这样一来的话能够在尽量除掉参与者的同时，也重伤地蛇。

果然和他料想的一样，那个紧张的男人被众人投票出局了。整个过程耗时不过三分钟，干脆利落，完全不拖泥带水。

事情似乎又有点诡异了，接下来的第二十二题和第二十三题，答案依旧是“是”，事情正朝着一个诡异的方向前进。

陈俊南赶忙重新端量起了墙上的布局图，在心中模拟起了接下来几个回合的动态。

“你骗了别人……你想开杀戒？”

他用手在“紧张男”处刻了一个“死”字，然后跳过那个不跟他合作的男人，在坐标“6”的位置也刻了一个“死”字。如果不出所料，第二十四次问答死的就是这个男人。接着他又跳过了白衣女子，在她后面的位置刻下了一个“死”字。按照这样隔一个死一个的节奏来看的话……

“等一下……”陈俊南眉头一皱，白衣女子左右两个人当中有一个是钟震，他本以为这两个人当中有一个是掌握大局的人，可现在看来他们已经被大局掌握了，完全不能脱身。

他们被骗了。

“我早该想到的啊……”陈俊南苦笑一声，“原先以为双数当中有一个聪明人……”

他伸出一根手指，用指甲将白衣女子四个字狠狠地圈了起来。

“原来你这么可怕吗？”陈俊南嘴角一扬，“现在我更想把你介绍给老齐了，你俩搞对象的话八成会很有意思吧？”

第二十七次问答。

一切如同陈俊南所料，铁球一路顺时针砸过去，杀光了双数号房间内的人，现在已经掠过了白衣女子，悬在了她左手边的房间上空，也就是坐标为“4”的位置。

陈俊南对面的房间，一个白衣女子拿着电话，面带微笑地等待着。

没多久，她开口问道：“大哥，你刚才说你叫什么？”

“我……我叫钟震……”

“这名字不错啊，大哥。”白衣女子点了点头，“你这次选什么？”

钟震咬着牙，嘴唇发白地问：“能不能别折磨我了？”

“怎么会呢？”白衣女子笑道，“你可以继续选‘否’呀，若是不相信的话，我们可以再试一次。”

白衣女子捂嘴一笑，而钟震也在另一个房间捂起了嘴。

“我信了……我全都信了……”钟震慌张地点着头，“你说什么我都答应，我现在还不能死……你别再让我选‘是’了……”

“怎么会呢？”白衣女子笑着皱起眉头，“大哥，你自己看看，是你自己要选‘是’的。”

钟震低下头一看，瞬间露出绝望的表情。他的左手不知何时伸出来，冲着“是”的按钮移了过去。

“姑娘……你别……我现在不能死……”钟震一脸惊恐地说，“你先让我回响吧……只要我能除掉相熟的人，死了就死了……”

“哦？”白衣姑娘抚了抚自己的长发，“那你快把手缩回来，晚了可就按到了。”

钟震听后将电话一扔，随后用右手死死地拉住自己的左手。此时的左手就像着了魔，冲着按钮伸去，好不容易用尽全身力气拉住了左手，可下一秒他的整个身体都开始向前移动。

啪。

一声脆响，左手最终还是按下了“是”。

钟震一脸阴沉……这到底是什么鬼东西？在这片土地上还有这么霸道的回响吗？

“大哥，要不要告个别？”白衣女子笑道，“看起来咱们能聊天的时间不多了。”

钟震无神地坐在椅子上，重新拿起电话，茫然地问：“为什么你的回响可以控制得这么好？每一次都不会引起钟响……你保留了多久的记忆？”

“哈，大哥，是什么原因让你觉得我会给你暴露底牌？”白衣女子摇摇头，“在这片土地上能自由自在使用回响却不引起钟响的人一只手都能数得过来。这正是我们的生存之道啊。”

钟震听后将嘴唇紧紧地抿了起来，随后道：“原来是这样……如果有可能的话……我真的不想忘记你的存在。终焉之地有你这样可怕的人物，我应该随时保持警惕。”

“可你做不到了。”白衣女子依然甜美地笑着，“这也是我为什么从来不杀回响者的原因，现在的你，死了就死了。”

“这样吧……”钟震苦笑道，“既然我马上就要死了，能不能告诉我你的能力是什么？”

“有意义吗？”

“我不知道。”钟震摇摇头道，“但说不定有那么万分之一的可能……我会记得你。”

“好。”白衣女子点头道，“大哥，既然你人之将死，我也让你死个明白，我是‘夺心魄’。”

“夺……心魄？”钟震露出一脸难看的笑容，他未承想到和自己交手的人竟然有三个字的回响，“你用什么方法来控制别人？”

“那我就不能说了，抱歉。”

白衣女子伸出手捋了捋头发，诡异的是，同一时刻另一个房间的钟震也伸出手捋了捋不存在的长发。

“你用这个能力控制了我们附近几个人，让他们都被迫做出了选择？”

“我没有那么强，所以控制范围也有限。”白衣女子说，“除了回响之外，我还能依靠我的智慧，当这两样东西都发挥作用的时候，我才能够称霸所有的地级游戏。”

“真是厉害啊。”钟震最终还是露出了释然的表情，“如果我能活下来……一定第一时间想办法除掉你。”

“这算是临死的遗言吗？”白衣女子伸手看了看自己的指甲，一脸平静地说，“连你自己都选了‘是’，你觉得你这回合能活下来的概率有多大？指望出现某个回响者救你吗？”

“哈哈！”钟震听后露出了难看的笑容，随后伸手解开了自己衬衣领口的扣子，“但说不定凡事都有例外啊，既然是拼上性命的豪赌，自然要抓住每一丝机会。虽说不会有新的回响者出现，但现在榜单上不是还挂着一个回响者吗？”

白衣女子听后微微思索了一下，外面的榜单上确实挂着一个回响者，名为“替罪”。

“你指望这个‘替罪’现身帮你？”白衣女子捂着嘴笑出声来，“天哪，你为什么会这么乐观啊？”

“这就是救命稻草吧。”钟震说，“人在失去所有希望的时候，自然会把希望寄托在这些缥缈的稻草上。”

“既然如此，我祝你抓紧这根稻草。”

白衣女子放下了电话，闭上双眼静坐了起来。没过多久，她缓缓露出微笑："你们都给我去死吧……毕竟只有极道……才是这里唯一的路。"

场地的另一侧，云瑶的房间。

她已经愣在原地许久了。刚才通电话时陈俊南的话让她完全摸不着头脑。

"大明星，我想明白了，我们最大的敌人是我对面的白衣女子，如果没猜错，她正要除掉她左手边的人。"

"那也已经不是我们能左右的事情了吧？"

"不，恰恰相反……"陈俊南说，"在这个场地中，能控制铁球的人不仅有她，还有我。"

"你？"

"你信不信，从现在开始，我可以无视一切规则，能够让铁球随意落在任何地方？"

"啊？！"云瑶一时之间没听明白陈俊南的意思，"你……你有这种能力吗？可你这样做的目的是什么？"

"我准备救下白衣女子左手边的那个人。"陈俊南笑道，"现在我救下他，他有可能成为你最强劲的队友。"

"成为我的队友？你要干什么？"

"那就不能说了，说了可能就失败了。"

"这……"云瑶露出担忧的表情，"你有多大把握？"

"把握？"陈俊南活动了一下脖子，"小爷我做事从来不看把握，成功了就叫我陈总，我们迪拜见；不成功就叫我陈某，我们十日后见。[①]"

所有人都选完了答案之后，钟震缓缓地站起身，将西装脱下来，然后整整齐齐地叠好，平放在了座椅上。他又松了松上衣领子，让自己尽量舒服一些，接着站起身，几步走到屋子中央，抬头淡然地盯着天花板。

"巨大的铁球吗？来吧，来杀我。"

他将双手张开，仿佛在迎接狂风暴雨。

屏幕上渐渐亮起了一行文字：本次题目的最终答案——是。

---

① 网络哏，原意是干票大的，成功了就成了有钱人，可以去迪拜旅游消费，失败了就破产了。此处为引申用法。

钟震微微一笑："死了好啊……如果每次都能忘记一切，人也不会这么痛苦了。"

轰隆——

一声巨响陡然炸开，所有人都疑惑了一下。云瑶更是被这声音震得难以坐稳，连人带椅子直接摔倒在地。她来不及感受疼痛，赶忙爬起身来惊恐地拍打着左侧墙壁。

刚才的动静居然是从左侧传出来的。

这一回合要死的人坐标不是"4"吗？怎么会是"-1"？！

"陈……陈俊南……陈俊南你……"云瑶颤颤巍巍地敲打着墙壁，却不知道该说什么，仿佛此时间什么都是多余的。

几秒钟的时间，云瑶已经急得满眼通红，无数个疑问在她的脑海当中冒了出来，可是没有任何人能给她解答。

这到底是为什么？是谁要诈了？

"裁判！裁判！"云瑶冲到门口，随后大力敲打着木门，"设备出问题了！你们的规则也出问题了！有人吗？"

片刻之后，云瑶只感觉有一阵强劲的风声在木门的另一头响起，接着是一股扑面而来的寒气。

玄武似乎就站在外面。

"裁……裁判……你们制定的规则，铁球不应该在这里落下的啊！"云瑶又伸手拍了拍门，"现在正是赌命的时刻，怎么可以耍这种手段？"

玄武沉吟了一会儿，开口道："大呼小叫，大胆。"

云瑶听后慢慢后退了一步，门外的玄武给人的危险感比地蛇高了不止一个档次。

见到云瑶没有说话，玄武又开口道："规则从未提及铁球何时落下，游戏情况一切正常。"

"正常……"云瑶感觉玄武已经疯得没有正常思维了，"刚刚的铁球明显在我们对面，现在一声不响地横跨了半个场地忽然落在了我旁边，你管这叫正常？！"

"大胆！"玄武冷喝一声，"若再继续胡搅蛮缠，必定身首异处。"

云瑶微微一怔，所有的话都噎在了喉咙里。

到底是为什么？自己刚刚找到前进的动力，一切却又转瞬即逝了。为什么在这个该死的地方所有想做的事情一件都做不到？自己付出了所有心血的天堂口现在已经分崩离析，保存记忆的人一个比一个少，好不容易想要赌死一个地级从头开始，陈俊南又死了。

他的死，代表参与者跟地蛇的赌命结束了。难道跟地级赌命是永远都不会成功的吗？可……为什么玄武会说一切正常？

云瑶急得手直发抖，耳畔也一直嗡嗡作响，为什么？为什么自己到现在还没听到钟声？

“等一下……”云瑶茫然地抬起头，环视了一下自己所在的房间。

这里的隔音实在太好了，很难听到外面的声音。那会不会已经回响了？云瑶沉思了一会儿，嘴角一扬。

她早就料到会有这么一天，料到她会完全与外界隔离，不知道回响在何方，但“强运”毕竟是“强运”。

云瑶从随身的小包中拿出了一支烂番茄色的口红，拔开盖子旋了出来，随后轻轻地涂抹在嘴唇上，接着将嘴唇一抿，让自己在这阴暗的房间里看起来有了些许气色。

“我的‘强运’……”她眼神一冷，抬头将口红随意地抛向了空中。

只见这支扭开的口红在空中划出一道抛物线之后竟稳稳地立在了地上。

云瑶弯下身子将口红捡起来，随后再次抛向空中——口红依然立在了地上。

三次之后，云瑶有了把握。

“强运”已经来了，只是不知道这次的运能够强到什么程度……云瑶左手拿着口红盖子，将盖子朝上举起，然后右手拿起口红，将它狠狠地摔向墙面，这一次的力气非常大。这支被丢出的口红就像是乱飞的子弹，在屋内的墙壁上连续弹射数次，每一次都是底部接触墙面，最后撞在云瑶面前的屏幕上又弹向空中。

云瑶闭上眼睛，尽量不去控制自己的动作，下一秒，那个飞向高空的口红插回了盖子里。

一切都是运。

“很好……”云瑶睁开眼睛，将口红扔进了背包中，“运很强，我已经很久没有接收到这么强的运了。希望能够持续得久一点……”

她低下头重新思索了一下战术，此时陈俊南应该已经死了，可是玄武说一切正常……难道是要等游戏彻底结束才行吗？因为地蛇现在正在游戏里，所以没有理由让他中途退出？抑或是有其他人赌了命，导致地蛇无法脱身？

无论结果是什么，自己现在有“强运”在身，那个铁球就算悬在自己的头顶也绝对不可能落下来。它会卡住，会损坏，会开裂，总之不会落下来。

这就是“强运”。

另一侧，钟震的房间。

巨响在远处落地之后，钟震也不可置信地睁开了双眼。他迟疑了一会儿，缓缓地露出笑容：“有人居然在此时出手了。”顿了几秒钟之后，他回头拿起自己的西装重新披在了身上。

万分之一的概率都生效了，还有什么是不可能的吗？

那个“替罪”真的在这里。这是一件概率多么微小的事情？

“既然你帮了我，那么轮到我来还愿了。”钟震将自己额前有些散乱的头发抄了起来，露出一张格外阴狠的脸，“我亲爱的邻居……我要想办法杀你了。”

白衣女子此时缓缓皱起了眉头，感觉情况有些诡异。

她已经将规则摸透了，可是铁球怎么会出现在那里呢？

下一回合，云瑶接到了“闷声男”的电话，二人举起话筒谁都没开腔，几秒钟之后就双双挂断了电话。

现在铁球在云瑶身边，她果断按下了“是”，然后拿起电话拨给旁边的房间。

虽然早就知道了结果，但云瑶还是想自己确认一下——陈俊南真的死了吗？

电话响起了，十次拨号音响完，无人接听。二十次拨号音响完，依旧无人接听。

直到拨号音第二十一次响起的时候，一个姑娘才接起电话，听起来她吓坏了。

“喂……”

云瑶顿了顿，开口说：“你好。”

徐倩顿了顿，问：“他……死了吗？”

云瑶脸上闪过一丝落寞的表情：“应该是，那个铁球落在了我左边的房间。”

徐倩感觉很不能理解。这个世界上还有这样的男人吗？他的每个动作、每个表情都嚣张至极又胸有成竹，结果就这么不明不白地死了。

“真是……真是太荒唐了！”徐倩有些崩溃地骂道，“他……他留下这个烂摊子，留下地蛇……自己居然死了……”

云瑶表情也有些黯然，她并不了解陈俊南是个什么样的人，只知道对方很冲动，做事从不计后果，现在的结局……恐怕连他自己也没有想到裁判居然会和地蛇串通作弊。难道……头顶的链条一直都拴着两个铁球吗？

此端一个，彼端一个？

如果真是这样，那只能说地蛇太狡诈了。

虽然云瑶有些悲伤，但她也不想继续纠结于陈俊南的死因了，现在的重点是赢下游戏。

“姐妹，你现在处境比较危险。”云瑶说，“你和陈俊南是相邻的单数，这一回合的铁球有可能会掉到你的头上。”

徐倩顿了顿，说：“原来……他叫陈俊南？”

云瑶听后深深地叹了口气：“姐妹，现在不是考虑这个的时候了吧？你要想办法活下去。”

“啊，对……”徐倩点点头，“也是啊，我……我得活下去。”

“没错……”云瑶无奈地说，“接下来两个回合我不再和你说话了，电话你可以直接挂掉。”

“啊？为什么？”

“我们不是朋友，我无法相信你。”

“好……我知道了。”

放下电话之后，云瑶坐在椅子上玩弄着手中的口红，这一次的铁球落在陈俊南的头上，虽说是个悲惨的结果，但也不完全是个坏消息。

铁球现在离地蛇更近了。本来还有半圈才能转回这里，可现在铁球就在地蛇的旁边。只要接下来几个回合控制得好，还是有可能再砸他一次的。

第三十次问答来临，除地蛇外，场上还存活六个人。而这一轮的铁球，也毫不意外地悬在了徐倩的头顶。

云瑶虽说不太了解这个姑娘，但通过刚才简短的交谈，她大概能知道这姑娘的性格不坏，人品也说得过去，所以象征性地选择了“否”。不知能不能帮到她，但这也是她最后的善意了。

“本次题目的最终答案——是。”

没有任何人手软。对于剩下的人来说，徐倩没有任何活下去的必要。

轰隆——

巨响再次响起，云瑶再一次愣住了。这次声音居然不是来自左边，而是来自右手边。但这次的声音明显没有上一轮的强烈，似乎并不是隔壁，而是隔了一个房间。

“等一下……隔了一个房间？”

云瑶右手边的“着急姑娘”已经死了，再往右就是陈俊南说过要她小心的“闷声男”。

怎么会这样？“闷声男”死了？

场上的所有人现在似乎都有些混乱。铁球自从在陈俊南的房间落下之后，似乎就开始随机杀人，完全没有章法和道理。

云瑶此时也慢慢睁大了眼睛，陈俊南说过的话在她的耳畔一直回响——

“大明星，你信不信，从现在开始我可以无视一切规则，能够让铁球随意落在任何地方？”

陈俊南？

云瑶的心像是刚刚熄灭的火堆，此时又有了点点的火星。

“你还活着吗？”她站起身望着自己右侧的房间，可是脑海当中疑问万千。

陈俊南是怎么做到的？他为什么可以随意控制铁球？难道他找到了什么隐藏规则？可他明明没有这么聪明，又是怎么凌驾在规则之上的？

还未等她思考明白，问题又接踵而至，这一次云瑶接到了钟震的电话，看来她和钟震之间的人都死了。

“一定啊……”

钟震似乎一直都在说话，云瑶接听时，话音刚刚过半。

“钟震？”云瑶愣了一下，“你还活着？”

钟震顿了顿，说：“我已经说了很多遍，不管你是谁，也不管你能不能听到……但我算了算，现在铁球已经到我右手边的人头顶了，她是个大麻烦，一定要除掉她！她太危险了！”

云瑶感觉有点奇怪：“你……你在说什么？钟震，你没有发现现在铁球的运行轨迹已经——”

“一定啊！”钟震大叫道，“这个人可以通过某种接触来控制别人的动作，如果她活下来，接到电话的所有人一个都跑不了！”

“钟……钟震……”云瑶感觉有点不妙，“你听得见我说话吗？现在的铁球已经——”

“一切都拜托你了！一定要除掉她啊！”

“你——”

“我已经说了很多遍了，不管你是谁，也不管你能不能听到……”

“你听得到吗？”

云瑶感觉钟震好像着了魔，他似乎一直都在重复同一段话，她只能一脸不解地挂上了电话。

钟震的房间。

此时的房间与刚才截然不同，多了斑斑点点的血迹。屋内的椅子已经被摔碎了，钟震手中拿着一截断裂的椅腿，双颊殷红一片。

不久之前，他用这根断裂的椅腿木片刺穿了自己的双耳，因为除此之外他再无其他任何办法了。那个女人打来的电话就算不接也没有用，他依然会被她的回响所控制，这个诡异而强大的回响似乎只有完全丧失了听觉才能破解。

他举着电话一遍一遍地重复着刚才的话，忍着阵阵头晕目眩，直到说得口干舌燥。

他将电话挂断之后再一次将它举了起来，由于完全丧失了听觉，他绝不可以让电话处于挂断状态，否则长时间无人接听，白衣女人就会将电话拨打给下一个人，所以最好的方法就是让电话一直占线。

钟震舒了口气，用双手抹了抹脸颊的鲜血，然后用满手的鲜血将散落的头发再次捋到头顶。这比发胶管用得多。

“真是可惜啊……我亲爱的邻居，明明找到了破解之法，却没有办法亲手掐死你。”钟震懊恼地说，“人海茫茫……若是我们擦肩而过，下次我该去哪儿找你？”

此时的白衣女子抬头望着天花板，表情也略带疑惑。铁球乱砸，这是什么规则导致的？

而且从刚刚开始，天花板上的声音就很奇怪……

第三十三次问答，铁球落在了坐标为“-5”的房间，现在看起来，场上只剩四个人了。

坐标“0”：云瑶。

坐标“-3”：徐倩。

坐标“-7”（即坐标“5”）：白衣女子。

坐标“-8”（即坐标“4”）：钟震。

目前这四个人互相传递着问题，可钟震已经完全听不到任何声音了。另外……场上应当还有两个不可见的人。

坐标“-2”：地蛇。

陈俊南生死未知。

这二人明明是赌命的参与者，此时却都将自己隐藏了起来，完全不与外人沟通。

云瑶猜测陈俊南应该是使了什么手段，可他的手段实在是太高明了，居然可以让铁球完全无视原本的路径，就算是回响都不可能这么强大。

铁球现在悬在坐标“-5”上空，下一轮可能会从徐倩或白衣女子的头顶落下。

“既然如此的话……”云瑶皱着眉头正在思索着，电话却忽然响了起来。

她知道，此刻能给自己打电话的人只有钟震，于是不假思索地拿起电话，接着就要挂断。

她不能相信钟震。

可电话还未挂上，一个贱兮兮的声音从中飘了出来：“你好啊，大明星！”

云瑶浑身一顿，随后将电话缓缓挪到了自己耳边：“陈……陈俊南？”

“嘿！好久不见啊！”陈俊南气喘吁吁地说，“先等小爷坐下啊，太疼了。”

“疼……”云瑶有些着急地问，“到底怎么回事？你做了什么？”

“嗐，你甭管，你先夸小爷两句。”陈俊南深呼一口气，然后笑道，“我厉害不？瞧见没？小爷杀疯了啊。”

云瑶思索几秒，问：“你……是什么回响？”

“替罪。”陈俊南说，“在这个场地内，只要我想，那么倒霉的人就是小爷我。”

“倒……倒霉？”云瑶瞬间想明白了什么，“这个回响听起来只能让铁球落在你的头上……”

“是啊。”陈俊南点了点头，“不瞒你说，这几次的铁球都落在了我的头上。”

“什么？”

“大明星，我考你几个问题。”陈俊南低声吸了几口凉气，然后说，“你说……掉下来的大圆球，会将屋子里的所有东西都砸个稀巴烂吗？”

“那是当然的吧。”云瑶说，“光是听铁球落地的声音就可以推测一二了。”

“可是有个疑点啊。”陈俊南说道，“地蛇所在的房间遭受过了铁球的洗礼，可为什么他既可以接电话……又可以答题？”

“这……”

云瑶听后稍微一怔，随后慢慢睁大了眼睛。是的，这个铁球既没有砸坏电话又没有砸坏显示器，这是怎么回事？

“我想了很久才想明白这个问题啊。”陈俊南说道，“电话自然比较好解释了，它在墙角，由于我们的房间是正方形的，而我们猜测铁球是圆形的，所以墙角的位置是安全的。说实话只要躲在墙角，就有极大的概率躲开铁球……”

“是的。”云瑶点头道，“我也想过这个问题，身材消瘦的人，应该可以躲在墙角。”

“可大家还是死了。”陈俊南说，“为什么大家都知道躲墙角会活，却依然没有人活下来呢？这么简单的道理不会只有我能想到吧？”

“我还是不明白……”云瑶说，“照你的说法，大家应该都会活下来的。”

“那是因为我们被误导了。”陈俊南话锋一转，笑着说，“我们头顶的东西根本就不是铁球。”

“不……不是铁球？”

“由于见过它的人都死了，所以谁也无法把这个消息传出来。”陈俊南叹了口气。

“它是什么？”

“大明星……这个东西布满了铁刺，它是个铁刺猬。除非你和电话一样挂在墙角，否则在哪个角落都会死。”

“什么？”

“你也应该知道，如果只是个普通的铁球，我们根本不会闻到血腥味。”陈俊南揉了揉鼻子说，“我们之所以会闻到血腥味，正是因为它的铁刺上挂满了碎肉。”

“原来是这样……”云瑶略微愣了一下，“也就是说很多人在死之前都试图跑向墙角……但他们不是被砸扁的，而是被撕碎了。”

“对，我就是这个意思。”陈俊南压住声音又低声哼了几下，随后说，“我是不是很聪明……能够猜到这么多东西？”

云瑶感觉陈俊南的状态实在是不太对，略微有些担心地问：“你没事吧？要不要先休息一下？”

“我没事，你先别打断我……”陈俊南“嘿嘿”笑了一下，又问，“大明星，你再猜猜我是怎么活下来的？”

“我猜不到。”云瑶摇摇头说。

“这个老蛇，真是又抠门又狡诈。”陈俊南开心地笑道，“他害怕巨大的铁球会打碎房间里的显示屏，所以做了个失策的决定。”

“到底是什么？”云瑶问，“那个铁球到底有什么古怪？”

“大明星，这个死蛇几乎利用了人类想要逃生的一切弱点。”陈俊南说，“当你知道天上有一个铁球要掉下来时，会想要藏在哪里？”

云瑶想了想，第一个选择必然是墙角，可墙角如果无法藏匿的话，只能尽可能地贴近墙壁。但按照陈俊南的说法……为什么显示屏会没事？

“我实在猜不到。”云瑶摇摇头说。

“那小爷就告诉你吧……”陈俊南坏笑着说，“恐怕现场的所有人当中只有我知道，天上的东西说起来像个球，但实际上是个长满了刺的窝窝头。”

“啊？”云瑶一顿，“窝……窝窝头？”

这个答案虽然出乎了云瑶的预料，但也瞬间让她有了画面感。

“是啊。”陈俊南应道，“天上掉下来的东西，底部有一小部分是挖空的，正好用来容纳显示屏的位置。”

“这也太荒唐了……”话虽如此，但云瑶感觉这件事情似乎也是情理之中。

地级游戏通常一天要进行数场，若每一次都要重新维修设备的话自然是个麻烦事，最好的方式就是在杀人的时候不损坏屋内的设备。

“大明星，就算一个人再想躲避铁球，也很难想到要把房间里的显示屏拆掉，然后自己蹲到房间中央。”

陈俊南这番话说得不无道理，当明知道天上要掉下铁球时，有几个人会选择蹲在房间中央？这也说明了地蛇为什么要用天花板挡住铁球，这样可以让大家无法看清它的面貌。

“所以你拆掉了显示屏？”

“是啊，那个显示屏用一根铁管支撑在地上，小爷用椅子就能打断，只不过问题也接踵而至啊，若我不能投票的话，我必然会犯规。”

“你……你等一下。”云瑶打断陈俊南，“就算那个铁球的底部像个窝窝头，可它在落下的时候必定是有误差的吧，一个小小的显示屏或许能够逃过重创，可人的身体比那个显示屏大很多，你要怎么——”

“所以小爷浅浅地受了点伤……”陈俊南压抑不住骄傲地说，“那不重要啊，好在小爷是个天才啊！我想到了更换房间的方法……喀喀……”

话还没说完，陈俊南直接剧烈地咳嗽了起来，这并不像寻常咳嗽，反而像带着撕心裂肺的痛楚。

“小伤？你……你先别说话了……”云瑶叹气道，“陈俊南，你再等会儿，用不了几道题游戏就结束了。”

“不……”陈俊南平稳了呼吸对云瑶说，“游戏结束不了，除非我和那个老淫贼有一个人死在这里，不然就算你们能够结束，我也结束不了。”

云瑶听后沉默了一会儿，不知该怎么劝他。听起来他受了不轻的伤，可对于伤势来说，他似乎更想炫耀自己的丰功伟绩。

“那好吧……”云瑶终究还是妥协了，“那……你快跟我讲讲你到底是怎么跑到别的房间里去的……”

“嗐！”陈俊南听起来高兴极了，“你早就该这么问了啊！来来来，小爷说给你听听啊。”

云瑶无论如何也想不到，陈俊南在铁球落下时虽然被砸伤了，可在铁球升起时，居然抓着尖刺跟铁球一起升上了天花板。据他所说，能够让这么大的铁球在天花板上跟着链条走动，那么天花板上的空间应该非常大，足够一个人行走。

“接下来就是小爷的表演时刻了……”陈俊南笑道，“一开始我先试了试随意跳到一个没有天花板的房间，然后再次发动替罪，果然如我所料，铁球依然会跟过来。”

“这就是你所说的……可以无视一切规则，控制铁球的落点……”云瑶感觉有些不可思议，“你这根本不是控制铁球的落点，而是让铁球一直追着你砸……”

“你就说是不是控制了？”

“这……”云瑶知道如果二人的身份对调，自己绝对不可能使出这么拼命的计策。

铁球每次落下都有误差，不一定什么时候就会打碎陈俊南的头，可他一次次地把铁球召唤到他的头顶。

“后来啊，小爷更大胆了。”陈俊南又咳嗽了几声，“既然我站在房间里……铁球可以落下，那么小爷我站在天花板上，可不可以杀死天花板下面的人？”

“你真是太疯了……”云瑶最终还是忍不住地吐槽，“你参与游戏的时候一直都是用这种战术吗？”

“是啊。”陈俊南点点头，“用比老乔灵光百倍的头脑，和比老齐利落万倍的身手，再加上小爷我‘车到山前必有路’的人生信条，这世上还有什么赢不了的游戏吗？”

“太……太牵强了！”云瑶愣道，“你这纯粹是赌命啊！”

“可不就是赌命吗？”陈俊南嘿嘿一笑，“大明星，现在一切情况你都知道了，我需要你帮我个忙。”

“什么忙？”

陈俊南思索了一下，回答道：“一共只有四十八个问题，现在已经过了三十三个了，也就是说铁球最多只会落下五次。”

“没错。”

“我想让你帮帮我，在这五次里面……砸那个老贼一万次。”陈俊南说。

“你当我是什么？”云瑶觉得跟陈俊南接触的时间长了，自己都变得有点疯了，“我的回响是‘强运’，不是啄木鸟，怎么可能砸他一万次？”

“可是小爷的脑子就到这儿了……”陈俊南说，“我的战术卡住了，那老贼的头顶没有天花板，肯定会发现我的，他一旦发现我，就会猜到我的战术。”

“原来是这样……”云瑶点点头，“为了保命，他的选择很多，要么用双手将铁球拖起，要么和你一样拆掉显示屏藏在场地中央。”

“是。所以你说接下来该怎么办？”陈俊南问。

云瑶听后慢慢地闭上了眼睛，是的，现在可不是夸奖陈俊南的时候，毕竟最重要的一步还没有进行——地蛇现在还活着。

现在问题已经不多了，要怎么尽可能用这五次机会将地蛇活活砸死呢？

大约一分钟后，云瑶慢慢抬起了头。

“有了……”她慢慢睁大了眼睛，仔细地思索了一下整个计划的可行性，“这个计谋可以……我有办法了！”

“什么办法？”陈俊南问。

“就是……”云瑶一愣，随后说，“我……我不能说。”

陈俊南忽然明白了什么，点头笑道：“原来如此！大明星，你说得对，那根本不是计谋，而是百分之百将会发生的事实。”

“没错！”云瑶也一脸严肃地点头道，“它一定会发生，所以并不是我的计谋，一切都是一场突如其来的好运。”

陈俊南听后接着问：“需要我做什么……才能迎来这场好运？”

“砸他。”云瑶说，“让那个插满了刺的窝窝头照常落下，一切都会发生的。”

“明白！”

陈俊南挂掉了电话，随后踩着屋里的椅子，跳起来抓住了天花板上移动的巨大铁链。

规则从未说过参与者不可以出现在其他参与者的房间之中，更未说过不可以出现在天花板上。

“我果然是个天才。”

接下来的两次问答，云瑶一直坐在房间之中稳定心神，试图加深自己的信念。该发生的事一定会发生……可她的额头流下了细汗。虽然她的运很强，但要控制未来发生的事情，似乎太过困难了。

“会发生的……一定会发生的……”云瑶不断地安慰着自己。

第三十六次问答，陈俊南已经靠近了地蛇的天花板，此时正伸手抓着铁链挂在半空之中，他藏在暗处盯着地蛇的屏幕，只要那个老贼的屏幕上出现“本次题目的最终答案——是”，他将立刻引导铁球砸下去。

可让他没想到的是，这次的答案偏偏不是“是”，而是“否”。

“什么？”陈俊南略微迟疑了一会儿，很快就明白了过来。

刚才他闹得有些过头了。在所有人的视角里，现在的铁球几乎是无差别攻击，只要落下，必定死人，所以这一次谁都不敢选择“是”，只能为求自保，除了云瑶外一致选择了“否”。

“你们现在开始自保的话……小爷我会有点难办啊……”

陈俊南感觉自己的战术又被卡住了，现在场上的几个人都不是泛泛之辈，究竟要怎么才能让他们团结一心地选择“是”？

接下来的时间非常宝贵，众人只剩十二次问答，这期间铁球只有四次落下的机会……

“不对……”陈俊南脑海当中灵光一闪，有些明白了云瑶的战术。

如果云瑶的战术跟他想的一样，那么他们剩下的时间将会更短，根本不是十二次问答，而是九次问答。

铁球在三次之内必须落在地蛇的房间，这样才能保证百分之百将其击杀。

陈俊南在天花板上急得满头大汗："老齐啊老齐，真想跟你打个电话求助啊……到底怎么才能让这些人全听我的？"

几秒之后，陈俊南忽然想到了什么。

"等一下，小爷我为什么要自己想这个办法？"他慢慢露出一丝笑容，"这个办法……自然是让聪明人去想啊！"

…………

白衣女子坐在屋内正思索着接下来可能发生的事，忽然听到了微弱的敲门声。

咚咚咚。

这个敲门声将她吓了一跳，但她没有声张，站起身来走到门口，全程一声未吭。她将耳朵趴在门上静静地听了一会儿，那阵敲门声又响了起来，只不过不是来自门口，而是来自天花板。

咚咚咚。

她将椅子拖到身前，然后站了上去，仔细地听了听，声音似乎真的是从天花板上传下来的。

上面有人？这是个什么疯子？

白衣女子思索了一会儿，也伸手敲了敲天花板。

咚咚咚。

"嘿！"天花板上方传来一个闷闷的声音，"早上好啊！能听见吗？"

白衣女子慢慢皱起了眉头："你是什么人？"

"我就是一遵纪守法的参与者呀，有个买卖想跟你谈一下。"

"遵纪守法……"白衣女子抬头看了看天花板，饶有兴趣地回道，"你……说来听听。"

"小爷我跟个老小子赌命，现在有点不会了……可能需要你出来帮我盘盘道啊。"

白衣女子听闻此言，双手慢慢地环抱起来，脸上露出了一脸意味深长的笑容。

"啊？"她笑道，"你就是跟地蛇赌命的人吗？现在看起来你比地蛇还吓人，怎么能到单身女孩儿的天花板上趴着呢？"

“嗐！你说得都对！”陈俊南略带懊恼地叹了口气，“可小爷实在是走投无路了，不得不在这儿趴一会儿，但你放心啊。小爷是正人君子，偷窥的事可从来不干。”

“听你这么说我就放心了……”白衣女子笑着点点头，“那这位梁上君子想要我帮什么忙？”

“我想让你们选‘是’啊。”陈俊南说，“我知道你是个厉害人物，只要你能怂恿左右两侧的人在下一回合一起选‘是’，我们就赢定了。”

“是不是有哪里不对？”白衣女子抬着头冲天花板说，“我们选‘是’，看起来只有你能赢，我们赢不了。毕竟选择了‘是’之后铁球有可能在任何一个房间落下，可偏偏不会在天花板落下。”

“错了错了。”陈俊南摇头道，“铁球可不是随机落下的，小爷有办法控制。”

“哦？”白衣女子听这男人如此信誓旦旦，脑海中迅速思索了一下，“我明白了……你是那个‘替罪’？”

“嘿……”陈俊南无奈地摇了摇头，“你和老齐可真是整个终焉之地我最烦的人，怎么一下子就能猜到啊？”

白衣女子听到陈俊南间接承认了这个答案，心中更是疑惑。

“既然你是‘替罪’……那就说明铁球一直都在砸你，是吗？”她开始分析陈俊南的回响，“那你现在趴在我的天花板上，是想要害死我吗？”

“这……”陈俊南感觉事情有些瞒不住了，“小爷我其实不想对姑娘下手，但说实话，若是我死了，事情会变得更加麻烦，所以只能在这里威胁你一下了。”

“是吗？”

白衣女子再次抬头看去，天花板上竟然开始向下渗血了，看来这个男人伤得不轻，此刻正在虚张声势。

陈俊南不知自己的计划成功了没，刚想补充两句，却忽然感觉自己的脖颈忽然被一只手狠狠地扼住，将他按倒在地。

他慌忙地四下一看，发现按住自己脖颈的东西居然是他的右手。白衣女子的声音此时也从房间内传来：“你到底是哪根筋不对……居然认为能够威胁到我？”

“这是什么回响？”陈俊南发现自己的右手似乎变成了别人的手，完全不受自己的控制。

“姑娘……”陈俊南咬着牙说，“你要怎么才能相信我想杀死地蛇？”

“你杀不杀死地蛇和我有什么关系？”白衣女子微微一笑，“你知道我是什么人吗？”

陈俊南感觉这姑娘有点难为人了，自己已经这么多年没有在终焉之地的地界上活动了，谁知道她是哪个庙里的菩萨？

“你先把小爷松开……”陈俊南说，“我本来是不想杀你的，可你这不是在给自己拉仇恨吗？”

“可是杀了你对我没有任何损失啊。”白衣女子继续说，“反正你也不知道我是谁。”

“你等等……让小爷猜猜……”陈俊南感觉自己呼吸有些困难了，“让小爷猜猜你是谁……行吧？”

“哈！那你说说看。”

“小爷从未听说过有人的回响可以直接控制别人，但听说过另一种情况。”

“哦？”

陈俊南用力挤出一丝笑容，嘿嘿地笑了一声：“若是小爷没猜错……你现在也在用自己的右手掐着自己的脖子吧？你是在装模作样，要是把我掐死了，你自己也不好过。”

房间内，正在用右手掐着自己脖子的白衣姑娘愣了一下。

“你会强制其他人做出和你一样的动作……”陈俊南感觉自己的呼吸有些恢复了，于是继续说，“而控制方式……我记得是听到你的声音，对不对？”

白衣女子感觉有点不妙，她在终焉之地行走数年向来谨慎，所有知道她回响的人必须要死，她也会在所有的回响者面前装成不幸者，只有这样才能在这里完美地隐藏身份。

可今天情况好像不太对，这个男人似乎知道她的能力。

陈俊南感觉自己渐渐地夺回了右手的控制权，看起来这个女孩儿的信念动摇了。

“你叫什么名字？”白衣女子问。

“小爷陈俊南。”

白衣女子仔细思索了一下，虽然每次杀人之前都会问对方的姓名，可她从未听过“陈俊南”三个字，难道真的是漏杀了一人？

白衣女子一直在沉默。陈俊南问：“这位大姐怎么称呼？”

白衣女子顿了顿，说：“燕知春。”

“燕……知……春……”

气氛突然变得诡异而安静。

“怎么了？”燕知春伸手敲了敲天花板，“你怎么不说话了？你认识我？”

“啊，我不……”陈俊南皱着眉头，“我好像不认识你……但又感觉有点奇怪啊……”

陈俊南以前未见过这个女孩儿的容貌，可是“燕知春”这三个字他绝对在哪里听过，只是时间过去太久，他根本回忆不起来。

“我也感觉有点好奇。”燕知春说，“陈俊南，在今天之前，你应该是整个终焉之地第一个能说出我回响的人。我当初为什么没有杀了你？你又是怎么知道我的回响的？”

陈俊南回过神，感觉燕知春话里有话，于是顺着对方的话说：“我觉得现在不是讨论这件事的时候了，春姐，你看，当初你没有杀我，足以说明我不是你的击杀目标啊，说不定很多年前咱俩还是队友呢。”

燕知春皱着眉头思索着这件事，她可不是终焉之地里的泛泛之辈，自然不会这么轻易地相信陈俊南。

但……

“陈俊南，你能够爬上天花板，应该找到了这个游戏当中的不死之法吧？”

“那当然了春姐。”陈俊南点点头，“虽然比起你来说差了一点，但小爷聪明得很。”

“那个不死之法我也找到了。”燕知春说，“你就算要把铁球扔到我头上，我也不会死。”

“你能找到我并不觉得意外。”陈俊南应道，“我知道你是个聪明人，但这一次我的目标不是你，是地蛇。毕竟我跟那个老贼赌了命，我真的很想弄死他。”

燕知春低头思索了一会儿，说：“既然如此……我倒是可以帮你一把。”

“哦？”陈俊南瞬间露出笑容，“您可真是终焉活雷锋啊，需要小爷怎么报答你吗？”

燕知春笑着点点头：“当然……我需要你生生世世的回报。”

“什么？”陈俊南微微一怔，“你这话说得也太重了，生生世世？”

“我要你成为一名极道者。”燕知春说，“从今以后发誓保护终焉之地，‘极道万岁’即是你的全部信条，在你有记忆的时间内，决不允许有人收集够三千六百颗道。”

“嗯？”陈俊南感觉自己的大脑有点断片儿了，“极道者？我怎么好像……前两天在哪儿听过这个词，这是什么刚刚流行起来的组织吗？你是极道王？”

“极道王不敢当。”燕知春回答道，“我只是众多极道者中的一员，我们的存在就是为了保护终焉之地不被破坏。”

“哦，这样啊。”

“你听起来似乎一点也不惊讶。”燕知春说，“我还以为你会问出什么有营养的问题呢，你不好奇我们为什么要保护这里吗？”

“这我不好奇。”陈俊南忽然露出一脸邪笑，“我本来就不可能让任何人收集够三千六百颗道，就算是我最信任的人……也绝不可能让他成功。”

“哦？”这次轮到燕知春的思维堵塞了，“你……你是……”

“看来你们极道者真的很有意思啊……”陈俊南放松地躺在了天花板上，“小爷我也想起来了……那个叫林檎的姑娘，她也是极道者啊。”

“林檎？”燕知春笑了笑，似乎明白了什么，“原来你是林檎的人？”

“我倒是想当她的人，只是不知道她愿不愿意当我的人。”陈俊南笑着说，“小爷谁的人也不是，只是参透了这个鬼地方真正规则的人之一，不过我从未想到你们极道者有着跟我一样的目标。”

“你也在机缘巧合下参透了这个地方真正的规则吗？”燕知春顿了顿，开口道，“那你简直就是天生的极道者。”

“既然我们目标一致……”陈俊南说，“那也无所谓我是不是极道者了，我们能合作了吧？”

“可以，‘极道万岁’会引领我们走向胜利。”燕知春咧嘴笑着，“我会发动我的能力，虽然我左手边的人已经聋了，但我可以控制我前面的人，接下来我们俩都会选择‘是’，但场上加上你总共有六个人，还需要两个选择‘是’的人才行。”

“放心，除了我之外，还有一个靠得住的队友。”陈俊南拍了拍天花板的木头，对燕知春说，“春姐，这次能成的话别着急走，小爷请你吃饭。”

“行，我等着。”

第三十九次问答，陈俊南找到一个房间落地，然后随意按下了

“是”，接着又蹬着墙壁翻过屋顶，跟着巨大的铁链爬行，一路来到了地蛇的房间附近，躲在一旁观察着。

他算了算这次的答题情况，燕知春的左右两边分别是徐倩和钟震，他们有可能都会选择“是”，再加上他和云瑶，这是第一次万众一心的选择。就算有其中一人反悔，那也是四票对两票，这场仗输不了。

果然，地蛇的屏幕一阵闪动：本次题目的最终答案——是。

地蛇浑身一颤，赶忙靠近了屏幕，抬起头来一脸谨慎地望着上空。他一眼就看到了藏在上方的陈俊南。

“你小子！”地蛇狠狠地咬着牙说，“你搞什么？”

“我在搞你。”陈俊南笑道，“老淫贼，去死吧。”

说完，他慢慢地挪动着身体，让自己更靠近地蛇的房间，随后闭上了眼睛，嘴中默念道：“小爷……真倒霉啊。”

话音一落，巨大的铁球陡然出现在了地蛇的上方，所有的铁链没有发出任何一丝一毫的声音，似乎这铁球本来就在这里一样。

“你——”地蛇刚要大叫一声，铁球轰然落下。

由于陈俊南距离这个长满了刺的窝窝头很近，他的身体被大范围划伤，一道道触目惊心的伤口绽放开来，可他看起来毫不在意，毕竟只有离地蛇的房间足够近，铁球才能在这里落下。

砰！

铁球并没有落地，似乎被什么东西托住了。

“地蛇你个老贼还在做垂死挣扎……”陈俊南捂着身上的伤口说，“你给我去死……”

“小子……我……我不会死的……”地蛇双手托着铁球，咬着牙恶狠狠地说，“只要我这次不死……马上就会去杀了你……”

陈俊南抬起头一脸紧张地看向拴住铁球的链子，情况好像不太对。

为什么链子没有断？难道云瑶的计划和自己想象中的不同吗？！

“大明星……你失败了吗？”

他感觉情况好像不太妙，云瑶这一环似乎出了问题。

“云瑶！”陈俊南在天花板上大喊道，“你的信念呢？！”

云瑶此时正满头大汗地闭着双眼，她把这件事想得太过简单了。她从未见过那个巨大的、像钢铁刺猬一样的窝窝头，也从未见过跟铁球相连的铁链，那么要怎么通过想象破坏这个设备？

一个长满了铁刺的……窝窝头……

“再……再等我一下……”云瑶闭着眼睛喃喃自语道，“再给我一次机会……”

铁球开始慢慢上升，这一次的攻击结束了。

仅仅几秒钟的时间，陈俊南已经大体猜到了现在的情况。对云瑶来说，想要完全控制一个不存在的东西实在是太难了。他快速地思索了一下，忽然抬起头来大叫道：“你真牛啊！”

他的声音从天花板传到了云瑶的房间中，将她吓了一跳。她抬起头来茫然地看着天花板，似乎不太清楚现在的情况。

“大明星，真有你的啊！”陈俊南说，“你这是怎么做到的？拴着铁刺猬的环形链子其中一环松动了，正好让铁球落了下来。”

“啊？”云瑶听到陈俊南的话稍微有些安心，“真的？”

“没错啊。”陈俊南说，“幸亏这个铁链用了很多次，现在已经有些生锈了，不然你的回响还不一定好使呢。”

陈俊南一边喊着话一边看着地蛇头顶的铁链，那里有些肉眼可见的锈迹。现在他嘴中所描述的东西正在云瑶的脑海中形成画面，一旦她脑海中的画面与现实重合，“强运”即会生效。

“大明星，你这是怎么做到的啊？”陈俊南皱着眉头继续说，“为什么你恰好知道铁球从下往上数第六个铁环锈掉了？”

“第六个……”

“而你正好让铁链从这里裂开，真有你的啊大明星。”

地蛇此时也发觉不太对了，天花板上方的这个男人似乎在干什么大事……他是在助力某个人的回响吗？

“小子……我要了你的命！”

趁着铁球缓缓升起，地蛇立刻一跃而起，伸出粗糙的手向着墙壁之上的陈俊南抓去。陈俊南面色一冷，立刻半蹲坐下，伸出一只脚向下猛地一蹬，刚好蹬在了地蛇的脸。他只感觉自己的脚心生疼，像踩到了一块石头。

砰！

一声脆响，地蛇居然从半空之中直接被踢翻在地。虽然这一击对他来说没有造成什么伤害，但让他在地上打了个滚。

陈俊南知道自己只是走运，下一脚若是没有踢中地蛇，反而被他抓住的话，自己必死无疑。

他又抬头看向了渐渐升起的铁球，从下往上数的第六个铁环确实已经快锈烂了，但此刻还没有直接断裂，一旦铁球挪到其他地方断裂的话，一切都会功亏一篑的。

“哎呀大明星啊！”陈俊南有些着急地大喊道，“你造成的断口真是整齐啊！像刀切的一样。这下子……这个坏事做绝、千刀万剐、罪该万死的地蛇总算是能够被我们弄死了吧？！”

啪嗒！

云瑶感觉念头瞬间通畅，她从未感觉自己的信念如此坚定过。

是的，地蛇该死，他没有任何理由活在这个世上。那个铁球百分之百会掉下来，活活地压死他。

恶人自然有恶报。

在陈俊南兴奋的注视之下，拴住铁球的铁链终于断裂，铁球失去控制，垂直掉入地蛇的房间。

尘埃落定，陈俊南探头看了看，地蛇这个老贼此刻居然再次将铁球顶了起来。

“厉害啊，老贼。”陈俊南忍着一身的伤痛向前一跃，避开了几个尖刺站在了铁球之上。

地蛇只感觉更加吃力了。

“你……你们干了什么？”他不明白铁球为什么再度落了下来。

“没事，老贼，您先顶着，我们准备杀你。”

“杀我？”地蛇紧紧地咬着牙，“你还不明白吗？小子，这个东西杀不了我！”

“是吗？”陈俊南站起来，在巨大的铁球上面跳了跳，“我记得你这个游戏没有时间限制的是吧？那我就一直在这儿玩蹦床，看看你这老胳膊老腿能坚持多久。”

“你……”地蛇看了看现在的情况，“你可能不知道……我还有撒手锏，就算你一直在这里蹦，我也绝对不可能死！”

“撒手锏是吧？来吧，展示。”陈俊南说完之后又用脚向下蹬了蹬铁球，“让小爷看看你还有什么隐藏才艺。”

地蛇逐渐感觉双手有些酸痛了。

这巨大铁球抵挡一时三刻对于地级来说不是难事，可若要一直举着它必然会脱力而死。

地蛇静静等了一会儿，感觉不太对，为了能够准确无误地杀死参与者，他每一次都会对设备进行维护，可这次的铁球为什么半天都没有升起来？

由于视野有限，他完全不知道拴住铁球的链子已经断裂了。

“你们要了什么诈？”地蛇思索了一会儿，看向了场地中央的显示屏。

陈俊南听后怒笑一声：“我们买通了玄武，现在准备合伙弄死你！”

“什么？！我不会死的……这个铁球永远也杀不死我的……”

“我为什么杀不死你？！”陈俊南大叫道，“你个老淫贼现在就要举铁球活活累死了！”

“不可能！”

“怎么不可能？！你明明就要累死了！”陈俊南完全不给地蛇思考的机会，站在铁球上方疯狂地叫骂着，“你死不死？告诉小爷你死不死？”

“我绝对不可能死的！”地蛇失去理智一般地大叫道，“凭这个铁球绝对不可能砸死我！我会活下来！游戏结束之后就轮到你了！”

“放屁！”陈俊南怒吼一声，“你这样举着铁球怎么活下来？”

“你以为我会这样傻傻地一直举着铁球吗？！”

“不举铁球？！不举铁球你举哑铃吗？！你有种就挺在这儿，小爷就站在这儿活活把你骂死！”陈俊南大叫道，“我看看是你的胳膊硬还是小爷的嘴硬！”

“妄想！”

地蛇伸出一只脚，用力地蹬在了显示屏下方的铁管上，生生将铁管踢断了。

“你以为我不知道你在想什么？！”地蛇怒笑一声，“你想让我着急……你想让我无法答题？！太天真了。”

陈俊南眉头一皱，侧身看了看下方地蛇踢断的铁管，感觉有些不妙。

这个老淫贼确实太有心机了，他从中间将铁管踢断，可电线依然与屏幕相连，屏幕并未熄灭。

“原来还有这一手？”

地蛇趁着松手的一瞬间，赶忙将屏幕抱在怀中，然后一猫腰，俯身藏进了铁球下方的空间里。

砰——

一声巨响，铁球落地了。

现在的地蛇几乎完好无损地躲进了铁球中，如同一个浑身布满钢铁的缩头乌龟。

“哈哈哈哈！”地蛇沉闷又遥远的声音从铁球中传出来，“你来杀我啊！来啊！”

陈俊南见状长长地松了口气，他的表情渐渐平静下来，露出一丝邪笑：“太不容易了，你终于上当了。”

他转过身，再次抓住了头顶的铁链，然后用尽浑身的力气爬到墙上，深呼一口气大喊道：“兄弟姐妹们！游戏继续！接下来的问题选什么都可以！”

喊完这句话，陈俊南一时脱力，从墙上摔了下来，然后直直地掉到了地蛇旁边的房间里。

他在地上哀号了几声，随后用尽全身力气痛苦地爬起来。

“可惜啊，小爷我还不能躺下……还有题目没答完呢。”

云瑶、徐倩和燕知春都听到了这声巨响，知道陈俊南的战术已经成功了，可接下来又该怎么办？

燕知春第一个猜到了陈俊南的战术，只不过这个想法有些大胆。她不确定自己的猜测一定正确。钟震因为完全失去了听觉，只能每搁三十秒就按下一次“否”，而地蛇躲在铁球里答题，一切仿佛进入了死局。

陈俊南虚弱地坐在地上，脸上露出了胜利的笑容。

这一题结束后，虽然铁链在移动，可上方没有铁球了。

接下来是第四十一题、第四十二题……一直到第四十五题，地蛇的屏幕上显示出了一行字——请在读题之后用电话将问题传给下一个人，本次问题为：谁能杀了我？

这短短的问题让地蛇整个人都发起抖来，他忽略了一个至关重要的问题。

这下可怎么办？

“地蛇老贼……”陈俊南的嘴唇渐渐失去了血色，他却依然坐在地上大笑，“你快给徐倩打电话啊！”

地蛇微微咽了下口水，随后用力地推动着头顶的铁球。

情况不妙……现在的情况真的非常不妙——他会犯规的！

可是一个完全落在地上的铁球又怎会如此容易推动？地蛇在这有限的狭小空间中连腰都直不起来，又怎么可能将铁球顶起来？

十秒钟过去了，地蛇已经急得满头大汗，土黄色的眼睛在黑暗之中不断地颤抖着。

“不……不对……这样是不对的……”

一阵风声吹过，似乎有什么人站在了门口。

地蛇用尽全身的力气站了起来，用后背抵住铁球，然后双脚爆发出可怕的力道，伴随着一阵阵骨裂声响起，铁球微微动了动。

“地蛇，请传递问题。”玄武说道。

“等……等我一会儿！”地蛇大叫道，“我……我马上就会打电话……”

“地蛇，请马上传递问题。”玄武冰冷的声音透过木门传到了房间内，地蛇的汗水瞬间打湿了后背。

地蛇咬着牙，着急地大叫着。

“大胆。”玄武冷喝道，“五秒之内请传递问题。”

“你这个疯女人！”地蛇只感觉心中一慌，双腿跟着一软，好不容易举起的铁球也落了下来，“催催催！催命啊！”

玄武在门外静候了几秒，随后伸手打开了门。可她开门的方式与其他人不同，她横向将门一拉，木门就被压成了粉末。

“地蛇，犯规，死。”

玄武伸手轻轻地一挥，面前所有的金属似乎被什么东西切割过，居然全都晃动起来，化成了一个一个的小方块，随后如同豆子一般洒落满地。她用得力气不小，地蛇房间两侧的墙壁也全都被切出了口子，陈俊南和徐倩互相看到了对方。

“地蛇，死。”

地蛇见到玄武的样子，瞬间坐到了地上。

“你等一下！”地蛇大吼道，“我……我现在可以打电话了！我马上打电话！”

“晚了。”

“晚……”

地蛇听后心一横眼一瞪，还不等玄武出手，立刻伸出手掌就向她的胸膛刺了过去。

玄武没有躲避，任由那只手掌穿过了她的身体。地蛇只感觉自己的手像刺进了稻草之中，玄武的身体并不像是寻常肉体。

“哦？”玄武微微一顿，眼神中冒出一丝欣喜，“你想要杀我吗？”

听到这句话，地蛇浑身上下的血都凉透了。

“我错了！错了错了！”他将手猛地抽了回来，“我不敢杀你……都是误会……”

“你连杀我都不敢……”玄武眼神之中的欣喜逐渐地变成了失落，随后她将手慢慢伸到半空之中轻轻一握，一个红得发紫的东西已经握在了手中。定睛一看，她手中正捏着一个不断跳动、腥臭难闻的心脏。

“啊！”地蛇伸手捂着胸口大叫道，“你这个疯女人！你为什么不肯放过我？！”他完全失去了理智，不断地开口大骂道，“你连衣服都不穿！知不知道自己是什么货色？！你凭什么敢杀我？！”

“大胆。”玄武随手一捏，紫红色的心脏在手中炸成了烟花。

地蛇倒吸一口凉气，喷出一大口鲜血，随后捂着胸膛缓缓地趴在了地上。

陈俊南和徐倩虽然看到了这一幕，但也仅仅是瞪着双眼，不敢发出任何一丝声响。徐倩更是伸手捂住了自己的嘴。

这个叫玄武的女人看起来实在是太骇人了，她的头发像衣服一样披在身上，冰冷的目光却能够穿过发丝投射出来，让人看得心里发毛。她杀人的手段也并不寻常，既不像是强化了身体也不像是回响，而像是魔法。

“嘿嘿……喀喀……”地蛇还未死透，在地上不断地向前爬动着，“我也不算是……一无所获啊……”

他一点一点地靠近了玄武：“整个终焉之地……最让人闻风丧胆的女人……喀喀……反正我要死了……我倒要摸摸看……你跟别人到底有什么不同……”

他拨开玄武垂到地面的长发，伸手就要摸玄武的腿。玄武轻轻一挥手，地蛇的整个手臂飞了出去。

“大胆。”

玄武伸出双手，手指微动，似乎在半空之中弹奏古琴，接着地蛇的身躯就像一条被打中了七寸的蛇一样抽搐着，随后渐渐不动了。

眼前作恶多端的地级生肖，如同牲口一样死在了玄武手中。

“赌命结束。”玄武低声说，“游戏结束。”

她轻轻地挥了一下手，所有的房门都在此刻打开了。

“诸位的道在此。”玄武再一伸手，场地中央的讲台处飞出四十八颗道，静静地躺在了地上，“告辞。”

四个尚且能动的幸存者走出了门，分别是燕知春、钟震、徐倩、云瑶。他们四下一看，并未见到玄武的身影，似乎已经走了。

“陈俊南呢？！”云瑶第一个反应了过来，随后跑到隔壁看了看门里的情况，短短的一眼让她倒吸一口凉气。

陈俊南浑身上下全都是被铁刺划过的伤口，由于出血量太多，一眼望过去居然难以分清伤口在哪里。

“陈……”

云瑶跑到陈俊南身边，上下打量了一下他，他的全身依然在流血：“你……你这？”

徐倩也紧随其后地跑了过来。这是她第一次认真打量陈俊南的脸，先前一直听对方的声音，还以为对方应该是个相当猥琐的人，却没想到长得格外好看。

“喂……你要死了？”徐倩问。

“嘿，这声音，你是倩姐啊？”陈俊南用力站了起来，“没想到倩姐也是个大美妞……小爷好着呢，我还得回去跟老齐显摆，怎么可能挂在这儿？”

话音一落，陈俊南的身体完全不受控制，像一棵大树一样朝前倒去，云瑶赶忙伸手扶住了他。

陈俊南的身体变得很轻。徐倩刚想伸手，却又默默地缩了回来。她心想，旁边这个姑娘和陈俊南应当是一对吧？

“大明星……你先把我放开……”陈俊南再次稳住了身体，推开了云瑶的手，“小爷我自小迎风而立，怎么能麻烦你？”

“我说，别装了。”云瑶无奈地说，“我要不扶着你，你连回都回不去……”

“小爷不怕死。”陈俊南笑道，“我这身体状况确实是有点差，一会儿找个风水宝地我就先挂了吧，小爷光辉事迹的传颂任务就交给你了……”

“别瞎扯了。”云瑶说道，“站起来，我背你回去。”

“你？”陈俊南笑了一下，“小爷不想累死你啊……”

“我跳舞跳了十年，体力比一般人都好，你们房间里有医生吧？”云瑶将陈俊南的胳膊搭在了自己的肩膀上，“能找到医生的话说不定你还有救。”

陈俊南看起来有些不自在，手往回缩着。

“哟……”云瑶被陈俊南逗笑了，“你可别想太多了，我不喜欢臭男人的。”

“是……小爷知道……可总感觉有点唐突了……”

二人正在说话，却听到另一头传来了异响。徐倩跟二人同时回头看去，看到满脸血的钟震冲过来，掐住了燕知春的脖子。

陈俊南大叫一声，然后推开云瑶和徐倩跌跌撞撞地跑上前去：“喂！你干吗呢？！”

可是钟震似乎完全听不到陈俊南的声音，一脸怒笑着说：“你这女人……终于让我逮到了……记不记得我说过什么？”

燕知春不断摆动着双手，却无法控制钟震的任何动作，她没想到这个男人心狠手辣到了这个程度，居然刺破了他自己的鼓膜。

陈俊南三步并作两步来到了钟震身边，将手放在了他的肩膀上：“喂！你有话好说……先把她放开……”

“滚！”钟震大吼一声，伸出一拳打在陈俊南的胸口上，陈俊南现在的身体状况非常差，这一拳完全躲不开，被直直地打倒在地。

陈俊南倒地之后捂着胸口喘了几口粗气，随后慢慢地站起身来，说：“今儿小爷遇到恶霸了是吧？”

他刚要上前理论两句，云瑶却一把按住了他。

“嗯？”陈俊南一愣，“大明星你往后退一下，一会儿真打起来小爷我的血有可能溅到你的脸上。”

云瑶哭笑不得地叹了口气：“陈俊南，什么叫你的血？你去逞英雄好歹让对方出血啊。”

“小爷今天状态不佳，一直在流血，但你放心，我肯定不能让那小子好过。”

“看起来是私人恩怨吧，你有必要插手吗？”云瑶问。

“我不管是不是私人恩怨，现在他俩不是都活着吗？地蛇的游戏没让他们死，结束之后却因为私人恩怨打了起来，未免太不值了。况且一个大老爷们儿要在我眼前活活打死一个姑娘，我就是看不惯。”

云瑶感觉陈俊南似乎有种奇怪的执念，只可惜自己不了解他的过往，只能开口说：“那个女人明显不是泛泛之辈，她说不定也想杀死钟震啊。”

“钟震的死我已经替过了，他若是再聪明一点，或许根本走不到这一步。”陈俊南一脸认真地说，“况且一码归一码，这件事要么别让我看到，看到了我就会管。”

“你……算了……”云瑶拗不过他，只能无奈地摆了摆手，“你死了会比较麻烦，还是交给我吧。”

在陈俊南的一脸疑惑之下，云瑶从地上拿起了一块小石头，随手抛了出去。只见石头准确无误地击打在了钟震的太阳穴上，但是力道很轻。

钟震双眼一闭，刚要站起身，右脚却踩到了一块不太牢靠的石头，紧接着后退几步，脚下一滑，整个人不受控制地向后倒去，后脑勺磕在了一扇打开的门上。

“啊！”钟震惨叫一声，捂着后脑勺在地上打起滚来。

“嘿……”陈俊南点点头，“大明星，有点从前的影子了。”

云瑶往前走了一步，说：“钟震，游戏结束了，都住手吧。”

钟震骂骂咧咧地站起身来，而后恶狠狠地看向云瑶：“哟……你已经回响了啊？”

陈俊南仔细地看了看钟震脸上的鲜血，回头提示道：“这哥们儿好像已经聋了。”

“聋了？”云瑶说，“既然说话不管用，那就让他知难而退。”

钟震也慢慢往前走了一步，说：“你回响了，理论上我不该招惹，但现在杀了你我也能回响，今天无论如何我都要杀了这个女人，否则我夜不能寐。”

“好嘞！”陈俊南忽然大叫一声，“现在西装大叔队已经放完了狠话，下面镜头切给偶像明星队。”

“钟震，算了吧。”为了能让钟震明白，云瑶一字一顿地说，“‘强运’没有败过。”

“嚯！”陈俊南又叫道，“偶像明星队言简意赅，这场比赛鹿死谁手现在还不——”

话音未落，一个巴掌干净利落地拍在了陈俊南的后脑勺上。

“哎！”

“你能不能消停点？”徐倩一脸无奈地说，“我看你就是伤得太轻了，你都这样了还要贫嘴，难道你不担心那个姑娘的安危吗？”

“她？”陈俊南走到墙边，慢慢靠在了墙壁上，“一旦她听到了回响，根本不需要小爷担心。”

话音一落，钟震已经大步跑了过来，抡起他那粗壮的拳头冲着云瑶的脸颊挥去。云瑶没有躲避，全程站在原地没动，可钟震左脚绊到了右脚，整个人的身体一偏，打歪了。

钟震回过神来又伸出了另一只手，反手抡起一个巴掌。云瑶不急不慢地从随身的背包中掏出小镜子和一支口红，竟然对着镜子补起了妆。钟震则在她身边不断地挥舞着拳头和巴掌，诡异的是这些拳头竟然无一例外地全部打歪，他不是被地上的石头绊到就是突然脚下一滑，或是头顶的一块天花板忽然开裂，准确无误地砸在他的手臂上。

“你……”钟震气喘吁吁地捂着手臂，眼里都要冒出火来。

他思索了一会儿，从口袋中掏出了一把小刀。他抬头看了看云瑶，云瑶依然在对着镜子抿嘴唇，似乎对自己的唇妆不太满意，伸出小拇指轻轻擦了擦嘴角。

“既然杀招不管用……”

他亮出小刀的刀刃，冲着云瑶的脖子慢慢地挥舞了过去，只要这把刀能刺入她的脖子，再慢都能杀了她。可是刀子马上就要接触到云瑶脖子的时候，竟然从中间断成两段，只剩一个刀柄抵在了云瑶白皙修长的脖子上。

吧嗒一声，云瑶将随身带的小镜子合了起来，转头问：“闹够没？”

钟震喘着粗气，浑身慢慢颤抖了起来。虽然他完全听不见声音，但是云瑶的口型他看懂了。

在现在的云瑶眼中，他就像是一个胡搅蛮缠的小孩儿一般可笑。现在地上有了一把断裂的刀片，他有预感，如果继续纠缠下去，他一定会因为某些荒唐而诡异的原因被这刀片所伤。

想到这里，他终究还是收了手，深叹了一口气，说：“你们居然想要救下那个女人……总有一天你们会为这个决定而后悔的。”

话罢，他将手中的刀柄丢在地上，又看了燕知春一眼，淡淡地说：“虽说人海茫茫，但我也已经记住你的样子和回响了，你绝对跑不了。”他阴冷地一笑，随后扭头走了。

靠在墙壁上的陈俊南忽然大叫一声：“胜负已分，本次战斗的胜者就是——”

“你可闭嘴吧！”云瑶和徐倩同时喊道。

陈俊南无奈地耸了耸肩，闭上了嘴巴。

云瑶走上前，将燕知春扶了起来，问：“你没事吧？”

燕知春只是淡淡一笑，并未回答，然后绕过云瑶走到了陈俊南的身边，说：“你就是‘替罪’是吧？有意思，我也记得你了。”

“多谢。”陈俊南不痛不痒地回了一句，“小爷不一定记得你。”

云瑶和徐倩面面相觑。这个白衣女子似乎有点奇怪，明明是他们救了她，她却并没有感激之情。

“我们来分道吧。”燕知春说，“走了一个男人，场上还有四十八颗，我们每个人都能分到十二颗。”

“行，分吧。”徐倩也说，“虽然有点危险，但收益还不错。”

“你们先分……”陈俊南说道，“大明星，我的那份你先给我拿着。”

话罢，他挪动着差不多已经报废的身体渐渐走向另一侧。

“你去哪儿啊？”云瑶没好气地问，“你自己什么样子了不知道吗？”

“小爷还不能在这里倒下……”陈俊南虚弱地说，“还得救人才行……”

“救人？”云瑶没理解陈俊南的话，这里活下来的人就剩他们了，还需要救谁？

陈俊南走了三步之后原地弯下身子休息了一下，他感觉自己的状态好像确实应该先死一下，否则实在是太遭罪了。

可是他还不能离开这栋建筑物，这里有陷入危险的人。

“我有点站不住了……”陈俊南回头对云瑶和徐倩说，“两位大姐，这里囚禁着地蛇抓来的女人和小孩儿……我们既然杀了地蛇，那把她们也放了吧。”

“有这个必要吗？”云瑶皱着眉头说，“她们死了之后还会回来，你应该比我清楚这个道理。”

“可这样是不对的，咱们是来自现实世界的人，不是游荡在终焉之地的鬼。”陈俊南叹了口气，“你不救我救……”

云瑶只能无奈地摇了摇头。经过这一次的接触，她已经大体了解了陈俊南的性格，这个男人虽然在某些方面很强势，但有着最明显的软肋。她和徐倩对视了一下，二人开始四下寻找其他的房间。

燕知春则将自己的道收了起来，饶有兴趣地看着几人。

没多久的工夫，徐倩在中央讲台的桌子底下发现了一扇通往地下室的暗门。

“在这里！”徐倩叫了一声，云瑶和陈俊南纷纷走了过来。

三个人靠近暗门之后发现情况好像不太妙，有一股诡异的恶臭正从暗门里飘散出来。

“这下面……有人吗？”云瑶不可置信地问，毕竟这种气味怎么着也不像是活人身上的。

陈俊南看了看暗门上面的大铁锁，用手拽了拽，发现自己已经没有力气了：“能不能帮我打开？”

徐倩听后第一时间转身走向地蛇，在他身上摸了摸，找到了一把完全断裂的钥匙。

“不用那么麻烦。”云瑶一边说着话一边伸出了手，“这个锁看起来很老旧，内部的零件应该大多坏掉了。”

说完她就捏住了铁锁，铁锁瞬间变得锈迹斑斑，接着她用力向后一拽，铁锁就如同一块松散的木炭，噼里啪啦地碎成了渣。

“真有你的啊……”陈俊南虚弱地笑了一下，然后伸手拉住暗门，和云瑶一起把它掀了起来。

一股难以抵挡的恶臭从暗门里扑面而来，云瑶捂住口鼻，回头连连干呕，连陈俊南都皱起了眉头。

这怎么可能是活人的味道？

现在才第三天，地蛇到底抓了谁？又把她们怎么样了？

“我下去看看。”陈俊南将云瑶向身后一拉，接着就走下了楼梯，他浑身都在颤抖，感觉有什么不好的回忆涌上了心头，“不知道下面是什么情况，你们先别来。”

云瑶和徐倩面面相觑，陈俊南看起来甚至连站都站不稳了，为什么非要逞这个英雄？

“我也下去吧。”徐倩说道，“如果是救人的话，我也能出一份力……”

陈俊南的脚步声消失在楼梯深处。徐倩缓步走了下去，云瑶微微一思索，也跟着下了楼梯。燕知春则慢慢地走到了暗门旁边，既没下去也没有其他动作，只是默默地思考着。

这个楼梯看起来很长，里面并不像寻常的地下室，差不多有着两层楼高的深度。

在一片黑暗之中，那股摄人心魄的臭味也越发浓烈，让三个人顿感呼吸困难。三人走得并不快，一分多钟才看到点点亮光。

这地下室似乎有灯火。

陈俊南率先到达下方的隐藏空间，环视了一眼，随即愣在了原地。

阴暗、潮湿、恶臭、血腥……

这里即是地狱。

只见墙壁两侧站着数十个女子，她们赤身裸体，此时正双眼无老齐，当你看到这封信的时候，我大概是死了。

怎么样？

这开头吓一跳吧？　　哈哈哈哈

小爷我准备去地蛇的场地转一转，要是活着回来就给你讲讲小爷的丰功伟绩，要是没回来就下次再讲，反正你得听。

当然也不排除我一上头和他赌了命，那结局就不好说了。

不管怎么样，这封遗书还在，你应该能脑补出小爷的飒爽英姿吧。

对了，我想起来我要说什么了，天蛇极其护短，倘若我真的干翻了地蛇，八成会有一书呆子出来寻我，你们和我出自同一房间，也有可能被盯上。只要见到了那个书呆子，便证明天蛇也离开了列车，而传说天蛇是天龙的得力助手，若是连天蛇都离开了列车，便证明其他天级全部出动，小爷建议你打地洞逃生。

我见过的天级生肖仅3个，但他们一个比一个难搞。

但话说回来，若是天蛇没有现世，那一定要等我回来再行动。

我怀疑整个终焉之地见识过天马和天虎的手段并且还保有记忆的人只剩我了。

就这样吧，此致敬礼。

不用回信啊，我根本收不到。

神地站在原地，根本看不出死活。她们无一例外瘦得不成人形，干瘪的身体上肋骨根根分明。

“搞什么？”陈俊南眼神微动，顶着恶臭往前走了几步，发现有一些女孩儿已经死了，像一根拖把一样挂在那里，身上的血肉开始腐烂脱落，浑身爬满了蛆虫。

“地蛇……你……”陈俊南忘记了浑身的伤痛，紧紧地握住双拳，“你到底在搞什么？你忘了自己曾经是人吗？”

云瑶和徐倩随后也进了房间，然后被吓得瞬间愣在了原地，一动都不敢动。地面上满是排泄物和白骨，而那些女人似乎都不太正常，她们……是原住民？

陈俊南一步一步地向前走着，两侧的女孩儿们就像雕塑一样呆呆站着，完全没有表情。

这个长方形的房间长十几米，但由于灯光很昏暗，陈俊南总感觉在尽头处有什么东西。

“陈……陈俊南……”云瑶轻声叫道，“你小心一点……”

陈俊南似乎已经完全听不到声音了，他迈动沉重的步伐前进。最终，他停在了房间的另一侧。

云瑶和徐倩远远望着陈俊南的背影，不知他究竟看到了什么，只能慢慢地挪动脚步跟了过去。十几步之后，一个王座出现在二人的视野中，这个王座看起来是用石头打造，上面却铺了一层腐烂发黑的皮，恶臭从王座上散发出来，熏得人前进不了半步。

一个身材匀称的女孩儿此时坐在王座旁边的地面上，似乎在等待着什么人。

云瑶上前打量这个女人，瞳孔微微抖动了一下——她看起来并不消瘦，似乎才变成原住民不久，但她浑身都是伤，瞳孔已经逐渐涣散了。

云瑶还未说话，那个女孩儿就抬起头咧嘴笑了一下，露出了满嘴的血迹和仅剩的几颗牙齿。

这个场面让云瑶和陈俊南浑身的汗毛都立了起来，随后两人异口同声地叫道：“肖冉……”

气氛异常沉默，陈俊南扭头看向云瑶，二人都不知该如何言说目前的情况。

“陈……陈俊南……”云瑶深呼一口气，压抑着情绪说，“她们都是原住民……你觉得我们还需要救她们吗？她们根本不知道自己现在在做什么。”

“不……不是这个道理吧？”陈俊南也缓过神来说，“原住民不会随着时间推进而消失……如果我们不救她们的话，她们会永生永世被困在这里。”

“这……”云瑶扭头看了看肖冉，“虽然她变成这个样子有些出乎我的意料，但你知道肖冉是个什么样的人吧？”

“我知道。”陈俊南点头道，“我和她来自同一个房间，自然知道她的人品。虽然我把她骂哭了十几次，但小爷还是觉得不过瘾。”

“那你觉得她有被救的必要吗？”

陈俊南叹了口气，回头说：“大明星，我也很后悔我看到了这件事，但如果我们转身就走，和地蛇的做法也没有什么区别。”

云瑶疑惑地看向他，淡淡地问：“陈俊南，你到底是个什么样的人？”

“在好人遍地的世界我想当恶人。”陈俊南低头解开了肖冉脖子上的绳索，“在恶人遍地的世界我想当好人。”

他看着肖冉的脸庞，略微有些感慨：“你们也帮忙解开绳索吧……”

三个人拯救着这些毫无感情的原住民，这些绳索仅仅是简单地缠绕在她们的脖子上，可她们就像行尸走肉一般完全无法挣脱。没一会儿，所有的绳索都已经脱离了她们的脖颈，可没有任何一个人走动。

“喂！”陈俊南大喊一声，“你们自由了，可以走了。”

房间内的女生完全没有动作，这让陈俊南一度以为她们聋了。过了好一会儿，坐在王座旁边的肖冉才缓缓地抬起头，说：“坏人……”

“什么？”陈俊南转头望向她。

“坏人……我不走……”肖冉口齿不清地说，“我等主人回来……”

陈俊南看了看肖冉，嘴角一扬，说：“随你喜欢吧，我仁至义尽了。”

话音一落，墙边一个站立的女孩儿居然开始缓缓挪动脚步，朝着楼梯走了过去，接着是第二个、第三个……二十多个人中有一半都走向了楼梯，随后像机器人一样挪动着脚步离开了房间。

“我们也走吧。”陈俊南回头对云瑶和徐倩说，“选择已经给她们了。”

徐倩有些不解地看了看场上剩下的几个女孩儿：“真的不需要

再管她们了吗？这……这里还有十几岁的孩子……”

“倩姐，我虽是个好人，但远没有那么好。”陈俊南说，“我只做力所能及的事情。”

三个人离开地下室时，只感觉终焉之地的空气都变得芬芳无比。

很难想象这些女孩儿在一个完全封闭的房间中整日与排泄物和尸体做伴有多糟糕，幸亏她们早就没有了意识，不然也会变成疯子的。

那几个走出来的女孩儿出门之后左右看了看，随后分头走了，而一身白衣的燕知春依然站在原地。

“你……”云瑶疑惑地看了看她，“你没走吗？”

燕知春听后淡然一笑，伸手捋了捋长发，说：“你们三个行侠仗义的人胆子真够大的，道都扔在这里，也不留人给你们看门，就这样直接跑到地下室里去了？我把门一锁，然后将道全都拿走，你们该怎么办？”

几个人小心翼翼地盯着燕知春，不知她究竟做何打算。

燕知春说完之后又看了看远走的几位女子：“但不得不说你们确实做了一件好事……这也算是守护终焉之地了。”

徐倩思索了一会儿问：“你……是特意在这里帮我们断后的？”

“那倒不是……”燕知春摇了摇头，然后看向陈俊南，“我记得之前有个人让我结束之后不要走，他要请我吃饭。”

“哎！”陈俊南忽然想起了什么，赶忙往前走了两步，“春姐，我何止要请你吃饭啊……”

“嗯？”燕知春笑着看向他，“还有别的吗？”

“春姐，你要老公不要？”陈俊南有气无力地笑了一下，“你要老公的话……只要你开金口……我就给你送——”话还没说完，他的眼皮渐渐垂了下来，整个人向前扑倒下去。

云瑶和徐倩都离陈俊南有点远，根本来不及扶住他。当陈俊南马上就要面冲地面摔断鼻子的时候，燕知春忽然抬起了手，而失去意识的陈俊南也在同一时刻抬起了手，稳稳地用手掌撑住了身体。

燕知春接着将手向前一撑，控制着陈俊南的身体翻了过来，让他就像睡觉时翻了个身一样缓缓地躺在了地上。

三个女人看着躺在地上的满身是血的陈俊南，一时之间不知该如何是好，她们甚至不知道他是不是还活着。

云瑶率先走上前去蹲下身子摸了摸他的脖颈，虽然很微弱，但此时还有脉搏。

“我要把他带回去。”云瑶说，“他是这次击杀地蛇的功臣，我要让他当天堂口的王。”

她抬头看了看燕知春和徐倩：“你们能帮我吗？”

两个女生看起来有些不解，燕知春顿了顿问：“你要怎么把他弄回去？这里连个推车都没有。”

云瑶二话不说脱下了自己的外套，露出了里面的运动背心：“我来背他。”

“背？”

云瑶背对着陈俊南蹲下身，拉起他的手臂搭在肩膀上，随后拿起脱下的外套当绳子，将自己和陈俊南的腰部死死地绑在一起，然后一运力将陈俊南背了起来。此时徐倩和燕知春才发现云瑶虽然看起来消瘦，但腿部和胳膊上有着明显的肌肉线条，看起来应该受过专业的训练。

云瑶没有理会徐倩，反而扭头看了看燕知春，说：“我不知道你的立场，但如果你想搞鬼的话，估计会死在我的手里。”

“是吗？”燕知春的脸上依然带着和善的微笑，却透露出危险的气息，“我的立场吗？我是极道啊。”

听到这两个字，云瑶面色一冷，毕竟在这片土地上，她最痛恨的便是极道。

“道不同不相为谋。”云瑶说，“你自己走吧。”

燕知春感觉云瑶很有趣：“姐妹，邀请我的人并不是你，所以你也没权利赶我走。”

徐倩感觉二人之间的火药味有些浓烈，看似有些恩怨，但此时也不知如何是好。

“你们再耽搁下去的话……陈俊南就死了。”徐倩说，“要不要先带他去治伤？”

徐倩言之有理。云瑶回过神，走到地蛇的尸体旁边，伸手抓起了他那苍老干瘪的蛇头，背着陈俊南走出了房间。

燕知春和徐倩也跟在她身后，离开了这个让人发毛的恶臭场地。

END ON THE TENTH DAY

第3关

猫队·郑英雄

齐夏、乔家劲和李尚武三人跟着一群猫队成员走了差不多一上午的时间，渐渐地感觉有些疲惫了。

猫的根据地居然离天堂口这么远吗？

“骗人仔……”乔家劲低声说，“有件事我一直很在意啊。”

“什么？”

“嗯……”乔家劲向后努了努嘴，“有个小英雄一直跟着我们。”

齐夏转过头，视线穿过所有脸色苍白的猫队成员，直接望向了队伍最后的郑英雄。

只见那个孩子依然戴着报纸折成的王冠，两只眼睛警惕地望向四周，他的手始终放在腰间的报纸短剑上，不知在应对什么。

“宋七。”齐夏叫道。

队伍前排的宋七听闻此言，面无血色地回过头来，问：“怎么？”

“你……有见过那个孩子吗？”齐夏朝队伍最后瞥了一眼。

宋七远远地看了看，微微思索了一下说：“好像见过，但没什么深刻印象。”

“我曾经听过一个有趣的说法。”齐夏说，“所有进入终焉之地的人都是罪人，我们是来赎罪的，可是小孩儿也有他的罪吗？”

“当然。”宋七叹了口气，说，“如果你在终焉之地保存记忆的时间够长，甚至会发现有些人生来就带着不可饶恕的罪。”

“是吗？”

“一个完全不懂事的小孩儿因为帮母亲上吊被视作弑母，一个街头流浪的乞丐在寒冬的街头偷走了其他乞丐的食物被视作掠夺。”宋七露出一脸苦笑，绝望地盘点道，“还有落魄的魔术师不小心摔坏了观众昂贵的手表，从而背上百万负债，家破人亡；有见义勇为的大哥失手打死臭名昭著的恶棍；甚至还有出租车师傅没看到高考生落在车上的准考证，导致对方没有赶上高考而自杀……”

“荒唐。”齐夏冷言打断道，“宋七，你觉得这些是罪吗？如果这种逻辑都可以成立，那这些人赎的是什么罪？他们又为何要赎罪？”

“确实荒唐，可这怎么不算罪呢？”宋七转过头来看向齐夏，眼神同样冰冷，“我们每个人都有不堪回首的过去，我又怎么会去关心一个孩子究竟犯了什么罪？”

一旁的李警官看着争论的二人，缓缓地开口说："在我看来……凡是被称作'罪'的，至少他应该犯过法。如果连法律都不认定他有罪，那自然说明这个罪是不合理的。"

"呵……"宋七看了看李警官，"说得倒好听，可我见过的人实在是太多了……甚至还有极少数的人无论如何也回忆不起自己做过什么错事。难道这些人都犯过法而不自知吗？"

李警官听后叹了口气，沉默不语。

"如果我们都犯了法，为什么会是终焉之地来制裁我们？！"宋七露出了冰冷的笑容，"听你的口气，你是执法者吧？你告诉我……按理来说，我们应该被困在这里永生吗？！"

宋七的问题，李警官一个都解答不了。他又何尝不是被困在这里的人？

"搞咩啊[①]？"乔家劲走到二人中间，对宋七说，"爆炸佬，你给我好好说话。看不清现在的形势吗？你再跟我们的人大呼小叫，别怪我翻脸不认人啊！"

宋七听后叹了口气，不知是怕了还是想通了，转头对李警官说："对不起，我不是有意针对你，只是这个地方总能勾起不好的回忆。"

见到宋七沉寂下来，乔家劲又转头问："骗人仔，那个小孩儿不管了吗？就让他跟着我们去猫的地盘？"

"我觉得猫应该不会伤害一个孩子。"齐夏说，"但还是注意点吧，毕竟我们不是孩子。"

宋七听后摇摇头："五哥如果想杀你们的话，不会费这么大的周折。"

齐夏没有说话，几人又跟着猫走了半个多小时才终于来到一座监狱门口。

监狱门口站着一个身材颇为高挑的女人，她打着唇钉，抹着深色的口红，看起来不太好相处。

"六姐……"宋七捂着他断掉的右手，有些艰难地走上前去跟女人打了个招呼。

"老七……你们这是怎么了？"被称作六姐的女人有些愤怒地看了看铩羽而归的众人，"谁这么大胆子敢动你们？"

"只是交易而已……"宋七解释道，"五哥要找的人找来了……"

---

① 粤语，意为"你搞什么？"，"咩"表疑问。

"是他们吗？"女人扭头看了看齐夏三人，随后说，"天大的事也先往后放一放，你们先跟我去见五哥。"

那女人让齐夏等人在门口稍等，随后带着所有猫队的人进了监狱。齐夏三人外加郑英雄则站在门口，没有任何人来招待他们。

"什么情况啊骗人仔？"乔家劲挠了挠头发，"这是……"

"不知道。"齐夏冷言说，"我不了解他们。"

李警官活动了一下筋骨，说："本以为是个犯罪团伙，可现在看起来似乎很有组织。"

乔家劲微微思索了一下，回头说："我有个好主意。"

"什么主意？"李警官问。

"我偷偷溜进去怎么样？"

"溜进去？"李警官一愣，"有这个必要吗？"

"'拳头'，算了。"齐夏说，"虽然他们都受了伤，但是人数不少，还是慎重点吧。"

"好吧。"乔家劲耸了耸肩，于是坐到一旁，没一会儿就开始挖起了地上的沙子。

英雄此时缓缓地向前走了一步，稚嫩的脸庞上满是警惕："平民，我劝你们小心一点。这里面的味道很浓。"

"哦？"齐夏眉头一扬，"英雄，这里面有怪物吗？"

"不，这里面闻起来不是怪物的味道，而是浓浓的回响的味道。"

齐夏也低着头思索了一下——回响的味道？现在看来只有两个可能，要么猫队此刻已经全员回响，要么他们当中有一个非常强大的回响者。

可他们为何会这么放心地把几个人丢在门口，要先去见那个五哥呢？

齐夏微微一思索，感觉情况并不难推测。宋七他们不惜断掉整支队伍的右手也要带他回来，自然证明他足够重要，可他们回来的第一时间是去见五哥，如此说来只有一个可能——那个叫钱五的人也许能够医治他们。

刚才那个被称作六姐的女人说过天大的事都可以先放一放，先见五哥，如此看来只要宋七等人先见到钱五，大概率会活下来。

情况和齐夏猜测的并无出入，仅仅两三分钟过去，宋七就走了出来，他的右手此时已经恢复如初了。

"不好意思，各位，你们先跟我进去休息一下吧，五哥现在比较忙。”他冲三个人点了点头，“大约半个小时之后应该就可以见你们了。”

齐夏低头看了看宋七的右手，感觉有些不可思议。这个叫钱五的人连断掉的手都可以复原，难道有着能够救死扶伤的回响吗？他的回响就是英雄闻到的浓烈气味？

三个人跟着宋七进了监狱，在一个看似警卫休息室的地方等待了大约半个小时的时间，终于听到走廊上传来了脚步声。三个人缓缓地站起身，朝屋门的方向看去。

这个叫钱五的人，猫的首领，究竟长得什么样子？

几秒之后，一个身材高挑的女人出现在了门口，她身穿黑色皮衣，留着干练的短发，有着一张异常干练的脸庞。她的左脸有一道骇人的伤疤，像是被什么野兽撕咬造成的。她往前走了几步，瞳孔微微闪烁了一下，随后冲齐夏伸出了手，说：“你好，我是钱五。”

气氛一时之间有些怪异。

“你是钱五？”

“如假包换。”女人说。

“你好。”齐夏没有去握钱五的手，只是淡淡地点头说，“齐夏。”

“是……齐夏……”钱五的脸上露出了似笑非笑又怅然若失的表情。

“你认识我吗？”齐夏问。

“不认识。”钱五收回了自己的手，“咱们第一次见。”

齐夏微微皱起了眉头，这个女人应该在说谎。可谁又规定猫的老大必须跟他说实话？

钱五冲着齐夏笑了一下：“你这是什么表情？仿佛很怀疑我的身份。”

“我确实怀疑。”齐夏依然皱着眉头，“你身后的两个人都叫你五哥，可你居然是个女人。”

“我？女人？”钱五低头看了看自己的身体，说，“好像也没什么问题。”

乔家劲和李警官对视一眼，也感觉有点奇怪，还有人需要低头看自己的身体来确认性别吗？

“我丢[①]，你不会是个变态佬吧？”乔家劲脱口而出。

---

① 粤语中比较常见的口头禅，可以表示骂人、惊讶或感叹等。

"怎么会呢？"钱五又抬头看了看乔家劲，露出了欲言又止的表情，她顿了一下，然后问，"你们对我的性别感兴趣？"

"我没兴趣。"齐夏毫不留情地打断她的话，"钱五，来聊聊吧。"

钱五扭头看向了齐夏："我知道你应该有很多疑问，但现在还不是时候。"

"不是时候？"

钱五并未说话，拖过一把椅子坐了下来，随后冲几人挥了挥手，众人都坐下了。

"抽烟吗？"她从皮衣的口袋里掏出一包烟递给众人。齐夏和乔家劲都没拿，李警官则毫不客气地接了过来。

钱五站起身，弯腰给李警官点上了烟，随后自己也拿了一根点上。

齐夏感觉有点怪，开口问："我们在等什么？"

钱五吸了口烟，缓缓地说："等人。"

"等人？"

几个人不再说话，只是默默地等待着。齐夏坐在桌旁沉默不语，心中盘算着目前的情况；乔家劲则看了看房间之内的家具布局，思考着如果真动起手来该抄起哪样家具；李警官和钱五则静静地抽着烟，相顾无言；屋内最不安定的就是郑英雄，他在房间之内四处踱步，耸着鼻子到处嗅，仿佛在寻找什么东西。

一支烟的工夫，钱五将烟头在手中搓灭，回头给打着唇钉的女人使了个眼色。

"是。"女人点了点头，随后嘴唇微微一动，仿佛在跟什么人讲话。

几分钟之后，走廊上传来了脚步声，一个长相斯文的男人推门进来。

"六姐……你叫我？"男人低声问。

"十九，五哥要讲话。"女人说，"你进来站着。"

"明白。"十九点点头，"交给我吧。"

宋七和打着唇钉的女人对视一眼，接着就要离开房间，钱五却把他们叫住了。

"没关系，谁都不用回避。"钱五招了招手，"宋七，周六，你们也跟着坐。"

见到几人都落了座，十九默默地站在众人身边闭上了眼睛。

郑英雄此时慢慢地躲到了齐夏身后，小声地嘟囔着："我……闻到了'缄默'的清香。"

"什么？"

齐夏回过头一脸茫然地盯着郑英雄，还不等说点什么，只感觉房间被一股奇妙的力量包裹住，房间之外的一切声响在悄然之中被隔离，好像有什么事情发生了。

"各位不需要紧张。"钱五一脸认真地说，"十九的能力会让周身的区域与外界的声音完全隔离，这只是为了让我们好好地聊聊天。"

"聊天？"乔家劲和李尚武的面上都闪过一丝戒备，而此时的齐夏却转头看向了郑英雄，心中冒出了很多疑问。

同时，钱五开口说："齐夏，天级在找你。"

"哦？"齐夏回过头，面无表情地看向钱五，毕竟这个答案他早已经猜到一二了，"原来你是怕隔墙有耳？所以是天级委托了你们，他们的最终目的是什么？"

"我不知道。"钱五挥了挥手，周六便从一旁的橱子里拿出了一瓶看起来放了很久的洋酒，"齐夏，今天我想看看你的态度，然后决定要不要把你交给天级。"

钱五很自然地将酒递给乔家劲，半秒之后感觉不太对，又将手收了回来，问："怎么称呼？"

"砵兰街阿劲。"

"砵兰街……阿劲……"钱五迟疑了一下，眼神中闪过些许落寞，随后将手中的酒瓶放在了乔家劲面前。

"这……"乔家劲看着眼前的半瓶酒，微微咽了下口水，他感觉自己好像上天堂了，"这……这些都是给我喝的吗？"

"并不是。"钱五微笑一下，"阿劲，终焉之地的好酒喝一瓶少一瓶，所以你不能独吞，我要和你一起喝。"

齐夏看到钱五如此热情地招待李警官和乔家劲，自然也意识到了什么。

"钱五，你以前真的不认识我们吗？"齐夏问。

"我们没必要在第一时间探讨这个问题。"钱五对齐夏说，"你倒是有闲情逸致，你的性命掌握在我的手上，结果就想知道我们是不是故人？"

齐夏听后也点了点头，看向钱五："你说得对，我们是不是故人并不重要。你说你想看看我的态度，究竟要怎么看？”

“古有曹操刘备煮酒论英雄，今有我钱五和你齐夏‘缄默’定终焉。”

齐夏用手指敲了敲桌子，冷静地说：“那么……你是曹操还是刘备？”

“场上我最大，我自然就是曹操。”

“有意思。”齐夏嘴角一扬，“曹操与刘备煮酒论英雄，目的就是看看刘备有没有称霸天下的野心，却不料被刘备的花言巧语蒙骗了。”

钱五没有说话，只是微笑着看向齐夏。

齐夏慢慢往前凑了凑，眼神锐利无比地盯着钱五：“那你觉得……我会是刘备吗？”

“齐夏，你自然不是刘备。”钱五笑道，“我也知道你不想称霸这天下。”

“哦？”齐夏向后靠了靠，坐直了身体，“看起来你了解我，那你要如何确定我的态度？”

“齐夏。”钱五忽然变了神色，认真地说，“我想知道你的最终计划是什么？”

“我的……最终计划……”齐夏也眼色严峻地看着对方，“你觉得我有多大概率跟你透露自己的计划？”

“你还有可以相信的人吗？”钱五问，“在这里……你靠自己能够走多远？”

齐夏不动声色地看了看一旁的乔家劲与李尚武，随后笑道：“我从来都不是靠自己。”

“就算你带上你所有可以信赖的人，最终也只是倒在天龙的脚下。”钱五一脸绝望地说，“这里发生的惨剧还少吗？”

齐夏听后微微一怔，问：“你见过天龙？”

“何止是我……”钱五渐渐失落起来，“齐夏，终焉之地的每一个人都见过天龙。”

“什么？”

“那一年，你带领当时所有存活的参与者与天龙决战……”钱五怅然地说，“那是我第一次见到你，也是第一次见到天龙。只可惜我们输得太惨了，完全没有还手的余地。”

齐夏听后慢慢站了起来，他从未想到钱五居然保存了这么久的记忆。

“与天龙决战？”齐夏嘴唇微微一动，“当时是什么情形？决战的内容是什么？”

“是一场平常的游戏。”钱五说，“谁都没有想到天龙居然用了一个最简单的天平游戏让你、让我们、让所有的参与者输得一败涂地。”

“什么？”

“我们不能招惹那个男人。”钱五皱着眉头说，“他强大得就像个真正的神。”

齐夏也眉头紧蹙，虽说在这里已经见过了不少回响者，可是听钱五这么说，他还是有些难以接受。

乔家劲和李尚武也互相看了看对方，似乎正在判断钱五所言有几分真。

钱五伸出两只手，掌心朝上：“齐夏，你觉得……若是站在天平的两端，谁重谁就能赢，是一万个参与者更重，还是天龙和青龙二人更重？”

“你的意思是……”

齐夏沉吟了半秒，瞬间想象到了当时的场面。

一万人站在天平的左侧，天龙和青龙站在天平的右侧，可是参与者输了。就是这个简单的游戏，让众人输得一败涂地。

“他们的心中有道，而我们却只是一群普通人……”钱五说，“有青龙在他身边护法，就算一万个人都是回响者也绝不可能打赢天龙，更何况我们也不可能全员回响。”

齐夏顿了半天，开口问：“那是……哪一年的事？”

“大约十年前。”钱五静静地回答，“记得这件事的人非常少，但凡保留记忆的人都会被青龙亲手处决。”

“什么？”齐夏微微思索了一下，“十年前？”

“目前或许只有极少数的人记得这件事，但他们都将自己伪装了起来，此时都在等待一个时机。”钱五抬眼看了看齐夏，“我觉得那个时机就是你。”

“是吗？”齐夏依然保持着怀疑的目光看向钱五。若真如她所说，每一个拥有记忆的人都需要隐藏自己，她又为什么要和盘托出？

“看起来你还是不相信我。”钱五摇了摇头，“齐夏，当时你和天龙对赌失败，现场的回响者们为了逃命各显神通，绝大多数的人都没有逃过那场屠杀，但也有能力特殊的几人逃脱了，并且存活了下来。”

钱五的每一句话都让齐夏心头一紧，他感觉钱五并没有说谎，可是这种荒诞的感觉是怎么回事？

天龙和青龙，一人作为所有生肖的首领，一人是神兽之首，居然公开屠杀参与者？

“你想让我相信你的话……需要回答一个问题。”齐夏说。

“你说。”

“我和天龙对赌，筹码是什么？”

钱五听后默默地摇了摇头：“我不知道。”

“那你岂不是在说谎？”齐夏说，“你明明参与了这场赌局，却不知道赌的是什么？”

“不，我没有说谎。”钱五依然一脸认真地说，“齐夏，我说过了，那是我第一次见你，所以我和你并不熟悉，我只是众多参与者中的一员，我们在你身后替你助阵，而你在最前方和天龙对峙，我不清楚你们说了什么。”

齐夏感觉钱五说的话并没有什么破绽，至少目前来说逻辑是完整的。

“我想要更了解天龙。”齐夏话锋一转，“我要了解我的对手。”

“齐夏，我知道你不会听劝，但我还是要告诉你……那个男人我们对抗不了。”钱五皱眉说，“普通人甚至连见都见不到他，又怎么问他要人？”

“要见他很容易。”齐夏嘴角微微扬了一下，“我凑齐了三千六百颗道，马上就可以见到天龙了。”

“什么？”

钱五、周六、宋七的眼神都有些慌乱，一旁的十九也信念一动，险些将“缄默”撤除。

“齐夏！万万不可！”钱五着急地喊道，“千万不可以收集三千六百颗道！集道本来就是一个天大的骗局！”

钱五伸手抓住了齐夏的胳膊，他的身体在下一秒迅速发生变化，居然从女人变成了男人，除了面容未变之外，整个人的身材与齐夏分毫不差。

郑英雄依然藏在齐夏身后，嘴中默默念叨着：“我闻到了‘双生花’的浓香。”

双生花？

齐夏再一次回头看向郑英雄，他感觉到这个孩子的能力非常出众——他简直就像是个移动的显示屏，居然能够知道其他人的回响名称。

乔家劲和李尚武则呆呆地看着钱五，眼睁睁地看着他从一个女人变成了男人，这种情形在电影中都很少出现。

“你……你真的是个变态佬啊？”乔家劲感觉喝到嘴里的酒都不甜了。

“不。”钱五摇摇头，“我是‘双生花’钱五，我其中一个能力是变化自己的形态。”

齐夏此时抬起头来看着钱五，虽说他的身形在一瞬间改变，可是齐夏在终焉之地待了这么久，没有什么事情是接受不了的。

“为什么不能集齐三千六百颗道？”

钱五听后稍微平复了一下自己的呼吸，然后放开齐夏的手，向后靠了靠身体重新坐好，回道：“齐夏，你不觉得奇怪吗？道是什么东西？它从哪里来，又有什么用？当我们集齐三千六百颗道之后又会发生什么事情？”

“我不知道，但既然有人制定了规则，那我们就按规则办事。”

“你错了。”钱五摇摇头，“我只能告诉你，集道是终焉之地最大的骗局，一旦有参与者收集到了三千六百颗道，天龙和青龙便会双双现身。他们会洗掉所有人的记忆，杀光可见之人，随后将整个终焉之地重新洗牌，每个人就像是刚刚来到这里，这便是所谓的出路。”

乔家劲和李尚武都慢慢扬起了眉头，感觉事情有些超出预料了。似乎一切都有点不可思议，但又莫名合乎情理。

原来三千六百颗道根本就不是逃生之路，而是毁灭之路。

“齐夏，你也应该知道，终焉之地存在的时间有可能比我们的年纪都大，怎么可能没有人收集到三千六百颗道？”

齐夏默默地点了点头：“确实如此。”

“只要你们在这里游荡得够久，便可以发现众人的记忆出现过统一的断层。”钱五慢慢皱起了眉头，似乎在回忆什么难过的事情，“有些人的记忆保存了七年，有些人的记忆保存了五年，还有些人的记忆仅保存了两年。”

李尚武听后微微一怔，问：“你是说……之所以众人会整齐地保留这几个时间节点的记忆，正是因为当时有人收集到了三千六百颗道？”

“没错。”钱五点头道，“猫队的兄弟有一部分保留了五年记忆，还有大部分人只保留了两年记忆，保留七年以上的……唯我一人。”

李尚武还想问点什么，齐夏却默默地把手放在了他的手臂上，打断了他的话。

“钱五，为什么你每一次都可以逃脱洗牌？”齐夏问，“七年前、五年前、两年前的洗牌你都逃过了？”

钱五听后眨了下眼，然后从桌子上的烟盒里掏出了一根烟点燃了。

“我的回响有特殊作用，可以让我在洗牌时逃脱。”

“那你的言外之意……是说你的回忆就是终焉之地的全部历史吗？”

“不，正如我刚才所说，终焉之地的存在可能比你我的年纪都要大，只是我在十年前恰好发现了可以逃脱洗牌的方法，至于更久之前的记忆我也未能保存。但这个方法是我的生存之道，我不可能透露。”

齐夏听后默默眯起了眼睛，不知在思索什么。

“齐夏，我这次把我知道的和盘托出，为的就是听听你的计划。”钱五叹了口气，继续说，“若我觉得你的计划可行，会带着所有的猫和你一起拼上这条命。”

“哦？”齐夏托住了自己的下巴，仔细斟酌着钱五每句话的真假，随后问，“我记得猫是雇佣兵吧？你们留在这里收人钱财替人办事，现在却想要出去？”

钱五听后扭头看了看宋七、周六和十九，回答道：“这件事恐怕只有我们几个知道了……”

“什么事？”

“终焉之地的参与者正在逐渐减少。如果不赶紧想办法出去，所有人都会永远留在这里，可是贸然和天龙开战绝对不是明智之举，我们也只能等待一个契机。”

齐夏略微仰了仰头：“你们猫从五排到二十一，满打满算十七个人，你觉得当年一万个人都没有做到的事，十七个人就可以做到了吗？”

“当时的我什么都不懂，只知道跟在你的身后，可现在不同了。”钱五慢慢地抽着烟，将烟雾吐到了房间中央，“齐夏，猫是一支训练有素的队伍，可以达成一切任务。”

“那我为什么不去寻求楚天秋的帮助？”齐夏问，“他比你更想杀死天龙，况且天堂口的人数也远比猫要多，几乎是你们的两倍。”

听到这句话，眼前的几位猫成员都露出了不屑的眼神，周六更是将嚼了半天的口香糖狠狠地吐在了地上，抬起头来恶狠狠地对齐夏说：“啧！说什么呢？天堂口的人再多也只是杂兵，他们不够团结，看不出来吗？”

钱五伸手拍了拍周六，整个人的身形瞬间变化成了女人：“周六，没必要。”

“啧，五哥，你看这人是什么玩意？”周六似乎觉得不解气，又往地上吐了口口水，“我够给你面子了吧？从进门开始我就没怎么说过话，可他这态度像是好好说话的样子吗？”

钱五微微皱了下眉头，说：“周六，把口香糖捡起来，吐在地上不好打理。”

周六听后沉沉地吸了口气，然后咬着牙将口香糖捡了起来。

钱五回过头来对齐夏说：“齐夏，我其实一直都很好奇你为什么会加入楚天秋的阵营，你和他……真的合得来吗？”

齐夏知道钱五话里有话，只能点点头，说：“楚天秋这个人很有意思，他瞒了我很多事情。”

“是啊……”钱五笑道，“看来你也知道楚天秋并不是两年这个档次的人。”

“他当然不是。”齐夏也笑道，“虽说他一直都在骗我，但是我和他的最终目标并不冲突，暂且可以站在同一阵营。”

“齐夏……”钱五感觉眼前这个男人比她想象中的更加深不可测，“就算真的要互相利用，你又为什么要选楚天秋这么可怕的队友？我对你掏心掏肺，难道不是更合适吗？”

“他要成为‘万相’，我可以帮他。”齐夏笑道，“他愿意在这里替代天龙，而我却只想出去，所以从各自的目标来看，我们俩不会给对方造成任何的困扰。他一旦成了‘万相’，也绝对不可能让我这种角色留在终焉之地，毕竟他无法完全杀死我，而我总有一天会威胁到他的地位，这就是我们俩在刀尖上做出的交易。”

钱五听后沉默了一会儿，抬头问道："你宁愿跟那种人做交易，也不肯赏我的脸？"

齐夏看着眼前这个忽变男忽变女的人，默默地摇了摇头："钱五，在我看来你算是个不错的人，所以我很难跟你合作。毕竟跟我合作的人都不会有什么好下场。"

"哈……"钱五苦笑一声，"可是齐夏，我找了你十年啊。"

"是吗？"

"起先的三年我还能依稀见得到你，可从七年之前开始……你好像完全消失了一般。"钱五的表情之中掠过一丝忧伤，"再过一阵子，你们全都消失了……我一度以为你们成了终焉之地某个角落中的行尸走肉。"

齐夏只感觉钱五的状态好像似曾相识，他和陈俊南很像。

"为什么是我呢？"齐夏眯起眼睛问，"这终焉之地有上万人，就算现在已经减少了很多，可为什么非要是我呢？"

"因为只有你正面对抗过天龙。"钱五有些激动地说，"就算你已经失去了所有的记忆，可我知道你能做到。十年前你可以让一万人同时站在天龙面前，十年后依然可以。"

齐夏听后慢慢地低下头，同样感受到了一股悲伤。

"钱五，可我输了。"齐夏说，"我不仅十年前输了，十年后依然输了。虽然我没有记忆，但我知道我一直在用不同的方法击败天龙从而让自己逃离这里，可我真的没有把握。"

齐夏感觉这一次似乎是他进入终焉之地这么久以来第一次吐露心声，不知是他对钱五有种熟悉感，还是"缄默"给了他安全感。

"不同的方法？"钱五似乎很感兴趣，"你知道自己用了什么方法？"

齐夏点了点头，说："这件事本来也要说出来，恰好可以当作跟你谈判的筹码。"

"什么？"

"我说出我所使用过的第二个方法，你可以综合考虑一下跟我合作的可能性。"

钱五听后认真地点了点头："你说。"

"我做了七年的生肖。"

一语过后，四座皆惊，在场众人除了齐夏之外全都站了起来。

"你做了七年的生肖？！"

这个答案完全超乎了钱五的预料。

“我从人羊开始，一步一步往上爬，最高爬到了地羊，可在我马上就要晋升天羊的时候被天龙摆了一道，打回了原形，我被洗掉了所有的记忆，重新成了参与者。”

钱五听后，慢条斯理地和宋七、周六交换了一下眼神，试探性地问：“这件事……你能够记得？”

“不，我不记得。”齐夏摇摇头，“我是从一些蛛丝马迹当中推断出来的，但现在看来……没有任何的证据可以推翻我的假设。”

乔家劲此时也在一旁微动嘴唇，低声开口说：“骗人仔，你就是那个虎头仔要找的羊？”

“是的。”齐夏点点头。

“那你为什么不告诉他？”

“因为我不知道他的立场。”齐夏叹了口气说，“他知道我就是那只羊又怎样？他身为生肖，会选择帮助我们参与者吗？抑或是让我重新成为羊？不论是哪一种情况我都不期待，所以我没有和他挑明。”

此时的钱五像失了神一样缓缓坐下：“我原以为成为生肖是我们的退路，可如今看来依然是一场骗局吗？”

沉默许久的宋七也终于开口道：“原来……这里所有的路都不通……五哥……我们该如何出去？”

“路？”齐夏微微皱了一下眉头。

——夏，这世上的道路有许多条，而每个人都有属于自己的那条。

“等一下……”齐夏忽然想到了一丝缥缈的线索，但始终难以抓住。

一个诡异的疑问也在他的脑海中盘旋。为什么他每一次迎战天龙使用的都是不同的方法？同一个人，从同一个房间中走出来，率领着同样的队友走过同样的路，可他却使用了完全不同的战术。

“慢着……”齐夏抚摸着自己的额头，好像想明白了一件至关重要的事。

假如……假如自己明确地知道自己不会保留记忆，那么他要怎么知道自己下次要使用不同的方法对抗天龙？他要如何才能保证自己没有重蹈覆辙？！

“原来是这样……”齐夏猛然瞪大了眼睛看向了钱五。

此时只有这个男人知道问题的答案，可齐夏不敢问出口了。如果答案真和他自己想象中的一样，那……余念安该怎么办？

钱五也发觉到了齐夏的异样，微微皱了一下眉头问：“怎么了？”

“我……”齐夏思索再三，还是问出了这个问题，“钱五，在你十年前的记忆中……我是个回响者吗？”

钱五微微思索了一下，点头道：“应该是的，在当时的战场上，我似乎听谁说过这个问题。只不过你的能力并不强大，只是个普通的二字回响。”

果然……齐夏有些懊恼地捂住了额头，表情十分痛苦。

这样一来一切都解释得通了……为什么他每一次都会选择不同的路？因为他给后来的自己铺好了路！

若他没猜错，他在挑战天龙失败的时候留了一计，这一计便是封印住他的回响契机，这样一来不管复活多少次，他只能是个不幸者，所以不得不走上成为生肖的路。而在成为生肖七年之后，眼见自己要失败，他为了不重蹈覆辙，又给自己留下了一条新的路。

这条路就叫余念安。

只要有余念安的存在，便可以保证自己留有念想，不会再次成为生肖。

难道余念安真的不存在？

“她是我给自己留下的路？”齐夏俯下身子看着地面，用双手不断地抓着自己的头发。他感觉情况好像有些不太对。他的人生总共才二十六年，其中余念安就占据了七年，这个后路留得未免也太过真实了！

在没有余念安以前，自己想要逃出去的理由是什么？假设自己真的创造出了余念安，那么自己给自己留下的路又是哪一条？

齐夏感觉自己正通过一条隐秘的线索，和七年前的自己、十年前的自己通信。可他也同样清楚，自己的想法不可能这么容易洞察。曾经的自己到底想要表达什么？余念安真的是被创造出来的吗？

“不可能……我不相信。”齐夏摇了摇头，自言自语道，“就算是‘生生不息’，也绝不可能创造出一个完全不存在的人……”

终焉之地里的所有能力想要发动成功，必然需要自己的潜意识中认为这件事是真实的，他若是从未见过余念安，又怎么把余念安创造出来？他的潜意识中为什么会认为一个不存在的人真的存在？自己又为什么能确定余念安的性格和长相？

乔家劲知道齐夏的性子，每当他陷入沉思的时候，往往都是这副忘我的神态，只能在一旁静静地看着他。

此时钱五拿起乔家劲面前的酒瓶给自己倒了半杯，而后开口说："可是齐夏，我听宋七说，你这一次回响了，但不知为何你这次回响的声音格外大，直接惊动了整列列车上的生肖。"

齐夏听后打断了自己的思路，慢慢地抬起头看着钱五，此时又有一个疑问在他的脑海当中产生了："钱五，你说我回响了，那么一个人……可以同时有两种回响吗？"

钱五浅浅地抿了一口酒，随后摇了摇头："我没有听过这种情况。只知道神兽那种级别的人可以同时拥有多个类似于回响的技能，可你是神兽吗？"

齐夏知道自己定然不是神兽，他现在甚至连生肖都不是。可这一次他的回响为什么不是普通的二字回响？"生生不息"到底是什么东西？

钱五发现齐夏的表情不太对，微微思索后，将拿到嘴边的酒杯放下了："齐夏……难道你有两个回响？你这次的回响……和以前不同？"

齐夏知道钱五肯定不是泛泛之辈，继续瞒下去也没有什么必要，于是点头对这个看起来是女人的钱五说："不错，我这一次的回响为'生生不息'。"

一言出口，本以为会遭到怀疑，可钱五一脸认真地点了点头。

"果然如我所料……"她嘴唇微微动了动，"难怪整个终焉之地都没有听过这样的声音，居然有四个字……这都是曾经的你计划好的吗？"

"曾经的我计划好的？"齐夏感觉这个理由很难成立。

难道他每一次给自己留下不同的路，最终目的就是为了创造一个四字回响？可是在终焉之地没有任何人听过、见过四个字的回响，他又怎么可能往这个方向努力？

现在看来，他在终焉之地的经历总共分为四个阶段。

第一阶段发生在初始时到十年前这段时间，他拥有普通的二字回响，不知道经历了什么，最终在十年前的某一天对天龙发起了决战，带领一万参与者输得一败涂地，这一次之后他也失去了这个二字回响。

第二个阶段在十年前到七年前，这段时间他虽然成了不幸者，却和乔家劲、陈俊南等队友在终焉之地频繁活动。他们战胜了众多生肖，他也在这段时间内总结出了下一个战术，那便是成为生肖。或许是怕乔家劲和陈俊南担心，也或许是有其他的想法，他隐瞒了这个事实。

第三个阶段在七年前到三十多天以前，这段时间他一直都是羊，只不过这条路没有让他出去，反而再次把他打回了原形。

目前正是第四个阶段。

如果要问这一次的经历和之前有什么不同，那自然就是“生生不息”了，这是其他阶段从来都没有出现过的新情况，难道所有的道路都通向了这里？

李警官见到齐夏一直在沉思，便转头问乔家劲：“混混，‘生生不息’是什么能力？”

乔家劲听后耸了耸肩，说：“条子[①]，具体我也不太清楚，但上一次我能够死而复生，打倒所有的猫，靠的应该就是骗人仔的帮忙吧。”

“你是说地上那一大堆你的尸体？”

宋七听后才恍然大悟：“什么？！你是说那次你一直死而复生，靠的是这个‘生生不息’？”

“是啊。”乔家劲茫然地点点头，“难不成靠克隆机器？”

“那你的回响又是什么？”宋七问。

“名字我忘了。”乔家劲摇了摇头，然后一脸认真地说，“可能是叫‘喂你个粉肠[②]别出老千[③]啊’一类的吧。”

短短一句话把几个人都说愣了。

钱五听后微微一笑：“你的回响叫‘破万法’。”

“哦？”乔家劲看了钱五一眼，“你连我的也知道吗？”

“当然。”钱五点点头，“你的能力一旦发动，整个终焉之地所有的回响者都要低头，只可惜它无法克制天龙。”

“那不就够了吗？”乔家劲笑着伸了个懒腰，“能够保护我身边的队友不受其他人的伤害，对我来说就已经够了，至于你们口中的那个天龙……就交给你们去想办法吧。”

“办法……”

钱五再次向齐夏投去了复杂的目光，如果真的要说一个对付天

---

① 黑话，通常是反派人物对警察的一种蔑称。现实生活中请勿模仿使用！

② 粤语，意为傻瓜、白痴。

③ 出老千意为作弊。

龙的办法，现在只能依靠这整个终焉之地唯一的四字回响者。

“我想好了……”齐夏说，“我会去想办法将那三千六百颗道聚在一起，让天龙现身。”

听到齐夏的话，钱五一怔。

“齐夏，你忘了我说的话吗？你若是集齐三千六百颗道，天龙和青龙必然现身，他们会二话不说地大开杀戒，到时候一切都会被洗牌的。”

“连说一句话的机会都没有吗？”齐夏问。

“说一句话？”钱五迟疑了一下，“齐夏……这就是你的计划……你个疯子……你从一开始就知道集齐三千六百颗道是出不去的……”

“是的，我来想办法跟天龙赌命。”齐夏说，“你觉得可行吗？”

“我不知道……”钱五有些紧张地摇摇头，“正如我所说，天龙强大得完全不像是人类，他只需要挥挥手就可以让你变成肉酱，你就算能够在千钧一发之际说出这句话，他也不见得会收手。”

“是吗？”

“毕竟很多生肖就算是在赌命游戏中也依然可以杀死对手。”钱五有些担忧地说，“十年前你只是输了游戏，后果就已经如此悲惨了，如果你赌命再输了……”

“还能更惨吗？”齐夏说，“就像你说的，我们所有的路都不通了，和天龙赌命已经是最后的路了。”

“输了游戏之后你有可能连原住民都不是……反而会彻底被抹除存在的痕迹……”

“我倒觉得不是。”齐夏摇摇头，“我曾听说我和天龙有过节，他似乎恨我恨得牙痒，可不知为何，我至今依然活蹦乱跳。所以我怀疑他根本就没有办法抹除我，抑或是……每一次他抹除了我之后，我都会在十日之后归来。”

“好……就算他没有办法抹除你……”钱五还是有些担忧，“那他依然可以让你变成原住民，如此一来你就再也不可能恢复正常了。”

这句话齐夏已经听了很多次，可他总感觉哪里怪怪的。毕竟他曾经见过一个人从原住民变回了参与者，本以为这种情况不是个例，可为何在终焉之地游荡了这么久，每个人都一口咬定了原住民是不可逆的？

“你们从未见过有原住民变回参与者的情况吗？”齐夏确认道。

听到这个问题，钱五沉默不语，一旁的宋七只能接话道：“齐夏，不瞒你说……我们曾经有个队友因为私人恩怨前去跟地级搏命，最终被夺去了理智成了原住民，我们找到他之后几乎用了所有的方法来唤醒他，整整一年的时间都没有成功。”

“这么久？”齐夏不痛不痒地问。

钱五点了点头：“毕竟原住民的理智都是朱雀亲手拿走的，除非能问朱雀要回来，否则绝对不可能恢复。”

齐夏忽然想到之前朱雀曾经当着他的面拿走过肖冉的理智，原来所有的原住民都是朱雀的杰作？

钱五的话给了齐夏新的思路，难道当时许流年忽然变回了参与者，是因为朱雀现身，将理智还给了她？这可能吗？

自己死在了许流年的出租车上，那之后到底发生了什么事？除了朱雀又有谁来了？为什么许流年不仅变回了参与者，甚至还回到天堂口扮演起了楚天秋？楚天秋又在计划什么？

“真是有意思……”齐夏的嘴角微微一扬，“这样才对啊……你们的计划只有这么复杂，才够资格跟我合作。”

钱五还想说点什么，一旁的十九却忽然打断了他的思路。

“五哥，估计时间快到了。”十九擦了擦额头的汗，“这次会谈先暂停吧。”

“好。”钱五点了点头，然后对众人使了个眼色，“各位谨言慎行，接下来各位所说的话有可能被天级听到。”

几秒钟过后，包裹着整个房间的“缄默”消失了。

众人陷入了沉默，谁都不知道该说点什么。钱五顿了顿，开口说：“各位……要加入猫吗？”

李警官看了看齐夏和乔家劲，十分配合地问：“你们猫是做什么的？”

“我们是雇佣兵，收人钱财，替人做事。”

“所以你们是用自己的方式赚道？”李警官问。

“不。”钱五似乎已经回答过这个问题无数次了，熟练地开口说，“我们不需要道，我们收取的是真正的钱财。”

“什么？”李警官一愣，“你要怎么收取真正的钱财？”

“自然是去现实世界中收取。”钱五笑道，“你们只要在现实世界中给我们汇款，下一个循环我们就会给你们卖命。”

“啊？”李警官一愣，似乎有话想说，他扭头看了看齐夏，感觉自己的脑子有点混乱，“我不是很懂……我们并不是来自同一个年代，我要怎么给你们汇款？”

“我们猫的人能覆盖前后四十年。”钱五拿出香烟给李尚武示意了一下，李尚武又接过了一根，“不知这位警官来自哪一年？”

“我来自……”李尚武微微一顿，抬头道，“我什么时候说过我是警官？”

钱五听后伸出手，给李尚武点燃了香烟，而后说：“我是不是应该编个理由，说我觉得你像个警察？”

李警官被钱五逗笑了：“那么真正的理由是什么？”

钱五也跟着笑了一下：“我和你交情匪浅，所以了解你的身份。”

李警官沉吟了一会儿：“我来自二〇一〇年。”

“那正好。”钱五点头道，指着身边的女孩儿说，“周六来自二〇〇九年，她的家人能够收到你的汇款，以后有需要可以找她，她会为你卖命。”

被称作周六的女人非常敷衍地跟李尚武点了下头，然后继续漫不经心地嚼着口香糖。

“你们没有说谎吗？”李警官面色一冷，盯着钱五问，“我们在外面给你们汇钱，你们真的能够收到吗？”

“什么意思？”钱五有些不解地看向李尚武，“我们猫已经存在了快七年的时间，还有什么说谎的必要吗？”

“你是说……”李警官再次用余光瞥了下齐夏，随后又谨慎地问，“我们在外面是能够相遇的？”

“不完全是。”钱五回答道，“理论上你只能联系到周六的家人，而不是她本人。”

这句话让齐夏和李尚武皱起了眉头，乔家劲则是直接断片儿了。

“可是这样不会很奇怪吗？”李尚武思索了一下又问，“明明是如此大规模的地震，为什么我们的家人却安然无恙呢？”

“我不知道。”钱五回答道，“我也不想知道，与其去调查这个原因，我更想让他们好好地活着。”

“你说得对……”李尚武在得知自己的女儿萱萱有可能活下来之后，显然心情也变好了不少，但很快又有另一个疑问在他脑海中盘旋。他扭头看向齐夏，欲言又止，而齐夏也明白了他的意思，叹了口气说：“李警官，十四岁的我没有家人。”

“你……”李警官所有想问的话都压在了喉咙中，什么都说不出来了。

钱五听到两个人的谈话，忍不住插嘴问："怎么……老李，你没有联系到十四岁的齐夏？"

"是的。"李警官点点头，话里有话道，"不知道问题出在哪里。"

"有没有可能齐夏一直都是这样？"钱五笑道，"他对我们说的话有几句真？恐怕不仅是你，我和齐夏来自同一年，我也联系不到他。"

"什么？"

李警官和齐夏同时一怔，但齐夏很快就回过神来，开口道："我独来独往惯了，联系不上我也是正常的事情。"

"独来独往……我记得你说过你有个妻子，是吧？"李警官又问。

钱五听到这句话微微一愣神，而后一脸疑惑地看向齐夏。

妻子？

"是的。"齐夏非常认真地点了点头，"我有一个妻子，我希望她没事。"

钱五听后虽然一脸疑惑，但始终没有说话，她扭头看了看十九，问："今天还能有吗？"

十九擦了擦额头上的汗，摇摇头说："不行了……信念有些撑不住。"

"那今天就先这样吧。"钱五点点头，对齐夏几人说，"我邀请你们在这里住一天，明天等十九恢复，我还有些事情想要跟你们说。"

三个人互相看了看对方，发现并没有什么拒绝的理由。

"我们有些吃的，下午在这里吃点东西吧。"钱五笑着对众人点了点头，起身就要走。

"等一下。"李尚武叫住了他。

"怎么？"钱五回过头问。

"你们猫……还收人吗？"

听到这句话钱五微微一笑，然后点了点头："当然，李警官，你天生就是猫的一员。"

"我？"

"你和这里大多数人一样，根本不想出去，你只想给女儿赚点钱吧？"

"是的……你连这个都知道？"

"你就留在这里吧。"钱五对李警官点点头，"从今以后你就是我们的战友，我可以给你一个让你满意的数字。”

李警官从未想到加入猫竟然会这么容易，居然连考核和问话都没有。

“所以我以后不能叫李尚武了吗？”李警官又问。

“没错。”钱五点点头，“这个名字已经不属于你了，你从今天开始就是游荡在终焉之地的猫，我们是没有封号的生肖，我们即是同一个人。”

齐夏和乔家劲都看向了李警官，虽说他们还不算特别熟悉，但此时要和李警官分道扬镳总感觉有些难过。

“干吗露出这副表情？”李警官爽朗地笑了笑，“我是加入猫了，又不是死了，我看这个叫钱五的男……女人还算不错，应该不会阻止我跟你们来往吧？”

“当然。”钱五点点头，“你甚至可以自由活动，有任务时，周六会告诉你。”

“握个手吧。”周六语气平淡地伸出手，“以后每次复活后都记得跟我握手，我跟五哥寸步不离，会传达他的任务。”

李警官听后微微地伸出手，和周六触碰了一下，周六便迅速收回了手。她慢慢动了几下嘴唇，小声地说着什么。

李警官的耳边忽然响起了她的声音：“测试，测试。”

“李尚武收到，请讲。”李警官习惯性地说。

“啧，不用那么正规。”周六摆了摆手，“得了，能听见就行。”

此时的齐夏忽然想到了什么，扭头看了看藏在自己身后的郑英雄。

只见郑英雄吸了几口气，然后低声说：“虽然很轻微……但我还是闻到了，是‘传音’的清香。”

听到这句话后，齐夏抬头看向周六，问：“请问你的回响叫什么？”

“啧，‘传音’啊。”周六不耐烦地说，“这位大聪明有什么指教吗？你也需要我的‘传音’吗？”

“不，不需要。”齐夏摇摇头，此时经过了三轮验证，足以说明这个叫郑英雄的小孩儿可以准确无误地识别出对方的回响。

可这是怎么回事？这是他的能力吗？

“那个孩子……”钱五侧身看了看齐夏身后的郑英雄，“刚才一直没问，他也是你们的人吗？”

“是。”齐夏点点头，“我们暂且一起住在这里吧。”

“可以。”钱五点点头，扭头对宋七说，“老七，给他们安排房间吧。”

“好的，二十一后面还有几个房间，我暂且把他们安置下。”宋七点头说。

“不，李警官不需要住在二十一后面。”钱五摇摇头，“把我前面的房间给他。”

“什么？”宋七一愣，“五哥，我没听错吧……你……你前面的房间是……”

周六也慢慢皱起了眉头：“啧，五哥，搞什么啊？这个人不是李二十二吗？”

“我什么时候说过要给他二十二？”钱五说着话，眼睛一直盯着李尚武，“从今天开始李警官是四，他排在我之前。”

此言一出，房间里的众人都疑惑地皱起了眉头。

四？

“为什么？！”宋七满脸不解地问，“五哥，我们猫的首领一直都是你啊，你现在给他四是什么意思？！”

“你们搞错了一件事。”钱五摇摇头，随后露出了一脸复杂的笑容，“并不是我给了他四，而是他给了我五。”

这句话让众人都稍微愣了一下。

“你……你是说……”李警官眨了眨眼，仿佛在接受什么事实，“在很久以前……我是这里的四吗？”

钱五点了点头，已经过去快七年的时间了，她依然记得那句不着调的话——你们就是张三李四、钱五周六啊。

钱五盯着李警官的眼睛，微笑了一下：“时间不早了，该休息了。”

“那你……”齐夏叫住了她，“已经确定我的态度了吗？”

“还用确定吗？”钱五摇摇头，“你不是一直都这样吗？”

她果断转身推门离开，周六紧随其后，只剩下几人呆呆地站在原地。

“各位，请跟我来吧……”宋七对众人说道，“我带各位去房间，需要提前说明的是我们猫的房间都是单人监狱，希望你们不要嫌弃。”

李警官苦笑着摇了摇头：“没想到有朝一日我会睡在牢房里。”

几人跟着宋七来到各自的牢房，郑英雄执意要和齐夏住在一起。

齐夏在宋七要走时将人叫住，他有些担心陈俊南。今天早上陈俊南信心满满地要孤身前往地蛇的游戏，算算时间现在也该结束了。

“宋七，你能回天堂口帮我打探一下消息吗？”齐夏说，“我想知道陈俊南回来了没有。”

“陈俊南吗？”宋七点点头，“知道了，我去去就回。”

等到众人都离开了，齐夏才转头看向郑英雄。这个奇怪的小孩儿总给他一股强烈的不和谐的感觉。

“英雄。”齐夏叫道。

“怎么了，平民？”英雄回道。

齐夏听后无奈地叹了口气：“你的回响是什么？”

“回响？”郑英雄似乎理解了一下这两个字的意思，随后动了动鼻子，吸了几口气，回答道，“我是‘灵嗅’。”

“灵嗅？”齐夏第一次听说如此奇怪的回响，“所以你之前说，你能闻到生肖身上的臭味和回响的味道，正是因为这个‘灵嗅’？”

“没错。”英雄用力地点了点头，“所以我跟你们所有人都不同，我注定是个孤独的英雄。”

齐夏总感觉有哪里怪怪的：“那你岂不是跟显示屏和巨钟一样了吗？只不过你是闻到……”

“不一样！”郑英雄一脸坚毅地说，“我比那个显示屏厉害太多了！”

“哦？”齐夏嘴角一扬，慢慢坐在了床边，“那你跟我说说，你比它强在哪儿？”

“我能捕捉到微不可察的气味，可显示屏不行！”郑英雄好像在夸赞自己一般地说，“那个呆呆的显示屏只能根据钟声来显示回响，一旦某个人的回响发动得很轻微，便根本不会引起钟响，显示屏也不会亮。”

“哦？”齐夏感觉自己好像发现了什么线索，“也就是说……如果一个人的回响轻轻地发动，那钟就不会响？”

“还有另一种情况！”郑英雄稚嫩的声音在小小的牢房中回荡，“那就是这个人能把回响使用得得心应手，他可以迅速地发动回响，并在钟响之前就结束这一次的回响。”

齐夏慢慢扬起了眉头，感觉这一次的猫之旅真的学到了很多东西。

原来真如林檎所说，钟声是可以自己控制的。

“你知道钟的构造吧？”

“我当然知道。”齐夏说。

“只要你在巨钟底下抬头看过，一定会知道那些人为什么可以不引起钟响。”

齐夏思索了一下，抬头问道：“你是说，只要回响发动得足够迅速，便能够使巨钟里面的钟摆来不及接触到钟壁，这样巨钟就不会响了？”

“就是这个意思。”郑英雄用力地点点头。

虽然齐夏已经明白了郑英雄的意思，但他又冒出了另一个疑问。这样说来的话，巨钟的存在有着明显的弊端，那终焉之地为什么要建造这个钟呢？既然能够建造巨钟，那为什么不把它建造得更加完善一些呢？

“平民，你身上的味道很奇怪。”郑英雄问，“你不是清香者吗？”

“清香者？”

“我……我是说回响者……”

齐夏皱了皱眉头：“怎么，我身上的味道和别人有什么不同吗？”

“一般情况下，回响者的味道是一股清香，可是你身上的味道很奇怪……好像介于生肖和回响者之间。”

“是吗？”

齐夏抬起自己的胳膊，凑到面前轻轻地嗅了嗅，发现自己好像并没有什么味道。毕竟这个味道只有英雄能闻到。

“英雄，你是怎么加入天堂口的？”齐夏话锋一转，问。

“我？”郑英雄将腰间的报纸短剑拔了出来，放在眼前小心翼翼地擦了擦，然后回头对齐夏说，“是一个非常强壮的平民邀请我进来的。”

“所以这是你第一次加入天堂口吗？”

“是的，我甚至都不知道那个地方叫天堂口。”

“我有些好奇。”齐夏问，“之前你一直都在哪里？你保留了记忆吗？”

郑英雄听后将报纸短剑插回了腰间，然后开口说：“实不相瞒，平民。我来自另一座城市。”

“另一座城市？”

“没错，我们那座城市已经病了、沉沦了。”郑英雄一脸茫然地抬起头看着齐夏说，“我没有想到你们这里还有这么多正在活动的人。”

齐夏回忆起之前在许流年的出租车上跟着她一起前往了城市的边缘，在那里他看见了高楼林立，道路四通八达。这里到底有多大？城市的外面又是什么？城市的边缘到底在哪里？生肖分布在哪里？参与者又到底有多少人？

“沉沦了？”齐夏有些疑惑地看向这个小孩儿，总感觉他的身份不太简单。

“我虽是英雄，却无法组织起整座城市的人，大家只能不断在生与死之间循环。”郑英雄露出失落的神色，这让齐夏总感觉他好像是一座城市的领导者。

“但是很奇怪呀……”郑英雄眨了眨眼说，“你们之前说过要收集道，道是什么东西？”

这个问题把齐夏问住了，他总感觉曾经有个人问过这个问题，但那个人和郑英雄显然搭不上关系。毕竟那个人是白虎，那个奇怪的枯槁老者也曾在齐夏面前一脸疑惑地问过他道是什么东西。

“英雄，你所在的城市里，大家是不需要收集道的吗？”

“我不确定咱们说的是不是同一种东西，你说的这个道，有什么用？”

齐夏思索了一会儿说：“就是参与游戏的筹码。”

郑英雄听完略微思索了一下，然后从口袋中掏出了一小把翠绿色石头。他将这堆小石头平放在手掌上，然后递到了齐夏眼前。

“我们参与游戏用的是这个。”郑英雄一脸疑惑地问，“难道你们用的不是玉吗？”

齐夏将那些翠绿色的小石头捧在手中，仔细地看了又看，始终感觉有点奇怪。它们的形状和大小都非常像牙齿，这些翠绿色的石头大小不一，有棱有角，却又通体通透，散发着隐隐的绿光，看质地又显然是一颗颗玉石。

“玉？”齐夏顿了顿开口问，“也就是说这个叫作玉的东西，你们要收集三千六百颗？”

“三千六百颗？”郑英雄听到这句话脸上的坚韧表情消失了一些，反而露出了一丝不应属于孩子的苦笑，“如果真的只要这么少……他们又怎么会全员沉沦？”

齐夏显然没想到他们两个城市不仅需要收集的道具不同，甚至连要求的数量也不同。

“那你们这个叫作玉的东西……需要收集多少颗？”

“平民，我们房间里的裁判跟我们说过，如果想要逃出去，这个叫作玉的东西必须要收集五万七千六百颗。”

“多少？”齐夏一愣，感觉自己好像是听错了。

这个有零有整的诡异数量是怎么回事？听起来并不像瞎编的，可为什么会需要这么多？

“我们都已经不抱希望了。”郑英雄说，“我知道我所在的城市已经失去逃脱的希望了，为了找到破解之法，这一次醒来之后我就找到了一辆自行车开始向城市边缘移动，费了很大的力气才到达这里。”

郑英雄通过监狱小小的窗栏看向了窗外，那眼神有几分惆怅又有几分失神。

“这座城市跟我之前待的地方很不一样，你们这里居然有显示屏，它可以给你们展示觉醒者的力量，而我们之前叫作‘清香’的能力，在你们这里叫作‘回响’。”

“你……你等一下。”齐夏感觉自己的思维又被什么东西给堵住了，“我刚才没有听错吗？你是说显示屏只在我们这里才有？”

“我不知道别的城市有没有。”郑英雄说，“总之我在我的城市里从来没有见过。”

“也就是说你们每次都不知道自己到底有没有回响……”齐夏慢慢眯起了眼睛。

如果没有猜错的话，这就是他们那座城市沉沦的原因。

“是的……”郑英雄慢慢低下了头，“正如我所说，作为一座城市的英雄……我无能为力。”

齐夏摸着下巴思索了一会儿，感觉好像想明白了一点。这个巨钟和显示屏根本就不是终焉之地的特殊产物，他们好像有点先入为主了，由于在一进入这里的时候就见到了巨钟和显示屏，所以很容易就以为这些东西是跟随着终焉之地一起出现在这里的。

既然这里的场地不会变，变的只有人，那有没有一种可能，这个巨钟和显示屏是某个参与者建造的？这个人建造这些东西的目的很简单，就是想给大家展示回响的存在，只要能够将这种超自然能力捕捉到，那么这里的人们就会渐渐地找到终焉之地的生存法则。参与者们也会在一次次的死亡中发现只要获得了回响，他们就可以保存记忆。

虽然猜想非常大胆，但方向应该是正确的。

如果没有猜错的话，建造巨钟和显示屏的人，他的回响就是听到回响。巨钟和显示屏只是把他的能力具象化、放大化，让城市中的所有人都能看到。齐夏慢慢皱起了眉头，对这个人肃然起敬。若不是他想到了这样的方法，并且最大化地利用了自己的能力，这座城市不可能存活至今。

由于终焉之地的特殊性，不能回响的人便不可以保存记忆，而这么重要的回响对于郑英雄所在的城市来说却是一种看不着摸不到的神秘之物。就算有人比较走运，在死亡之后保留记忆，他们也很难推断出自己保留记忆的原因，更不可能通过回响的名字来推断出自己拥有了什么特殊能力。

这恐怕也是郑英雄会被称作英雄的原因。

如此看来，他在隔壁的城市中确实有着举足轻重的地位，他能够分辨大家是否回响，也能够判断此人是否能够保存记忆，日积月累，他养成了会随时说出对方能力的习惯。可若他们的城市和齐夏所在的城市差不多，每个城市都有一万人左右，一万人又怎么可能全仰仗郑英雄一人？

根据郑英雄的能力判断，他极有可能是另一座城市的领导者……或者再悲观一些，他有可能只是那座城市的吉祥物。大家把他奉为英雄，并不是因为他有多么强大，只是因为他能够闻得到回响。

郑英雄看了看齐夏，说："虽然当英雄很辛苦，但是我会保护你们的，平民。"

齐夏若有所思地点了点头，没有继续跟郑英雄纠缠。这个孩子的回响看起来非常容易触发，他保留了太多的记忆，现在已经完全不像个孩子了，反而像个幼稚的疯子。只可惜他在心智不健全的时候经历了这些，现在想让他回归正常状态，除了让他失忆之外别无他法。

"天色还早，先休息一下吧。"

齐夏从床上站起来，走到桌子前面，将椅子拖了出来坐下："床给你睡，我坐在这里就可以。"

齐夏冲着郑英雄挥了挥手，郑英雄看了看也毫不客气，一屁股坐在了床上："好的，平民，那我就先睡个午觉了。"

郑英雄把他后背的床单披风小心翼翼地摘了下来，然后整整齐齐地对折了几次，放在了床头作为枕头，然后又将报纸王冠和报纸短剑拿下，摆在了桌子上。

齐夏叹了口气，仰坐在了椅子上。明天天亮之后需要再借助十九的能力，跟钱五好好地聊一聊。

齐夏感觉自己还是有点冒险了，就凭他现在的能力和处境，真的能够在这一个循环的第十天跟天龙见面吗？

齐夏只感觉自己再一次迷茫了，毕竟他没有搞清楚的事情实在有点多。

但在这里除了天龙之外，还有谁能解答余念安的问题呢？

END
ON THE
TENTH DAY
第4关
主角与
救世主

云瑶只感觉自己的双腿因为过度疲劳而开始疯狂地颤抖，虽说她比平常人接受了更多的锻炼，可是在这么远的路程里一直背着一个男人，对她来说还是有些勉强了。

徐倩和燕知春跟她一起来到了天堂口的门口。今天的守卫是老吕和“小眼镜”，二人一眼就看到了云瑶，瞬间吓了一跳。云瑶浑身都是血，她背后还背着一个通红的人，看这出血量应该是活不了了。

“云瑶，你怎么啦？”老吕有些担忧地问。

“我没事，受伤的不是我，是陈俊南。”云瑶有些着急地喊道，“快去叫医生，快去准备止血物品！”

老吕听后立刻回头跑进了教学楼里，瘦弱的“小眼镜”则走上前来仔细看了看云瑶身后的陈俊南，然后摇了摇头。

“云瑶，这个男人已经没有什么救的必要了。”“小眼镜”有些惋惜地说，“就算你能给他止住血，他在剩下的时间里也没有办法痊愈，只是徒增他的伤痛罢了，倒不如早点让他解脱吧。”

云瑶听后眼神一冷，缓缓地说：“他有多么痛苦和我无关，但我绝对不能让这个男人死。他赌死了地蛇，我要用他向大家证明，赌死地级生肖是能够活下来的。”

“小眼镜”听后微微一愣，他分明在云瑶的身上感觉到了一股诡异的执着。

“你说他赌死了地级？”

“没错，这么多年以来，楚天秋没有带领我们做到的事，他做到了。”云瑶擦了擦自己额头上的细汗，然后晃动了一下自己手中的地蛇头颅，“你应该能看得出这是什么东西的头吧？”

“小眼镜”眯起眼睛看了看，自然能看出这就是地级生肖的头，可是这个叫陈俊南的男人到底是什么来头？他为什么能够做到这种事？

徐倩抬头看了看这所学校，感觉这个组织好像比她想象中的大了不少。燕知春也在一旁动了动嘴唇：“天堂口……”

“俺来了！”老吕带着两个小伙子、抬着一把长凳跑了出来，“快快！快把那人放下！俺刚才问过了，有个姓赵的医生正好在这里，说不定能救他！”

徐倩帮云瑶一起将陈俊南扶了下来，让他躺到长凳上。几个人急忙将其运往赵医生的房间，过程中剧烈地颠簸了几下，陈俊南居然慢慢睁开了双眼，他的瞳孔看起来有些失焦，过了很久一阵他才缓缓眨了眨眼，看了看暗红色的天空。

“等会儿……”他有气无力地说，“你们先等会儿……”

“怎么？”老吕着急地问，“小伙子你现在危在旦夕啊，别说话了。”

“我说等会儿……”陈俊南用力伸手抓住了老吕的衣角，“爷们儿，让他们停下……”

“干啥啊？”老吕皱着眉头问，“你小子不想活了吗？”

“小爷要撒尿……”陈俊南苦笑了一下，“这儿都是姑娘，不太方便……”

“你都成啥样了还撒尿？”老吕怒骂一声，“臭小子你直接尿裤子就行！”

“那不行……”陈俊南用全身的力气坐了起来，然后又在手上使了使劲，“大哥，我知道你是好人，但你先让我撒泡尿吧……”

“嗞……你这后生……”老吕无奈地叹了口气，让两个年轻人停下脚步，然后回头对几个姑娘说，“那啥……你们三个先回避一下吧，这小子现在非要撒尿……”

三个女生听后也原地停下，盯着已经浑身是血的陈俊南。

只见陈俊南摇摇晃晃地站了起来，然后踉跄着向一旁走去。

“小子，我扶你去吧……”老吕担忧地抓住了陈俊南的胳膊，却被陈俊南一把甩开了。

“不用，爷们儿，这种事不用人帮。”

陈俊南挥了挥手，独自一人非常缓慢地向操场上腐烂的尸堆走了过去。

云瑶摇摇头，低下身子捶了捶自己的腿。刚才来的时候她已经听到了钟声，她的“强运”结束了，但现在站在天堂口的领地里，她想身旁的燕知春应该不会乱来。

“我说……”燕知春笑着看了看云瑶，“他去撒尿，你不跟着吗？”

云瑶听后抬起头，眉头微蹙：“有这个必要吗？”

“他不是对你很重要吗？”燕知春又说，“听了刚才你那番话，我还以为你是个聪明人，没想到这么大意啊。”

“什么？”

云瑶眨了眨眼，仔细理解了一下燕知春的话，随后扭头看向陈俊南，只见他来到了尸山旁边，扶着乔家劲的尸体休息了一下，随后从地上拿起了一块石头。

“不好……”

正当陈俊南准备用这块石头砸向自己额头的时候，云瑶忽然出现，死死地抓住了他的胳膊。

“喂！陈俊南！”云瑶叫道，“你做什么？”

“啊？”陈俊南有些失神地转过头，“什么做什么？大明星你让让……小爷想死……”

“你不能死！”云瑶将陈俊南手中的石头夺过来扔了出去，“你好不容易从地蛇的场地中活了下来，怎么能这么容易就死？”

“你……”陈俊南看起来非常疲劳，他缓缓地弯下腰，两只手撑在膝盖上大口大口地喘着粗气，“大明星……你有点难为我了……我只是想找个没人的地方偷偷地死……”陈俊南的声音越来越小，几乎都要听不到了。

“我没有给任何人添麻烦吧？”陈俊南声音颤抖地说，“我现在很难受……一分钟我也不想活下去，我就想死在兄弟旁边罢了……”

“你……你不能死。”云瑶执着地说。

“求你了……”陈俊南嘴唇微动，“让我死吧……求你了……”

云瑶听后眼神有些悲伤，但依然死死地抓着陈俊南的胳膊：“陈俊南……我理解你很痛苦，但对不起，我确实不能让你死。”

“讲不听了是不是？”陈俊南的双眼渐渐失去了神色，“小爷我又碰上恶霸了是吧……”

“老吕！”云瑶盯着陈俊南，面无表情地大喊一声，“他上完厕所了，快把他带去止血。”

“啊……好嘞！”

老吕带着两个年轻人跑了过来，将陈俊南重新放在长凳上，抬起之后向教学楼走去。

看着云瑶呆呆地站在原地，燕知春往前走了几步，对她说：“怎么？来都来了，不请我们进去坐坐吗？”

…………

赵医生的房间中，此时他正满头大汗地查看着陈俊南的伤口，他感觉事情有些棘手。

这个男人的伤口并不完全是割伤，而是夹杂着挫伤，好像让他伤痕累累的东西并不是刀片，而是尖锥。这些尖锥插进了他的身体里，随后又竖向划动，所以才产生了这么复杂的伤口。一般人是不可能在这种疼痛下保持清醒的，可这个男人依然醒着。难道他受过很多次这样的伤吗？

“喂……兄弟。”赵医生拍了拍陈俊南的脸，“你现在不能睡啊，我们没有麻药，只有一些简单的设备能够处理伤口……你要不停地跟我聊天，知道了吗？”

“小爷知道个屁……”陈俊南双眼无神地看着天花板暗骂一声，不知在思索什么。

赵医生翻了翻天堂口准备的东西，剪刀和刀子之类的东西有很多，可是不太符合医用标准，应当都是学校里的文具。这里没有针线，唯一能够使用的东西应该就是……赵医生从众多道具之中拿出了一个订书机，然后打开看了看里面的钉子。既然条件已经这么简陋了，此时订书机说不定是最好的选择。

陈俊南扭头看了看赵医生，表情十分复杂地咽了下口水：“等会儿……能不能让小爷说两句？”

“可以，我们要一直说话才行。”赵医生将订书机扣好之后又将底座和机身分开，低头开始查看陈俊南的伤口，“在我给你处理伤口的时候咱们需要一直聊天，你千万不能睡着了。”

“你……”陈俊南无奈地看了看赵医生，“我说……你每次给人治病的时候都好像换了个人……”

“是吗？”赵医生没抬头，揪起了陈俊南小腹上的伤口，然后用订书机的机身咔嗒一声将两侧皮肤钉在了一起，接着用剪刀将露出来钉头向内侧掰直。他发现这样做确实可以让伤口暂时闭合，悬着的心也放了下来。

毕竟血液会慢慢凝固，现在他唯一能做的就是尽量减小伤口的面积，防止血液大量流出了。

“喂，你别睡啊。”赵医生擦了擦汗，又说，“告诉我你现在在想什么？”

“我想死。”陈俊南冷冷地说。

“啊？坏了坏了……”赵医生有些慌乱地说，“这哥们已经开始说胡话了，只可惜这里没有输血的条件，你先忍一忍吧……”

徐倩和燕知春坐在房间的角落中看着赵医生医治陈俊南，却不知该怎么帮忙。

云瑶在进入房间后不久就匆匆离开了，不知去了何方，现在房间里只有韩一墨，以及送陈俊南过来的老吕和“小眼镜”了。

“医生，他能活吗？”徐倩怯生生地问。

“我不好说……”赵医生摇了摇头，“这种伤势我本来就不拿手，能不能活就看他的造化了。”

“我造化不好……快让我死……”陈俊南伸手想要推开赵医生，却发现自己一点力气都没了。

“他都糊涂成这样了……”徐倩担忧地说，“救回来是不是也变傻了？”

“倩姐啊……”陈俊南苦笑着看了看徐倩，“你们怎么就是不相信我呢？能不能过来把小爷杀了？”

不一会儿，云瑶从房间外推门进来，看了看陈俊南的伤势，发现对方没死，随即松了口气。她的身后还跟着几个人，一个是皮肤黝黑的清秀姑娘李香玲，一个是看起来四五十岁的优雅女人童姨，还有一个是个穿着很少的姑娘，正是这两天没露面的甜甜。

见到童姨进来，老吕立马站起身，恭恭敬敬地搓了搓手，问：“小婵，你怎么来了？”

童姨皱了皱眉头：“别叫小婵啊……这么多孩子呢。”

“是是是！”老吕点点头，回头对众人说，“童老师进来了，你们都放尊敬点啊。”

在场的人都没有搭理他。

“云瑶姐……”李香玲不解地问，“你叫我来是？”

云瑶思索了一下说：“香玲、童姨、‘小眼镜’，你们是上次少数几个回响者之一，我要让你们在这里见证一件事。”

“见证一件事？”

云瑶从桌子底下将地蛇那苍老枯槁的首级拿出来放在了桌面上。众人看到之后都变了神色。这个东西既不是面具也不是人头，而是一个实实在在的巨大蛇头。

这是地级生肖的头颅。

“你们这是？”童姨有些激动地问。

“童姨，您是天堂口的元老了。”云瑶说，“待会儿请您说句公道话。”

还不等云瑶想明白，楚天秋已经推门走了进来，原来跟他寸步不离的金元勋这次却没有出现。他进来之后环视了一圈，微微一笑，说：“怎么了？阵仗挺大。”

云瑶有些警惕地看了看楚天秋，问：“张山和许流年呢？”

“张山带着小年去执行任务了。”楚天秋找了一把椅子缓缓坐下，正坐在了地蛇的头颅对面，可他就像什么都没看到一样问云瑶，“你找我们要说什么？”

“既然你问了，那我就实话实说了。”云瑶伸手将地蛇的头颅摆正，用那双死去的蛇眼对着楚天秋，“今天有个男人赌命赌死了生肖，换句话说，你楚天秋这么多年没有带我们做到的事情，他做到了。”

“哦？”楚天秋眉毛一扬，“那真是太厉害了，他在哪儿？我要见他。”

云瑶一顿，这间教室总共也没多大，赵医生自始至终都在给陈俊南处理伤口，楚天秋居然装作看不到？

“那个人就是陈俊南。”云瑶说，“他的存在证明了跟地级生肖赌命不是必败的，我们只要有完善的战术、过人的胆识和能够勉强一用的回响，谁都可以去跟生肖发起挑战。”

童姨和李香玲扭头看了看陈俊南的伤势，他们感觉云瑶似乎产生执念了，虽说这个男人没有直接死去，但他和死掉没有什么区别。

“原来就是他！”楚天秋激动地站了起来，“那太好了，看起来他比我更适合做天堂口的首领，是吧？”

云瑶没想到楚天秋会第一时间抛出自己想要说的话，只能一时语塞地盯着对方。

“真好啊，居然能够赌死地级……”楚天秋意味深长地看着陈俊南，“若我们终焉之地都是这种人物，那该多好，是吧？”

云瑶感觉楚天秋变化有点大，他比两人第一次见面时更加疯了。

“楚天秋……你真的愿意让出首领的位置？”云瑶问。

“这首领很重要吗？”楚天秋笑了笑，“每次我都要冒着危险把你们聚在一起，管你们吃喝，又安排每个人的行动……你们以为我很轻松？”

“你……”

楚天秋的面容渐渐阴沉下来，他回头扫视了一下众人：“真是有意思啊……抱着一个地蛇的头颅来到我面前，一大群人聚集在这里准备罢免我？”

"虽然听起来对你不公平，但事实就是这样。"云瑶果断地说，"我们聚在这里不是为了长久生活，更不是为了分出什么阶级制度，我们是为了出去才追随你。如果你不能带我们出去，又为什么要把我们聚在这里浪费我们的时间？"

"那你大可建立第二个组织。"楚天秋笑道，"在场的有一个算一个，愿意跟你走的都可以跟你去。"

"那样太慢了。"云瑶摇摇头，"最快捷的方式并不是换掉所有成员，而是换掉一个首领。"

"所以你一直都这么自私吗？"楚天秋的语气渐渐平缓下来，"因为自己建立组织会比较慢，所以准备直接抢下天堂口？"

楚天秋说完之后又看了看童姨："童姨，您也是元老了，您也这么想？"

"小楚……"童姨也是几分钟之前才知道云瑶的计划，又怎么可能提前想好说辞？

她只能一脸苦笑地对着楚天秋说道："我看云瑶也不是乱来的孩子，要不你们俩好好谈谈？"

听到这段话，云瑶大体知道了童姨的立场，于是趁热打铁地说："就算不提地级生肖的事……你上一次雇佣猫血洗天堂口，看起来也没有把我们当成队友吧？"

"哦？"楚天秋扬了扬眉头，"血洗天堂口吗？"

"难道是我记错了吗？"云瑶问。

"不。"楚天秋摇摇头，"这件事确实是我做的。"

此言一出，在场的几个天堂口成员都愣了一下。

"但如果我说我这么做是为了探寻一条出去的路……你们信是不信？"楚天秋扫视了一下屋内众人，眼神格外疯癫。

"你……"云瑶沉了口气，点头说，"好，你说你在探寻出去的路，那你通过屠杀我们的队友，发现了什么以前没有发现的东西？"

屋内的气氛一时之间变得格外安静，只能听见赵医生手中订书机咔嗒咔嗒的脆响。

楚天秋看了看赵医生，随后嘴角露出了一丝极其可怖的笑容。

"云瑶啊……我还真的找到了一条路。"

楚天秋从口袋里掏出一块红红的肉，用两根指头夹着扔进嘴里，随便嚼了几下，将嘴里的东西吞下了肚，随后露出满是鲜血的牙齿对着众人笑了笑。云瑶见到楚天秋这副样子，不受控制地向后退了半步。

“赵医生，你不必救他了。”楚天秋笑道，“你正在缝补的那具身体，根本不是陈俊南。”

“什么？”赵医生一愣，连带着陈俊南也一愣。

陈俊南有气无力地转过头，他感觉自己好像有点幻听了。

“小爷我不是陈俊南？”陈俊南苦笑了一下，“难道我濒死的脸庞变得更帅了吗？”

“他是冒牌的。”楚天秋说，“真正的陈俊南跟金元勋一起去帮我拿东西了，很快就回来。”

“什么？”陈俊南终于听明白了楚天秋的意思，想要挣扎着坐起身，却感觉自己浑身被钉满了钉子，只要一动就刺痛，“大爷的……赵医生你怎么跟容嬷嬷似的？”

“你……你先别乱动……”赵医生担忧地说，“你至少得躺到血液凝固……”

“我还躺个屁……”陈俊南气喘吁吁地坐了起来，许多伤口再次崩裂，瞬间鲜血直流，“小楚……你刚才胡言乱语什么呢？睁开你的死……死人眼……好好看看……小爷我是谁……”

陈俊南想要站起身，却无论如何动不了。

“我看清楚了，你是个冒牌货。”楚天秋一脸笑容地站到陈俊南面前，“你到底是谁呢？化妆成这样潜入天堂口……又有什么目的呢？”

“小子……真是反了你了……”陈俊南慢慢地伸出一只手，抓住了楚天秋的衣服，“我可是回响过了……你这样惹我……真的好吗？”

“这是什么意思？”楚天秋笑着推开了陈俊南的手，“我只是惹了一个冒牌货罢了。”

云瑶有些不解地看向楚天秋和陈俊南，感觉自己的思路也有点混乱了。

“楚天秋，你不要再妄图扰乱视听了。”云瑶生气地说，“我从离开天堂口开始就一直跟陈俊南在一起，他受伤了之后我一路背着他，寸步不离，你又凭什么说他是假冒的？”

“那有没有可能……”楚天秋再次露出满是鲜血的牙齿，盯着云瑶说，“从你今天第一次见到他时，他就已经是假冒的了？”

“荒谬！”云瑶打断道，“就算他是假冒的，就算他是某个人扮演的……那为什么连陈俊南的回响也可以发动？楚天秋，你现在说谎都不打草稿了吗？”

“回响？”楚天秋顿了顿，“谁看见了？”

“我。”云瑶说完之后又回头指了指徐倩和燕知春，“我们三个人都看见了。”

话音刚落，云瑶只感觉有点心虚，扪心自问，她确实没有亲眼看到陈俊南发动回响。可他如果是假扮的，又为何要去跟地级赌命？

还不等她想明白，教室的门被推开，两个人走了进来。一个是金元勋，而另一个正是陈俊南。

看到这个陈俊南进门，众人都变了神色。他看起来没有受伤，整个人的状态极好，见到大家都盯着他，连他自己都有些难为情了。

“干吗呢？”他问道，“都盯着小爷我看？我这么帅吗？”

受伤的陈俊南此时也慢慢睁大了眼睛，脸上毫无血色，但他很快就明白了过来：“是‘化形’？小楚……你拿这种拙劣的手段对付我？”

门口的陈俊南听到这个声音微微一怔，扭头看向了受伤的陈俊南。

“哎！”

两个人目光相遇时，很显然都愣住了。

“你……这……”门口的陈俊南指着受伤的陈俊南，表情一阵恍惚，“什么玩意儿？这……这不是我吗？”

受伤的陈俊南皱了皱眉头，感觉自己有些呼吸困难：“你……还在装？”

“我？”门口的陈俊南愣了一下，“小爷我在装？你又是谁啊？”

金元勋没有在意这二人，将拿来的包袱放在了楚天秋面前，然后俯下身子小声说：“哥，刚才这个人忽然出现在地下室那样……[①]”

“是，我知道。”楚天秋点点头，“不必说了。”

金元勋也点了点头，来到了楚天秋身后站好。

“你问我是谁……”受伤的陈俊南咬住牙齿，忍着一身的剧痛，摇摇晃晃地站了起来，“你跟我玩真假美猴王这套是吧？”

门口的陈俊南往前走了几步：“什么真假美猴王？你是六耳猕猴吗？”

他跟受伤的陈俊南对视着，二人都感觉有些奇怪。

---

① 为保留人物的特色，金元勋说话的语法问题不做修改。

“不必争了。”楚天秋笑着对正在对峙的二人道，“你们俩都是真的。”

“什么？”

房间内众人一顿，两个陈俊南也回过头来看着他。

“真是不好意思啊。”楚天秋对着受伤的陈俊南笑道，“刚才说你是冒牌货，那是我故意冤枉你，你可不要生气。”

“你……什么意思？”受伤的陈俊南问，“你……你又是从哪儿搞来的这个东西的？”

他指着面前的自己，表情格外复杂。

“当然是回响。”楚天秋笑道，“各位，我暂时掌握了让你们永生不死的方法。”

“永生不死？”

“这个陈俊南……”楚天秋指了指门口的人，“是我用某种回响的能力创造出来的。”

“小楚，你知道自己在说什么吗？”门口的陈俊南表情一冷，“你说小爷是你创造出来的？”

“别激动。”楚天秋笑了笑，“这个能力会创造一个全新的你，就是像克隆那样。你二人的记忆可能有些小断层，建议现在多沟通一下，同步你们的记忆。”

“什么？”两个陈俊南都皱起了眉头，“你是说……我们都是真的？”

云瑶、燕知春和徐倩都盯着这二人仔细看了看，他们除了伤势和气色，看起来真的毫无区别，包括他们的小动作和说话的语气都一模一样，谁都不像是假的。

“怎么？没话说？”楚天秋转身对着受伤的陈俊南说，“既然没话说，那你现在可以放心去死了，会有另一个陈俊南替你活在这里，你没用了，安心死吧。”

受伤的陈俊南无助地瞪着眼睛，脸上茫然的表情展露无遗。他这辈子从来没有过这种心情，他在濒死关头第一次出现强烈的想要活下去的念头。他感觉眼前这个和自己一模一样的人并不是自己，就算他们毫无差别、就算他们浑身上下包括记忆都是相同的，可他偏偏就不是自己。

“不……不对……”陈俊南颤颤巍巍地伸出手，回头拉住了云瑶的胳膊，“大……大明星……这是不对的吧？我是我……他是他……你们不应该用这种方式抛弃我吧？”

云瑶明显能感觉到陈俊南的无助，可此时她根本没有任何办法。旧的陈俊南注定会死，新的陈俊南注定能活下来。

“陈……陈俊南……你……”她嘴唇颤抖了半天，最后只能扔出一句不痛不痒的话，“你会没事的……”

“什么没事？！”陈俊南用尽全身力气大喊一声，随后伸手指了指面前的自己，“他……你们……”他组织了半天语言，最终还是什么都没说出来。

“是了……我成累赘了？”陈俊南慢慢低下头，大口地喘着粗气。他感觉自己浑身冰凉，头也晕得厉害，虽然他已经死过无数次了，可是心里这股难受的感觉是怎么回事？

“真是霸道的能力啊……”楚天秋笑着自言自语道，“怪不得我一定要让你获得回响……”

云瑶见到陈俊南如此难过，一脸愤懑地转过头看向楚天秋：“你到底做了什么？”

“我不是说过了吗？我用所有天堂口成员的性命，探求了一条新的路。”楚天秋说，“从现在开始，你们再也无须惧怕死亡。”

“你就凭这个？！”云瑶指着两个陈俊南说，“你将濒死的队友放弃，然后创造一个全新的复制体？！”

“有什么不好吗？”楚天秋说，“你去问问那个活蹦乱跳的陈俊南，他是假的吗？他除了没有今天的记忆，剩下的哪一点不是陈俊南？”

门口的陈俊南听后又来了火气：“你到底说什么呢？你凭什么可以创造我？”

“可是这样是不对的！”云瑶说，“这……这似乎……”

“这似乎有悖伦理？”楚天秋笑道，“咱们似乎回到了克隆技术刚刚兴起的时候啊。你说克隆出来的人，到底是工具、动物，还是真正的人？”

“这分明就是一样的问题……”云瑶有些恍惚地说，“这个能力实在是太诡异了，如果我们要靠它来走出去……”

“所以我说你真的很自私啊……”楚天秋从衬衣口袋里拿出眼镜戴上，然后说，“明明你每次死了之后也会被同样的原理复制而复活，可现在我在一个人活着的时候复制他，你却觉得有悖伦理了？”

“我……”

一旁半天没说话的老吕和童姨互相看了对方一眼，他们同样感觉这个能力有点不妙，虽然不知道楚天秋是如何获得这种能力的，可若真的有办法随意复制队友，那么在出去之前，整个天堂口定然会一片混乱。

退一万步来说，就算所有的复制体都能够听从安排，可谁又能确定会有几个人出去？出去的到底是自己还是复制体？

“你们的思想实在是有点老旧。”楚天秋对众人说，“仔细想想吧，就算是复制出来的自己又怎么样？”

“什么？”

“他们有我们的记忆、有我们的想法，他们和我们本来就一模一样。”楚天秋又掏出一块手帕，擦了擦嘴角的血迹，“说到底，只要有一个自己能够出去，那你们的目的不就达成了吗？”

楚天秋说完之后看了看云瑶，一脸认真地问：“你想过吗？到底是想要自己出去，还是想要云瑶这个人出去？”

听到这句话，云瑶愣了半天，她无论如何也想不出该如何回答这个问题。每个人都想要自己出去，可是每个自己到第十天都会死亡。

出去的又是谁？

一个轻柔的声音从房间角落中响起：“确实有点意思。”

楚天秋循声望去，那里坐着一个从未见过的白衣面孔。

“哦？”楚天秋非常绅士地向她颔首，“不知怎么称呼？”

“燕知春。”

“幸会。”楚天秋点点头。

“不，该觉得荣幸的人是我。”燕知春笑道，“我从没想过天堂口的首领，曾经被称作‘良人王’的男人竟然这么疯癫。”

“哎，真是太过奖了。”楚天秋开心地笑了笑，“你认同我的观点吗？”

“当然。”燕知春点点头，“你说得很有道理，如果终焉之地有一万个我，只要有一个我逃离，那人们也只会记得燕知春逃离了。”

“看来你理解我的意思。”楚天秋的目光之中充满了热切，“能够找到知音，真是不可多得的美事，看你也不是普通人，连‘良人王’这种称呼都记得，有兴趣加入天堂口吗？”

“没兴趣。”燕知春非常肯定地摇了摇头，“楚天秋，我本来准备杀掉你的。”

“哦？”楚天秋听到这句话不但没有恐惧，反而神色更加激动了，“你是来杀我的？你是极道？”

“没错。”燕知春点点头，然后看向云瑶，“你身边的这位小明星也蛮有意思的，明明知道我是极道，却任由我跟着进来，只可惜借刀杀人这一招对我来说不是很好用。”

“真是太让人兴奋了。”楚天秋站起身，走到了离燕知春三步远的地方，“我在这里潜伏了两年，这还是第一次有极道杀到面前……我现在心脏跳得很快。”

“是吗？可惜很遗憾，我已经决定不杀你了。”燕知春说。

“是啊，多可惜呀……”楚天秋依然没有放弃，再一次贴近了燕知春，“是因为难以动手吗？我已经离你这么近了……还是没有把握吗？”

“没有把握？”燕知春感觉自己好像受到了轻视。

她轻轻地举起左手捋了一下头发，同一时刻，屋内所有的人都伸出左手捋了一下自己的头发，其中包括已经快要失去意识的陈俊南。

“想要杀你并不是难事，只是我想不想的问题。”

燕知春小小的动作让房间内的众人都变了神色。其中最尴尬的莫过于老吕，他已经秃了顶，刚刚只能捋了捋自己的秃头。

“确实厉害。”楚天秋点点头，“你的回响控制得得心应手，看来存在了很多年。”

“你也不差。”燕知春回敬道，“复制一个人这种强大的能力，你却能够一次成功，看来你的信念也很强。”

“信念强？”楚天秋被逗笑了，“或许在其他人看来我不是信念有多强，而是疯得足够彻底。”

“都一样。信念强大的人有几个不是疯子？”

看到这二人一唱一和，云瑶实在有些忍不住了：“楚天秋，就算你能够百分之百发动这个复制，我也不觉得你比陈俊南更适合做首领。”

“连这都不够资格吗？”楚天秋冷冷地看向云瑶，“我还有哪里需要改进的？”

“先不说你杀死了我们全部的人，就单单跟地级生肖赌命这一件事，你就已经输给陈俊南了。”

“是吗？”楚天秋微微一顿，回头给金元勋使了个眼色。

金元勋点了点头，回身将包袱打开，一股恶臭瞬间散发了出来。

众人捂住口鼻，只见金元勋从中拿出了两颗头颅，虽说这两颗头颅已经高度腐烂了，但大体还能分得出轮廓。一颗干瘪的猴头、一颗发黑的兔头。这两颗头颅看起来已经有些时日了。

“这是什么？”

房间内的众人愣愣地看向这两颗头颅，它们看起来明显不像是寻常动物的大小，很明显是地级生肖。

“看不出来吗？”楚天秋笑道，“需要我给你们普及一下这是哪两位生肖吗？”

听完这短短的一句话，反应最大的莫过于陈俊南了。他忍着一身的伤痛，往前缓缓地走了两步，在看清楚了确实是地猴和地兔之后，整个人露出一丝苦笑，随后瞳孔完全涣散，整个人如同一棵随风飘摇的草，一头栽倒下去。

他的念想全都没有了。

还不等燕知春出手控制他，门口的陈俊南快步向前扶住了这个浑身是伤的自己。他愣愣地看着眼前这个受了重伤的男人，感觉分外诡异。

“大克隆技术刚刚兴起，大明星……”陈俊南说，“这到底是怎么回事？”

“这……”云瑶皱着眉头，根本说不出话。

毕竟跟自己经历过生死瞬间的战友已经死了，眼前这个崭新的陈俊南，自己到底该用什么态度来面对他？

“所以我够不够资格当这个天堂口的首领？”楚天秋完全没有在意陈俊南的尸体，只是冷笑着问，“能力和实力我都有了，只不过我和某些人不一样，不会因为杀掉一个地级就闹得满城风雨。”他环视了一下屋内的众人，问，“你们怎么看？”

众人已经在这段时间内看到了太多不可思议之事，现在除了惊愕之外都说不出话。

“这是不可能的……”云瑶回过神来，走上前去检查了一下两颗头颅，“你根本没有时间去参与游戏，从哪里搞来的这两颗地级头颅？”

楚天秋伸手敲了敲自己的太阳穴：“从这里。”

“你……”

“谁说一定要参与游戏才能让生肖死？”楚天秋咧嘴笑了笑，“我有我自己的办法……”

见到众人都语塞了，楚天秋又扭头看向老吕和“小眼镜”。

“咋……咋了？”老吕感觉有些不妙，“我刚才可啥也没说啊。”

“你们俩不去大门那里看着，有外人进来了怎么办？”楚天秋特意加重了“外人”二字的重音，似乎另有所指。话音刚落，一个身穿黑色皮衣的身影就出现在了教室门口。

“晚了，外人已经进来了。”宋七说。

“哟……”楚天秋回过头来赔笑了一下，“这不是猫家老七？”

宋七没说话，进门之后只是扫视了一圈，可是很快就露出了疑惑的表情。

齐夏让他来确认一下陈俊南的安危，可这屋子里有一具陈俊南的尸体，外加一个毫发无伤的陈俊南，现在毫发无伤的陈俊南抱着陈俊南的尸体，看起来有种说不出的诡异感。

这算是有事还是没事？

而楚天秋的目光只是紧紧地盯着宋七已经复原的右手，表情略带迟疑。

“你……”宋七看了看两个陈俊南，“你现在算是……”

“别惹我。”陈俊南茫然地开口说了一句，然后放下了自己的尸体，转身来到了楚天秋面前。

“怎么？”楚天秋问。

“小楚……小爷不知道你干了什么，可总感觉你没安好心。”陈俊南眯起眼睛说，“劝你现在给我说明白，否则小爷的巴掌绝对落在你脸上。”

“对你来说或许很难理解，可我真的在救你。”楚天秋一脸认真地说，“你可以换个角度看看，刚才陈俊南要死了，所以我想办法让陈俊南活了下来，这就是整件事情的前因后果。”

陈俊南听后转过身，略带迷惘地问云瑶：“大明星，我现在很乱，你告诉我，是这样吗？”

云瑶说不出话。

陈俊南又看向童姨：“大婶，是这样吗？”

童姨思索了一会儿，点了点头：“虽然有些难以理解，但以最终结果来看，确实是这样。”

老吕听后一愣：“不……不对吧？”

“没什么不对……”“小眼镜”在一旁说，“正如楚天秋所说，我们应该换个角度看。”

赵医生的看法却又不同了："确实不对。死的不是你们，被复制的也不是你们，你们当然可以换个角度看，可是被复制的人怎么办？"

众人似乎各有不同的看法，谁也说服不了谁。

楚天秋没有理会众人，推了一下眼镜，轻声问："宋七……你这次来，有何贵干？"

"受人所托，忠人之事。"宋七说完之后来到了陈俊南身边，看了他几眼，然后低头自言自语着。

监狱。

周六来到齐夏的牢房门口，伸手象征性地敲了敲铁门。

"怎么？"坐在椅子上的齐夏向后一侧头。

"宋七有话跟你说。"周六毫不在意地走了进来，"方便吗？"

还不等齐夏点头，周六就自顾自地开始说："我现在在天堂口，这里的情况比较复杂，我看见了陈俊南正抱着陈俊南的尸体，这尸体还有体温，看起来显然是才死，可这里还有一个毫发无伤的陈俊南……"

"嗯？"

周六没理会齐夏的疑问，继续转述道："我看到的情况就是这样，现场有人说是楚天秋用某种特殊回响复制了一个陈俊南，但具体是怎么做到的……没有任何人知道，连楚天秋自己也不肯透露。"

齐夏微微眨了眨眼。复制了一个……陈俊南？为什么？

思考了几秒之后，齐夏抬头说："假的。"

周六听后没有半句废话，用一根手指放在耳畔，低声说："辩他真伪。"

宋七听后点点头，低头对陈俊南说："今天早上我带了一群人来了天堂口，在门口碰到了你，那时候你跟我说的第一句话是什么？"

"我怎么记得？"陈俊南抬起头看了看宋七，愣了半秒之后说，"估计是……小宋？"

宋七听后一愣，感觉有点奇怪。奇怪的并不是陈俊南的态度，而是他今早听到的第一句话正是"小宋"。

"你还有事吗？"陈俊南有些走神地问，"小爷现在脑子有点乱……你最好别惹我。"

听到这句话，宋七往后退了一步，低声说："三分假，七分真。"

周六将宋七的话一字不差地转告给了齐夏。齐夏皱着眉头，说：

“七分真？”

他不太明白现场到底是个什么情况，这个人要么是真要么是假，何来七分真？

“我能直接和他对话吗？”齐夏问。

“不能。”周六摇摇头，“啧，你个大聪明不要有那么多想法，我愿意给你传音已经仁至义尽了，你要不满意就自己走回去看。”

齐夏没有跟她纠缠，只是说：“这样吧，你跟他说有个小孩儿叫郑英雄，问他在我们第一次见到郑英雄的时候，屋子里当时有几个人。”

周六听后有些不耐烦地将这个问题传递了过去。

而陈俊南在听到问题之后也慢慢皱起了眉头：“宋明辉……你是不是存心给小爷找麻烦？我怎么会记得现场有几个人？”

宋七听后无奈地传递了回去。

齐夏点了点头：“应该是真的。”

齐夏了解许流年的性格，若这个陈俊南是许流年假扮的，听到问题之后大概率会按照当时的情况猜一个数字，可如果连猜都懒得猜，八成是陈俊南本人了。可如果陈俊南没事，那宋七所说的尸体又是怎么回事？复制又是怎么回事？楚天秋怎么可能有这种能力？

这种能力听起来简直就像……

“等一下……”齐夏感觉不太对，这不是“生生不息”的能力吗？楚天秋为什么可以运用“生生不息”？

“你真的在冲着全能的方向努力吗？”齐夏茫然地说。

“喂。”周六叫道，“你问完了没有？那里可是有一具尸体的，你确定他是真的吗？”

“我问完了。”话音一落，齐夏感觉头有点痛，他只能扶着自己的额头说，“不管有没有尸体，只要陈俊南没事就行。”

周六有些狐疑地看了看齐夏，只是啧了一声，并没多说，顺便将齐夏的话传递给了宋七。

“好，我知道了。”宋七点点头，刚要跟陈俊南转达，却发现陈俊南正一脸好奇地盯着自己。

“怎么？”宋七问道。

“小宋……你刚才这状态……小爷看着眼熟啊。”陈俊南放下自己的尸体，站起身盯着他的双眼，“你在和某个人远程交流吗？”

“是。”宋七点点头。

“周末？”陈俊南试探性地问道，“还是应该叫她……周六？”

“你……你又认识？”

“原来如此啊……”陈俊南苦笑了一声，瞬间明白了过来，“钱五、猫、周六……哈哈哈……原来是这样……”

“古古怪怪的……”宋七皱着眉头看向陈俊南，“你和五哥、六姐都认识吗？”

“我和你五哥肯定是认识的，只是不知道你那个六姐……”陈俊南环视了房间一圈，“咦？冬姐去哪儿了？应该带她去见个老熟人的……”

云瑶此时顿了顿：“陈俊南……你只有今天以前的记忆吗？”

“今天……以前？”陈俊南沉了口气，来到窗边看了看天色。

是的，很奇怪，自己感觉刚刚睡醒，可怎么就下午了？

“小楚……这个能力……真是有点耳熟啊。”陈俊南面色深沉地回过头盯着楚天秋。

“是吗？难道跟你的某个熟人很类似？”

“你自己心里清楚。刚才听你们一直在争论天堂口的首领人选，现在看来真是非你莫属了。”陈俊南略带讥讽地说，“这全员疯癫的鬼地方……还是你来统领比较合适。”

“真是有些难为情……”楚天秋笑道，“既然你都这么说了，那这个首领我就勉为其难地再当下去吧。”

陈俊南冷笑一声，然后来到了自己的尸体旁边，面色十分复杂地看着这具和自己一模一样的尸体，不知在思索些什么。他摸了摸尸体胸口的口袋，然后露出了一丝笑容，看到无人察觉后，将口袋里的东西迅速收入手中，然后站起身对宋七说：“小宋，你是不是要回去？”

“没错。”宋七点点头，“毕竟这只是个任务，现在任务完成，没有必要继续待在这里了。”

“那一起走吧。”陈俊南说，“顺路再去找冬姐。”

他回头问：“知道冬姐往哪个方向走了吗？”

现场的几人并没有头绪，赵医生跟韩一墨互相看了一眼，小声说：“她们几个女生跟着苏闪一起去参与游戏了……好像还要去地级……”

“苏闪……”宋七的眼神闪烁了一下，“我们挖了好几次都没有挖到的人，现在也跟了楚天秋？”

“你可别想多了……”陈俊南说，“苏闪怎么可能跟小楚？他分明是跟了我们家老齐。”

云瑶看了看陈俊南，这个说话的语气，这种轻蔑的神态……他好像还是他，可他又是一个崭新的人。

楚天秋听到陈俊南的话也不生气，只是点头笑道："是的，我并不认识那位叫苏闪的小姐，所以她不能算是跟了我。"

"甭理他。"陈俊南说，"小宋，咱们走吧。"

"等一下……"一个声音叫住了陈俊南。

他回头一看，正是徐倩。

"怎么？"陈俊南问，"有事？"

"你……"徐倩顿了一下，看了看地上的尸体又看了看眼前的陈俊南，略带试探性地问，"你是不是不记得我了？"

"不记得？"陈俊南听后愣了几秒，然后上下打量了一下徐倩，"并没有规定说终焉之地的每个大美妞我都要认识吧？"

徐倩听后眼神闪烁了一下，随后慢慢低下了头。这到底是在搞什么？眼前这个男人，还是陈俊南吗？

徐倩感觉她和陈俊南之间的所有记忆似乎掉进了裂缝之中。在整个终焉之地，回响便可以保留记忆，不回响便不能保留记忆。可眼前的陈俊南没有跟她有关的记忆，若是下一次再复活，他依然不能记得曾经发生的一切。

陈俊南看着眼前的女人，表情不明所以，片刻之后他回头拍了拍宋七，轻声说了句"走吧"，然后推着他转身出了屋子，二人很快消失在走廊一侧。

现场的几人面色都不太自然，最难过的无疑就是云瑶了。眼前发生的一切事情都不在她的预料之内，她现在感觉头脑格外混乱。

为什么楚天秋能够复制出陈俊南？他的回响明明只有见证了终焉才能触发，可现在当着所有人的面复制出了一个崭新的陈俊南。他刚才吃的东西是什么？他又是怎么杀死地级的？

云瑶有非常多的问题想要问楚天秋，可她知道，他已经变了。最近的三次循环，天堂口已经被眼前这个男人搞得乌烟瘴气了。

"云瑶……"楚天秋嘴上叫着云瑶的名字，又转头看了看屋内的众人，见到现在没有任何人支持她，脸上露出一丝笑容，"这次你只是昏了头，其实之前说的话都是无心之举，对吧？我们在接下来的日子依然是好伙伴、好战友。"

云瑶思索了几秒，神色坚定了下来："楚天秋，我说的每一句话都不是无心之举。"她回答说，"既然你会继续统领天堂口，那么从今天开始我退出。”

终焉之地傍晚腥臭腐烂的热风从窗户外吹了进来，抚过了云瑶面无表情的脸庞。

“嗯？”楚天秋微微一怔，眼神似乎跟刚才有些不一样了，“云瑶……现在走，不觉得可惜吗？我们曾经说好了，要……”

“不可惜。”云瑶坚定地说，“看了你今天的举动，我现在越发相信跟着你根本不可能出去，我认识的那个楚天秋已经死了，现在活着的人是一个我不认识的疯子——他视人命如草芥，他能够默不作声地复制同伴，我感觉很难过。”

听到这句话，楚天秋明显露出了压抑不住的失落：“那……你想要怎么样？”

“就像你说的，我可以出去建立第二个组织。”云瑶走到桌子旁边，抓起了地蛇的头颅，“从现在开始我会自己贯彻天堂口最初的想法，让这个世界再也没有生肖，还参与者一片净土。若我有一天失败了变成原住民，也不会和你有任何瓜葛。”

楚天秋听后皱了皱眉头，一把拉住了云瑶的胳膊，一脸严肃地低声说：“你在说什么鬼话？知不知道场上还有外人？”

“无所谓。”云瑶坚定地说，“极道早晚都会知道我的存在，与其一直躲躲藏藏，不如现在就挑明。”

她转过头来看了看面带微笑的燕知春，开口问：“极道，现在你的目标改变了吗？要杀我吗？”

燕知春笑了一下：“不，我并不反对杀死生肖，况且你已经回响了，杀你没有什么意义。”

“你不反对杀死生肖？”这个答案有些出乎云瑶的预料，“你们极道不是要保护这里吗？”

“是……”燕知春点点头，“但是赌死地级生肖是个很有意思的玩法，我不会干涉，你请自便吧。”

云瑶听后眯起眼睛，思索了一会儿之后叹了口气：“你们的想法我不做评价，就像你说的，我已经回响了，就算你们真的要杀我也无所谓。”

楚天秋听后眼神中闪过一丝失落，随后也苦笑着松开了拉住云瑶的手，点点头道：“也罢，云瑶，你走吧。”

云瑶听后一只手抓着地蛇的头颅，一只手牵起了甜甜：“甜甜，你想跟我走吗？”

甜甜有些发愣地看了看屋里的众人，这里的人她一个都不熟悉，此时唯一熟悉的云瑶也要走了，她又能去哪里？似乎漂泊才是她的宿命。

甜甜心中早有预感，这世上不可能有一个地方让她安稳度日，不论是现实世界还是终焉之地，这几天的日子过得实在太舒服了，也该终止了。

她思索了半晌，开口说："云瑶，我……跟你走吧，这里容不下我。"

云瑶点点头，然后环视了一下屋内众人，问："还有人想跟我走吗？"

屋内的众人见识到了今天这场闹剧，没有一人立刻做出回应，似乎都在思考去与留的利弊。虽说楚天秋的行为有些奇怪，但云瑶的做法在他们看起来更加极端。不管发生了什么大事，此时的楚天秋已经完全展示了作为一个首领的全部资质，他能够击杀地级生肖，能够使出神鬼莫测的回响，更有办法给众人提供食物。在这种情况下，云瑶当场宣布退出多少有些不妥，毕竟她不单单是一个普通的参与者，更是天堂口的副首领。当一个组织的副首领要带人出走，基本可以宣告组织的破裂，所以众人综合考虑之后，谁都没有开口说话。

见到半天没人回答，云瑶点了点头。

"也好。"她说，"我总会找到志同道合的伙伴，各位有缘再会。"

云瑶落寞地抓着地蛇的头颅，刚要走出房门的时候，一个声音却在房间角落内响起："云瑶姐……"

云瑶停下脚步，缓缓回过头看向那个皮肤黝黑的姑娘。

"我……也想跟你一起走……"李香玲小声说。

"李香玲？"

云瑶从未想过在这个房间中，除甜甜之外，唯一支持她的会是一个她并不熟悉的女孩儿。虽说她们在天堂口相识已久，可是她们从未一起参与过任何一场游戏。云瑶只知道李香玲不爱说话，回响的能力也不出众。

"你确定吗？"

"我确定。"李香玲点点头，"天堂口被侵入的那天晚上，我和乔哥一直战斗到最后一刻，我比谁都了解当时的惨状。继续留在这里，我也只会一直想起那天的事……"

李香玲虽然没有完全说明一切，但云瑶还是点了点头，毕竟在窗外还有一堆李香玲的尸体。那天晚上，李香玲见到了整个天堂口的人被屠杀殆尽，她一直挺到了最后一刻，或者说……她连死都做不到。

这一切都是楚天秋搞的鬼吗？

“可以的，小李，你跟我走吧。”云瑶想要上前去拉李香玲的手，却忽然被楚天秋拦了下来。他语气冰冷地说：“云瑶，你和甜甜可以走，但李香玲不行。”

短短一句话让云瑶和李香玲都露出了疑惑的神色。

“什么？”云瑶皱着眉头说，“李香玲要留还是要走，应该看她本人的意思吧？”

“不。”楚天秋摇摇头，“整个天堂口谁都可以凭自己的意愿去留，唯独李香玲不行。”

房间内的众人都看向他们二人，燕知春更是面带笑容地捋了捋头发，她感觉这一次的天堂口之旅似乎能够得知很多情报。

李香玲听后也面带疑惑地问：“啊？我……我不能走？这是为什么？我……我的能力并没有那么重要啊……”

“你的能力至关重要。”楚天秋慢慢站起身，“云瑶，如果你要带走李香玲，我会不顾及一切旧情，不惜一切代价地阻止你。”

“什么？”云瑶皱了皱眉头，“楚天秋，你到底还隐藏了什么事情没有说？”

“既然是我隐藏的事情，既然之前没有说，那么现在也不会说。”楚天秋看云瑶的眼神再次变得疯癫，“李香玲绝对不能走，她就算要化成粉末，也只能在我眼前飘散。”

房间内的气氛有些不对，楚天秋显然有些恼怒，众人从未见过楚天秋露出这副神态。

云瑶的退出没有对他造成什么影响，李香玲要离开却触碰了他的逆鳞。这是为什么？

趁着众人迟疑间，楚天秋回头对身后的少年说：“金元勋，把李香玲带走。”

“明白，哥。”

话音一落，远处迅速传来钟声，众人放眼一看，金元勋双眼一闭，此刻已经从楚天秋身后如同鬼魅般地消失了。

云瑶第一时间反应过来，大喝一声“小心”，可话音还未落下，金元勋已经出现在李香玲身后，正准备反扣她的关节。他的动作非常奇怪，并不像电影中出演的那样发出光芒，也没有行动轨迹，似乎他一直都站在李香玲身后，此时只是顺手抓住了李香玲的胳膊。李香玲感觉右手被抓住，当即面色一冷，整个人凌空一转，瞬间挣脱了束缚，紧接着在空中伸出一脚蹬向了金元勋的胸口。

金元勋从未跟李香玲交过手，没料到原先没放在眼中的姑娘居然身手如此了得，赶忙伸出双手挡住了这一脚。这一招势大力沉，让金元勋整个人都退后了好几步。

“虽然不知道发生了什么事……”李香玲的双手慢慢分开，摆出迎战架势，“但你们若觉得用武力就可以让我屈服的话……未免太小看我了。”

金元勋活动了一下筋骨，跳过李香玲看向了她身后的楚天秋。

楚天秋和金元勋四目相对，微笑道：“我不会放弃的。你要小心，她比你想象中的更难对付。”

金元勋思索了一会儿，看了看地上陈俊南的尸体，然后抬头问：“哥，就算我死了，你也会救我的，是吧？”

楚天秋听后沉默半晌，然后咧开嘴笑了笑：“金元勋，不能所有事都指望我，你要靠你自己。”

金元勋的神色略微沉了一下，随后他点点头：“我知道了，哥。”

他正要上前的时候，老吕看不下去了。

“等……等会儿啊……”老吕挠了挠他那肥胖的后脑勺，开口问，“你们这是干啥呢？俩老爷们儿准备抓个小丫头片子吗？”

“滚。”金元勋说，“楚哥要让她留下。”

“啥……啥叫滚？”老吕显然有些生气，“你这小子看起来也就十五六岁吧？就这么跟长辈说话的？”

童姨在一旁听了一会儿，小声开口说：“老吕，咱们还是别掺和了……”

“那不行！”老吕义正词严地说，“你别看老吕我平日里不靠谱，但关键时候我也能分得清是非！”

“大叔，您的好意我收到了。”李香玲紧紧盯着金元勋，然后一脸严肃地说，“这个人的能力很特殊，您还是别参与了，小心被伤到。”

“小丫头片子你别逞强！”老吕撸起袖子往前走了几步，他虽然看起来气势很足，但声音在发抖，“今天我倒要看看，这个小伙子还能把咱们都杀了不成？”

金元勋轻蔑地笑了一下，接着双眼一闭，又在原地消失不见，下一秒他出现在了老吕身边的一张桌子上面，伸脚踢向老吕的脑袋。老吕身材肥胖根本躲避不及，哀号一声直接被踢翻在地，但这一瞬的时间给了李香玲出手的机会。只见她反应十分迅速，直接一个鞭腿侧身踢向桌子，在桌子被踢翻的同时，金元勋跳向空中，随后在半空消失不见，紧接着又在另一张桌子上出现。李香玲果断放弃防守，追着对方迎击而上。

通常情况下人类的下肢比上肢更有力，金元勋很显然知道李香玲并不好对付，所以一直用踢技向她招呼。而李香玲比众人想象中的更加敏捷，来自金元勋的所有踢技她都没有硬接，而是在躲避之后踢向对方的桌子。在室内的搏斗中很少有人会跳到高处，毕竟落脚点一旦被攻击就极其容易造成重心不稳，但金元勋完全不在意这个问题，他总能在桌子马上翻倒之前瞬间消失。

二人搏斗了三分多钟，李香玲已经有些体力不支了，可金元勋看起来没有受什么影响，毕竟他全程都在空中辗转腾挪，而李香玲却一直都在奔跑。

“差不多了。”楚天秋轻声说，“放倒她。”

金元勋听后一个闪身，瞬间出现在离李香玲最近的一张桌子上，他趁着李香玲喘息的空隙，刚要伸脚踢向她，却感觉脚下一晃，没有任何人触碰的桌子忽然之间断了一条桌腿。他第一时间紧闭双眼，整个人陡然出现在了另一张桌子上，还不等他站稳脚跟，脚下的桌子再次断裂。这一次，他闪避不开，整个人跟着碎裂的桌子一起摔倒在地，发出了一声闷哼。

整个房间都安静下来，只剩下李香玲的喘息声。她有些摸不着头脑，刚刚像个猴子一样乱蹦的金元勋居然因为桌子倒塌而摔了个跟头？楚天秋见状微微皱起了眉头，环视了一下屋内众人，嘴唇微微动了一下：“有高手在？”

金元勋慢慢地从地上爬了起来，也警惕地看了看屋内的众人，接着向楚天秋投去了疑惑的目光。接连两次桌腿断裂，这种事情若不是回响所为，那未免也太过巧合了。

楚天秋了解在场大多数人的回响，所以很快就排除了大部分目标，只留下了两个可疑之人：徐倩、赵医生。

徐倩他从未见过，刚刚也并未进行深聊，难道她有着什么诡异的回响？可她如果有这么霸道的能力，那和她一起参与游戏的陈俊南还会死得这么惨吗？

楚天秋又扭头看向了赵医生。是了，这可真是一件有意思的事。在以前收集的各种资料当中，从未有过这个人的回响，楚天秋一直以为他只是个不幸者。

赵医生抬起头，眼神不小心跟楚天秋的对在了一起，但他马上就装作若无其事地看向别处。

楚天秋嘴角一扬，站起身向赵医生走了过去，嘴中喃喃自语道：“确实有点意思啊……居然能够藏到现在。”

赵医生咽了下口水，眼睛不自觉地乱瞟。他身旁的韩一墨也感觉到气氛不太对，很识趣地往旁边坐了坐。赵医生知道躲不过，苦笑了一声抬起头来，问：“你说什么？”

“这位医生……”楚天秋俯下身子，盯着赵医生的眼睛说，“你的主业是修补，副业却是破坏吗？”

“你在说什么……我怎么听不懂？”

“没必要懂。”楚天秋笑了笑，“我想你没看清楚现在的局势吧？你有没有仔细算算，从今天早上到现在……房间里还剩下多少齐夏的人？”

赵医生听后微微一愣，才发现事情好像确实有点不太对。齐夏、乔家劲、李尚武三人跟着猫走了，林檎、章晨泽、苏闪、秦丁冬一道去参与游戏了，几分钟之前陈俊南也走了。用不了多久，甜甜也会跟着云瑶离去，整个房间里齐夏的人就只剩下他和韩一墨。

“你……你在说什么？”赵医生有些结结巴巴地问，“他们都只是临时有事，晚上就会回来的。”

“是吗？”楚天秋将一只手放在了赵医生的肩膀上，“可现在已经临近黄昏了，你觉得会有几个人回来？”

赵医生低头思索了一下。那些人似乎都有自己明确的目标，没有一个人会甘愿待在这里。

“齐夏抛弃了你们，还不懂吗？”

听到这句话，二人神色微微一变。

“这件事确实不能怪他，毕竟抛弃无能的队友也是可以理解的。”楚天秋看了看赵医生的表情，知道自己的话已经动摇对方了，“所以考虑清楚吧，只要是回响者，天堂口都愿意接纳。”

还不等赵医生做出回应，一旁的韩一墨缓缓站了起来，表情格外惊恐。

“你说什么？”韩一墨瞳孔不断闪烁，整个人似乎在崩溃的边缘，“你说齐夏他……他放弃了我？！”

远方回音阵阵，钟声陡然响起。

楚天秋皱了皱眉头，看向了他。

“没有齐夏怎么能行？”韩一墨的嘴唇一直都在发抖，声音也变得有些沙哑，“要是没有齐夏……我们这些人该怎么办？！我们这些人死了怎么办？！”

韩一墨话音一落，众人只感觉整个房间都微微颤动了一下。

“什么？”楚天秋皱着眉头看向他，“什么叫没了齐夏就活不下去？”

“你们这些配角已经被救世主给抛弃了啊……”韩一墨声音颤抖地说，“你们居然还在大言不惭地计划未来？没有任何一部小说里的配角是能够成事的！”

“配角？”

楚天秋跟燕知春都愣了一下，感觉眼前的男人八成是疯了。他们二人都是终焉之地响当当的人物，怎就成了其他人的配角？

“这可怎么办？这可怎么办啊？！”韩一墨紧张地说，“这到底是哪段剧情啊？”

赵医生扭头拍了拍韩一墨：“兄弟……你冷静一点，情况哪有你说的那么糟？”

“还不糟吗？！”韩一墨叫道，“现在的情况已经糟透了！我这个主角跟救世主走散了啊！”

众人谁都跟不上韩一墨的脑回路，只能呆呆地望着他。

“天哪……”韩一墨蹲下来抓自己的头发，众人只感觉整座教学楼又颤动了一下，“接下来到底该怎么办？到底谁能保护我？！”

云瑶感觉眼前的男人似乎有点危险，她将甜甜护在身后，不解地看向他：“你为什么不想办法自己保护自己？”

“我怎么保护我自己？！如果遇到根本解决不了的困难要怎么办？！”韩一墨一脸癫狂地抬头问，“如果和现实世界一样……这里也地震了该怎么办？！”

话音一落，整个房间开始持续晃动了。

“你……你等一下……”

楚天秋感觉事情不太妙，连这个男人也是回响者吗？为什么又是一个闻所未闻的回响者？他竟然能撼动大地？

“要是这里也跟外面一样……经历那种地震……”韩一墨继续低着头，浑身不断发抖，“要是墙壁裂开……天花板也碎了……”

话音还未落下，整个墙壁都在这微弱的晃动之下出现了细小裂痕，天花板上的灰尘不断落下。

金元勋顿感不妙，瞬间出现在韩一墨的面前将他按倒在地。

“喂！够了！”他抓着韩一墨的衣领大叫道，“你什么能力？话那样说的？”

韩一墨被金元勋吓了一跳：“你个恶霸……你们一群人抓个姑娘，这种桥段在小说里可太常见了……怎么会有恶霸可以抓住主角的衣领？！”

“什么？”

远处呼呼风声响起，仿佛有什么东西正在极速飞来。

赵医生刚要开口说话，他的面前忽然落下了几个白花花的东西。他愣了一下，发现脚旁的地面上居然躺着几块碎银。同一时刻，云瑶、甜甜、童姨、老吕、李香玲的面前都掉下了几块碎银。这些碎银如同屋内降落的冰雹一般瞬间洒落一地。

噼啪！

一声脆响炸开，一个漆黑的东西穿破了玻璃飞了进来，此刻正寒气四射地悬在众人头顶。放眼一望，此物赫然是一把纯黑色的巨剑，它如同飘在空中的毒蛇，正在用剑尖瞄向屋内众人。

“被裁定善之人，赏纹银一两七钱……被裁定恶之人……被七黑贯穿丹田。”韩一墨冷笑着说，“让我看看……到底是我更恶，还是你更恶？”

金元勋感到一股寒意，立刻放开了韩一墨，谨慎地向后退了几步。

“七黑？”

空中悬浮的巨剑此刻转动着剑尖，一会儿朝向韩一墨，一会儿朝向金元勋，似乎真的在判断应该攻击谁。片刻之后，巨剑朝向了金元勋，接着爆发出骇人的破风声，冲着他的小腹直直地刺了过去。

金元勋见状赶忙紧闭双眼，在剑尖距离他不足一指的时候从原地消失了。黑剑没有停下，直接划破地面，砍翻了大量的桌椅，屋内的众人见状赶忙四下躲避，老吕赶忙把童姨护在墙角，云瑶也把甜甜拉到了身后。

不论这是什么招式，都太过骇人了。一人御起飞剑进攻，而另一人能原地消失，这像是超人一般的诡异对决居然发生在眼前，众人无力抵抗，只能四下躲避。

巨剑撞翻了一大半的桌椅，又从半空中回过头来，似乎心有不甘地发出阵阵剑鸣，然后再度瞄准了金元勋。

“喂……”云瑶感觉不太对，这把巨剑看起来非常大，如果继续在屋里飞来飞去，怕是一个人都活不下来了，“韩一墨，你先冷静一下，你要杀光这里所有的人吗？”

韩一墨听后扭过头，苦笑着说：“你以为那把剑真的受我控制吗？”

“什么？”

“没有收到纹银的人，跑吧，金元勋死后就轮到你们了。”韩一墨怅然地说，“恐怕连我也逃不过。”

“你根本控制不了这把剑？！”

“没错。”韩一墨点点头，“它会一直屠杀恶人，我们谁也逃不过。”

话音一落，七黑剑再度凌空加速，如同飞镖一般直直地冲向金元勋，金元勋赶忙紧闭上双眼，出现在了房间的另一侧。

云瑶顿了一下，然后回头环视了一下众人，在场的众人当中……有谁的回响能够克制这把剑？

楚天秋屹立在房间正中央一动不动，慢慢扬起了嘴角：“果然，大家都是厉害的角色……这可真是太好了……”

七黑剑几次擦过楚天秋的身边，巨大的剑气把衣服吹得噼啪作响，他慢慢地回过头，对云瑶说道：“云瑶，你走吧。带上李香玲，走吧。”

云瑶听到这句话后转过身：“真的？”

“真的。”楚天秋点点头，“金元勋被困住了，我留不下你们了，走吧。”

云瑶发现他的表情很奇怪，像是放弃了什么，又像是想通了什么。

“小李、甜甜，我们走吧。”云瑶说，“这地方我一刻也不想待了。”

“好。”二人都冲她点了点头，贴着墙边依次跑出了教室。

此时屋子里七黑剑依然在飞，目标一直都是金元勋，好在剑身看起来有些笨重，金元勋勉强能够存活，但他为了不让巨剑伤及其他人，躲避起来也越发困难了。

“赵医生。”楚天秋忽然叫道，“动手吧，我可以让你当天堂口的副首领。”

“副首领？”赵医生一顿。

“没错，你想要的东西可以跟我说，我会尽量满足你。”楚天秋点头道，“以后你们俩都跟着我吧。”

赵医生听后思索了一下，随后微微皱眉，空中的七黑剑瞬间化成了一大片黑沙散落在地。

韩一墨惊诧了片刻，扭头看向了赵医生。为什么这个人有击破七黑剑的力量？为什么大家都有隐藏身份？

“现在的剧情……到底是哪一段？”

童姨走到屋子中央，将躺在地上的老吕扶了起来：“哟……老吕，你没事吧？”她有些担忧地打量了一下这个胖男人。

“没事没事……”老吕摇摇头，“你别看我一身肥肉，但是关键时刻很抗揍。”

“就知道逞强啊……”童姨的表情有些不自然，往老吕身边靠了靠。

老吕发现了童姨的异样，盯着她的眼睛问：“你怎么了？”

“啊？没事……我有些不好意思说……”童姨皱了皱眉头，“可能是错觉……”

“错觉？”老吕感觉不太对，“小婵，就算是错觉你也跟我说说啊，发生什么事了？”

童姨犹豫了片刻才拉过老吕低声说：“我……我刚才感觉那个医生小伙子在摸我……”

“啊？”

老吕打量了一下童姨，虽说他很喜欢这个略有气质的同龄女人，可他并不糊涂。童姨的姿色实在说不上多好，身材也开始发福了，很难相信那个仪表堂堂的年轻医生会轻薄她。

“小婵，你没说错吧？他真的摸了你？”老吕问。

“所以我才说有可能是错觉……”童姨摇摇头，“就短短两秒钟，不知道是无意的还是有意的……”

老吕听后点了点头：“嗐，两秒钟？那八成是错觉了。”

“嗯……”童姨应了一声，随后躲在老吕的身后不再说话。

韩一墨沉默了半天，扭头看向了赵医生。

“你……真的要加入他吗？”韩一墨低声说，“你现在的决定做错了……”

“是吗？”赵医生神色不太自然地看了他一眼，“你能够分辨吗？我们在这里做出的每一个选择，结果都是未知的，你又如何判断对错？”

“总之你跟着他们就是不对……”韩一墨失神地扭过头，环视了一下屋内众人，“加入配角阵营会有什么下场？尤其是这种明显是恶人的配角……连七黑剑都不会放过他们，你难道还指望他们带你走向大结局吗？”

“狗屁大结局，我看你是真的疯了。”赵医生回道，“你就像个丧心病狂的赌徒，准备把一切筹码都押在齐夏身上，可你不问问他本人吗？他想要接纳你吗？”

“他必然要接纳我。”韩一墨说，“我们的身份注定了形影不离，他是救世主，而我是主角啊！”

“你能不能清醒一点？”赵医生皱眉说，“你现在还不知道齐夏为什么放弃了你吗？”

看到韩一墨的状态，楚天秋慢慢扬了下嘴角。这个男人够疯，实在是太好了，只有这么疯的人，才能释放出最强大的回响，他不需要像原住民那样完全丧失理智，也不需要像正常人那般清醒，只要游离在半疯的边缘即可。这就是完美回响者的状态。一个能够使用飞剑的人，一个能够撼动大地的人，这份能力简直就是上天的馈赠，也是今天最大的收获。

“韩一墨……是吧？”楚天秋笑道，“刚才听你说了半天……我总感觉你忽略了一件事情。”

“忽略了一件事情？”韩一墨慢慢抬起头，二人的目光撞在了一起。

此时众人才发现这二人有着同样疯癫的眼神。

“没错……我一直不是很明白。”楚天秋推了一下眼镜，轻声问，“你说过你才是主角吧？”

“是的……”韩一墨点点头，“你们难道没有发现我是主角吗？”

楚天秋笑得更加开心了，他往前走了几步，靠近了韩一墨，双眼直勾勾地看过去：“那你怕什么？”

“什么？”

“你是主角，你怕什么？”楚天秋重复道，“哪本书里的主角离了救世主活不了？现在该是你独自闯荡的时候了，是吧？”

韩一墨微微眨了下眼，感觉楚天秋说的话似乎颇有道理。

“我们虽然全都是一群微不足道的配角，可你一旦加入了我们，那我们也算是主角阵营了吧？我实在是很好奇，一本书的大结局，究竟是主角活下来的概率大，还是救世主活下来的概率大？”

楚天秋接连几个问题逐渐动摇了韩一墨的立场。

“你这话……好像也对……”韩一墨点点头，“救世主离开了我，他的剧情就结束了……接下来我的故事才是重头戏……”

“对，就是这个意思。”楚天秋点点头，“你现在不再需要救世主了，需要的是我，我是你的引路人。”

“引路人？”

“我将全面了解你的回响，并帮你最大限度地开发它。”楚天秋伸手拍了拍韩一墨的肩膀，“而你什么都不需要多想，只需要跟着我就好了。”

“可……可是救世主他……”

“他如果是个反派呢？”楚天秋打断道，“这段剧情如果是救世主反水，最终和你大打出手，你会对他心慈手软吗？”

“我……”

韩一墨似乎从来没有想过这个问题，那个曾经救自己逃脱危难的救世主……他会反水吗？

仔细想想，并不是没有这个可能。这样的剧情在小说里很常见。主角一开始的恩师，其实是有着自己心思的反派，他会在最后时刻倒戈，走向和主角完全不同的路。

可是齐夏会是那种人吗？

“不着急。”楚天秋笑道，“我可以给你点时间，你好好考虑一下。只要你愿意加入天堂口，一定会有最好的未来等着你。”

他说完之后看了看屋内的众人和地上的一片狼藉，无奈地摇了摇头：“今天的闹剧也到此为止了，各位，我就当什么都没发生过，大家各司其职吧。”

众人听后都沉默地看着他，不知心中在想什么。

“金元勋，待会儿帮我把两颗头颅放回原位。”楚天秋说，“老吕和赵医生有空的话，把这具陈俊南的尸体埋了吧。”

他说完之后顿了一下，又安抚众人道：“不要被这些小插曲影响了心情，要记得我们天堂口的目标，那就是逃脱，接下来的日子继续去收集游戏攻略吧。”

楚天秋转过身去，将手插进口袋中，刚要走出一步，却忽然摸到口袋中一个坚硬的东西。他皱了皱眉，将那东西拿了出来翻手一看，渐渐变了神色。他手中是一锭黄澄澄、金灿灿的元宝。

他微微思索了一下，将这锭金元宝不动声色地放回了口袋，回头刚要说点什么，却发现燕知春也在此时从她的口袋中掏出了一锭金元宝。二人对视了一下，燕知春感觉有点意思，微笑道：“这位首领，什么事？”

楚天秋低头看了看她手中的金元宝，思索了半晌，挤出了一句“没事”，随后推开教室门走了。

END ON THE TENTH DAY

第5关

地狗·灾厄年

苏闪、林檎、秦丁冬、章晨泽从一间人马的游戏场地中走出来，每个人神色都有些疲惫了。

“小闪啊，我说……今天结束了吧？”秦丁冬活动了一下脖子，向队伍最前方的苏闪说，“今天这又是智力又是竞速的，你拉着我们做特训是不是？”

“可是还不够……”苏闪喃喃自语道，“难道真像齐夏说的一样，要抛弃一部分人性，让自己变得更加疯狂才可以吗？”

“你说什么？”章晨泽在一旁问。

“我是说……我们可能还需要更加严苛的游戏。”苏闪摇摇头，“你们都很聪明，这些人级的游戏对我们这支队伍来说实在是太简单了。”

林檎听后思索了一会儿，问：“你真的要参与地级游戏？”

“是。”苏闪点头道。

秦丁冬眨了眨眼，又抬头看了看天色：“现在已经要傍晚了，你确定要现在参与地级游戏？”

“两位……”苏闪看了看秦丁冬和林檎，“你们应该是前辈，所以都已经回响了吧？”

章律师在一旁皱了皱眉头：“回响？”

秦丁冬和林檎自然见过大世面，二人都露出一副平淡的表情。

“你今天带我们一路参与了五个人级游戏，就是为了逼迫自己回响？”林檎问。

“是。”苏闪点点头，“而且我发现……道似乎不难赚呢。”

“你比一般人聪明，所以对你来说是不难。”林檎点点头，“但就算你每个人级游戏都能赢，也不见得能够在十天之内集齐三千六百颗道。”

苏闪说：“但我总有预感，我会找到一个方法，能够在短时间内集齐三千六百颗道。”

林檎听后叹了口气：“我劝你不要那么做。”

“不要？”

“别误会。”林檎摇摇头，“我只是为了你的安危着想。”

“有那么危险吗？”苏闪思索了一下，“据我观察，人级游戏都不危及生命。”

“总之我话说到这里。”林檎说，“尽量不要大张旗鼓地去收集三千六百颗道，如果你真的要这么做，那就不要相信终焉之地的任何一个人，尽管自己偷偷地去做。”

“什么？”秦丁冬听到这段话，也面带警惕地看向林檎。林檎回了她一个眼神，二人心照不宣地沉默起来。

“各位。”章晨泽说，“我们要不要先找个地方休息？”

苏闪看向她，说：“我想赌一把。”

“赌一把？”众人看向她。

苏闪伸出一根手指，指向了眼前这条弯弯扭扭的巷子：“我们顺着这条路一直走，一直走到大街上，若是能够恰好碰到地级生肖，那就是我们的造化，我们就去参与他的游戏。”

“小闪……”秦丁冬摇了摇头，“你管碰到地级生肖叫造化？”

“可能不是你们的造化，是我的造化。”苏闪说，“我得感谢齐夏，他让我知道了能够保留记忆的方法，若不是他把我从循环的长河之中拉出来，恐怕我现在还带着几个无用的队友在单打独斗。”

“所以呢？”林檎问。

“所以我一定要第一时间想办法让自己回响，否则我会再度陷入被动。”苏闪说完之后看向秦丁冬，开口问，“对了，丁冬，你之前说过，以前我和你关系很好，我的回响到底是什么能力？”

“啊？”秦丁冬一愣，“小闪你上次明明回响了，却不知道自己的能力吗？”

“是的。”苏闪点点头，“上一次齐夏的手段太高明了，我在回响后不到一分钟的时间里就死了。”

“啊这……”秦丁冬苦笑了一下，“以前咱俩关系确实不错，整日抬头不见低头见的……可我确实不知道你的回响是什么。”

苏闪毕竟是女警出身，很快就发现了秦丁冬话里的逻辑漏洞：“也就是说我明明不记得你，却能够和你保持好朋友的关系？”

“嗯……是的……”秦丁冬有些尴尬地笑了一下，“我每次都会去找你，然后跟你介绍自己呀。”

“那你后来为什么不找了？”苏闪追问。

“我……”

看到秦丁冬语塞，苏闪很自然地笑了笑，这毕竟不是审问，没必要将气氛搞得太僵：“我跟你开玩笑呢，咱俩都相处快一天了，我当然知道你是我的好朋友。”

"哦，真的？"秦丁冬听后松了口气，"你刚才把我吓坏了。"

林檎饶有兴趣地盯着二人，她知道秦丁冬最擅长的手段就是把自己营造成一个漏洞百出的骗子，但她的骗术往往隐藏在各种破绽之中。当你越是认为她出现了破绽，就越有可能掉入她的陷阱。而苏闪不知道有没有看出秦丁冬的小心思，只是让大家收拾好心情重新出发。

在今天的五个人级游戏中，苏闪的表现非常亮眼，她似乎有意地向齐夏的思路靠近，整个人的思维异常活跃，也经常会做出让人眉头一紧的赌博。

就比如现在，她居然要凭天意去寻找地级。不必说这小小的一条巷子，就算是专门去寻找地级，运气不好的话也要花费几个小时。

可命运有时候就是这样，它从不会按照你的想法进行。当众人看到那个身材无比消瘦的狗头人静静地蹲在转角时，神色都变了。那人的穿着和其他地级略有不同，他赤裸上身，将西装直接穿在了身上，此时他露出自己长满了狗毛的精壮腹肌，懒洋洋地坐在地上。

"是地狗？"秦丁冬低声说。

林檎忽然想起她第一次跟齐夏真正意义上组队参与的游戏，便是一场地狗的送信人游戏。只可惜这地狗跟之前的地狗长相不同，是一只说不出品种的棕色短毛猎犬，看起来格外精干。

地狗愣了一下，看了看站在眼前的四个女生，面无表情地说："各位女士，不好吧？要下班了。"

"所以能不能加会儿班？"苏闪问，"你的游戏需要花费很长的时间吗？"

"那倒不会。"地狗摇了摇头，叹气说，"但是很累人啊，能不能明天再来？"

章律师在一旁露出不安的神色。

"是，有点累了，咱们约明天吧？"地狗打了个哈欠，懒洋洋地说，"我怕一会儿我在游戏里睡着了。"

秦丁冬扭头看了看苏闪："真的决定要参加了吗？"

"倒是你们……准备好了吗？"苏闪反问道。

秦丁冬听后叹了口气。

"我和林檎都是回响者，参与这种游戏对我们来说压力不大，毕竟输了也会保留记忆，可你们俩呢？"她的目光在苏闪和章晨泽之间游动，"你们若是在回响之前死去，会忘掉这些经历的。"

"我……"章晨泽顿了一下，说，"其实我也无所谓，我没有保留记忆，要不是刚才你们给我普及这里的规则，我真的以为自己才来不久。"

众人听后又将目光聚焦在了苏闪身上。

"我不害怕失败。"苏闪说，"越惨痛的失败，便越能激发我的回响。"

地狗伸出小拇指挠了挠耳朵，感觉情况有点麻烦："等会儿，你们……四个人都是老手啊？"

"不。"苏闪摇摇头道，"准确地说老手只有两个，还有两个是新手。"

"两个也很麻烦啊……"地狗撇了撇嘴，"能不能换一家？今天真的挺累。"

"真是奇怪……"苏闪不解地看向眼前这个消瘦的狗头人，"你们生肖还可以拒绝我们参与游戏吗？"

"倒是拒绝不了。"地狗皱着眉头说，"能拒绝我早拒绝了。"

"这……"苏闪有些不解，"既然你拒绝不了，那为什么还要劝我们换一家？"

"因为我在拖延时间。"地狗向后靠在墙上，将手臂枕在了脑后，"说不定再拖延一会儿我就可以下班了。"

"没有用的。"苏闪摇头道，"我心意已决，今天必须要参与你的游戏。"

"唉……"地狗慢慢闭起眼，"真不是我说……老手真的是太难搞了……"

秦丁冬、林檎和章晨泽听后都互相看了看，片刻之后，秦丁冬开口道："小闪啊，既然他不想招待，我们还是算了吧，现在天色也不早了……"

苏闪听后瞥了一下秦丁冬，说："要不然你先去休息？我觉得时间很宝贵，不想浪费在睡觉上。"

"啊？"秦丁冬没想到苏闪给出的理由如此牵强。

苏闪说完之后又看向地狗："请问你的游戏需要几个人参与？"

地狗眼神落寞地看了看她们四个，低声回答道："简直是倒了血霉，正好需要四个人。"

章晨泽听后点了点头："苏闪，我也和你一起。收集情报有利于我更好地做出判断。"

“哦？”苏闪看向她，然后略带满意地点了点头。

林檎和秦丁冬显然没什么动力，二人都有点想走。

“苏闪……”林檎叫道，“我以过来人的身份告诉你，在这个地方最先死掉的人，往往都是那些热衷于参与游戏的人。”

“就是说淹死的都是会水的？”苏闪抬起一双分外明亮的眼睛看向林檎，“可是这里整个世界都灌了水，我们要么第一时间学会游泳，要么缓慢地被淹死。你们选择哪个？”

林檎听后微微思索了一会儿，点了点头。

终焉之地就是因为总会冒出这种人，才会让人觉得自己还活着。

“老秦，你怎么说？”林檎扭头问。

“唉……我能怎么办？”秦丁冬叹了口气，“谁让我是小闪的好朋友呢？”

“好。”林檎伸出一只手，说，“章律师、苏闪，为了保险起见，我们握个手吧。”

“握手？”二人都有些不解。

“没错。”林檎说，“只要你们愿意跟我握手，这场游戏我和老秦就跟着你们去了。”

苏闪听后毫不犹豫地伸出手跟林檎握在了一起，之后林檎又松开了手，看向章晨泽。

章晨泽略微谨慎地看了看林檎，然后问：“我就算了。除非是紧要关头或是医疗场合，其余的时间我不希望任何人碰我。”

听到这句话，林檎才想起之前的地狗游戏是跟章律师一起参与的，那时她也说过一样的话。

“虽然不知道你为什么这么排斥别人碰你，但我们握手之后，你会有更高的概率获得回响。”林檎说道，“你确定不要碰我吗？”

听到这句话，章晨泽思索了一会儿，最终还是伸出手，轻轻地触碰到了林檎的手背。

“这样行吗？”

林檎看后点点头，说：“虽说有些勉强，但就这样吧。”

四个女生回过头来看向地狗，看表情似乎是认真起来了。

“不是……”地狗感觉自己快要崩溃了，“你们参与者什么时候这么卷[①]了？我就想找个没人的角落当个透明人，今天居然还要接

① 即内卷。内卷一词本意来源社会学概念内卷化，现在多用来指某一范围内的恶性竞争或者没有意义的付出导致个体“努力收益比”下降。

待两批客人。”

“你既然打开门做生意，自然会遇到这一天。”苏闪笑道，“门票怎么收？”

“要……要不……”地狗从兜里掏出了一枚硬币，“我和你们玩个猜硬币的游戏，你们要是猜中了，我给你们队伍一颗道，今天就这么算了吧？”

“你觉得呢？”苏闪问。

地狗听后面色一冷，将硬币装回口袋，然后慢慢站起身，捋了捋自己的头顶，看起来有些不开心。“我这辈子最讨厌两种人……”他打了个哈欠说，“第一是摆烂[①]的人，第二是阻止我摆烂的人。”

“那你岂不是很讨厌自己？”苏闪问。

“正是。”地狗点点头，“门票每人三颗道，胜利之后每人十颗。”

“还不错。”苏闪说，“不愧是地级，我们忙了整整一天，一人才赚了三四颗道，你的一场游戏就可以让我们每人赚七颗。”

“我也不想。”地狗摇摇头，“摆烂的生肖一不小心收了几个很卷的徒弟，搞得我现在很分裂，不假装努努力的话，就要让徒弟们看不起了。”

“什么意思？”苏闪不解地回头看了看林檎和秦丁冬，那眼神似乎是希望两位前辈能够给她解答一下。

可是秦丁冬和林檎也从未上过生肖的列车，自然不知地狗话里的含义。

“没什么。”地狗主动说，“日常发牢骚。”

苏闪回头从每个人那里拿过三颗道，回头交给了地狗。地狗撇了撇嘴，最终还是不情愿地收过了这些门票。他活动了一下自己的筋骨，似乎变了个人一样，回身打开了身后的门。

这看起来是一间面积不小的玻璃店。

“摆烂归摆烂，可一旦交了门票，就是我的工作时间了。”地狗一脸认真地说，“接下来，我会尽全力除掉各位。”

短短的一句话让章晨泽背后一寒。

众人跟着地狗进了门，发现这里和他们之前见到的游戏场地不太一样。这间面积接近一百平方米的玻璃店居然被打扫得一尘不染，简直和现实世界的店面没有什么不同。这哪里像是摆烂的人所能做

① 即破罐破摔。

出来的事情？

“我们被骗了吗？”苏闪说，“你将这里收拾得干干净净，明明很想让人进来看看吧？”

“别太把自己当回事了。”地狗冷言道，“我在工作的时候只想把工作做好，谁想让我摸鱼[①]都不行。而我在摆烂的时候只想摆烂，谁让我工作我就跟谁拼命。”

“真是个奇怪的人。”苏闪说。

“是奇怪的狗。”秦丁冬纠正道。

地狗带众人走进屋子中央，这里放着几个大型玻璃搭成的东西，上至屋顶，下至地板，看起来像是几个大鱼缸。秦丁冬伸手敲了敲这些大鱼缸，发现建造它们的玻璃很厚，似乎是特殊材质。

“注意别留下手印。”地狗说，“擦起来很麻烦。”

秦丁冬没好气地白了地狗一眼，趁地狗不注意，直接往玻璃上抹了一个大大的手印。

苏闪向这几个大鱼缸里看了看，发现里面都有一张类似讲桌的东西，讲桌上还有两个小洞，不知有何作用。玻璃房间里的地面和天花板都是铁网制成的，一旁的地面上似乎还设置了很多机关。

地狗走到墙壁旁，伸手按下了墙上的开关，屋内的气氛变化了。几个追光灯从四处落下，正好照在了中央的五个大型鱼缸上，而店内的其余空间则变得漆黑无比，整个场地似乎变成了大型舞台，只有几个鱼缸在灯光的照耀下熠熠生辉。

“各位，请听我介绍一下规则。”

地狗带着几人来到了大型鱼缸旁边，介绍道：“本次游戏的规则非常简单，只要你们四个人当中有任何人能打败我，就算你们胜利。”

“打败？”

“是的。”地狗点头道，“我们五个人每人都会有一间属于自己的玻璃房，游戏开始时，大家会在各自的玻璃房中进行。”

此时众人看了看这些大鱼缸，它们的排列很有规律。中间有一个圆筒形的玻璃房间，而圆筒的正前、正后、正左、正右方各有一间正方形的玻璃房间，房间与房间大约间隔两三米，由于是用玻璃制成的，所以各个房间之内能够互相看到对方的情况。

---

① 此处的“摸鱼”意为偷懒、不做贡献。

有意思的是，四个正方形的玻璃房间所使用的玻璃各有不同，仔细看居然有着淡淡的颜色，分别是粉色、绿色、橘色、蓝色。而中央的圆筒形玻璃，是大红色的。

“看起来我们五个人每人一间房。”苏闪说，“我们四个人虽然把你围了起来，可是根本碰不到你，要如何才能打败你？”

“不需要真正意义上的打败我，只要能够在游戏规则里打败我，就算作你们胜利。”地狗耐心地解释道，“你们可以把这款游戏当成简单的道具对战。”

“道具对战？”

地狗点点头，从西装口袋里掏出了几根木片。众人凑过去一看，这些木片像是寺庙里求的签。

“你们每个人在开始时都有两支不同的签，轮到自己做选择时，每个人会再获得一支新的签，不同的签有着不同的功能。”地狗来到了一个方形的玻璃房间前，将门打开了，“若你们准备使用某支签，便把它插在桌面右侧的小孔中，视为用这支签许愿。”

林檎凑上前去看了看，这大概跟打出一张卡牌的道理差不多。玻璃房间内的讲桌立在地面上，上面有两个小孔，小孔正好可以容纳一支签。

“那另一个小孔呢？”章晨泽指着左边的小孔问。

“这正是我要说的。”地狗回答，“若你们将手中的签插到左边的孔中，则会将它传递给左手边的下一个人，视为馈赠。”

“馈赠？”

“是的。”

地狗随手拿起一支签插在了左手边的孔中，只见签迅速没入洞口，几秒之后，在另一个玻璃房间的桌面上弹了出来。

“这就是馈赠。”地狗演示之后对众人说，“每回合只可以选择一个动作，选择许愿则不能馈赠，若是馈赠则不能许愿。”

苏闪皱起眉头看了看这个房间，从内部来看，房间的玻璃确实很厚，若是待在这里应该完全听不见外面的声音。换句话说四个人虽说要打败地狗，可他们在这场游戏中应该是无法进行交流的。若是不能交流，馈赠这个规则就会显得很奇怪，毕竟传出签的人和收到签的人都无法知道对方的想法。

“另外需要注意的是……”地狗又补充道，“无论是选择馈赠还是许愿，每回合只能消耗一支签。”

林檎和秦丁冬听完规则之后都感觉不太妙——这个游戏有点太难了。

可苏闪看起来并没有很在意，她抬头看了看玻璃房的屋顶，那里有着很多网格，似乎在游戏进行时会掉落东西。

苏闪点点头，回头问："地狗，你这个游戏叫什么名字？"

"我的游戏，名为'灾厄年'。"

"灾厄年？"

"不错，在这场游戏之中，我扮演年兽，而你们要想尽一切办法打败我。"地狗说完之后，从口袋之中掏出了一个小型遥控器，然后按下了上面的按钮。

中央圆柱形的玻璃筒中忽然亮起了三盏白炽灯，这三盏灯依次排列，悬在了半空之中。

"这三盏灯是我的血量。"地狗回头说，"你们四个人每人都使出一支签后，视为一个回合结束，游戏总共八个回合。"

"你等一下……"苏闪感觉地狗马上就要将规则讲解完了，可是最重要的规则却没有提及，"如果这三盏灯是你的血量，我们要怎么让它熄灭？"

"用你们的签。"地狗说，"有一些签会对我造成伤害，也就是可以熄灭我头顶的灯。只要能在八个回合之内熄灭我头顶的三盏灯，你们便可视为全员胜利。八个回合之后无论发生什么，游戏都将结束。"

四个女生听后沉默不语，规则似乎已经讲解得差不多了，可她们总觉得少了点什么。

"不对啊……"秦丁冬说，"你这看起来跟打牌一样的规则我大体算是理解了，可你不参与吗？"

"什么？"

"你不需要使用签吗？"秦丁冬问道，"我们四个人就围着你打？你坐在中间挨揍就可以？"

"我当然参与。"地狗说，"刚才说过，你们四个人都使用过签，算作一个回合结束，而我在每个回合也可以使用一支签，听起来算公平吧？"

苏闪听后果断抓住了这句话的重点，随后问："那你的签是在我们之前使用，还是在我们之后使用？"

"这取决于我的策略。"地狗说，"我的签可以在回合内的任何时候使用，但每回合仅限使用一支。”

林檎发现眼前的地狗确实跟别的生肖不太一样，他似乎有问必答。

想到这里，林檎往前一步，问：“那我想知道，你在游戏里要如何杀死我们？”

这个问题一针见血，让地狗的面色变了变。

“我……”地狗思索了一下，说，“罢了，既然我要认真对待工作，那么全告诉你们也无妨，我手中的签和你们手中的略有不同，我共有八支签，分别代表八种灾厄。”

苏闪听后点了点头：“所以你是能够带来灾厄的年兽？”

“没错。”地狗说，“我的灾厄有可能会让你们死亡，所以你们要小心了。”

四个女生听后又陷入了沉默，一旦游戏宣告开始，几人就会陷入无法沟通的被动状态，所以只能尽可能地想想有什么需要提出的问题。

“那这四个玻璃房……”苏闪指了指四个方形的玻璃房，“待会儿出签的顺序是什么？”

地狗听后皱起了眉头：“你们的问题是不是太多了？”

“我……”

苏闪刚要说什么，秦丁冬却率先一步走了上去，对地狗说道：“本来就是你规则没说明白吧？我们这样进去了，连顺序都不知道，一会儿乱套了怎么办？”

“我工作起来向来一丝不苟，怎么会忘记说规则？”地狗皱着眉头说，“我觉得说这些已经够你们参与游戏了。”

“一丝不苟？”秦丁冬笑道，“狗同学，姐姐我有句话真不知道是当讲不当讲了。”

“你可以质疑我的性格，但你不能质疑我的工作能力。”地狗没好气地回道。

秦丁冬冷哼一声，回头指着不远处的玻璃，那上面有一个脏脏的手印：“你口口声声说自己一丝不苟，结果换了一批参与者你连玻璃都不擦的吗？”

“啊？”地狗一愣，两只狗耳也抖动了一下，“我没擦玻璃？”

“喏，自己看。”秦丁冬指了指手印，“你给我们造成了这么差的游戏体验，我们不在乎了，就是单纯地想再问问规则，这都不行吗？”

地狗走过去看了看玻璃上的手印，慢慢皱起了眉头。

“我没说错吧？”秦丁冬拍了拍地狗的后背，“你再回答我们一个问题，这事就算扯平了。”

地狗看了看苏闪和秦丁冬，最终还是点了点头：“得了，你问吧。”

“我们刚才问过了，这几个玻璃房出手的顺序是什么？”

地狗听后，伸出手指指了指粉色的玻璃房，说：“粉色玻璃房间的人每回合第一个出手，然后顺时针轮流，接着是绿色、橘色、蓝色。”

“颜色代表什么？”苏闪又问。

“不知道。”地狗表情冷淡地打断了苏闪的问话，“话已至此，我应该说明了全部的规则，接下来的游戏就看各位的造化了。”

地狗慢慢走到了房间最中央的玻璃圆筒中，然后在门里对几人说：“请尽快挑选自己要进入的房间，游戏将在五分钟后开始。”说完，他自顾自地关上了房门，玻璃房门上一把异常复杂的锁也在此时扣上了。

“这死狗……”秦丁冬没好气地看了他一眼，“他心可真够大的，咱们下面商议的内容他完全听不见了，正好趁机摆他一道吧。”

“我倒不这么觉得……”苏闪有些担忧地看了看地狗，“他能这么放心地锁上自己的房门，只能证明他有绝对的把握。他认为自己有很大的概率在接下来的游戏中杀死我们。”

“那我们该怎么办？”秦丁冬问。

“我们先选位置吧。”苏闪说，“我准备当第一人，如果有可能的话，我会率先搞清楚游戏的全部规则，然后想办法传递给你们。”

“传递……”

“虽然我们听不到对方的声音，但用手比画和做口型进行简单的沟通应该还是能做到的。”苏闪强调道，“毕竟我们在玻璃房中，能够看到对方的一举一动。”

许久没说话的章晨泽顿了一下，抬头说：“地狗明明可以让我们待在封闭房间中的，他却建造了玻璃房，我觉得有古怪。”

“就算有古怪现在也猜不到。”苏闪说，“当务之急是选好房间进行游戏，接下来在游戏中大家就要各凭本事了。”

章晨泽点点头：“绿色象征和平，我要绿色。”

林檎听后点点头：“我要橘黄色的房间。”

“那没办法，我最后吧。”秦丁冬伸了伸懒腰，“我去蓝色。”

几个人分别站到了房间中，秦丁冬刚刚将门关上，忽然想起了什么，赶忙活动了几下门，试图将门打开。

“糟了……”她面露一丝不安，刚才忘了说一件非常重要的事。

虽然游戏规则众人已经大体知道，可是终焉之地的规则她忘记跟苏闪说了。在她那些远古的记忆中，苏闪认真起来非常危险，她会为了大局考虑，毫不犹豫地杀死任何人。

可是这个游戏绝对不能这么做，狗类游戏是需要大家合作的，四个人只有两种情况：要么全员死亡，要么全员生还。钩心斗角只会加剧她们灭亡。

秦丁冬用力地推了几下门，发现完全没有效果之后只能放弃了。

苏闪虽然是个聪明人，但她能够猜到这些没有人讲解过的规则吗？只可惜今天白天参与的几个游戏里没有狗，还没来得及跟苏闪这个聪明的新人讲述狗的游戏类型。

“苏闪……”秦丁冬透过玻璃看了看她，然后拍了拍玻璃墙壁。

苏闪看向了她。

秦丁冬贴着玻璃，伸手指了指地狗，然后用口型说出了两个字：“忠诚。”

苏闪不知看明白了没有，只是皱了皱眉头。秦丁冬感觉不太对，于是改变口型又说了两个字：“合作。”

苏闪看到秦丁冬的口型，点了点头。秦丁冬悬着的心稍微放下了一些，以苏闪的聪明才智来说，只要给她一点线索，应该就可以了解到狗类游戏的属性。

玻璃房间的所有锁都在同一时刻咔嗒一声扣紧，广播里传来了地狗的声音：“游戏正式开始，下面所有人开始抽签，每人两支。”

苏闪看了看眼前桌子上的小孔，里面居然升上来一支签，她赶忙伸手拿了过来，上面写了五个字：细雨绵绵落。

这支签的下方画了一个向右的箭头。

“这个……”苏闪正在理解签上的意思，却看到桌子上升起了第二支签，她伸手拿过一看，上面又是五个字：四海无闲田。

这支签上画了一个向左的箭头。

苏闪眯起眼睛看了看这两支签，只感觉一头雾水——要用这两支签杀死年兽？

“细雨……闲田？”

不等她想明白，地狗的声音又响起了：“抽签结束，现在第一回合正式开始，每人会在轮到自己选择时再得到一支签。”

苏闪一边听着地狗的解说一边看向自己手中的两支签，她怎么也想不到使用这两支签会有什么作用，仅凭五个字的签面，剩下的内容只能靠想象。

她只能看看下一支签的签面是什么，综合三支签的内容再做决定。

只见右侧的小孔慢慢地升起一支新的签，苏闪看了看上面的文字，瞬间扬起了眉头。

是了，这支签才对！

她伸手接过这支签，上面赫然写着对年兽伤害最大的五个字：鞭炮辞旧岁。

这支签和其余两支签其他的不同之处，在于它的下方没有箭头，而是画了一只类似狮子的怪兽。

“请一号许愿。”地狗在广播中说。

苏闪点点头，拿起了这支写着“鞭炮辞旧岁”的签。在传说故事中，百姓点燃鞭炮的目的就是为了驱赶年兽，所以要在这三支签当中找到一支能对年兽造成伤害的，那必然是这支了。

可她刚要将这支签插入孔洞中，却隐隐地感觉不太对——越是直观的情况就越可疑。对年兽造成伤害的手段为什么会这么容易？她们需要在八个回合内灭掉年兽的三盏灯，可现在分明是第一个回合的第一阶段。

难道说……谁能够抽到这支签谁就可以灭掉年兽的一盏灯吗？这样一来的话剩下的签是做什么的？

苏闪犹豫了一会儿，还是决定投入“鞭炮辞旧岁”，毕竟这支签目前来看是最有效果的，剩下的签在弄清楚它们的意思之前最好不要贸然使用。

苏闪将“鞭炮辞旧岁”插在了右侧的孔洞中，看着它被孔洞慢慢吞没。下一刻，地狗的玻璃圆筒中瞬间亮起了五色灯光，伴随着劣质的鞭炮音效声，这阵闪烁的灯光足足亮了十秒才渐渐停下。

可让苏闪不解的是，灯光闪烁之后，地狗头顶的三盏白炽灯依然亮着，没有任何一盏熄灭。

“什么？”她微微一愣，感觉自己还是忽略了什么东西。

鞭炮对年兽没有用吗？苏闪忽然想到了什么——在传说故事中，

鞭炮的作用是吓跑年兽，因为只是吓跑而已，所以不能对它造成伤害？还是说……所有的伤害只在回合结束的时候才会结算？

“一号行动结束。”地狗说，“下面由二号抽签。”

苏闪看了看章晨泽，只见她面色相当为难，由于距离有些远，根本看不清她手上的签是什么字。

当章晨泽的面前升起新的签时，她的表情更加奇怪了。她似乎完全搞不懂这三支签的作用，并且在片刻之后将一支签扔在了桌子上，似乎是放弃了它，然后左右手各拿着一支签，时而左看时而右看，思索了几秒钟之后，将桌子上那支被放弃的签投入了孔洞。

这一次情况更加诡异了。

章晨泽投入这支签后，场上没有任何事情发生，就好像那支签的签面是空白的一样。

“什么情况？”苏闪非常想问问章晨泽到底投入了什么签，可是她既看不清签上的文字也听不到章晨泽的声音。

第一回合的第二阶段也结束了。

章晨泽和苏闪仍是一头雾水，虽说苏闪不了解章晨泽，但也大概知道她的性格。因为理性使然，所以章晨泽应该打出了一支目前看似最优解的签，但可惜这支签也被吞没了。

“详细的规则到底是什么？”

苏闪发现这场游戏和之前跟齐夏一起参与的兵器牌游戏并不相同，那场比赛的规则从一开始就完全讲明，剩下的时间纯粹是玩家与玩家斗智斗勇。可为什么地狗的游戏连规则也不完全讲明呢？

从最直观的理由来考量，因为这场游戏地狗参与了，他想赢，不说清楚规则有助于他在游戏中胜利。

“原来终焉之地的地级游戏每一个都这么难……”苏闪微微点了下头，“齐夏，你可真是个厉害角色，经过这些游戏的洗礼，说不定下一次再对上你，我也能有一战之力了。”

第一回合的第三阶段，轮到橘黄色房间当中的林檎许愿。她的表情依然与众人一样，并不知道到底要用哪一支签才能许愿。

大家都愿年兽死亡，可现在谁也不知道该怎么灭掉地狗头上的灯。

很快，林檎投下了一支签，依然什么都没有发生。

苏闪的脸上露出了一副懊恼的表情，她信心满满地进入了第一个房间，想要提前给大家搞清楚规则，可是第一回合马上就要结束了，她没有想出任何对策，也根本想不到方法将她的想法传递出去。

她右手边的秦丁冬此刻正在抽签。

秦丁冬将三支签拿在手中，看了半天之后嘴唇一动，明显骂了一句一个字的脏话。她发现苏闪正在盯着自己，于是向苏闪靠近了一步，将手中的签贴在了玻璃上，似乎正在寻求帮助。

苏闪眯起眼睛看了看，由于这里的聚光灯全都聚在了玻璃房间的中央，秦丁冬靠近玻璃墙壁时便离开了灯光的照射陷入了黑暗，她完全看不到上面的字，只能抬眼看了看秦丁冬的口型，说的大概是“小闪，帮我看看”之类的话。

苏闪只能指了指头顶的灯光，随后摇了摇头。

秦丁冬明白了过来，只能自己思索了一下三支签的内容，然后随意投入了一支。

这一次的情况和以前略有不同，在秦丁冬使出这支签之后，苏闪看到自己正对面林檎的房间忽然之间吹起了浓烟。这股浓烟漆黑无比，从房间上方喷出，将林檎吹得东倒西歪，她桌面上的签也在这一阵浓烟的席卷之下满屋乱飞，林檎费了好大力气才把它们重新抓住。

整整半分钟过去，林檎屋内的浓烟消失了，她茫然地站起身，捂着口鼻咳嗽不止，脸上的表情既痛苦又疑惑。不是说只有地狗的灾厄才会对参与者造成伤害吗？刚才这股快要让人窒息的浓烟是怎么回事？刚才使出签的人是秦丁冬，难道是她搞的鬼？

林檎皱着眉头看向了秦丁冬，却发现秦丁冬同样一脸茫然地盯着她。二人虽然相识已久，可是从来都没有真正相信过对方。

第一回合已经在四个参与者一脸不解的情况下结束了，此时众人的目光全都聚焦在了中央的地狗身上。毕竟他说过他会在回合内的任何时候使出一支灾厄签，现在四个人都已选择完毕，只剩他没有行动了，看来这支灾厄签将会在这一回合的最后使出。

苏闪此时靠在玻璃上仔细地看了看地狗，发现他的面前有许多签，虽说距离很远，但仔细数了数，大约八支。若没猜错的话，他和参与者的玩法不同，他不需要每回合都抽签，而是从一开始就拥有了八个回合的签。

“各位，本次灾厄，名为‘沙暴’。”

地狗的广播声在众人屋内响起，他从桌子上众多签当中抽出一支，在向大家展示了一番签上的文字之后，将它插在了桌子的左边。

众人这才发现地狗的桌子上有四个孔洞，分别在前后左右四个方向，而地狗插入签的孔洞，正好对应着秦丁冬的方向。

这支签刚一打出，房间内忽然出现机关声，她们都谨慎地看了看四周，毕竟地狗说过他的灾厄是可以杀死参与者的，谁也不想在此刻死得不明不白。

果然，几秒后，秦丁冬的房间内发生了异样。她头顶的网格在一阵变换之后，开始掉落细沙，整个房间内瞬间黄土飞扬，让人睁不开眼。

苏闪只看到秦丁冬在玻璃房间内慌乱地挥舞着手臂，试图驱赶眼前的细沙，可是细沙越落越多。

“原来如此……”苏闪皱着眉头自言自语道，“这就是沙暴？”

秦丁冬的头发很快就沾染了土色，嘴里也涌进了沙土，感觉呼吸都异常困难。苏闪眉头微蹙，感觉秦丁冬八成没救了，这样下去她迟早会被活埋。

这场游戏最残酷之处应该就是玻璃房间的设定，她们只能眼睁睁地看着其他参与者死去，这会极大地干扰其余人的思维，有可能会一步错、步步错，导致满盘皆输。但苏闪也同样知道，想要变成和齐夏一样的强者，便不能在意其他人的死活。齐夏曾经暗示过她，就算是队友的死活也要学会不在意。

“第二回合开始。”地狗的广播声又响了起来，“请一号玩家抽签。”

苏闪侧头看了看秦丁冬，她的房间内细沙依然在落下，这些细沙下落的速度很快，已经淹没了她的小腿，她只能试图将腿从细沙中拔出来。可是一旦她抬起一条腿，另一条腿就会下沉，导致她试了很多次都没能成功，于是她只能退到玻璃房间的角落，试图躲避头上飘来的黄沙，尽量保持呼吸。

下一瞬间，她的眼神和苏闪的对上了，眼中满是慌乱。她的嘴巴一开一合，显然在说着求救的话，可苏闪像什么都没看到一样，面无表情地扭回头，看向了新抽到的签。

齐夏说过，为了能赢下游戏——这些人死不足惜。

可是苏闪这一轮的签比之前更加奇怪了，上面依然有五个字：万民齐赈灾。

这支签的下方画着向左的箭头。

“赈灾？”苏闪看了看这支签，感觉和之前的两支签一样，她能够理解签上所写的字，却并不了解这些字的含义。如果许愿赈灾……会发生什么事？

“等一下……”苏闪想到了什么，“赈灾……不就是赈济灾荒，救助灾民的意思吗？”

那岂不是可以应对灾厄？

这支签极有可能是保命符，一旦地狗将灾厄对准了自己，这支签上所写的内容完全有可能救自己一命。

苏闪将“万民齐赈灾”放在了一旁，然后拿起另外两支签看了看。“细雨绵绵落”和“四海无闲田”，一支画着向右的箭头，一支画着向左的箭头。

此时一个回合已经结束，游戏仅剩七个回合了，若是不能在七个回合内灭掉三盏灯，游戏就结束了。苏闪扭头看了看秦丁冬，细沙已经没过了她的大腿，估计要不了几分钟就会把她完全淹没。她的脸上已经沾满了沙土，露出了非常绝望的表情，她的嘴巴一直都在动着，似乎在说一个二字词语，可是玻璃房间内沙土飞扬，苏闪根本看不清楚。

“对不起……”苏闪说，“我没有把握救下你。”

她拿出一支“四海无闲田”看了看，放在了洞口。“鞭炮辞旧岁”她已经试过了，下面该试试“四海无闲田”了。

可是片刻之后苏闪的手停在了半空。秦丁冬在游戏开始之前说过的那两句唇语在她脑海里浮现了出来。苏闪起先没在意，可现在想想，秦丁冬现在一直在说的二字词语，似乎和游戏开始之前说过的一样。

她皱起眉头，仔细地看了看秦丁冬的口型。若没猜错，这两个字就是“合作”。

“合作？”苏闪一愣，随后低头思索了一下，“难道是说这个游戏要合作？”

可是四个人分别都在自己的房间中，又要怎么合作？几秒钟之后，苏闪想起了林檎房间中的大风。

“等一下……难道这些签……”她看了看自己手中的几支签，它们上面分别都画了箭头，“难道说……”

这些箭头是指生效的方向？向左的箭头代表签的内容会在左侧的房间生效，而向右的箭头代表右侧的房间生效。

“这就是合作……”

苏闪似乎抓住了什么缥缈的线索，她手中的“细雨绵绵落”画了向右的箭头，意思是这支签如果投下去，将会立刻在右手边秦丁冬的房间生效。可是签真的太少了，每个人手中最多只有三支。现在她要考虑的问题是，究竟是秦丁冬的命比较重要，还是手中的这支签比较重要？

苏闪思索了几秒，感觉自己的大脑有点乱。究竟怎么做才能像齐夏那般，果断赌上自己和队友的性命，然后赢下游戏？

“我的思维还不够完善……”苏闪慢慢闭上了眼睛，开始思考这场游戏地狗没有说出来的隐藏规则。

她心想，假设自己对于签的理解是正确的，那么在这场游戏中，还有什么规则是没有猜透的？还有什么东西看起来是某种规则，自己却没有猜到的呢？

这样看来……确实有一个明显的规则自己没有想明白。那就是每个人玻璃房间的颜色。按照出手顺序，四个人的房间分别是粉色、绿色、橘色、蓝色，年兽则是大红色。

如果通过年兽房间的颜色来反推其他人房间的含义，那么大红色很有可能代表了鞭炮。那么自己房间的粉色代表什么？

苏闪双眼微闭，快速地进行着头脑风暴。提到粉色，第一时间能够想到的东西应该就是花。

“花？”苏闪嘴唇微动，“开花？原来是这样？”

苏闪猛地睁开双眼，将“细雨绵绵落”插在了桌上的孔洞中。下一秒，秦丁冬房间里的沙土停了下来，头顶居然落下了细雨。

还不等秦丁冬反应过来，她脚下的铁网发生了变化，只见双层地板微微旋转，霎时间露出了不少孔洞，这些孔洞将整个房间内的细沙筛落了下去。她慢慢抬起头，看着这场雨，表情更加疑惑了。

她思索片刻，就着雨水擦了擦脸上的沙土，然后转头看向苏闪。苏闪冲她点了点头，她在愣了几秒之后也露出了感激的眼神。

“原来真的有效……”苏闪的嘴角慢慢扬起，“果然需要用更宏观的视角来看待这场游戏……毕竟冬天遭遇的沙暴，只有春天的细雨能解。”

四个颜色代表的是四季——粉色为春季，绿色为夏季，橘色为秋季，蓝色为冬季。

正如这场游戏的名字灾厄年一样，这是一场持续八年的游戏，这八年之中每一年都会遭遇灾厄。而唯一的破解之法就是一年四季互相照应，安稳地度过春夏秋冬之后，丰衣足食地迎接年兽。

苏闪低头看了看手上的“四海无闲田”，已经大体了解了这支签的意思。正因为她代表的是春季，所以应该在她的阶段使出这支签，由于这支签的箭头是向左，所以会作用在章晨泽的房间。

春天播种，夏季劳作，秋季丰收，这样冬季就可以对抗年兽了。

也就是说现场虽然坐着四个人，但真正能够对年兽造成伤害的只有在冬季房间里的秦丁冬。苏闪点了点头，感觉自己的想法虽然天马行空，但是非常接近真相。毕竟她代表春天，打出鞭炮之后年兽没有任何反应，足以说明是用错了时机。那么这就意味着，所有人要齐心协力，将能够对年兽造成伤害的签传给秦丁冬，并且还要完成播种、劳作、丰收这些任务。可是地狗能够带来灾厄，他绝不可能让她们顺利地将签传给秦丁冬，而是会想尽办法利用灾厄在游戏中除掉她们。再加上规则的限定，每个人每回合只可以使用一支签，苏闪手中的签有两种，一种可以视作播种，一种便是救人。这样一来，救人则不能播种，播种则不能救人。

所以关键时刻……该不该放弃某个队友？根据目前的情况来看，夏季是可以放弃的。只要春季能播种，秋季能丰收，那么理论上这就可以过冬。

苏闪扭头看了看左手边代表夏季的章晨泽，心中已经闪过了不少念头。

此时地狗的广播也缓缓响起：“第一人许愿结束，下面由第二人抽签。”

苏闪往旁边挪了一步，伸手拍了拍玻璃墙壁。虽然她没有发出任何的声音，但章晨泽还是注意到了她的动作，于是在抽签之前转身看向了她。

苏闪顿了一下，指了指自己的玻璃房子，又指了指章晨泽的玻璃房子，伸出了四根手指开口说了两遍“四季”。

在无法沟通的环境下，这已经是她能想到的全部表达方式了。章晨泽身为律师，思维非常严谨，苏闪赌她应该会明白自己想要表达的内容。

章晨泽轻轻地挠了挠头发，根据苏闪的口型猜了猜。

“四……”她皱着眉头自言自语道，“四什么？”

现在的章晨泽感觉有些忐忑，作为新人，她同样不清楚狗的游戏代表什么，在她的视角看来，苏闪也有可能会欺骗她。

“可是四……是什么意思？”章晨泽看了看自己所在的绿色玻璃房子，然后嘟囔了几个关于四的词语，很快就想到了答案，“四季？”

她又看了看剩下几个人的房间的颜色，虽然感觉这个想法很大胆，但有一定的道理。

每个人代表一个季节，而大家所做的事都只能对应自己的季节。

章晨泽思索了一会儿，低头看了看自己手中的两支签，一支是“暴雨滚瓢泼”、一支是“艳阳抚大地”，这似乎确实是夏季才能发生的事。

“所以我是夏季……”虽然搞明白了规则，可是章晨泽还是感觉很迷惑：既然自己代表夏季，说明根本就不会遇到年兽，也不会对年兽造成任何伤害，那么接下来要做什么？就这样等待其他人做出动作？还是说……召唤暴雨和艳阳？

还不等她想明白，桌子上升起了一支新的签。这是一支不带任何箭头的签，上面的字也没有任何提示性的语言，单单写了“平签”二字。章晨泽知道这支签没有任何作用，因为她在上一回合就已经打出了一支平签。

“如果四季和年兽许愿的每支签都会生效，那只能说明所有的签都有各自的作用……所以绝对不能贸然打出。”章晨泽准备贯彻自己的思想，在情报不足的情况下，不做出任何判断。她已经见识过林檎和秦丁冬房间中的景象了，细细推断就会发现，林檎房间里的黑烟来自秦丁冬，秦丁冬房间里的沙暴来自地狗，而解开地狗沙暴的签，只能来自苏闪。也就是说每支签都有各自的用处，且只能作用在其他人的房间中。此时如果打出暴雨或者艳阳，极有可能在后期发生其他灾难的时候无力阻止。

于是，她果断拿出了平签，插在了桌面上的孔洞中。接着她学着苏闪的样子，将四季的理念传递给了代表秋天的林檎。

林檎很快明白了章晨泽的意思，可她同样无奈。她看了看自己手中的签，三支全都是平签。

“这个游戏到底是什么意思？”

林檎上一回合放入的也是平签，所以没有对任何房间造成任何影响。虽说消耗平签是好事，但从她的角度来看，已经完全无法理解这场游戏了。由于她连续两回合抽到平签，她下意识认为每个人都只能抽到平签。如果真的是这样，那到底要怎么赢下这场游戏，又要怎么对年兽造成伤害？

难道平签和平签之间还有区别吗？

“你们到底在玩什么？”林檎看了看手中的三支签，脸上的表情越发迷茫，“如果都只能拿到这种签，我们是不是四季又有什么区别？”

苏闪敏锐地观察到了林檎的表情。已经是第二回合了，林檎的面色依然很迷惘，难道她还没有理解四季的含义吗？

林檎沉默了半天，只能拿出一支平签插入孔洞，依然没有任何作用。

刚要轮到秦丁冬的时候，地狗的广播响了起来：“各位小心了，这一回合的灾厄名为‘地震’。”

地狗将灾厄签瞄准了林檎。

“地震？”

苏闪微微一怔，她好奇的并不是“地震”二字，而是好奇要如何在这狭小的玻璃房间内模拟地震。众人的目光全都聚焦在了林檎身上，按理来说，地震的死亡概率要远高于沙暴，几人的脸上都露出了担忧的神色。

在众人紧张的目光之中，林檎发现自己脚下的铁网居然像电梯一样慢慢地升了起来，这铁网绕开了房间中的桌子，将她送向了天花板。

林檎只感觉手心冒汗，她离天花板越来越近，如果脚下的铁网不停，她极有可能被压成肉饼。在她经历过的各种死法之中，这恐怕是最痛苦的一种。为了自保，林檎赶忙蹲下身体，祈祷脚下的铁网不再上升。

在林檎的头顶刚刚触碰到天花板的时候，脚下上升的铁网终于停了。还不等她松一口气，铁网迅速下落，直接回归了原位。由于原先的林檎是蹲在铁网上的，脚下放空的瞬间根本稳不住身形，所以她从两三米的高空狠狠地摔在了铁网上，直接磕破了膝盖。

“啊！”她失声大叫，只感觉两只腿都有点失去知觉了，根本站不起来。

“这就是……地震？”

林檎快速思索着对策，她知道自己现在不能掉以轻心，按照刚才的情况来看，灾厄在被解决之前并不会停下。此时唯一能救她的人……应该就是秦丁冬了。

林檎刚刚抬眼望向秦丁冬，二人的眼神还未对上，脚下的铁网便再度升起，她只能死死地抓住铁网，以求在铁网下坠的时候能够不脱离它。

可她还是低估了铁网下坠的速度。铁网在升到最高点的时候再一次骤降，由于速度太快，她抓住铁网的手瞬间松脱，顺带折断了食指的指甲，一秒钟之后，她又狠狠地摔在了铁板上。

这一次不知她摔到了哪里，只是在地上痛苦地哀号，半天都没有站起来。

看到林檎明显受了伤，苏闪的表情终于不再淡定了。尽管她们能保存记忆，尽管她们已经在这里无数次摸爬滚打、死了又生，可她们毕竟是人啊。作为人，在这些铁皮机关面前实在太脆弱了，现在这种折磨人的死法实在太残忍了。

当苏闪眼睁睁地看着林檎再一次被铁网推到高空时，她放弃了。

“齐夏，我已经努力按照你的指引去做了……可我总感觉我做不到。”苏闪眨了眨眼，“如果要抛弃队友，我根本想不到怎么才能赢。”苏闪的眼神渐渐变得坚定起来，“我想要救下她们……”

此时来到了第二回合的最后一个阶段。秦丁冬看着林檎的房间有些发呆，直到她的桌面上弹出了一支签——“鞭炮辞旧岁”。

她怔了一下，将这支签面无表情地拿了过来。这才是真正的杀招，比上一回合她打出的“浓烟散八荒”要强多了。她刚想将这支签插入孔洞中，却想起了她上一回合的遭遇。

当她快要被细沙淹没时，是苏闪的签救了她。那按照这个逻辑来看，她现在是不是也要救下林檎?

可林檎……还有救吗?

就在秦丁冬思索的时候，林檎又接连摔了两次，有一次险些撞在了屋内的桌子上。秦丁冬看着手上的签，一支是“大风扫落叶”、一支是“水落了无痕”。从字面上看，这两支签应该没有一支能够救到林檎，可如果不做点什么，林檎能活下去吗?

正在此时，秦丁冬的余光看到了苏闪，苏闪正在着急地拍打着玻璃，似乎想要表达什么。秦丁冬看了看她的口型，才发现她说的是“过”。

“过？”秦丁冬皱了皱眉头，“难道……你能救林檎？”

她来不及做出思考，赶忙将“鞭炮辞旧岁”插进了孔洞。片刻之后，地狗的房间亮起了五色光芒，廉价的鞭炮音效再度响起。这一次和上一次明显有了区别，在灯光熄灭、音效停止之后，地狗头顶的灯灭了一盏。

地狗皱起眉头看了看秦丁冬，眼神中露出了一丝杀机："真是麻烦……"

除了林檎之外，众人都看向了那盏熄灭的灯。这是她们向胜利迈出的第一步，苏闪曾经抽到过"鞭炮辞旧岁"，所以她更加确信了自己的想法。想要让鞭炮攻击年兽，唯一的方法是把这支签传递给代表冬季的秦丁冬，然后由她许愿。

第三回合开始。

苏闪开始行动后没有片刻犹豫，赶忙拿起了自己手中的"万民齐赈灾"，插在了桌子左侧的孔洞中。这一次她要做的不是许愿，而是馈赠。这支签画了一个向左的箭头，若她猜测得没错，她一旦许愿，这支签只会作用在章晨泽的房间中，可章晨泽的房间没有地震，签也不会生效。现在唯一的希望便是让章晨泽许愿这支签了。

送出签之后，苏闪又拿到了这一回合的签，是平签。这是苏闪第一次见到平签。现在她的手中是"四海无闲田"与一支平签。

"原来还有……平签？"

苏闪有了一丝不祥的预感，这场游戏如果为了让双方获胜的概率均衡，那在所有的签中应该会有大量的平签，换句话说，每一支可以许愿的签都非常珍贵，必须要善加利用。现在有一个巨大的隐患，秦丁冬在之前的回合浪费了一支签，那是一支可以产生大量烟雾的签。假如每一支签都恰好可以破解一个灾厄，烟雾对应的是哪种灾厄？会不会导致最后关头有一种灾厄无法被破解？

"现在不是考虑这个的时候了……"

苏闪来到玻璃旁边，吸引了章晨泽的注意，然后指了指章晨泽桌子上刚刚升起来的签，又指了指林檎的房间。

章晨泽点点头，拿起这支签看了看。林檎的房间正在发生地震，这是一种完全无法抵抗也无法预知的强大自然灾害，人们在这种灾害下唯一能做的就是赈灾。章晨泽当机立断将"万民齐赈灾"插进了孔洞。

林檎看起来非常虚弱，手和膝盖上也全都是血。她有气无力地抬起头，看了看屋内的众人，表情略带绝望。她从未想过会死在如此诡异的刑罚之下，如果可以选择，她宁可直接从三十米的高空落下来，而不是从三米的地方落下十次。房间内的其他人同样清楚，若是这一次林檎被摔下去，以她现在的状态来看，就算没死也绝不可能再站起来。如此一来秋季将会消失，四季当中最重要的一环就此断裂。

在铁网马上就要落下的时候，林檎房间中的广播里忽然响起了上万人的呐喊声。这股震撼人心的声音给了林檎一丝生的希望，她隐约中感觉有人来救她了。

虽说没有任何人出现，但铁网还是随着众人的呐喊声缓缓下降，最终稳稳地落在地上。

林檎得救了，但是她的状态非常差，她感觉浑身都在痛，右腿也失去了知觉。她抬起头，感觉有一丝冰凉的东西从额头滑下，伸手一摸，竟是殷红的鲜血。看来她刚才磕破了额头，好在磕得不重，现在头脑还算清醒。

“第二人许愿完毕，请第三人抽签。”地狗冷静的声音再次从广播中传出。

章晨泽看了看手中的签，慢慢皱起了眉头。这一回合她并没有进行抽签，而是接过了苏闪的签。她手中的签跟上一回合比起来没有任何变化。

原来只要接受馈赠，就不能抽签了吗？

“地震真的是很可怕……”章晨泽面色沉重地说，“这支灾厄签只作用给了秋季，却让剩下的几个季节整个回合都无法做出其他行动……”

“第二人许愿结束，请第三人抽签。”地狗在广播中催促道。

林檎扶着屋内的桌子，咬着牙站了起来，随后浑身颤抖着从桌子上摸过了她这一回合的签。这支签和她之前拿到的签都不同，它不是平签，而是写了五个字：春暖花开日。

她甩了甩头，努力让眩晕感消散一些，然后仔细理解了一下签上的内容。难道之前她们几人所抽到的并不是平签，而是都带有这种文字的？那这支签下面向右的箭头，就代表这支签会作用于右手边的房间中吗？

“我的运气也太差了吧……”林檎苦笑一声，然后将这支签小心翼翼地放在了面前，拿出了一支平签扔进了孔洞中。

“还好我没有摔坏脑子，现在还能用心思考。”林檎笑了笑，然后活动了一下没有知觉的腿。看样子，这腿大概是骨折了。对她来说，当务之急不是医治受伤的腿，而是消耗掉手中所有的平签，然后尽可能地积攒许愿签，这样不管是馈赠还是许愿，至少都能应对灾厄。

苏闪看到林檎恢复了精神，略微安心地点了点头。

这场游戏任何人都不能死，她们几人作为四季形成了一个闭环，她们首尾相连，相互照应。若是这个环有了缺口，就会导致缺口左右两旁的房间陷入危险，毕竟一个死人无法消除左右两旁的灾厄，也就无法拯救遭遇灾厄的人。

不仅如此，甚至连馈赠也会受到影响，夏季房间的人无法跳过秋季，直接将签馈赠给冬季房间中的人。

秦丁冬略带紧张地看了看林檎，发现她没事之后，悬着的心算是放下了一些，开始回过神来等待下一支签。可下一支签迟迟都没有出来。

“你们解决得不错，果然除了老手就是高手。”地狗沉声道，“但你们已经掉入我的节奏里了。你们用了一整年的时间来破解去年灾厄留下的疮痍，这想法固然不错，可这一年的灾厄你们又将怎么办？”

听了这句话几人回过神来——是的，灾厄不会停止。只要地狗扮演的年兽还存在，那她们就会一直徘徊在灾厄年中。

地狗慎重地从面前拿出了一支签，一脸认真地说：“做了这么多年打工人，我唯一悟出的人生哲理就是对于普通人来说，我们的人生永远福无双至，祸不单行。”

他将签插进了右手边的孔洞中，正对着章晨泽说：“各位准备好了，这一轮的灾厄名为‘蝗灾’。”

看到地狗的动作，章晨泽明显慌乱了：“蝗灾？等……等一下……”

她的神情变得非常恐惧，虽然她早就做好了自己会遭受灾厄的心理准备，可没想到来的偏偏是她最不想面对的事。她的头顶忽然爆发出嗡鸣，像是有什么的东西要掉下来。

“别……蝗灾真的不行……”章晨泽急得双眼通红，声音带着哭腔，“别用这种东西碰我……”

随着天花板网格轻轻一动，无数只蝗虫发出嘈杂的虫鸣从上面飞出，犹如墨汁一般瞬间填满了章晨泽的屋子。这景象让场上的几个女生都后退了半步，她们都来自城市中，从未经历过蝗灾。

章晨泽不断挥舞着手脚，可她越是想驱赶这些虫子，就越会碰到它们。一只蝗虫跳动着身体落到了她挺拔的鼻尖上，正好和她四目相对。它的浑身都是灰绿色的，后腿强健发达，那两只大眼睛直勾勾地盯着她。

章晨泽终于忍受不了这种近在咫尺的恐怖，在狭小的房间里放声尖叫，可她刚刚叫出声来，一堆蝗虫就爬进了她的嘴巴。她从未吃过昆虫，也从没有想过活着的蝗虫触感如此冰凉。它们在嘴中爬动，坚硬的后腿刺痛着口腔里的每一寸皮肤。

她根本呼吸不了，胃里翻江倒海的，想要把所有的东西都吐出来。

我要死了，我要以这个世界上最丑陋最痛苦的方式死去……章晨泽满脑子都是绝望的想法，可她已经在遮天蔽日的蝗虫之中迷失了方向，不知道现在正面向哪里，也不知道队友在哪个方向。

"章晨泽！"苏闪用力地拍了几下玻璃，放声大喊道，"冷静一点，蝗灾里的蝗虫是不会吃人的！"

只可惜章晨泽完全听不到苏闪的呼喊。

"请第四人抽签。"地狗就像什么都没看到一样，冷冷地开口说。

秦丁冬此时嘴角微微上扬，她没有立刻去抽签，反而目光深邃地望向正对面的章律师。她记起儿时在外婆家借宿的时候，有一天夜里屋里爬满了叫不上名字的虫，外婆告诉她在这种狭小的空间里想要对付这些虫子，最好的方法便是用烟熏，于是那天晚上，外婆点燃了不知名的干草，让整个房间都弥漫着诡异的味道。

是的，烟熏是正解，它会破除这场游戏中的虫子。

如果把灾厄和虫子联系起来，秦丁冬唯一能够想到的就是蝗灾，所以她故意打掉那张"浓烟散八荒"。地狗也如她所料，使出了无法破解的蝗灾。

"只有这样才能够让你们回响啊……"秦丁冬微笑道，"别怪我，毕竟蝗虫没什么危险性。"

她微微思索了一下，看了看新抽到的签，依然是平签。

"苏闪……交给你了……"秦丁冬插入了一支平签，之后看向了苏闪，"趁早陷入绝望吧。"

"第四回合开始，由第一人抽签。"

短短的一声广播让苏闪坐立难安。

已经第四回合了，若每一回合都是一年，现在三年已经过去，她们被年兽折腾得体无完肤，年兽头顶的三盏灯却只灭掉了一盏。接下来五个回合必须要灭掉两盏灯才能赢下这场游戏，可显然地狗并不容易对付。

现在林檎已经严重受伤，若她再经历一次灾厄便有极大的可能会死亡。章晨泽的情况更不容乐观，她的房间里已经满是蝗虫，根本找不到人在哪里，但从虫群的活动轨迹来看，她现在仍然在用力挣扎。

不知道她现在还能抽签和许愿吗？

状态比较好的人只剩苏闪和秦丁冬，可她们偏偏分别是一个回合的开始和末尾，难以完美配合。

地狗可能继续攻击受过灾厄的人，用“祸不单行”的战术将她们彻底抹杀，可这也有弊端，因为章晨泽和苏闪相连，林檎和秦丁冬相连，她们理论上都可以救到对方。他也有可能将灾厄用在目前仍然安全的人身上，这样四个人的整体状态都会下降，全年一片灾厄，互相难以救援、难以配合。

这个游戏最大的难点在于谁都不能死，可是仅凭一个人的力量，要怎么救下所有的人？

“这就是地级吗？”苏闪苦笑了一下，“上一次见到齐夏时的记忆还历历在目，那次输给了参与者，而这次输给了裁判，我果然是不适合在这里生存……”

桌上升上来一支平签。

现在苏闪的手中有一支“四海无闲田”和两支平签，理论上现在想要获得胜利，必须要许愿“四海无闲田”，可是夏季满是蝗灾。有谁会在明知道夏季有蝗灾的情况下，在春季许愿“四海无闲田”？

苏闪此时的大脑一片混乱，她感觉这场游戏根本赢不了。

“我真是太天真了……”她的眼神渐渐落寞下来。是她执意带着几个人进入地级游戏，现在却伤的伤、残的残……这个鬼地方，真的能够逃出去吗？到底需要用什么方法、什么手段才能逃出去？

苏闪只感觉耳畔嗡嗡作响，她伸手挥了挥，误以为有蝗虫在耳边。

“怎么回事？”她记得这种感觉，在和齐夏对决被逼入绝境的时候，她也听到耳畔有过异响。这是要回响的前兆。可这一次明显没有达到上一次的那般绝境，她既没有受伤也没有遭受灾厄，为什么也会听到这种声音？

“我的回响似乎来得更容易了……”苏闪慢慢闭上眼睛，完全不去控制自己的思维，让那种绝望和恐惧彻底侵占大脑和心脏，“齐夏曾经说过要让我陷入绝望，难道我只有绝望才能回响？”

现在的情况还不够绝望吗？明明已经足够绝望了啊，不必说地狗的游戏，单单是终焉之地就已经足够让人绝望了。

她在技术科工作了五年，都没有在终焉之地一天见到的惨案多。

没有了法律的约束，人类可以为了一点微不足道的东西自相残杀。无数人在这里死了又生、生了又死，失忆会带给人新的希望，而保留记忆的人要在这里痛苦地循环。

这种地方完全不是给活人和正常人类准备的。

这是真正的地狱。

铛！

远处传来一阵悠扬的钟声。林檎和秦丁冬同时皱起了眉头，她们看到苏闪慢慢睁开了眼，她那双原本闪闪发亮的眸子在此刻如同钻石一般璀璨。苏闪缓缓地看了看四周，感觉整个世界都变化了，难道这就是回响吗？

这就是回响者眼中的世界吗？

只见一道道诡异的浅蓝色光芒正在屋内四处游荡，它们飘来飘去，好似有生命，这些光芒的路径既规律又奇怪，像是道道波纹，却又似阵阵涟漪。放眼一看，整个房间就像是黑夜中的墙壁倒映着泳池中的水光，霎时间变得波光粼粼。

那些光芒在半空中聚了又散，有一些碰撞在一起，迸发出了诡异的图案，像是文字，却又辨认不出。

“奇怪……”苏闪记得上一次回响的时候根本不是这幅景象，现在是怎么了？

为什么面对齐夏的时候几乎没有光芒，面对眼前这几个队友的时候却是这般模样？难道是因为人不同，所以景象也不同吗？

苏闪记得林檎曾经提到过，凡是回响，必定有其特殊能力。

那么自己的特殊能力是什么？

“能够看到这些光芒……就是我的能力？”

苏闪曾幻想过自己会获得某种上天入地的超自然能力，却没想到只是能够看到诡异的光。

此时，一些光芒正在章晨泽的房间周边徘徊，似乎拼了命地想要聚在一起，却总在马上就要相聚时陡然四散。

“这到底是什么东西？”

苏闪一扭头，看了看秦丁冬，她身边的景象和章晨泽不同，只有几束稳定的光团浮在她的四周，这些光团既不汇聚也不扩散，而是稳稳地停在她的身旁。

苏闪又看了看对面的林檎，这些诡异的光芒在林檎身边聚集得最多，一道道波纹来来往往，聚了又散，不断地碰撞在一起。而波纹每次碰撞，便会有两个几乎微不可见的小字浮现。苏闪眯起眼睛，仔细地看着那两个小字。由于距离太远，过了好几秒苏闪才认出了波纹之间荡漾的小字。

她嘴唇微微一动："我看见了……'激发'的波纹。"

"为什么我会看到文字？"

苏闪皱着眉头思索了一会儿，感觉没有任何头绪。她低下头又看了看林檎的桌子，忽然怔了一下。虽然相隔很远，但此时她清清楚楚地看到了林檎签上的字。

她的眼睛似乎真的发生了变化，那几支签不仅距离她非常远，上面的文字也不是朝向她，可她如同获得了透视一般，能够在此时清楚地看清那上面的每一个字。

"春暖花开日和平签……"念完签上的字，苏闪又扭头看了看秦丁冬。

秦丁冬在此刻跟苏闪对视了一下，她看到苏闪的双眼已经变得璀璨无比，但有些泛红。

"真是怪麻烦的……"秦丁冬摇摇头，"刚刚获得能力就这么乱来吗？瞎了怎么办？"

苏闪不知道秦丁冬在念叨什么，只是低头看了看秦丁冬面前的签，上面写着"大风扫落叶"和"水落了无痕"。

"原来如此……"

现在的她迫切地想知道章律师手上的签。

她代表春季，若是不能为全年做好打算，这场游戏无论如何也赢不了。

苏闪用力盯着那灰绿色的虫群，由于每一只蝗虫身边都有细小的光芒，她只能非常用力地瞪着眼睛，直到双眼开始变得灼热，才大体看清章晨泽的轮廓——章晨泽似乎冷静下来了，不再手舞足蹈，但是依然浑身颤抖不已。

苏闪透过每只蝗虫的光芒望向了桌面。由于每一支签上都趴着蝗虫，上面的字迹非常难以辨认。她往前一步，更加用力地睁开双眼，似乎只有用尽全身力气，目光才能够穿透那些蝗虫。

她明显感觉双眼变得更加滚烫，在一阵眩晕之后，她终于看清了签上的文字，是"暴雨滚瓢泼""艳阳抚大地"。

现在所有人手中的签已经全部明晰了。章晨泽前两回合打出的是平签，第三回合打出的是她传递的"万民齐赈灾"。

林檎连续三个回合打出平签。

秦丁冬打出过一支不知道名字的能引起浓烟的签、一支平签、一支“鞭炮辞旧岁”。

除去平签，加上所有已经消耗过的许愿签，现在一共出现了十一支许愿签。其中“鞭炮辞旧岁”有两支，也就是说，写有五个字的许愿签，除了“鞭炮辞旧岁”，目前有九种。

“有点奇怪……”苏闪皱起眉头，已经在向更加深入的方向思索了，“如果每一支签都可以应对一种灾厄，那为什么会出现九支带有字面的签？毕竟地狗的灾厄只有八种，那剩下的一支签是做什么的？”

苏闪看了看自己手中的“四海无闲田”。如果没猜错，这就是多出来的那支。

“四海无闲田”应该不会应对任何灾厄，反而是一种积累，它既然不是防御手段，那一定是攻击手段。

苏闪慢慢地闭上眼睛，感觉眼睛有点干涩发痛，脸上也有些冰凉，好像流了眼泪。她没有顾及许多，将“四海无闲田”插在了桌面的孔洞中。

现在任何人都救不了章晨泽，唯一的办法就是期盼她能够克服这漫天的蝗虫，在房间之内将游戏进行下去。

虽然很难，但这是唯一的出路。

章晨泽的房间。

她浑身发抖地闭着眼睛，蝗虫的嗡鸣声在耳畔阵阵作响，那一只只坚硬冰凉的虫子爬满了全身，让她身上的每一个毛孔都加速收缩。

蝗虫的触感很特别，为了能够在任何作物上停留，它们的脚上都长有锋利的倒钩，钩住了她的头发和皮肤。她濒临崩溃，此时不敢呼吸、不敢张嘴，更不敢睁开眼睛。

她好不容易才将那几只蝗虫从嘴巴里吐了出去，现在嘴中还留有苦味。她再也不想体会那种感觉了。

地狗抬起头看了看苏闪的双眼，似乎有话想说，但他还是清了清嗓子，低声说：“第一人许愿结束，请第二人抽签。”

章晨泽听到这个声音微微一怔。她心想，虽然自己已经被这些恶心的蝗虫包围了，但现在绝对不能停止行动，如果因为自己不能行动而导致其他人惨死，她就是罪人。

想到这里，她慢慢睁开了一只眼睛，壮着胆子挥动了一下手臂。

情况已经没法比现在更糟了。

“只不过是浑身爬满虫子……”章晨泽缓缓往前走了一步，感觉脚下像是踩到了无数干枯的叶子一般噼啪作响，“只可惜我有经验……这种事情难不倒我……”

她努力地驱赶着桌子上的蝗虫，想要将被堵住的孔洞清理干净，可是这些虫子无论怎么驱赶都趴在桌上一动不动。她咬紧了牙齿，将手掌按在桌子上，用力将桌面上的虫子全部推走。

这一回合的签终于显露了出来。

她隐隐地看到签上有五个字，可还没等看清，视线就被纷乱的蝗虫遮挡。她赶忙护住双眼，拿过签之后小心翼翼地蹲了下来，在清理了眼前的几只蝗虫之后，低下头仔仔细细地看了看签上面的五个字——汗滴禾下土。

“这是悯农的诗句……”章晨泽低声念叨着。

在古诗中，“汗滴禾下土”是指农民在农忙时将汗水洒在田中，象征农忙时的辛苦与天气炎热。

“农忙……”

章晨泽尽量不去管耳边的嗡鸣声，仔细思索了一下现在的情况。因为她代表夏季，所以应该打出这一张代表农忙的签。毕竟夏季距离年兽太远了，如果想要做出贡献，最好的方式就是进行农忙。

章晨泽站起身，向前走了几步之后壮着胆子清理了一下桌子上的蝗虫，然后将这支“汗滴禾下土”放了进去。现在的她完全看不到其他房间中的景象，只能祈祷自己做了正确的事。

她往后退了一步，准备在房间之中继续接受煎熬的时候，忽然感觉衣服的后背被撕开了一个小口，霎时间，所有蝗虫像是侵占领地一般蜂拥而入，撕扯着她的每一寸肌肤。

蝗虫虽然不吃人，但它们挂满全身也足够可怕了。

刚刚习惯与漫天蝗虫共处一室的章晨泽再一次崩溃了。她能清楚地感觉到身上的每一寸肌肤都在动，好像自己已经与蝗虫融为了一体。

隔壁的苏闪忽然感觉有些异样，扭头一看，此时正有大量的光芒向章晨泽的房间涌动，发生了接连的碰撞。每当有光芒碰撞，两个极度清晰的文字就腾空而起。

“魂迁”！

“难道……”苏闪大概明白了这些文字的含义，它们应当就是众人口中所说的回响，她的能力居然是直接看到回响的名称。

十几秒之后，远处的钟声姗姗来迟地响起，向终焉之地的所有人宣告着章晨泽回响了。

“钟声……比我的更慢？”苏闪眉头一皱，感觉抓住了一丝线索。

只不过现在不是考虑这些问题的时候，需要尽早赢下这场游戏。按照现在的情况来看，房间内的四个人都是回响者，这场游戏能赢的话最好，若是赢不了也不会造成毁灭性的后果。

“可是……‘魂迁’是什么意思？”

章晨泽感觉耳畔一阵作响，整个人的思路通透了一些，那些压在身上的虫子带来的恐惧感也略微减轻了。可她不知道外面发生了什么事，毕竟耳边除了嗡嗡作响的钟声，更多的是虫鸣。

她走上前去将桌子上仅剩的两支签拿了过来放在右手中，这两支签分别是“暴雨滚瓢泼”和“艳阳抚大地”，应当会在以后的某个时刻派上用场。

章晨泽拿到签后再次蹲了下来。下一秒，一只蝗虫飞到了她脸上，她在惊慌之中用左手抓住了那只蝗虫，稍加思索之后将它捏死了——这感觉就像捏碎一颗生的鹌鹑蛋，在不算坚硬的外壳碎裂之后，黏糊的东西粘了满手。

章晨泽一阵作呕，赶忙在裤子上擦了擦手。忽然，她感觉右手上的一支签动了起来。

这感觉非常奇怪，明明是一块木片，可那支签似乎有了脉搏，此刻正在手中跳动，这感觉像是抓住了一条虫子。她有些慌乱地将签丢了出去，下一秒怪事就发生了。那支写着“艳阳抚大地”的签在地上弯折了一下，借着反弹力居然跳了出去。

“什么？”

章晨泽愣愣地看向那支签，它就像有了生命一样在地上反复弯折，不断跳跃，就像一只蝗虫。

她感觉自己大概是疯了——难道是因为接触蝗虫的时间太久，蝗虫的数量太多，导致自己现在将手上的签也看成了蝗虫吗？

那支签蹦蹦跳跳地来到了她跟前，她回过神来伸手去抓，却没想到签冲着她的面门跳了过来。由于她本来就蹲在地上，混乱之中闭眼往后一躲，整个人险些摔倒。那支签也彻底没入了虫群，不知所踪。

“不好……”虽然不知道发生了什么事，但她感觉八成是地狗做了什么手脚。

或许每个人的签里都有着特殊机关，若不把它们抓到，游戏进行起来会越发困难。

这一幕被一旁的苏闪清楚地看在眼里。她看到虫群闪烁的光芒之中，闪闪发光的章晨泽正在追逐一支写着字的签。

这难道是回响造成的?

可仅凭借这个诡异的画面，苏闪完全不知道章晨泽的能力到底有什么作用。她对回响了解得还是太少了，如果能记得几个回响者的能力，应该就能大概地推断出章晨泽能力的原理。

“第二人许愿结束，下面由第三人抽签。”

林檎扶着受伤的额头看向桌子，那里慢慢地升起了一支签，上面写着“稻花飘丰年”。

她正对面的苏闪此时用力地睁开眼睛，忍着刺痛看向了那支签，看到上面的“稻花飘丰年”后，苏闪完全清楚游戏的规则了——只要她能够许愿“四海无闲田”，则夏季就会抽到“汗滴禾下土”，若是夏季也顺利地使用了“汗滴禾下土”，那么秋季就会抽到“稻花飘丰年”。夏、秋、冬能否抽到这几支签，纯粹取决于春天是否打出了“四海无闲田”，这是联合所有人一起发动的攻击手段。

正如现实世界中一样，春天不劳作，剩下的季节不可能凭空有所收获。

林檎将“稻花飘丰年”拿到手中，忍着一身的伤痛思索了一下。自己身为秋季，居然在此时丰收了，这说明前面的春季和夏季一定使出了各自季节的策略，让她这个满目疮痍的秋季能够拿到这支签。

“刚才还响起了两次钟声……”林檎喃喃自语道，“你们可真没让我失望啊……”

她抬头跟苏闪对了下眼神，却忽然怔了一下。苏闪的双眸已经变得如同钻石一般璀璨，可此时正有两道殷红的血泪从苏闪的眼中流下，看起来有点骇人。

“苏闪……”林檎不再犹豫，果断拿起了这支“稻花飘丰年”。现在她要代表秋季，把丰收的粮食全部安全地带给冬季。还不等她将签投进去，地狗的广播声却在此时响了起来。

“等一下。”

林檎一怔，抬头看向了地狗，此时他正回过身来面对她，手上拿着一支签。

“什么？”林檎没明白地狗的意思。

“我手上的签是‘寒流’。”地狗说，“若你敢使出那支签，我就会在你的房间中降下寒流，这支签会让你的房间在短时间内降温到零下 30℃，你穿得不多，肯定会被冻死的。”

林檎听后将手慢慢缩了回来，皱起了眉头。

由于参与者的房间中只有喇叭没有话筒，所以她无法和地狗交谈。

“你可能会很疑惑，我明明可以直接使出这支签，为什么却要威胁你，是吧？”地狗说，“原因很简单，因为今天太晚了，你们死在这里我很难打扫房间，我明天就不得不早起，这很痛苦，所以我准备让你们知难而退。”

林檎听后看了看地狗，站在心理学角度揣摩了一下对方的虚实，一般人在说出这么长的一段话时，微表情很容易露出破绽。只可惜对方长了一张猎犬的脸，实在难以分辨。

“你若是这一回合打出一支无用签，我保证在接下来的时间中不杀死任何人。”地狗补充道，“你应该看出来了……在讲述规则的时候我没有说过任何一句谎话，这就是我对各位的诚意。到时候你输掉游戏，留下几个道，就可以全身而退了。”

林檎轻轻扬了一下嘴角，游戏开始前地狗没有说过任何一句谎话，大部分的规则都已经在游戏之前讲明了，他是一个非常诚实的人，所以这一回合才更不能相信他。

林檎面带微笑地将签放在了洞口，然后当着地狗的面稳稳地投了进去，二人始终四目相对，地狗的眼神格外冷峻。

“地狗……若我没记错，你在游戏开始前还说过一句话，‘接下来我会用尽一切手段杀死各位’。”林檎略带歉意地耸了耸肩，“我更加愿意相信游戏开始之前的你，而不是游戏中的你。”

地狗自然听不到林檎的话语，但表情已经明显变了。

“骗人真难啊……怪不得羊这么稀少……”地狗无奈地摇了摇头，“去死吧。”

这一年的灾厄来了，目标依然是林檎。林檎站起身，面无惧色地看着地狗。林檎头顶响起了机关声，几秒之后，一股强劲的寒风从上方吹了下来，冷得彻骨。几秒钟之后她就感觉不太妙，如果房间停留在零下 30℃，她活下来的概率会很大，可如果一直都有零下

30℃的冷风吹过，那她必死无疑。流动的冷风将会不断带走身体所产生的热量，情况有些危险。

但从另一个角度想，她们接下来获胜的概率非常大，前提就是秦丁冬不能救她。如果这一回合秦丁冬救了她，那四个人的努力就都白费了。

想到这里，她伸出手指，颤颤巍巍地在满是白霜的墙壁上写下了三个字：别救我。

“第三人许愿结束，第四人抽签。”

秦丁冬毫不犹豫地伸手拿起了桌面上的“丰衣足食年”。现在时间很宝贵，林檎的房间降下了寒流，若不能抓紧时间，她会在房间中被冻成冰雕。

那现在应该打出哪支签？

秦丁冬手中的三支签看起来都非常珍贵，“大风扫落叶”“水落了无痕”“丰衣足食年”，从签面上来看，原有的两支签根本对抗不了寒流。

“只能交给明年了……”秦丁冬皱着眉头说，“老林，你再忍一忍吧。”

她将手上的签对准了孔洞：“死狗，我们已经忙活了四年，该让我们过个好年了吧？”

她将手中的签投入孔洞，下一秒，地狗的房间传出了欢快喜庆的音乐。众人已经有好久没有听到这段音乐了，若不是在这阴暗发臭的房间里，她们还以为自己回到了现实世界，在温暖的房间中跟家人围坐在一起吃着年夜饭。

地狗沉着脸慢慢站起身，看了看灭掉的第二盏灯，又看了看天花板，那个破喇叭居然放起了过年的音乐。喜气洋洋的音乐跟他冰冷阴沉的面孔形成了巨大的反差。

“看来你们这个队伍不算太差。”他环视了一下身边的几人，开口说，“第五回合开始，这一回合由我第一个行动。”

苏闪刚要进行抽签，听到这句话却忽然愣了一下。

地狗先行动？他作为第四回合的末尾和第五回合的开始，连续行动两次，是准备杀招尽出吗？

“本回合灾厄名为‘毒瘴’。”他拿出一支签，冲着秦丁冬投了下去。

几秒之后，秦丁冬的房间飘出了黄绿色的诡异气体，她赶忙伸手捂住了自己的口鼻。

这下事情有些麻烦了，能够处理毒瘴的八成是“大风扫落叶”，可是这支签在秦丁冬手中。更让人绝望的是，它上面画了一个向左的箭头，只有林檎使出这支签才能驱散她房间的毒瘴。这样一来，所有人都需要馈赠这支签，直到它传到林檎手中，等于彻底浪费一个回合。

现在已经是第五回合了，还有时间让她们救人吗？

秦丁冬知道自己的时间不多了，从现实情况来看，毒瘴可能比寒流更加危险。很多毒气沾之即死。

“本来想以普通人的身份参加这场游戏，现在看起来好像不行了。”秦丁冬捂着口鼻看了看地狗，“狗同学，你这样对付我，可别说我欺负你了……”

苏闪感觉秦丁冬房间内的光芒有些异样，赶忙扭头看去。只见汇聚在秦丁冬身边的两个光团缓缓运动了起来，它们非常有秩序地排列在一起，然后精准无误地撞向对方。

两个汉字瞬间凭空出现，清晰无比。

“赝品”。

“姐姐我……可是个著名的骗子啊！”秦丁冬慢慢闭上眼睛，拿起“大风扫落叶”抚摸了一会儿，没多久又把它轻轻地放了回去，“没想到在地羊四情扇中使用过的手段还要再用一次。”

“只可惜啊……这支签是假的……”她口中喃喃自语地说，“那么真的‘大风扫落叶’到底在哪里？”

说完这句话后，秦丁冬没有任何的动作，只是静静地站在原地，尽可能地放缓呼吸的节奏。

苏闪看到那两团光芒在碰撞之后又迅速撤离，就像什么都没发生般悬在了原先的位置。

虽说苏闪有些不解，但时间紧迫，只能低头看一下她刚刚抽到的签，依然是“四海无闲田”。但按照现在的情况，打出“四海无闲田”不是明智之举，因为众人都在危难之中，不论是寒流还是毒瘴，都有极高的概率造成死亡，所以这一回合就算能够打出“四海无闲田”打败地狗，也还要面对一个更加现实的问题——游戏结束后地狗会把房间门打开吗？

游戏开始前地狗曾说，她们有八个回合的时间来打败年兽，可现在她们在第五回合就要灭掉年兽的灯了，而在所有的规则中都没有提及过关于开门的问题，唯一明确的规则是灾厄在得到解决之前不会停止。

再仔细推断一下地狗的动机就可以知道，他现在正在全力进行他的工作，所以他的目的并不是让这场游戏尽快结束，而是杀人。由此推断，如果灾厄没有解决就结束游戏，队友百分百会死在这场游戏中。

现在需要赌一把，如果这一回合运气够好，每个人恰好都能破解其他人的灾厄，那四个人就可以一起活下来。

“要把节奏放缓……”苏闪深呼一口气说，“赢已经是注定的了……现在更重要的是活下去……”

现在最好的方案是让游戏在第八回合停止，毕竟地狗在游戏开始之前说过无论第八回合发生了什么，游戏都会结束。

“不愧是裁判……居然隐瞒了这么重要的事情。”苏闪自言自语，“这是虚假的围师必阙①，看起来你给我们留了一条生路，但如果我们义无反顾地冲了进去，你就会对我们赶尽杀绝，虽然灭掉你的三盏灯能够赢，可谁说赢就不会死？”

苏闪看了看手中的签：平签、平签、“四海无闲田”。

游戏到现在为止已经消耗了两支“鞭炮辞旧岁”，还会有第三支吗？

苏闪想了想，如果这场游戏有三支“鞭炮辞旧岁”，那就完全不存在合作这一说了，她们只需要静静地等待鞭炮来临，这场游戏中的难题就可以迎刃而解。如果要体现合作的特性，她们至少要完成一次春夏秋冬的任务，所以“鞭炮辞旧岁”最多两支。

她之前浪费了一支“鞭炮辞旧岁”，所以接下来她们需要更加默契地配合才行。

她的推断距离真相又迈进了一大步，现在要赢，只需要像之前那样完成春夏秋冬的四个任务，但在那之前，一定要将队友救下。

她确定了战术，投入了一支平签。

“第五回合，第一人许愿结束，下面由第二人抽签。”

章晨泽的房间中浮现出了一支平签。

由于春季没有播种，所以夏季只能毫无作为地度过。

她已经杀死了大量的蝗虫，脸上沾满了黄褐色的液体，看起来非

① 出自《孙子兵法》，意为包围敌人时要虚留缺口。

常不妙。现在趴在玻璃上的蝗虫已经大幅度减少，她也可以看清附近的情况。不知是她已经习惯了这些虫子，还是受到了回响的影响，她变得不再那么害怕它们。她站起身，用手将玻璃墙壁上的虫子驱散，然后看了看林檎房间的情况。林檎房间的玻璃墙壁已经满是霜花。

“坏了……”章晨泽脸上露出一丝惊慌的表情，想起了那支逃跑的“艳阳抚大地”。看起来只有这支签才可以救林檎，可它已经钻入了地上的虫堆中，根本寻不到踪影。

她手中拿着“暴雨滚瓢泼”，开始弯下腰翻动地上的蝗虫。她努力地不让自己的注意力被这些虫子吸引，低着头认真地寻找那支“艳阳抚大地”。可没过几秒，她手中的“暴雨滚瓢泼”动了一下，也从指缝间逃走了。

章晨泽没想到拿了半天的签也会逃走，一时掉以轻心，让它也钻入了虫堆。

“搞什么……这是搞什么？！”

如果这支签也有机关，为什么它在一开始不逃走，反而在此时逃走？莫非……这并不是机关？

“等等……”章晨泽努力让自己冷静下来，“这难道是她们所说的回响？”

章晨泽的房间挤满了蝗虫，她不仅不知道她是否回响了，更不知道她回响的能力。其他房间的签都没有逃跑，偏偏她的签逃跑了。章晨泽左思右想，答案只有一个，那就是这个情况是自己的回响造成的，这是一种其他人所不具备的超自然能力。

她努力让自己濒临崩溃的思绪变得平稳，不去听房间中的虫鸣，回顾着刚才的情况。

签逃走的原理是什么？

第一次签逃走的时候，她正用右手拿着签，然后用左手捏死了一只虫子。从那一刻开始，右手的签变成了虫子。这是一种诡异的公平，也像是一种超出理解的置换。

“等一下……”章晨泽感觉自己好像还是疯了，“这真的合理吗？”

如果自己杀死某个东西，就可以让别的东西变成它，这种能力不是太奇怪了吗？林檎说过所有的回响都可以视作是一种超自然能力，可是这个能力有用吗？

“不对……”章晨泽慢慢皱起了眉头，她之前杀死了这么多的蝗虫，为什么偏偏只有一支签变成了蝗虫？

她慢慢地举起了左手，看了看上面的蝗虫残汁，忽然想到了什么。

难道……只有用左手杀死的东西，才能作用在右手上？

“我在搞啥子？”章晨泽摇了摇头，感觉自己已经摒弃了常规思维，开始用疯子的思维分析这件事了，她摇了摇头，让自己保持清醒，然后回过神来自言自语道，“既然那两支签已经变成了蝗虫……接下来只有一个办法来找到它们了。”

章晨泽将破裂的西装外衣脱了下来，然后抖动了一下上面的蝗虫，接着将它挥舞了起来，驱赶着地面上大面积的蝗虫。

只听嗡的一声巨响，大量的蝗虫受惊之后拔地而起飞向空中。整个房间霎时间一片混乱，无数蝗虫四处乱撞，让旁边的苏闪看到后心中一紧。

章晨泽没有在意，只是用左手护住脸部，然后用右手不断挥舞着衣服。她现在要尽可能地保证自己的左手不杀死任何的蝗虫，否则连她也不敢想象接下来会发生什么事。几秒钟后，她的计划生效了，虽然签变成了蝗虫，但它毕竟没有翅膀，就算它再想逃跑也只是在地上到处弹动，所以格外显眼。

有一支签蹿出了尸堆，想用力跃到空中，章晨泽手疾眼快，赶忙往前踏了一步将它稳稳地抓在了手中。她翻手一看，正是“艳阳抚大地”！

“太好了！”她来不及寻找另一支签，赶忙来到桌子面前将它投了进去。

章晨泽拿着外套，左手撑在桌子上刚要松一口气，却恰好有一只蝗虫飞到了她的掌下，在这万分巧合的时机下被她的手掌压扁了。还不等她惊慌，她右手的西装忽然之间抖动了起来，活动的幅度让人毛骨悚然。

“啊！”章晨泽将西装一扔，赶忙后退了好几步，感觉整个人的汗毛根根立起，从脚心到头皮的每一滴血都是凉的。

那西装在半空中煽动了几下衣袖，然后如同变幻了形态一般趴在了桌面上。它用双袖撑着桌面，领口的部分慢慢抬了起来，似乎正在盯着章晨泽看。

“啥子东西？莫要吓我……”

章晨泽紧张地退后一步。西装外套振翅高飞，直接从桌子上拔地而起，挥舞着衣袖冲着她扑了过来。

由于脚下全都是虫子尸体，章晨泽的行动非常不便，很快她就被绊倒在地。那件西装也在此时张牙舞爪地扑在了她的身上。

苏闪一直在一旁眼睁睁地看着这一幕，此时已经惊讶得说不出话了。这个叫“魂迁”的能力实在是太过诡异了，不仅是签移动了，现在连西装也活了过来，可是这种情况真的合理吗？

苏闪的正对面，林檎感觉自己的大脑正在逐渐变得空白。在这个极度寒冷的房间中，她蜷缩在角落中努力地维持着身体的热量，从未想过人在极度寒冷的时候，竟然会完全感受不到寒冷。

她只是有点困。随着零下30℃的寒风不断地吹下来，寒冷的感觉正在逐渐消失，取而代之的是越发沉重的眼皮。

“真的好累……”

林檎吐了一口热气，正要闭上眼的时候，却感觉大风停止了，几秒之后，一股热风猛然灌入。这阵热风的温度似乎不高，却让她浑身都传来了火辣辣的剧痛。这阵剧痛不仅打消了她的困意，更让她瞬间瘫倒在地，哀号不止。

之前断掉的腿由于寒冷而失去了知觉，可这阵热风却将痛感重新送了回来。热风吹过身体，只感觉像开水浇在身上一样滚烫，让她从头皮到四肢全都开始疯狂跳动。

苏闪看到林檎的房间中开始出现大量的水汽，知道她应该是得救了，可她的情况太危险了。从游戏开始到现在，林檎接连遭受了两次灾厄，而这两次灾厄偏偏都是杀伤性极高的灾害。

“林檎……要活下去。”苏闪低声说，“我们迟早会离开这个鬼地方的……”

林檎活动了一下自己的手指，然后抓住桌子慢慢站了起来。虽然她浑身剧痛，但似乎并不影响行动。

“你们这回合什么都没有做吗？”她用手擦了擦玻璃上的水汽，“明明马上就可以杀死那只狗了……”

确定秦丁冬的房间出现了灾厄之后，林檎看了看自己桌面上的签，加上这一回合新抽到的平签，总共有四支。

现在必须马上用这四支……等一下……四支？

林檎活动着手指，试图让自己尽快恢复知觉。她看了看自己桌面上的四支签，分别是平签、平签、“大风扫落叶”和“春暖花开日”。

“有一支签根本就不是我的……”

她揉了揉眼睛，确定自己没有眼花之后，拿起了桌面上那一支“大风扫落叶”。林檎从来都不记得自己抽过这支签，仔细看看，这支签真的很奇怪。它给人的感觉很不真实。

虽然林檎已经确定将这支签拿在手里了，她能够摸到这支签，也能够清清楚楚地看到签上的每一个字，可就是感觉它不真实。这种感觉就像是自己的右手摸左手，虽然知道它是一只手，但总感觉和摸到别人的手的触感区别很大。

“老秦……是你行动了吗？”

林檎扭头看了看秦丁冬的房间，那里正在不断地降下黄绿色的烟雾，秦丁冬的面色此时有些发紫，明显是中毒的迹象。

林檎猜测多出来的这支签是来自秦丁冬，但它是一支赝品。这是秦丁冬惯用的伎俩，本来应该是她招摇撞骗的手段，现在却成了摆在林檎面前的难题——

地狗的游戏能够识别赝品吗？

林檎曾经受过秦丁冬的欺骗，在其他的游戏里使出过一次赝品道具，那一次被视作全员违规，所有人都被地猴制裁了。要说那一次和这一次有什么不同……那就是这次识别签的不是地狗本人，而是机器。

“可是苏闪……”林檎抬头看了看那脸上挂满血痕的苏闪，“我们为什么要在这一回合选择救人呢？”

从林檎的角度来看，这一回合最优的战术应该是大家齐心协力极尽所能地来灭掉地狗的最后一盏灯，这样众人就会得救。可苏闪放弃了这个战术，选择花费一个回合来让众人摆脱灾厄。

“你认为在这一回合救人是必须的吗？”

既然已经确认了苏闪的战术，那么这一回合就必须要使用手上的这一支赝品了，否则谁都救不了秦丁冬。冬季房间的人死了，游戏也将进入必输的局面，而投入赝品有概率死，选择哪个答案就已经显而易见了。

“苏闪，你可真敢赌啊！”林檎苦笑着将那支赝品放入了洞口，“若我手上所有的签都不能救人，你该怎么办？”

林檎看着签一点点被孔洞吞没，脸上的表情阴晴不定，好在这支签还是被收进了桌子中。

秦丁冬的房间迎来一阵变化，地面上的铁网露出缝隙，天花板陡然送出了大风，大风瞬间席卷了整个屋子。由于风力太大，秦丁冬直接被吹倒在地，房间中的几支签也随风乱飞，看起来比毒气更加危险。

好在大风只持续了很短的时间，屋内的黄色毒气就已经被刮走了大半，屋内情况瞬间变得清晰可见。可秦丁冬很久都没有从地上站起来。

“不……不会吧……”苏闪再次瞪大了眼睛，用力地看向秦丁冬，她的光芒还没有消失，应该还活着，“你可千万不能死……你是我们的最后一环啊……”

地狗看了看秦丁冬，冷冷地说：“第三人许愿结束，请第四人抽签。”

广播过后，房间内一片寂静。

秦丁冬过了十几秒，终于微微动了一下，在众人的注视下撑着地面缓缓站了起来。

林檎看到她的面色依然白里透紫，要说没事是不可能的，但她好歹活下来了。

“我……”秦丁冬刚要说话，一大口鲜血就咳了出来，鲜血充满了气管，让本就呼吸不畅的她更加痛苦。她每咳嗽一声，就感觉自己的五脏六腑全都在痛，仿佛要爆炸了一般。

“狗同学……”秦丁冬调整呼吸，吐了一口血水之后看向了地狗，“你是真的活够了啊……我跟陈俊南那个王八蛋学了一身的坏毛病，你居然敢惹我！”

地狗饶有兴趣地看向秦丁冬，似乎在期待着她的行动。

秦丁冬伸手拍了拍玻璃：“地狗，跟姐姐赌命吧。”

可让秦丁冬没想到的是，一语过后，地狗依然用那张欠揍的认真脸看着她，仿佛什么事都没发生。

“喂！”秦丁冬感觉有些生气，只能用力地拍了拍玻璃，“我跟你拼命了，听到了吗？”

地狗看了看秦丁冬的口型，然后低头整理了一下桌子上散落的三支签。

广播中传来了他低沉的声音：“真是抱歉，我可能上了岁数，完全听不到你在说什么。”

“什么？”

秦丁冬皱着眉头看了看地狗那张贱兮兮的脸，似乎发现了问题。

这破游戏设计得颇有心计，参与者在游戏过程中根本不能跟地狗赌命，毕竟在封闭的玻璃房中，“摆烂狗”完全听不到参与者说的话。他只在参与者的房间中装了喇叭，没有装话筒。

“搞什么？”秦丁冬又咳嗽了几声，自言自语道，“想要在你的游戏中赌命……只能一开始就决定吗？”

可秦丁冬忽然又想到了一件事——地狗在说完所有的规则之后立刻就钻到了玻璃房间中。表面上看起来是他留下所有的参与者进行商讨对策，实际情况是他怕众人商议出对策之后第一时间选择跟他赌命。

“狗同学你可真‘狗’[①]啊……”秦丁冬盯着那双狗眼，不由得越看越气，“你等着……等姐姐我恢复体力……”

随后她将刚浮现在桌面的平签按了下去。

现在众人房间中的灾厄都已经得到了不同程度的缓解，接下来的三个回合只要能够稳住，见灾破灾，然后在第八回合结束游戏即可。

“第六回合开始，下面由第一人开始抽签。”

苏闪看了看孔洞中升起的平签，二话不说地将它又按了下去。她猜地狗这一次的目标是自己。现在夏、秋、冬三个房间里的人都已经遭受过灾厄，唯独在春天房间里的她依然健康，如果她是地狗，一定会将灾厄作用在春天上。

苏闪再一次确认了一下几人的签。现在能够抵御灾厄的签只剩三支。秦丁冬手中的“水落了无痕”，林檎手中的“春暖花开日”和章晨泽手中的“暴雨滚瓢泼”。

通过答案来推断问题，大体能够知道接下来会发生的灾厄。

现在还没有出现过的自然灾害只剩下几种，那么“水落了无痕”对应的应该是洪水。“春暖花开日”就比较值得推敲了，从字面上来看它和“艳阳抚大地”很像，只不过“艳阳抚大地”听起来更加炎热一些，那它能够应对的灾厄也应该跟寒流十分相似。如此看来无非就是暴雪、雪灾这类低温灾害。

照这个逻辑……章晨泽手中的“暴雨滚瓢泼”对应的应该是干旱。

假设接下来的三个回合，她们所要迎接的灾厄分别是洪水、雪灾、干旱，那看起来危险性最高的就是洪水。它的作用应该跟沙暴类似，会在某个季节的房间中注水，这是一个需要积累的过程，所以地狗有可能会优先使出。

接下来便是“春暖花开日”对应的雪灾，它同时结合了“窒息”

---

① 此处“狗”为网络哏，可以理解为离谱、卑鄙、猥琐等意思。

和“寒冷”两种属性，但和溺水不同，人类被雪掩埋并不是必死的。

最安全的应该是干旱，由于旱灾的属性是持续缺水和高温，所以杀死人需要更久的时间，现在只剩三个回合，用于旱杀人实在是有些困难。

三支许愿签分别在三个人手中，这是再好不过的情况了。再加上苏闪手中随时可以打出的一支“四海无闲田”，四季阵营每个回合都可以做出动作。

此时四季似乎形成了一张包围网，将年兽死死困在了中间。

“第一人许愿结束，下面由第二人抽签。”

见到地狗没有使用灾厄签的意思，章晨泽学着苏闪的样子，在平签升上来的时候就将它按了下去。

“第二人许愿结束，下面由第三人抽签。”

苏闪慢慢皱起了眉头：“你还不用吗？”

她大概知道了地狗的战术，这一回合恐怕跟上一回合一样，地狗会在一个回合的末尾和另一个回合的开始接连使出两支灾厄。

果然，林檎的阶段也直接度过，她也将那支升起来的平签按了下去。

第六回合已经接近尾声，来到了秦丁冬的阶段。

此时的苏闪已经做好了准备，她预感到这一次的灾厄要降临到自己头上了。

“各位……”地狗在此时终于开口了，“本回合的灾厄名为‘洪涝’。”

让苏闪没想到的是，这一回合地狗依然没有对她使用灾厄，而是又对准了秦丁冬。

“你个死狗没完了啊？！”秦丁冬大喝一声，剧烈的活动又让她咳嗽不止，她一边咳嗽着一边大喊道，“几次了？！你告诉我几次了？！沙暴、毒瘴之后是洪涝？！姐姐我是欠你钱了吗？你不如直接给我下刀子雨！我不活了！”

所有人都能看到秦丁冬在玻璃房中指着地狗一顿大骂，虽然听不见她骂的是什么，但看口型和表情就知道一定不是什么好话。

下一秒，秦丁冬的房间开始积水。

这一次的积水和之前的灾厄有些不同，水并不是从上方落下的，而是从底部的一根管道喷涌而入，看这喷涌的速度，灌满房间仅仅需要几分钟。

秦丁冬看了看自己手中的“水落了无痕”，倒霉的是上面画了一个向左的箭头。她以为这一次倒霉的会是苏闪，所以一直将这支向左箭头的签留在手中，可人倒霉起来真是没辙。

“我肯定是被陈俊南那个王八蛋传染了……”秦丁冬闭上了眼睛。

她想要活下去，只能故技重施了。

“真是太可惜了……这支签……居然也是假的……”

片刻之后秦丁冬就皱起了眉头，却发现自己的潜意识不受控，虽然她很想认为这支签是假的，但她做不到。

它怎么可能是假的？！

就在几秒之前她还准备用这支签来救下苏闪，几秒之后就要说它是假的。就算是回响也没法在如此荒唐的情况下发动。

“死狗……你真的看不见我们手中的签吗？”秦丁冬总感觉地狗站在了更高的层面上来策划这一次的行动。

秦丁冬心想，他故意留出苏闪这个缺口，难道是为了动摇自己的信念？如果真能做到这一点，这个人未免也太可怕了。

“算了……水而已。”秦丁冬说道，“灌满房间需要几分钟，我憋气还能憋一分多钟……接下来只剩两个回合，值得赌一把。”

秦丁冬拿起升上来的平签，果断将自己的“水落了无痕”馈赠给了苏闪，接下来的战术便由她来想了。

还不等苏闪抽签，地狗的语音就响了起来：“第七回合开始，由我先行动。”

地狗的行动和苏闪预料中的一样，他准备将灾厄最大化。可是情况再次出乎了众人的预料。他依然没有对准苏闪，而是将这一回合的灾厄再次对准了秦丁冬。

“本次灾厄名为‘冰雹’。”

“啊？！”秦丁冬彻底睁大了眼睛。

地狗使用了最直接的策略，他不再管其他任何季节，现在正在全力以赴地杀死代表冬季的秦丁冬。现在场上不再有多余的“鞭炮辞旧岁”，只要能够杀死秦丁冬，地狗便可以稳稳地立于不败之地。

短短几秒钟之后，随着秦丁冬头顶的机关声响起，无数碎冰开始噼里啪啦地落下。这些碎冰打在秦丁冬的身上，随后掉入水中。

“你还用组合技是吧？！”秦丁冬用双手挡着头顶，显然已经气坏了，“有这么多想法全用我身上了是吧？！”

苏闪知道自己的签根本救不下秦丁冬，赶忙将“水落了无痕”馈赠给了章晨泽。章晨泽早就在桌子旁边准备了，见到签升上来，也拿起它放到了馈赠的孔洞中。

接下来又该林檎的抉择了。她手中有两支有作用的签，分别是“春暖花开日”和“水落了无痕”。

秦丁冬的房间正在面临两个灾厄，可是林檎只能使出一支签。

“如果一支签就能救下老秦的话……”林檎果断拿起了“水落了无痕”。

只要能够解决秦丁冬房间中的积水，那她就很难丧命。

现在的情况比较复杂，洪涝加冰雹的组合极大提升了秦丁冬丧命的概率。湍急的水流混合着低温，可以比寒流更快地带走一个人身上的全部体温。况且房间从两个方向灌入异物，被填满的速度加快了一倍。

现在只需要将秦丁冬房间之内的水抽走，情况就会大为好转。毕竟碎冰很难造成窒息，就算要将人溺死也需要一定的时间融化。

“应该就是这样吧？”林檎左右手各拿着一支签。游戏已经进入最终阶段，她们每一次的抉择都影响着同伴的生死，她抬起头看向了苏闪，随后慢慢地举起了“水落了无痕”，似乎在等待苏闪的意见。

苏闪看着那支签用手抚摸着下巴，刚要点头答应，却犹豫了一下。一丝微不可见的想法穿过了她的脑海。

“等会儿……”她伸手止住了林檎的动作，随后眯起眼睛思索了一下。

现在的情况……有点古怪。

地狗会这么傻吗？现在已经是最后两个回合，对他来说和决战没有什么区别，也就是说他现在给出的是最为凶猛的杀招。

可他在秦丁冬的房间设下灾厄之后，明显留了一整个回合的时间来给其他人做出反应。

由于地狗是在秦丁冬许愿之前发动的灾厄，导致秦丁冬手中的许愿签有足够的时间转完一圈来拯救她自己。也就是说这一回合看似年兽杀招尽出，实则他处处留了缺口。

又是围师必阙的战术。

“这实在太不正常了……”苏闪伸出一根手指抚摸了一下自己的鼻子，“你有什么特殊计划吗？”

现在看起来使出“水落了无痕”就可以解决眼前所有的问题，秦丁冬能够活命，她们顺利开启最终回合。到时候不必管灾厄是什么，她们只需要立刻走完一圈“四海无闲田”便可以灭掉地狗头上的灯，从而赢得这场游戏。

“所以你希望我们使出这一支‘水落了无痕’？”苏闪有了一种似曾相识的感觉。

上一次的齐夏就是这样不动声色地让她坠入了地狱。但她清楚，这一次，她更加冷静了。

从宏观角度推断一下，为什么地狗要引导她们打出“水落了无痕”呢？现在只剩最后一个回合，地狗的手中也只剩一支灾厄签。不管这支灾厄签的签面是什么，它都会被“暴雨滚瓢泼”解决。

现在“暴雨滚瓢泼”在夏季房间的章晨泽的手中，这是一年的中间，足够应对一年之中发生的各种情况。退一万步讲，就算最后一轮的灾厄落在了春季或夏季的房间，就算这个灾厄没有办法解决，她们只要动作够快，依然能够走完一圈“四海无闲田”。

这不是必赢的局面吗？

“啊！”苏闪瞬间睁大了眼睛，只感觉温热的眼泪不断流出，此时眼前有些模糊了，她赶忙擦了一把眼泪，双眼放出金光。

“我知道了！”她来不及多说，赶忙抬起头来，向林檎打了个手势。

她试图用简单的手语告诉林檎，不要打出“水落了无痕”，要打出“春暖花开日”。

林檎总感觉自己理解错了苏闪的意思，好几次拿出“水落了无痕”晃了晃，可苏闪每次都摇了摇头。

“搞什么？真的没问题吗？”林檎有些不敢相信地自言自语道，“需要首先解决的是冰雹？”她索性将签直接反转了过来，给苏闪露出了上面的字，苏闪仔细地看了看，还是摇了摇头。

“你没疯吗？”林檎有苦难言，她看了看隔壁的秦丁冬，此时水流和碎冰的混合体已经到了她的腰部。居然要停止下冰雹？！那秦丁冬不是很快就会被溺死吗？

“这……这……”林檎完全猜不到苏闪在想什么，“算了……就听你的吧……”

在她将签投入孔洞的时候，现场所有人都看向了秦丁冬的房间。

接着，苏闪不动声色地看着地狗的表情。这是一步险到不能再险的棋。

屋顶的碎冰在一阵抖动后停了下来，见到这一幕的地狗明显皱起了眉头，转过脸来看向了苏闪。

“不愧是你啊……”地狗低沉的声音从广播中响起，“这也太不科学了，你为什么能够猜到？”

苏闪没有办法回答地狗，只是微微扬起了嘴角。现在这场游戏的赢面终于变大了。

地狗默默地低下了头，说：“第三人许愿结束，下面请第四人抽签……”

他的语气已经不如刚才那般平静，毕竟连他也没有想到自己绞尽脑汁使出的计谋居然被人看透了。

秦丁冬不明所以，她本以为剩下的几个队友应该解除自己的洪涝，可是忙了半天居然解除了冰雹。现在她的房间一片狼藉，她的签跟碎冰一起漂在水面上，桌子却沉在水底。这样自己要怎么抽签？

还不等她想明白，桌面上升起了一支平签，这支签很快脱离了桌面，漂到了水面上。

“搞我是吧？”秦丁冬皱了皱眉头，“姐姐的妆要花了。”

秦丁冬漂在水面上，忍着一身的寒冷深呼一口气，然后拿着签一头潜入水中，将它稳稳地插在了桌面的孔洞中。

“第八回合……开始。”地狗深深叹了一口气。

苏闪看到地狗的表现，悬着的心终于放下了。综合所有的情况来推断，地狗手中最后一支签根本就不是干旱。因为用“暴雨滚瓢泼”来解干旱虽然原理没错，但不是百分百契合。地狗将这支签一直留到最后一个回合，说明他手上最后一支签是比干旱更强大的灾厄，强大到能在极短的时间内就杀死一个人，但是它怕暴雨。

地狗思索了一会儿，说：“现在由我……先开始行动。”

苏闪知道地狗已经别无选择了。他缓缓地拿出一支签，似乎在选择方向，思索了半天，最终还是瞄准了秦丁冬。

“本次灾厄名为‘山火’。”他将这支签缓缓地插入了代表秦丁冬方向的孔洞中。

“啊？！”

秦丁冬大惊失色，伸出一只手刚要痛骂地狗的时候，屋顶伸出了几根小管，还不等她说话，几条火舌瞬间喷射而出。幸好她的身上沾满了水，瞬间落下的火焰没有伤到她，但也把她逼入了水中。

她在水中捂住口鼻，痛苦地闭着双眼。

“请第一人抽签。”

苏闪早就准备好了，不等她面前的平签完全升起，苏闪立刻将它抽离扔在一旁，随后准确无误地插下了“四海无闲田”。

章晨泽焦急地等待着，地狗隔了好几秒才缓缓说出“请第二人抽签”。

“可恶！别拖延时间啊！”苏闪伸手拍了拍玻璃，“我以为你是个堂堂正正的人，现在居然使出了这么低劣的手段……”

苏闪一边看着地狗，一边用余光不断地瞟向秦丁冬——由于她入水太急，根本来不及吸满氧气，现在的情况比想象中的更糟。她的房间中下方是冰冷的水，上方是炽热的火，不知四周的玻璃是什么材质所打造，在这种冷热交替的恶劣条件下竟连一丝裂纹都没有。

水中的秦丁冬感觉四周正在升温，况且刚才被毒气伤到的肺部也没有恢复，现在屏住呼吸之后整个人的胸腔都在火辣辣地痛。

章晨泽赶忙将面前飞舞的西装撞开，然后把升起来的“汗滴禾下土”按了下去，可地狗又陷入了几秒钟的沉默。她和林檎也发现了异样，此时都在用力地拍打着玻璃。

这一次苏闪的计策完全没有错，如果刚刚解除的是洪涝，现在秦丁冬的房间里只会有少量的碎冰，天花板上落下的火焰已经足够烧死她了。地狗应该也知道“暴雨滚瓢泼”在章晨泽手中，所以山火作用在秋季房间没有用，章晨泽很快就能打出“暴雨滚瓢泼”。

而春季和夏季更不必说，这两个季节会在开始时就快速行动，一旦她们使出了签，就算死了也无妨，地狗依然会输掉游戏。综合考虑之下，地狗也只能将山火降在秦丁冬的房间里，然后使出了最难看的计策——拖延时间。

“第二人许愿完毕……请第三人抽签……”

章晨泽急得握紧了拳头，用力地捶了捶玻璃：“你这样做不公平！我们已经拼尽全力了！你输了又不会死，为什么非拖延时间不可？！”

林檎早就在桌子边等待，那支“稻花飘丰年”同样在它飘起来的瞬间就被她按了下去。

现在所有人的目光都聚焦在秦丁冬身上，只见她紧紧地皱着眉头，在水中不断地蹬着双腿，明显马上就要窒息了。

“撑下去……”苏闪紧张得手心里全都是汗，“丁冬……你是我们全部的希望……”

可是缥缈的希望总是让人绝望。

秦丁冬虽然在水中捂着口鼻，可众人分明见到一大口鲜血从她的指尖炸开。她要到极限了。

“第三人许愿完毕……下面请第四人抽签……”

秦丁冬房间的签缓缓升起，可她根本睁不开眼睛，此时她用两只手狠狠地捂着自己的口鼻，由于刚刚喷出一口鲜血，现在只要一松手她就会猛吸一口水。

“不好……”苏闪的心都提到了嗓子眼。那支签一旦漂浮到水面上，就会夹在烈火与冷水之间，秦丁冬想要再拿到它就难了。

此时房间内的几个女生全都跟秦丁冬一起屏住了呼吸，只能听得见自己的心跳声。

秦丁冬在此时慢慢睁开了一只眼，浑浊冰冷的水让她的眼睛一阵刺痛。她根本听不到广播的声音，一低头，却正巧看到下方的桌子出现了异样。

签来了吗?

“可是我……”秦丁冬咬着牙，让身体慢慢沉了下去。但她眼前开始发黑，浑身也剧痛无比。现在对她来说只有最后一个办法，那就是在双手离开口鼻的时候尽量按下那支签，虽然她会呛水，但可以终结这场游戏。

秦丁冬潜到桌子旁，看准了签的位置，立刻伸手去抓。可倒霉的事又来了，正在此时，那支签脱离了桌子，飘向了水面。

她吸了一大口水，瞬间感觉自己的口鼻酸痛无比，但还是硬着头皮伸出了手，双眼一闭，将所有的运气赌在自己的信念上，只要“赝品”发动成功，那么不管插入什么，它都是“丰衣足食年”。其余几人瞪着眼睛看向秦丁冬，她们清清楚楚地看到了那支签已经飘向了水面，可是秦丁冬依然在桌面上插下了一支签。

秦丁冬此时已经完全没了意识，整个人在水中舒展开来，如同另一支签，也静静地飘向了水面。

短短几秒钟的等待，让众人感觉像度过了一个世纪那么长。

终于，地狗的头顶灭掉了一盏灯，欢快的音乐陡然炸开。又是丰衣足食的一年，这一次她们彻底赶走了年兽。

五个人的屋门都在此时打开了。

游戏结束。

秦丁冬房间内的积水瞬间倾泻而出，她也在水流的带动下连续撞击了几次玻璃墙壁，最后扑倒在地上。苏闪赶忙跑向了她，林檎虽说也有些担心，可她的右腿已完全失去了知觉，只能扶着墙壁一步一步艰难地挪出来。

章晨泽猛地将那件活动的西装甩到一旁，出门之后立刻回头把门关上，然后疯狂地抖动着身体，满身的蝗虫也在此时洒落一地。

“喂！秦丁冬！”苏闪着急地将秦丁冬翻过身来，然后拍了拍她的脸，只感觉她的脸颊分外滚烫，“不太妙……”

苏闪当机立断地伸手摸了摸秦丁冬的脖颈，确认她还有脉搏之后又听了听她的呼吸。

现在的她还活着，但是已经没有呼吸了。

苏闪没有犹豫，捏开了秦丁冬的嘴，伸手进去清理了几块碎冰，接着将她上衣的纽扣解开，用大拇指确定了一下秦丁冬胸骨的位置，又往下挪了三厘米，然后跪在地上立起上身，双手合在一起猛地按压了下去。

她借助自己整个上身的力量向下疯狂按压，大约三十次之后，她放松了双手，然后捏住了秦丁冬的鼻子，往嘴里吹了两口气。松手之后，她再次趴下身来，听了听秦丁冬的呼吸，情况依然不太妙。

章晨泽来到林檎的房间前将她搀扶了起来，二人一起挪动着步伐来到了苏闪身边。三个人的职业都比较特殊，多少都了解一些急救知识，可书上从没告诉她们一个人在同时经历了沙暴、洪涝、毒瘴、冰雹、山火之后该怎么营救。

没多久的工夫，苏闪已经满脸汗珠，胸部按压的双手也越来越无力了。

“换我吧……”章律师拍了拍苏闪的后背，让她站到一旁，接着也直起了上半身，开始给秦丁冬做心肺复苏。

看到几个人锲而不舍的样子，地狗慢慢推开了房门，走到了她们面前。

“有必要吗？”地狗问，“现在救她没有意义了，她就算醒过来也会难受得想死。”

三个女生谁都没有搭理他，只是全神贯注地盯着秦丁冬。苏闪直接坐到了秦丁冬身边，用双手扶着她的头部，如果让她继续侧着脸，呼吸会更加困难。

终于在两人的不懈努力之下，秦丁冬大咳一声，一口血水从她嘴中喷出。

“咯咯！”

她惨叫一声，瞬间恢复了呼吸，痛苦地皱起眉头，躺在地上大口地喘着粗气，没一会儿就咳嗽不止，不断地咳出鲜血。

“太好了……”苏闪和章晨泽都疲累地坐在了地上，二人对视一眼，露出了苦笑。

这一场地狗的游戏终于在全员存活下胜利了。

秦丁冬慢慢睁开了眼睛：“是不是闲得很……救我做什么？”

章晨泽还在驱赶身上的蝗虫，她叹了口气说：“那你要怎么样？我们明明可以救你，却要在这里视而不见，这对你并不公平。”

“谁在乎公平？”秦丁冬又咳嗽了几声，“我这身体撑不了多久，还不如让我死了……”

“老秦，我理解你。”林檎点点头，“但新人不理解。”

“新人？”

秦丁冬有气无力地抬起眼皮，看了看苏闪和章晨泽坚定的眼神，感觉有些惆怅。曾几何时，她和林檎的眼中也是这种眼神，她们想要赢，想要打败生肖，更想要逃离这里。可在她们积累经验、获得能力的同时，也渐渐开始漠视生命。她们不仅开始漠视他人的生命，更不在意自己的死活。

若此时只剩下林檎和秦丁冬，林檎绝对不会出手相救，只会等到下一次重逢。

这究竟是好事还是坏事？

“算了……姐姐不怪你们……”秦丁冬用力撑了一下地面，发现完全使不上力气，于是只能在林檎的搀扶下站起身来，开口说，“毕竟救人一命胜造七级……七级什么来着？屠苏？”

地狗拿出了一个布包，装了足足四十个道后递给了苏闪。

“你们愿意待多久都行，我下班了。”他往前走了几步，又转过身来，“这里已经够乱了，明早我再来打扫，你们不要给我弄得更乱就行。”

四个人都用意味深长的眼神看着他，谁都没回话。

见到没人想要搭理自己，地狗点了点头，转身就要出门。

“等一下……”苏闪喊住了他。

“怎么了？”地狗问。

“有件事我很在意。”苏闪站起身说，“在最后关头我破除了你的计划时，你似乎说了一句‘不愧是你’，那是什么意思？你以前见过我吗？”

地狗面无表情地看着苏闪，眼中的神色很怪异。他伸手整了整西装的领子，然后缓缓地说：“苏闪，你的面试房间里还剩几个人？”

听到对方叫出了自己的名字，苏闪知道自己的猜测没错，他们果然曾经相识。

“什么叫还剩几个人？我们的房间里一直都有四个人。”苏闪说，“你问这个做什么？”

地狗听后微微点了一下头：“那让我猜猜吧，你、江若雪、周末，是吧？还有一个是谁？”

听到这句话，苏闪慢慢走向了地狗：“什么意思？你连若雪和周末都认识？”

“不可以吗？”地狗苦笑了一下，“我们曾经有这么多战友，最后只剩下你们四个了，若不是我还站在这里，那些已经逝去的人便没有任何人记得了，这对他们来说比死上一万次更痛苦。”

“你到底是——”

“我还是很好奇，第四个人是谁？”地狗又重复了一遍。

“他叫方子晨。”苏闪回答，“是个大一的学生。”

“子晨……”地狗点了点头，“他的性格并不适合存活至今，难道是你一直在保护他吗？”

“什么意思？你到底是谁？”

地狗思索了一会儿，点头说：“没有规定说我不可以透露我的身份，所以我告诉你也无妨。苏闪，我和你来自同一个房间，但我们的队友根本不足以让我们逃出这里，所以我换了一条路。”

“嗯？”苏闪没想到地狗在游戏结束后依然如此诚实，但她的思绪有点混乱，“你和我来自同一个房间……结果现在是地狗？！”

“是的。”地狗点点头，“苏闪，你要加入我们吗？”

“加入你们？”

四个女生听后同时一愣。

“做生肖吧。”地狗叹了口气，“你现在走的路太危险了，我已经不是参与者了，你身边的助力又少了一人。剩下那三人……子晨毫无作用，江若雪神出鬼没，而周末又不合群，你要怎么逃出去？”他又看了看苏闪身后的几人，“就靠她们吗？”

地狗的目光在秦丁冬身上停留了很久，缓言道：“本来想替你杀了那个女人的，可你偏要救下她，真是件天马行空的事。”

“什么？”

“苏闪，那个女人害死过你。”地狗懒洋洋地说，“本以为过了这么久她会有所收敛，可她依然在第一回合选择浪费掉许愿签，她早晚会害死你们的。”

听到这里，章晨泽慢慢往前走了一步，说：“喂……不要说出这种话，每个人都有自己的判断，你也没有权利替别人做出判断。”

“这叫什么话？”地狗说，“苏闪之所以做出现在的选择，是因为她对这里并不了解。”

“那你也没有权利替别人了解。”章晨泽解释道，“在我的视角看来，你在让苏闪做一个她更加不了解的选择，这并不公平。”

“哼……”地狗冷哼一声，随后转过身去，沉声说道，“苏闪，这么多年来我第一次见到你，看到你依然失去记忆生龙活虎，我替你开心。但是在这里，相信别人就会吃亏。”

“是吗？”苏闪反问道，“可是在我看来，这场游戏中是她们一直在保护队友，而你一直在想方设法地杀人。”

“可我没有杀你。”地狗说，“从头到尾，我都没有对你使出任何一支灾厄签。”

听到这句话，苏闪慢慢皱起了眉头。难道自己没有收到灾厄签，不仅仅是地狗的战术？这里面还夹杂了私人感情？

“可你——”苏闪还要说什么，地狗却直接推门出去了。

“不好意思，确实太晚了，我要赶不上末班车了。”地狗在门外说，“你们在这里休息一晚吧，有缘再见。”

“能告诉我你的名字吗？”苏闪最后问道。

“我？”地狗眨了眨眼睛，“我只是一条想要摆烂的野狗，可能会咬人，但不会咬自己人。”

他从外面关上了房门，转身没入了黑暗中。

四个女生此时终于松了一口气，这场游戏算是彻底结束了。

现在除了苏闪之外，其他人的情况都不算太好，秦丁冬和林檎受了伤，而章晨泽现在还能从头发中掏出蝗虫。

“你们怎么样？”苏闪看了看秦丁冬和林檎。

“还能怎么样？”秦丁冬无奈地摇了摇头，“一个受了内伤一个受了外伤，你要给我们运功疗伤吗？”

“毕竟你们看起来不太好……我有些担心。”

听到苏闪的话，众人扭头看向了她。要说这里有谁一眼看上去就很让人担心，除了秦丁冬就是她了。她双眼通红，脸上挂着两条格外显眼的血痕。

“怎么了？看我做什么？”苏闪问。

“你……你没事吗？”章晨泽有些担忧地问，“你的眼睛……”

苏闪这才伸手摸了摸自己的脸颊，翻手一看，指尖竟全是鲜血。

“我这是？”

“你没有感觉不舒服吗？”章晨泽又问。

“倒是没有……只是感觉眼前有些模糊……”苏闪用袖子擦了擦脸颊，可几秒之后感觉双眼有些刺痛。

“我们至少活下来了。”苏闪没在意，又转头看向了林檎和秦丁冬，“你们二位是前辈了，我想问问在一场地级游戏中全员存活，大约是什么水平？”

二人仔细思索了一下，慢慢地皱起眉头。在地级游戏中全员存活是非常罕见的情况。

“全员存活很罕见。”秦丁冬轻轻咳嗽了两声，“但我这样和死了区别不大，所以不能给你打分，你最好的选择应该是让我死。”

“可能我还是不习惯这里的生存法则。”苏闪解释道，“我认为只要活着就能去做更多的事，就好像别人睡了我没睡，我的每一天就能比别人的每一天都长一些一样。”

“什么歪理？”秦丁冬叹了口气，找了个墙角倚靠着坐下，“今晚我们估计出不去了……需要在这里过夜。要不是你的话，我估计能睡个好觉……”

章晨泽听后转过头看向她：“你们都说晚上不能出去……这里晚上有什么古怪吗？”

“是的，你可能想象不到。”秦丁冬闭上眼睛靠在墙上，轻声回答道，“外面有像虫子一样的人满街跑。”

“像虫子一样的……人？”章晨泽微微一怔，似乎有话想说。

哐啷！

还不等几人反应，一个玻璃房间的门忽然被什么东西猛然撞开，巨响回荡在房间之内。

“咦？”

几个人扭头望去，只见一件黑色的女式西装从房间中跳了出来，此时两个袖子撑在地上，抬起衣领的部分看着众人。它不仅看起来像一只蝗虫，上面更是爬满了真正的蝗虫。几个女生看了一眼便感觉汗毛竖立。

“我差点忘了还有这个东西……”苏闪皱着眉头望向这件西装，然后慢慢瞪起了眼睛，“章律师……这东西到底是怎么产生的？”

苏闪分明看到这件西装上有一个发光的蝗虫轮廓。

“我不是很确定……”章晨泽说，“好像是因为我做了什么……将这件衣服变成了蝗虫……”

林檎此时和秦丁冬对视了一眼，感觉情况有些怪异。

这听起来分明是回响，可她们在长达七年的时间里从未见过这个女人。如果她的回响这么强大，为什么会隐匿这么久？

林檎的脑海冲浮现出了齐夏的身影，而秦丁冬却想到了陈俊南。似乎有某些奇怪的事情发生了，导致齐夏所在的面试房间里的所有人都没有在终焉之地露面。

苏闪深吸了一口气，将章晨泽拉到身后，然后和那件怪异的黑色西装对峙着。由于这个东西的本质是衣服，所以苏闪并不知道杀死它的方法，只能立住双脚，尽可能地表现出自己的气势。

章晨泽皱着眉头看了看这里的聚光灯，微微一思索，走到墙边将房门打开了。室外的空气瞬间灌入了房间，带着终焉之地独有的腥臭味。

那件西装似乎也意识到了什么，扭头看了看漆黑的室外，用力蹬起衣袖，冲着室外跳了出去。章晨泽立刻将屋门反锁，众人悬着的心才终于落了下来。

“虽然我杀死了你……但也算是让你永生了吧……”章晨泽低声说，“这很公平。”

END ON THE TENTH DAY

中场休息

我叫章晨泽

【阅读提示：为保留文章特色，本章人物对话内容多为川渝方言，除少量词汇外，不再另做注释。】

我叫章晨泽，我说谎了。

我今年三十三岁，在成都打拼了十年。

如果说我愿意将我的经历分享下来，发表到任何一个公众平台，那我都有可能会成为红极一时的独立女性代表。毕竟一个来自小山村的女孩儿，靠自己的努力成了成都非常有名的律师，不论怎么想都是值得学习的榜样。

可我不愿意这么做。

我想摒弃我从前的一切，到这个没有人认识我的地方重新开始。如果有可能的话，我永远都不想跟那个小山村扯上关系。

我有我的抱负，也有我的理想。我想成为优秀的人。为了这个目标，我愿意做任何事。

在刚刚创立律师事务所的那段日子，我没有钱租房，于是在事务所里的沙发上睡了三年。

我每天早上五点起床收拾事务所，然后在公共厕所里洗漱、化妆。晚上的时候借口加班晚走，去五元一次的大众浴池洗澡。三年来，没有任何一个下属知道我住在这里。

这种苦我都熬过来了，只因为我心中有梦想。

如果我不能成为一个优秀的人，我便会永远被那个山村困死——不仅是我，还有我的后代。

但我时常在想，我可能根本就不会有后代。

假如我能灿烂而辉煌地过完自己的一生，那已是再好不过的事情了。

我的童年如此悲惨，从公平的层面来说，我的未来理应幸福一些，我不敢奢求自己会过上多么好的生活，只要能得过且过，让我自己觉得舒服即可。

“章姐章姐！”事务所里的小孙拍了拍我，把我吓了一跳。

这个年轻的男孩儿来了三年，替我摆平了不少棘手的官司，在众多年轻人当中，我最看好的就是他。

“怎么了？”

“你怎么走神了？”小孙笑道，“快看！新娘来啦！”

我顺着他手指的方向看过去，今天的新娘子萌萌正穿着一身镶满了亮片的纯白婚纱，在聚光灯的照耀下，挽着父亲的手臂一步一步地走向舞台。

除了小孙外，萌萌也是我得力的助手。她跟着我打拼了六年，现在能看到她走向婚姻的殿堂，我真的替她开心。

那个帅气又温柔的新郎拿着捧花，向着萌萌和她的父亲大步走了过去，旁边的观众同时拍手呐喊，送予他们最真挚的祝福。

但说实话，接下来的环节我并不喜欢。

在主持人的要求下，萌萌的父亲要亲手将萌萌的手交给新郎，然后当着萌萌、新郎和几百位宾客的面，郑重其事地对新郎说：“萌萌以后就托付给你了。”

此时有不少宾客轻轻抹着眼角，仿佛落了泪。

主持人也用煽情的声音说：“从此以后，这个男人会代替父亲，永远照顾你，无论他贫穷或富裕，都会对你不离不弃……”

萌萌站在舞台上，看着激动的父亲与新郎，又看了看附近哭成一片的宾客，冲着我一脸苦笑地耸了耸肩。

我了解萌萌，我也知道她的意思。

若不是因为习俗、传统和家中所有的亲戚都这样做，她绝对不会允许这种环节出现在她自己的婚礼上。短短的几句话，几乎否定了萌萌此生的所有努力。好似没有了爸爸和新郎的照顾，她就成了一个嗷嗷待哺的孩子，仿佛随时都会饿死在家中。

为什么结婚就一定是找个依靠呢？为什么不能是因为爱情？

这些年跟着我干，萌萌每个月的收入都很可观，就算没有人照顾她，她也依然可以过得很好。毕竟她付出的努力也不比我少，她是个非常优秀的律师，现在的一切都是她应得的，这很公平。

萌萌没有要一分钱的彩礼，也没有给双方的家长添任何麻烦。她只是和新郎用他们存的钱买了一套几十平方米的小房子，然后又一起购买了家具，在两个人的共同努力下，正式开启了人生的第二阶段。

接下来的日子中他们依然会一起奋斗，直到购买更好的家具，直到住上更大的房子。

这是我认为的爱情最好的样子，它像是一架稳定的天平，永远不会倾塌。

到底什么时候人们才能发现，婚姻的目的是给爱情一个结果，而不是给某一方找一个依靠？

“章姐章姐！”

小孙那清脆爽朗的声音又在我耳边响起。

我看向她，回过神来微笑一下：“怎么了？”

“你电话响啦！”小孙跟我说，“都响半天了！”

我低头看了看那个号码，片刻之后脸上的喜悦之情一扫而空，整个人如同坠入冰窖一般寒冷。

“我失陪一下。”我拿起电话，走出了宴会厅，四下张望了一会儿，找到了安全通道，看到四下无人才走进去，沉重无比地接起了电话。

“喂。”

“章莱娣！”她刺耳的声音从手机中传出，让我眉头紧蹙。

“妈，我现在叫章晨泽。”

“你还知道你姓章？！”她在电话中大叫着，“为啥子不接我电话？！昨天为啥子不接我电话？！”

“在忙。”我说。

“忙？忙你仙人哟！说你笨你也不笨，你窝屎都晓得挣嘛。”[①]她痛骂一句，“人人都羡慕老章家儿女双全，可他们不晓得你个死娃儿，连二十万都不得给。”

呵，儿女双全。我所在的村子里，生了儿子的人都期盼着养儿防老，只有生了女儿的人才盼儿女双全。

何其讽刺？

“妈，我不懂。”我冷冷地说，“成材结婚我可以给他包个大红包，可咋子要我出二十万？”

“你有钱嘛！”她大叫一声，“你比成材能挣，你是娃儿他姐姐嘛，亲弟弟结婚嗦，你给他出钱买套房子，咋子了？”

“我不明白你为啥子可以把这件事当作理所应当。”我冷笑一声，“我挣的钱是我的，和他有啥子关系？你们从小给了他最好的衣食住行，也给了他比我更多的教育，他理应能够自己赚钱了。”

“成材还没找到合适的工作嘛！哈麻皮[②]……”她的声音更加尖厉了，“你急啥子？跟亲弟弟还算账嗦？”

“妈，我说实话，我正在扩建事务所，投入了全部存款，现在

① 川渝方言中的粗鄙话。

② 川渝方言中较为强烈的粗口，意为傻子、蠢货。

一分也拿不出来。”

“你瓜娃子[1]嗦？”她再次提高了音量，“你那个店面啥子时候扩建不得行？非得要成材结婚的时候扩建？”

“妈，讲点道理。”我说，“是我先决定扩建，他后决定结婚的。”

“你娃讲啥子？！”

我皱着眉头将电话拿到远处，试图让自己的耳朵清净一些。

接下来她要说的话我倒背如流。

我是她和老汉[2]含辛茹苦，一把屎一把尿带大的。本来只带我一个人很轻松，可是他们却要如此辛苦地带两个人，这些年来不知道有多累。在她的描述中，若不是她悉心地照顾我，我绝不可能考上西南政法大学，也不可能找到这么好的工作。

可我清楚地记得，在我初中毕业时，哭着号着想要上高中。

她没有同意。她让我外出打工，给那倒数第一的弟弟挣学费。我还听到她和老汉商量要在我十七岁那年把我嫁掉，换一万块钱的彩礼，送成材去市里读书。若不是来村里支教的老师给我拿了学费，让我读了高中，我现在应该已经回到山村里，三十三岁的年纪有着十几岁的孩子，每天的工作重心就是如何照顾好一头猪和五只鸡。

老师跟我说过，如果想要改变自己的一生，一定要去外面的世界看看。

她是我此生的启明灯。

“你娃儿知不知道给我丢了多少人？！”她继续大声叫着，“你都三十五岁了！三十五岁了你晓得不？！你还能挣好多年钱啊？”

“妈，我三十三岁。”我说。

“三十多岁了没结婚！我和你老汉脸都没得了！”她深吸一口气，“村里有哪个三十多岁了不结婚？他们都说你有病你晓得不？”

“所以我不想待在村里了，妈。”我苦笑一声，“我想过别的生活。”

“你不想你弟弟想噻！”她再一次回归了主题，“你给拿二十万，你弟弟在县城买套房子，以后也不用你个瓜皮[3]再出钱咯，要得不？”

“我出不了。”我再一次重申了我的观点，“成材已经三十二

---

① 川渝方言，一般是指骂人傻瓜，也是对亲近之人的一种戏称。“瓜”就是傻的意思。

② 川渝方言，指父亲。

③ 川渝方言，跟“瓜娃子”意思相近。

岁了，至今连一份工作都没有做过，他凭什么结婚呢？他有能力为自己的未来规划吗？”

“凭你噻！”她说，“你不是成都有名的大老板吗？”

“妈，我不是老板，我是一名律师。”

“就是告状的噻，你会告状，那些老板怕你不得？”她继续给我灌输着她的思想，“你问他们要钱噻，他们不给钱你就去告状，要得不？”

真是太可笑了。

“妈，这不仅违法，而且也不公平。”我说道，“成材什么时候结婚？”

“下个礼拜哇，六月六号。”她骂骂咧咧道，“还剩一个礼拜了，你搞快点嘛！”

“好，到时候我一定包个红包。”

“红包？！你个——”

我没有听她继续说话，直接挂断了电话。

虽然已经打拼了这么多年，可无论何时何地，只要我接到家里的电话，一定会陷入崩溃的境地。我的家人从来都没有替我考虑过哪怕一丝一毫。在他们眼里，我只有两个作用：要么回去嫁人，挣一份彩礼，从此变成生育机器老死不相往来；要么在成都挣钱，寄回家里，从此变为挣钱机器永不停息。

我从背包里拿出一盒宽窄[①]，面无表情地咬住一根。

我现在真的很累。应付家里人，比打官司还要累。

我刚刚点燃香烟，安全通道的门就被人推开了。我下意识地将香烟往身后藏了藏，毕竟很多人会对抽烟的女人充满了恶意，我想避免这种麻烦。

“章姐？”小孙探出头来，好奇地看了看我。

看到是小孙，我将烟重新叼在嘴中：“吓我一跳，怎么了？”

“我看你接电话接了好久，怕有什么问题，你没事吧？”

“我没事。”

小孙非常熟练地拿过我手里的烟盒，也掏了一根：“章姐，好久没见你吸烟了，咋子了？”

“没事。”我摇摇头，“家里的事。”

---

① 一种香烟。

说完之后我顿了一下，看向他点烟的手，开口问：“你不是戒烟了吗？”

“章姐，我以前说过啊，你戒我就戒，你抽我就抽。”他吸了口烟，慢慢地闭上了眼睛，“要养好身体我们就一起养，要糟蹋身体我们就一起糟蹋嘛。”

我听后哭笑不得地叹了口气：“这叫什么话？你把你的身体跟我挂钩，公平吗？”

“公平啊。”小孙点点头，“章姐，不管做什么事，我就是想和你一起。”

小孙以前也说过类似的话，让我感觉有些不安，所以我每一次的做法都是不予回应。

见到我没说话，小孙又开口了，只是这次的语气有些不自然：“章姐，明天没活，任小齐的演唱会门票我多买了一张，听说你很喜欢他，要一起去看看吗？”

我拿出随身烟灰缸，将烟灰收纳了，抬头问：“小孙，你恰好明天没活，恰好买了任小齐的门票，恰好买了两张，而他又恰好是我喜欢的明星，你想做什么呢？”

“我……”小孙的耳根有些红，他顿了一下，隔了好久才说，“章姐，我们认识好多年了，我不想和你停留在上司和属下的关系里，我想多了解你一些。”

现在的小男生胆子真的很大，纵使我见识过了官司场上这么多风雨，却依然被他说得心跳加速。

“可是章姐……你一直都把自己封闭起来，我始终无法走进你的心里。”小孙有些紧张地说，“这一辈子还很长，我们……要不要一起走？”

我看了看小孙那双清澈的眼睛，默默低下头，将烟插到了随身烟灰缸中。

不知为什么，听到这种话的我异常地失落。我如同一个满是破洞的竹篮，无法盛下任何人的柔情似水。

“小孙，你……今年二十六岁吧？”

“是的章姐，过完生日我就二十七岁了。”

“我比你大七岁。”我面无表情地说，“你年轻有为，足以找到更好的伴侣，你们将会有更好的人生。如果你把自己拴在我这里，总有一天你会发现我身上千疮百孔，现在的一切都是我的伪装。”

空气中多了几分安静，只有远处婚礼的音乐正在闷闷作响。

“我……我不管你是千疮百孔还是破碎不堪，我都愿意用我自己的一切帮你补足。”小孙的眼神渐渐变得坚定，“章姐，我喜欢你，不问年纪，不问出身，不问过往。我喜欢的是这个坚强、努力、认真、执着的你，我说的每一句话我都已经考虑了很久，现在只等你一个答复。”

他说等我的答复。

我能如何答复？

我好想答应下来，我好想每天和一个相爱的人一起回家，然后道一句“今天辛苦了”。

我想在我们休息的时候，能一起做一顿乱七八糟的晚餐，然后笑着、皱着眉头吃得干干净净。

我想在我累的时候，能有人听我说一句“我好累”，然后我能靠在他的肩膀，一声不响地哭一会儿。

可那种生活是我应得的吗？

今天早上我准备早饭时，抹了黄油的面包从手上掉落，本以为它要弄脏地毯，可我迅速地弯腰接住了它。

这个动作特别漂亮，我简直像是武林高手。

可当我抬起头来，屋里却空空荡荡的。

我好想有一个人在那里看着我，我可以笑着问他“我厉害吗？”，他也笑着跟我调侃，说他从没见过身手如此敏捷的律师。然后我们开开心心地开启这一天，或者开启以后的每一天。

我好想答应他。

可这样的我是自私的，对他并不公平。

正如我所说，我是一个千疮百孔的人，悲惨的童年造就了我的执拗与孤僻，烦乱的原生家庭让我整日都陷入焦虑与悲哀，我无法带着这些东西投入一段爱情。

这对我的另一半来说并不公平。

小孙是土生土长的成都人，父母都是文艺工作者，他们彬彬有礼，我只见过一次就印象深刻。小孙有一个妹妹，他家和我家很像，同样都是儿女双全。

他们的父母在第一胎生了儿子之后，依然愿意生下女儿，这在我看来已经是天方夜谭了。

那个姑娘我也见过，从小饱受父母和哥哥的宠爱，那种自信的锋芒压抑不住地喷洒而出，让她无往不利。

可我是什么？

我是个怪物。

“我不能答应。”我沉声说道，这句话出口的时候，我感觉自己被看不见的刀割伤了。

“为……为什么？”小孙有些着急地说道，“章姐，是……是我有些唐突了吗？如果你需要时间考虑，我可以等的……”

“我们都是成年人了，不搞小孩儿那一套，这种事情不需要时间考虑。”我摇了摇头，“不行就是不行，抱歉。”

看到小孙失落的表情，我感觉那把看不见的刀再一次穿过了身体。

很痛。

“好……好的……”小孙面色失落地点了点头，“章姐，你别跟我道歉，该道歉的是我才对，真……真的很对不起……”

“不会啊。”我笑着对他说，“敢于表达是好事。小孙，你是个非常优秀的人，我是因为自己的问题而拒绝了你，希望你不要难过。”

“嗯……”小孙点了点头，但我从他的眼神里能看出他难过至极。

参加完萌萌的婚礼，我给她放了半个月的假。

虽然她想要回来工作，但蜜月是一辈子一次的事，我宁愿她带薪休假，也不要她将这种宝贵的时间用在工作上。

一周的时间很快就过去了，我和小孙一起经办了一桩商业纠纷的案子，但这一次由于双方提供的证据不足最终没有宣判，很快就要进行二次开庭。

“小孙，接下来的两天你帮我钉一下。”我说道，“我得回趟家。”

“回家？”他扬了扬眉头，“章姐，你每次接到家里的电话看起来都很难过，是家里发生什么事了吗？”

“没有，是好事。”我笑着说道，“我弟弟要结婚了。”

“弟弟？”小孙明显有些吃惊，“章姐，你还有个弟弟？”

“是。”

“你真沉得住气啊，从来没听你说过你有个弟弟。”

“没提不代表我没有。”我长舒了一口气，“已经很多年没回家了，这一次是最后一次，无论如何我要露个面。”

“最后一次？”小孙明显没听明白，“见亲生弟弟还有最后一次的吗？”

“是。”我显然有些开心，“总之我很快就回来，最快一天，最多两天，这两天所里的事就拜托你了。”

“放心吧章姐，没问题的。”小孙点了点头，“可是……不需要我送你吗？你开车回去？”

“不开车。”我说，“没必要这么张扬，我坐车回去就好。”

“好，那你要注意安全，到了之后给我发微信。”

“没问题。”我点点头又对他说，“如果家里有事的话你也可以先去忙，最近除了那场商业纠纷应该没什么官司。”

“我家就在成都呀！”小孙笑着对我说，“放心吧，我绝对坚守岗位。”

看着小孙的状态，我感觉很开心。他没有因为我拒绝他而疏远我。

只要能和熟悉的人一起共事，我就觉得有底气。

他一定会找到更好的伴侣，但那个人绝对不能是我。

我又何尝不想永远和那个山村断绝关系？

二十三岁那一年，我单方面地切断了和家中的一切联系。我换掉了住址，换掉了电话，找到了新的工作。本以为可以重新开始一段人生，可他们报了警。他们声称担心女儿在城里受骗，拜托警察前去寻找。奈何他们的演技实在太好，警察相信了，相信我是一个被城市中五光十色的诱惑迷了眼的人。

是啊，父母担心失联的女儿……多么正常的理由？

我的住址、公司位置、电话号码全被他们得知。第二天，他们气势汹汹地来到我的公司大闹一场，他们哭着喊着，把我塑造成一个知恩不报、不忠不孝的人，他们在所有同事面前编造着谎言。正处在事业上升期的我，一朝身败名裂，只能在百口莫辩中离开了那个前途无量的公司。

可是谁又能听我解释？当时我每个月两千二百块的工资，有一千八百块都寄到了家里，一家三口都需要靠我一个人来养。

若我消失，他们就会报警。警察受过高等教育，他们愿意相信“血浓于水”“母女没有隔夜仇”“亲生妈妈不会害女儿”，我理解他们的。可他们很难理解我，毕竟他们没有经历过我的人生。

那一次事件让我深刻地意识到，这段亲情根本斩不断，若是成材结婚我胆敢不露面，我的罪名又会再加一条，辛苦至今积攒起来的全部成绩也有可能受到威胁。

我买了一张大巴车票，穿上便装出发了。

我不可能让村里人知道我在成都过得有多好，否则他们会变成一个盘旋在我人生上方的无底洞，吸干我身上的一切。

大巴车、普通的衣服，然后化上一个恰到好处的淡妆，足够我这次出行所需。

我只是一个普通的人而已，我没有多余的钱救济他们，也没有那么大的能力给任何游手好闲的人在城里安排工作。我就是我，一个普通人。

汽车驶离成都，在山路盘旋了两个多小时，才终于将我送到离村子十千米远的地方。接下来我需要坐黑车，然后转三蹦子[①]。

早上出发的我一直到傍晚才进入村子。

村子里正在筹备婚礼，道路上都摆满了桌子，电线杆上贴满了红纸。

“莱娣？！”一个大婶忽然认出了我。

“是。”我点点头看向她，“我回来了。”

“啧……”她稍微有些鄙夷地撇了下嘴，随后挤出一丝难看的笑容，“多少年没回来了呀？城里就那么好啊？”

“不好。”我摇摇头，“但是成材结婚，我是姐姐，必须得回来呀。”

“是嗦？”她皮笑肉不笑地点了点头，“那你快回家噻。”

我冲她点了点头，长舒了一口气向家走去。

从踏入高中的第一天开始，我便没有在家里住过了。上学的时候住在学校里，周末和寒暑假都在外面打工，这里对我来说很陌生。村里的气氛也让我压力倍增，村民们就像世界上最好的情报员，你在家里说的每一句话，第二天都会传遍全村。

尤其是我。

一个不愿意给弟弟挣学费，偏要自己去上学的固执女人。

一个爱上了城市的灯红酒绿，不愿意回家看看的放荡女人。

一个三十多岁都没有嫁人，没人愿意收留的悲惨女人。

一个不管弟弟结婚，不出彩礼也不出房子首付的小气女人。

一个打拼了十多年，依然没有衣锦还乡的失败女人。

这就是村民眼中的我，我是村里著名的笑话。我的存在，是每家每户都会热议的、经久不衰的经典话题。

---

① 载人或载货的三轮车，因行驶时发动机发出“嘣嘣嘣”的声音，且抖动剧烈，所以称之为“三蹦子”。

我站在家门口迟疑了半天，都没有想好第一句话要说什么。正在此时，口袋中的手机振动，我拿出一看，小孙发来了微信：姐，到了？

看到这句话，我稍微有些心安。是啊，我还没给小孙报平安。

我：我到了。

回复完，我本想将手机收回口袋，却看到他正在输入中，于是拿着手机又等了一会儿。

小孙：姐，我眼皮一直跳，能发个定位吗？明天我去接你。

我感觉稍微有些好笑，小孙难道也是个迷信的人吗？

我：你担心啥子呀？我这是回家，不是上战场。

小孙很快发来了两条回复：

——不是，姐。

——最近老是看到大巴车出事的新闻，我实在不放心，明天我正好没事，我开车去接你。

我连忙拒绝：不行，太远了。

小孙：不远，发给我。

看到他如此执着，我将定位发了过去，小孙回了一句“收到”之后也没了动静。

我将手机收起来，慢慢地舒了口气。

我有我自己的人生。这一次我回家，就是为了跟这个村子彻底画上句号。早点了断，早点结束。

我推开房门，发现他们正其乐融融地准备吃饭。

我妈、我爸、我弟弟，还有一个从未见过的胖女孩儿。那应该……就是我未来的弟妹吧？

这四个人见到我进屋，有两个人都翻了一下白眼，而我那弟妹连头都没抬，一直都在吃饭。唯独我老汉，只是呆呆地看着我。

真不错啊，这种意料之内的欢迎仪式，这种其乐融融的家庭氛围。

“莱娣回来了？”老汉站起身，面无表情地对我说，“吃饭了哇？”

“爸，我吃了。”我点点头，“成材要结婚，我肯定得回来噻。”

“回来正好刷碗噻。”那个女人说，“你好多年没在家里干活了？我生你就是为了让你享福的哇？”

“我不刷，妈。”我笑着摇摇头，“你们吃这些东西的钱都是我给的，我没有必要再帮你们刷碗，这不公平。”

那个女人的眼神中很明显闪过了一丝凶狠，在官司场上，只有想让对方身败名裂时才会露出这种表情，我却从自己亲生妈妈的眼中看到了这种眼神。

“哎……娃儿啊……”那个男人对我招了招手，“来坐嘛，一块吃点东西噻。”

“我不吃了，爸。”我一边说着一边从随身的背包中掏出了一个厚厚的红包，放在了成材眼前，“成材，祝你新婚快乐，以后成家了要有担当。”

我那弟弟拿手剔了剔牙，在裤子上擦了擦之后当着我的面打开了红包，自始至终都没有看我一眼。他大体数了数，很快翻了个白眼，然后将红包扔在了我妈面前。

“就一万块钱。”成材说。

“啥子？！”那个女人瞬间暴跳如雷，“章莱娣！”

“妈，我现在叫章晨泽。”我说。

“章莱娣你要脸不得？！”她指着我的鼻子恶狠狠地骂道，“全村这么多当姐姐的，就你不给弟弟拿钱结婚！你都三十五岁了！打工十多年了，你没人要，你弟弟能没人要吗？！”

“妈，我三十三岁！”我顿了一下，“一万块钱红包，我仁至义尽了。既然弟弟成了家，说明他有能力成立家庭，从这个月开始家里的生活费我也不会再给了，这一次就是专程来跟你们说清楚的。”

“啥子？！”她瞬间捞起了桌子上的一个空碗，看架势是想把那个碗扔到我的脸上。

“哎！”我老汉瞬间拦住了她，“算了嘛！算了嘛！莱娣好不容易回来了噻！你莫要打人嘛！”

气氛压抑到了极点。

我叹了口气，转过了身：“本来还想去成材的婚礼上露一面，现在看起来也没有这个必要了，既然话都说清楚了，我这就走。”

“莱娣啊！”老汉叫住了我，“现在天太晚了嘛！住一晚要得嘛？”

我看了看外面的天色，确实有些为难。

村里和城市中不同，晚上五点过，外面已是漆黑一片。现在出门不仅叫不到车，手机也快没电了。我回过身来点点头，尽管我十分讨厌这个地方，但这几个人毕竟是我的亲人。他们只是让我感觉恶心，倒不会让我陷入危险。

“那我住一晚，明天一早我就走。”

“莱娣……不在家里多住两天啦？”老汉又问道。

“嗯，我比较忙，来见你们一面就回去。”

说完之后我便走进了内屋，那里有我曾经的房间，现在已经很多年没有人打扫，里面堆满了杂物，勉强能找到一张布满灰尘的床。

这环境对我来说不算恶劣，毕竟我连沙发都睡了三年，没有什么苦是吃不了的。

我爬到床上，在床头拨开蜘蛛网，找到了一个尘封许久的墙插，然后从背包里拿出充电器，给手机充上了电。幸亏我穿的是便装，脏了回去洗洗就行。

这一次，我是来斩断这段难熬的亲情的。我会吃点苦，这很公平。从今以后，我便会慢慢好起来，尽可能地去试探如何获得幸福。

我没有开灯，只是在漆黑的房间里看着漆黑的窗外。村里和城里比起来更加安静，没有午夜鸣笛穿行的车子，也没有喝醉后在街上叫喊的疯子。我只是有点热，六月份的天气让房间里多了不少飞虫，但这也无所谓，只是一些蚊子和飞蛾，在成都的时候我也经常和它们亲密共处。

只要度过今晚，我就能开始我的新生活，这将是独属于我自己的漫长黑夜。

“莱娣……睡了？”老汉的声音在门口响起。他端着一个不锈钢杯子站在门外。

我慢慢皱了下眉头：“没有，怎么了？”

“牛奶给你喝。”他低声说，“这么多年了，都没提醒你多喝点奶。”

他将杯子放在桌上，叹了口气，然后走出了房间。

我看着那杯依然在晃动的牛奶，只感觉一阵反胃。九岁那一年，老汉听说喝牛奶能让女人的胸部变大，可以找到更好的人家，从此以后每晚给我拿一杯牛奶过来。他不在乎我今天吃没吃饭、是否开心，也不管牛奶过期与否、是不是冷得难以下咽，他只在乎我有没有喝牛奶。

这让我在很长一段时间内见到牛奶就想吐，直到后来失眠严重，才开始在医生的叮嘱之下渐渐喝起了牛奶。

我微微咽了下口水。我不仅快一天没吃东西，甚至连水也没喝。但是这杯牛奶真的能喝吗？

我拿起杯子轻轻地闻了闻，并没有什么怪味，于是小心翼翼地抿了一小口。进嘴的瞬间我立刻将这几滴牛奶吐了出去，它很苦，可能是过期了，幸亏我没喝。这牛奶要是喝下去，八成会在夜晚的时候拉肚子，糟糕的环境我能忍，但糟糕的厕所我真的忍不了。

我将牛奶拿起来泼到窗外，随后拿起手机，给小孙发了一条微信：明天能早点来接我吗？我在我定位的位置等你，你到了给我打电话。

小孙瞬间回复了信息：没问题姐。我大约七点到你那里。

我：你一定注意安全。

小孙：放心吧姐，你早点睡，我给你带早饭。

他的信息让我安心不少，随着夜晚的微风慢慢吹过窗户，我的睡意很快袭来。

迷蒙中我听到有人在我的房间里聊天，可不知什么原因，我的眼睛怎么也睁不开。

女人说："你个粑耳朵[1]下了多少？莫把她毒死了！死了犯法的嘛。"

男人说："你放心噻，就能放倒几头猪，毒不死人的。"

女人说："真的？你个粑耳朵还能想出来这种办法，待会儿叫成材一起把她搬走嘛，都拿了人家的钱，十万块钱也不少了嗦。"

男人说："你莫要扯皮[2]咯，谁要谁来搬噻。你给他挂个电话嘛。"

我心里有些紧张，现在的情况不对，我能听到他们在说什么，但我睁不开眼。我如同坠入一个漆黑的洞里，所有的亮光都在逐渐远离我。

我怎么了？

等我再睁开眼时，感觉很无力。我的头很晕，整个眼前的景象都是模糊的。我隐约感觉自己好像身处一个很小的屋子里，身下全都是干草。隔了几秒我才反应过来，我似乎真的在一个完全陌生的地方，于是赶忙伸手去摸自己的手机，却发现手机也不见了。

我赤脚躺在干草上，非常难受。

我慢慢皱起了眉头……这是搞什么？我无论如何也想不到我的亲生父母居然会这么荒唐。

他们把我关起来了？多么可笑？

"喂！"我伸手拍了拍老旧的木门，"你们这是做啥子？！有什么话把门打开讲，你们这样犯法了！听到没得？"

让我没想到的是外面一直都静悄悄的，似乎一个人都没有。

等一下……他们去举办婚礼了？那我现在到底在哪里？我从没

① 西南地区方言，意为怕老婆的男人。

② 川渝方言，意为吵架、耍无赖。

见过这个房间，是我不在的这几年新盖的吗？还是说……结合我在半梦半醒中听到的那番话，一个更加可怕的想法在我脑海中盘旋着——我被卖掉了？

荒唐，简直太荒唐了！

那可是我的亲生父母啊！

我这次回来一没开车二没带钱，把我关起来的意义在哪里？

我赶忙冷静下来，开始寻找屋内能够使用的工具，现在的好消息是附近没有人看管，我有机会逃跑，可坏消息是这屋子里看起来除了干草之外，似乎什么都没有。

这间房子是土坯房，内饰十分老旧，而一旁的墙壁上方有一个小窗口，就算我能爬上去，估计也无法从小窗口逃脱。我只能将目光再次聚在面前的木门上。只要我能够撞开这扇木门，应该还是可以逃跑的。

我往后退了几步，稍加助跑之后用全身的力气撞在了木门上，可下一秒就听到了哗啦哗啦的铁链声响。我瞬间意识到这扇门被严密地锁死了，就算能够撞碎门，也不可能破坏铁链。

现在最好的办法是保存体力，我只能等他们主动将门打开，到那时候再想办法逃生。若是此刻我浪费了太多的体力来撞门，不仅会让自己筋疲力尽，更会引起不必要的注意。

想到这里，我找了个墙角慢慢地坐了下来。要冷静。不管遇到什么事，人唯一能够依靠的只有自己，所以一定要冷静。

可我没想到，这一等就是一整天。我在酷热的屋子里口干舌燥，水米未进，感觉身体马上就要脱水了。现在最重要的是尽可能保存水分和体力，否则我就没有办法逃跑了。

他们真的太荒谬了。

就算是我的家人，我也一定要让他们坐牢！

直到天色入夜，屋子里的视线变暗时，门外的铁链才终于被人晃动了一下。

我的心瞬间提到了嗓子眼，说实话，我有些害怕。对于人类来说最恐怖的事情莫过于未知。可我很快平静了自己的心绪，不管开门的是谁，他们的胆子真的太大了。

非法拘禁他人或者以其他方法非法剥夺他人人身自由的，处三年以下有期徒刑、拘役或管制。

他们领到了自己的牢饭。

门锁晃动了一下，面前的木门忽然被人用力地打开，一个高大的汉子出现在了那里。他的身材看起来既不像是老汉也不像是成材，反而是一个陌生人。

啪！

一束手电的光芒照在了我的脸上，让我赶忙闭起了双眼。

“哟，醒了嘛？”

由于光线太强，我实在看不清他的脸。

“你……”我想说点什么，却有点害怕。

顿了好久，那人开口说：“你不认识老子了？需要给你介绍介绍？”

他的声音又粗又难听，嗓子里像是吞了沙子。

“不……不必跟我介绍了。”我咽了下口水对他说，“劝你早点停止自己的行为，我怀疑你拘禁我已经超过了二十四个小时，构成了非法拘禁罪，你现在所说的每一句话都会被记录下来，会形成对你不利的证词。”

我真的好蠢，我太害怕了，连我自己都不知道自己在说什么。

“哈！”那男人愣了一下，然后慢慢走上前来。

我现在正蹲在地上，感觉有些被动，于是立刻站起身。只要能找到一个机会，我就可以从他身边逃跑。

可让我无论如何也没想到的是，那个男人直接飞起一脚踢在了我的腹部。我这辈子从来没有被人这样殴打过，只感觉胃里翻江倒海，整个人都直不起腰。他将我推倒在地，用力地踹向我，我不断喷吐着酸水，感觉意识都在远离我。

“臭婆娘！臭婆娘！”他一边踢着一边大叫道，“老子给了你妈十万！彩礼都收了，你这么跟老子讲话的？！”

“什么？”虽然我的浑身都在痛，但这句话还是让我浑身一冷，“彩礼是什么意思？”

他停下手脚，将手电筒慢慢举了起来，对准了他的脸。灯光从下而上，照出了他那张骇人的面庞。

那是一张五十岁满是痤疮的脸。他是村子里的屠户，姓马，小时候我就知道这个人。他很有钱，但是人丑，脾气差，每天除了喝酒就是打牌，这么多年来没有任何人敢跟他接近。

可是……为什么？

为什么我的家人……收了他的彩礼？

“我说莱娣……”他慢慢蹲下身来靠近我，一身的臭味熏得我想吐，“从小我看你就是个美人胚子，谁能想到三十五岁了还没人要？”

“什么？”

“你妈都跟我说了，你脑子有问题。”他笑着咧开自己那张满是黄牙的大嘴，喷出一股极其难闻的臭味，“你要是听话，老子就不打你，否则我每天都来一趟，直到把你打服了为止。”

“打……打服？”

我难以想象在当今社会还能遇到这样的事，成为律师十年的时间里我也遭受过威胁和软禁，但没有任何人敢明目张胆地对我动手。

“你……你先听我说吧……”我捂着自己的小腹说，“我脑子没有问题……不管你给了我家多少钱，你放我走，我都双倍还给你，不可能让你亏钱的，我甚至可以先给你打个欠条……”

“还给我？”马屠户伸出一只手，一脸猥琐地抬起了我的下巴，“你现在是我婆娘，我们是两口子了，你的钱就是我的钱，还什么还？”

“不对吧？”我努力让自己的语气不掺杂颤抖，“两……两个人结婚是要领证的……你要是真的想让我当你的婆娘，咱俩应该去镇上领个证……要不然大家都不知道咱俩结婚了，是吧？”

马屠户听后沉默了半晌，露出了难看的笑容。

“你果然脑子有病。”他冷笑道，“我找了媒人，也给了你老汉彩礼，媒人和你老汉都答应了，你凭啥子不答应？你不是上过大学有文化的嘛？书上都说‘父母之命，媒妁之言’晓得不？”

“什么‘父母之命，媒妁之言’？”

我感觉真是太可笑了，现在到底是哪一年？

不知道是好事还是坏事，时代发展得有些过于迅速了。这导致在同一代人之间产生了矛盾的割裂感，能跟上时代列车的人在变得越来越好，而上不去车的人则永远留在了过去。

我想起小的时候连接打电话都要去村子里唯一的公社，可长大之后带着一个巴掌大的手机就能扫平一切障碍。而如今在同一个省份中，人们既能听到“爱她就送她秋天的第一杯奶茶”的资本营销广告，又能听到“父母之命，媒妁之言”这种陈旧的言论。

只能说，时代发展得实在太快了，有一些人不愿意跟上时代的步伐，被遗弃在了阴暗的角落中。

“总之你拿了我的钱……这辈子就是老子的婆娘了。”他捏着我的脸说，“村子里十六七岁的、长得好乖①的女娃才值十万块，你莫要给脸不要脸。”

说实话，我真的被吓到了。

站在他的角度来看，这件事他不可能让步。如果真的有人愿意把女儿送入虎口，他作为村子里有名的恶徒，也不可能五十多岁了还是光棍。现在他花钱买了我，并且不想退货，那我到底该怎么逃脱？

这个人的力量远在我之上，现在唯一的好消息是他没有强暴我——可这是早晚的事。

“那这样吧……”我咬着牙说，“我在成都有很多朋友，只要有人发现我没有回去就会报警，你让我跟他们报个平安……总得让人知道我结婚了吧？”

“咋子病得这么严重？”马屠户的眼中慢慢露出了鄙夷的目光，“老子再讲一次，我们已经是两口子了，你是我的婆娘，晓得不？你嫁人他们报啥警？哪有人结婚报警的？”

“什么两口子？”我实在是忍不住了，他站在自己的逻辑上，完全听不进去任何的道理，“你听不懂我说话吗？我脑子没有病，我只是不想在这个村子里嫁人，不想嫁人也是病吗？！”

马屠户听后叹了口气，他嘴巴里的味道真的很难闻：“你不想在村子里嫁人，难道想去城里吗？城里有什么好？那里的男人靠得住？都知道你在城里就是个告状的，听起来就苦命得很，以后你不用告状了噻。家里猪肉免费给你吃，你给我老马家生娃娃，我保证不找其他婆娘。”

荒谬，简直太荒谬了！

刚才那是什么？表白吗？求爱吗？“我给你猪肉吃，你给我生娃娃”，这到底是多么荒唐的人才能说出来的话？

他似乎是疯了。

如果我继续反抗的话，情况可能会不太妙。我一开始已经表明了拒绝的态度，现在不如先答应下来，保证自己的安全。

“可是……谁家娶婆娘是把人关起来的？”我声音颤抖地说，“有什么话我们出去再说，只要你不把我关在这里，什么我都答应你，行吗？”

本以为我已经提出了最卑微的要求，可没想到我说完这句话之

① “长得乖”在川渝等地区意为长得好看。

后，一个巴掌又扇在了我的脸上。

啪！

他的手仿佛沾满了猪油，腥臊又黏糊。

“你以为我瓜吗？所有从城里买来的人都是你这套说辞，你以为我会信？！”马屠户骂道，“你等着吧，饿上你五天，到时候让你求着要当我的婆娘。”

他站起身来就要走，我把他拦住了。

“喂！你如果不给我食物和水，在这种天气下不必说五天，三天我就会死的。”我试图站在他的角度来说服他，“你是想让我当你的婆娘，所以不能让我死吧？我要是死了，你十万块可就白花了。”

他冷哼了一声：“五天，猪都饿不死，你能饿死？”

“我是人，不是动物。”我浑身发抖地捂着脸，对他说，“你好歹给我点水喝吧，我很久没喝过水了。”

他思索了一会儿，用很大的力气将我推倒在地，然后走出去重新锁上了门。

我感觉情况很危险，这个男人以为我是一头猪。他真的有可能让我饿死在这里。

几分钟之后，他从墙壁上的窗子外扔进来了一瓶矿泉水，外加一个还差一天就过期的袋装面包。我仔细看了看矿泉水的瓶盖和面包的包装，它们都没被开封过，应该问题不大。如果马屠户能够细心到这种程度，选择在水和食物里下药，那我也只能认栽。

我将瓶装水和面包全都咽下了肚，感觉自己稍微好过了一些，可是这个只有五六平方米的小房间到底要怎么出去？我要在这里被困多久？

对了……小孙！

我忽然想起了小孙，现在已经是晚上了，按理来说他在早晨就失去了我的消息，他会意识到我陷入了危险吗？

不……这很难讲。对他来说，这里是我的老家。他无论如何也推断不出，我会被自己的父母卖给一个屠户。他也绝不可能想到，在成都打一场官司都要两万元代理费起步的章晨泽，以十万块的价格被卖掉了。

已经……多少天了？

我看着墙上的刻痕，不由得露出了苦笑。二十天。我被困在这里二十天了！

这三个星期里，我每天只能拿到一瓶矿泉水和一袋面包。人在没有水的情况下能够存活三天，没有食物能够存活一周。可若每天都只有一瓶水和一个面包……人能撑多久？

由于营养严重失衡，我浑身都使不上力气。在这盛夏时节，我被关在了一间极度闷热的小屋里，这里没有合适的地方让我排泄，所以屋子里恶臭熏天。

无数蛆虫和苍蝇在屋子里徘徊，更有数不清的蟑螂爬满了墙壁。

真好笑啊……现在的处境，真的让我太想笑了。我努力了这么久，好不容易在成都有了整洁的安身之所，没想到现在却整日与蟑螂为伍。

一开始的几天，我到处乱跑躲避它们，可是这里的面积实在太小，只能任由它们爬上我的身体。蟑螂的触感柔软、冰凉，它们爬过手臂的时候让人觉得痒痒的，你甚至感受不到它那轻微的重量。

我真的很害怕这种东西，可我躲不开，每天我都能感觉鸡皮疙瘩布满了全身，但我知道，就在我睡觉的时候，它们也会靠着我，在我耳边细细地活动它们的前肢。它们在夜里跟我说话，用我的身体取暖，我可以从头发里随意地将它们掏出来。

在这间阴暗狭小的房间里，我没有任何的卫生用品，只有虫子……只有数不清的虫子……可我到底是谁来着？

我是七岁那一年，每天放学回家就要给全家人做饭的章莱娣？还是三十三岁那一年，出入各大公司都有人派车接送的章晨泽？

我有两段截然相反的人生，这不正常吧？

其中的某一段，一定是在做梦吧？

是的，我一定是得癔症了。如果现在让我选的话……我要当章莱娣。

我不想死。我输了，我真的认输了。

这些人眼里完全没有法律，他绝对会让我饿死在这里的。如果我不当章莱娣，那我只能是一具尸体。

我是人……我不是猪，我不应该每天被关在一个狭小的房间里，吃喝拉撒都混在一起。

我想站起来，我想抖掉身上的虫子，我想换上干净一些的衣服，想洗个澡，也想吃一颗满是汁水的桃子。

我要做章莱娣。

之前的我，到底在触碰一个多么遥不可及的美梦？我妄想脱离这里，妄想重新开始另一段生活。在成都的十年真的是我人生中最荒谬的一场梦。

我错了，我再也不敢了。

只要能让我离开这间屋子，无论什么我都能答应。我愿意当马夫人，我愿意留在村子里，我也愿意给他生孩子。

我的人生从出生起就注定了应该如此，只是我一直在做梦般地挣扎。如果只是通过自己的努力就可以完全摆脱这些境遇，那世界上为什么还会有这么多悲惨的人呢？这对他们来说不公平。

现在我的梦醒了，我也该回归我本来的人生了。

蟑螂朋友们……你们觉得我说得对吗？

可那个屠户，为什么不来找我了？不是说只要饿我五天吗？现在已经二十天了！

幸亏我在屋子里能够分得清黑夜和白天，也能够隐约听得见远处的声音，要不然我绝对会疯掉的。

最近的村子是怎么了？

前些日子总是能听到警车的声音，而且还能隐约听见争吵，这些天却安静了下来。可我连说话的力气都没有了，想要求救都做不到。谁能来救我？

可是求救有用吗？这个村子里大家团结无比，连口供都会提前对好。在这种深山里，哪怕出了人命，也不见得会有人报警。

一直到了晚上，屋子里的门终于被打开了。

马屠户没好气地站在那里，他回头看了看，四下无人，转头将房门关上了。

我大口地喘着粗气，伸出自己的手，想要说点什么，却发现我的手臂都开始干瘪了。

这是什么时候的事？

“你到底在城里是做啥的？！”他神色慌张地问，“啷个来了这么多警察？搞得我好几个礼拜都不敢过来……”

“放我……”我终于说出了两个字，几乎用尽了我全身的力气，“放我走吧……”

“还放你走呢？”

我这才看到他的手中拿了一盏油灯，他将油灯放在一旁，伸手就去解自己的腰带。

我的神情有些恍惚，一时之间竟然不知道他在做什么。

“把你个婆娘关起来都这么麻烦……看来不能等你服软了，得先把你办了。”

等……等一下……

我终于反应了过来，但我的思维现在异常迟钝，所有想说的话都像是车祸时撞在一起的车辆，堵在喉咙中一句都说不出来。

他一巴掌将我打倒在地，伸手就开始撕扯我的衣服。我一点反抗的力气都没有。

能不能让我说句话？我同意了……我什么都同意，但是不要这样碰我……

求你了……

“咦……”他褪下我的裤子之后露出鄙夷的眼神，“你这瓜婆娘……你怎么比猪还脏？”

我要崩溃了，我积攒的尊严、我努力了这么久的坚持，全都在此刻瓦解。我到底犯了多么严重的罪过，导致我的人生会如此悲惨？我到底该怎么办？

此时的我就像具尸体，无论这个浑身恶臭的男人在我身上做什么，我一点也动不了。

“瓜婆娘……”他见到我没有任何反应，伸手就冲我脸上挥去。

我被打了很多个巴掌，嘴里全都是血腥的味道，可我一声都没有吭。直到他在我身上停止了浮动，我才流下眼泪。

这就是我的人生。是我从出生那一天便注定好的人生。

据说我出生的那一天，产房当中总共六个婴儿，其中五个都是男孩儿。

我老汉和我妈高兴地问大夫：“我们家的是哪个男娃？”

当得知唯一的女娃才是他们的孩子时，他们面色阴冷地扭头便走，若不是大夫把他们喝住，我现在连父母都没了。

“真的瓜……”马屠户站起身，穿上了裤子，在我以为一切都要结束的时候，却又给了我迎头痛击。

他从口袋中拿出那不知道用了多久的手机，开始从各个角度给我拍照、录像。无论是能拍的，还是不能拍的。

违法……他又违法了……可是等一下……我为什么要在意他违不违法？这就是我以后的人生啊，我又不是律师，我是章莱娣。

我在最无助、最绝望、最肮脏的时候，被他仔仔细细地拍摄了一遍。现在的我，连用手挡住自己的脸庞都做不到了。

“瓜婆娘你不是爱告状吗？”他将手机翻过来，在我眼前晃了晃，“你要是敢告状，我就把这些照片到处发，晓得没得？”

说完这句话，他往地上吐了口痰，嘟囔了一句“臭死个人”便摔门离去，重新锁上了锁链。

他又走了？

真的不行，别再把我丢在这里了，我感觉我要死了。我好像受伤了……病了……也快要饿死了……别把我扔在这儿……

我浑身都在痛，恍惚间感觉有蟑螂爬到了我的脸上。不要再碰我了……真的不要再碰我了……

我用尽全身力气伸出一只手，将脸上的蟑螂拿了下来。我好想将它捏死在手中，可是这对它并不公平。

这只蟑螂没有做错任何事，只不过是因为我的情绪而被迫受死，这样并不公平。我的遭遇已经足够悲惨了，没有必要再牵连其他的生命。

我朝着手中的蟑螂注视了半天，忽然露出了笑容。我这一生都在为别人考虑，自始至终都追求着公平，我将公平奉为人生的信条。

可是世界上又有谁替我考虑过？

我握着心中的这杆天平面对整个世界，却时刻在被其他人摇晃倾斜。每个人介绍我时，都说我是成都有名的女律师，我真的很讨厌这个称呼。

我要的是平等，不是优待。

我就是律师，不管是否有名，为什么一定要强调我是女律师？我只是想和其他律师一样而已，我希望他们看到的是工作能力，而不是性别。

可是……这些东西现在都不重要了。

我现在只想喝点水，也想吃点甜的和咸的。

我的牙龈一直都在流血，它们抑制不住。我可能要死了……

你说……这个房间里死过人吗？

为什么墙壁上会有这么多划痕呢？那些划痕不是我刻的，却依然清晰，有谁曾经住在这里吗？

第二天晚上，马屠户又出现了。

这一次他应该是受不了我身上的气味，特意拉来了一条水管。他在开门之后，二话不说就朝着我的身上喷水。他用手机记录下了这个过程。

是的，我好像一头猪。我记得他们屠户就是这样拿水枪冲刷猪的身体。现在的我没有任何的尊严和人格，只是一头待宰的猪。

能不能杀了我？

他冲刷了我十几分钟，我身上的污垢都被洗去了大部分。虽然我很像一头猪，但我不得不说现在的感觉比之前舒服多了，至少我变干净了些。

身为一个人……至少要保证自己是干净的吧？

我毫无招架之力地躺在地上，等待着马屠户的临幸。这荒诞的人生真是太扯了，我的生活状态和他猪圈里的猪没有任何区别。

不……准确来说，养我，比养猪便宜。

我每天只需要三块钱的成本就能活，可猪不行。猪要养得白白胖胖才能卖钱，可我不需要。

我只要还剩一口气，还是一个活着的女人，对他来说，我就还有用。

马屠户趴在我身上喘着粗气的时候，我用尽全身力气说了一句话："我什么都能答应……能不能放了我？"

"放了你……指定是不行了……"他喘着粗气回答，"至少得先关你个几年……等那些警察找不到你了再说……"

几年？

是我听错了吗？一年有三百六十五天吧？我只在这里待了二十天就已经要死了。我还要在这里待几年？

"我会死的……"我连眼泪都流不出了，只有声音在哽咽，"你把我丢在这里……我会死的……你不是要我当你婆娘吗？我要死了怎么办？"

"你现在已经是我婆娘了！"他用力地说，"死了不要紧，死之前给老子生个娃娃，生了男娃娃就让你死。"

这样的人生，和我儿时想象中的一模一样。

"我答应……我答应给你生娃娃……"我哭号着说，"能不能让我出去？"

"别做梦了，你生了娃娃我就带你出去！"

看着他自顾自地做着龌龊之事，我感觉彻底绝望了。

他真的想让我死。

我慢慢搂住了他的脖子，用力张开了自己的嘴，趁他忘乎所以的时候，直接咬在了他的动脉上。

我想杀了他。可我高估了自己，我一点力气都没了。

我只是咬疼了他，留下了深深的牙印，我甚至感觉到我的牙齿在松动，可依然咬不破他的喉咙。他哀号了一声站起身来，随后开始对我拳打脚踢。

我能明显感觉到他的脚一直都在踢向我的腹部，可我根本挡不住。

我绝对会受伤的，在这种毫无防备的情况下，我的内脏和骨头都会受伤，它们会加速我的死亡。

又过了一天，我连爬也爬不起来了，只能艰难地在地上挪动着。

我一直都在咳血。昨天马屠户将这里的地面洒满了水，可是这里并没有排水口。地上的各种排泄物和泥垢混合在水里面，污水浸湿发霉的干草，在七月份的夏天散发出了令人崩溃的味道。

而我呢？我站不起来，我在污水里游泳。现在的我，就是一头在泥汤里打滚的猪。我在污水中不断摸索，寻找着我今天的水和饭。

“莱娣，以后你要是去了城里，第一时间去派出所改个名字吧。”

一个声音在我耳边响起，那是我的启明灯，我的老师，她和村子中所有女孩儿的名字都不一样，她不叫莱娣、招娣、盼娣，也不叫二妮、三妮，她叫宁婉儿。

那一年我和她站在村头的湖水前看着日出。

“为什么？”我问道。

“虽然你很优秀，但是这个名字会给你带来很多麻烦的。”她叹了口气说，“我希望你能过上更好的生活，不要一辈子都被困在这里，你可以选择你自己的人生。”

那时候的我不明白，我生来低人一等，居然可以选择自己的人生？

“可我……要叫什么名字呢？”

“你喜欢就好，名字是用来祝福自己一生的，而不是用来祝福别人的一生。”老师咳了几声，继续说，“我希望你能如同这清晨的湖泊一样，别人授予你一丝温暖，你便反射出耀眼的阳光，就算你的底部黑暗寒冷，但也要报以这个世界如涟漪般的温柔。”

那时的我根本听不懂老师的话，只是见到她日渐憔悴。

清晨的湖泊？

现在想想，她那时定然是病了。她还好吗？她痊愈了吗？她有没有健康地活到现在呢？

小时候的我从未想过留下老师的联系方式，导致这么多年过去，我始终也寻不到她。

“莱娣，我听过一个传说。”老师看着湖面，淡然地对我笑道，“这世上所有的东西死了之后，都会以其他的形式活下去。”

“那是什么意思？”

“假如有一天我死了，那我可能会变成一株草、一棵树、一只飞鸟，或是一只草虫。”

我感觉老师说的话很深奥，但很有趣。

也就是说……这个世界上所有的人都不会死吗？他们如果死了，就会变成其他的东西，以另外一种形式永远活在这世界上？

“我希望老师永远都不要死。”我对她说。

“为什么？”

“因为这世上没有人对我这么好了。”我看着她的眼睛，感觉她好像想哭，“老师，就算你要变成飞鸟、草虫或者是一块石头，我都不想让你死。”

“那老师知道了。”她笑道。

宁老师说她三天后就要离开了，可是第二天她就不见了。

想必她是有什么着急的事情，提前回到了城里吧。

我呢，我会变成什么？这附近除了蟑螂就是虫子。

我会变成虫子吗？

不……我不想。我讨厌虫子。

我感觉要睡过去了，可我还差一米就能拿到那瓶水……让我喝一口吧，我真的好渴。

门外传来了嘈杂的响声，可我的眼里只有那瓶水。

哐啷！门被一脚踢开，我听到有人跑了进来。

“章姐！”

什么章姐不章姐的？现在谁都别碰我，我只想喝水。

我感觉自己被人扶了起来，浑身传来剧烈的痛感。

别碰我，现在谁都别碰我……

“章姐！”那个人撕心裂肺地叫喊着，短短两个字却破了音。

我艰难地扭过头，看向眼前这个人。

他是谁？好像是小孙，但是小孙不长这个样子。

这个人胡子拉碴，双眼通红，蓬头垢面，衣服上全是褶皱，看起来和我一样，二十多天没洗过澡了。

他怎么可能是小孙？

“我……我现在就报警！”他大喊道。

“别……”

我听到报警二字才终于反应过来眼前的情况，慢慢拉住了他的手。

“别报警……”我说道，“带我走……带我走就行……”

“啊？”眼前的男人一愣，随后皱了皱眉头，“章姐你……你确定吗？”

“我确定……”我用尽最后的力气说，“千万别报警……求你了……”

…………

再睁开眼时，我看到了纯白色的天花板。

我不知道自己在哪里，只是感觉自己躺在一个很舒服的地方。

我可能到了天堂。

隐约中，我忽然感觉有人触碰我的手臂。我下意识地惊叫了一声，随即抽回了手。我感觉自己好像恢复了一些力气，只不过我的皮肤依然干瘪。

“啊！”一个穿着护士服的女孩儿吓了一跳，“章女士，您……您醒了？请不要乱动，我正在给你输液。”

“不要碰我！”我大叫一声，“谁都不要再碰我了！”

眼前的护士似乎是吓坏了，不受控制地后退了半步。

“章姐！”

一男一女推门进来，他们身后还跟着一个医生穿着的人。我这才认出来，眼前这个男人真的是小孙，他变得好沧桑，仿佛老了十岁；而另一个姑娘则是满脸担忧的萌萌。

她的蜜月结束了吗？我……是不是给她添麻烦了？

“章姐，你终于醒了，有没有哪里不舒服？”小孙有些担忧地问，“腹部疼不疼？头晕吗？”

说完他便要伸手拉住我的胳膊，我万分惊恐地躲开了。

不行，我不能被小孙触碰到。我实在是太肮脏了。

“别碰我……”我说，“谁都不能碰我……”

“章姐……”小孙的一双眼睛通红，“没事的，现在没事了，你很安全，我们在这里陪着你。谁都不会再来伤害你了。”

“不……”我有些失神地摇着头，“你们都走……谁都不要看我……谁也不能碰我……”

“可是护士要给你输液，你现在有些营养不良……”小孙语气十分温柔地说，“等你稍微恢复一些了，我带你去吃你最爱吃的甜点，好不好？”

小孙的语气越是温柔，我的心就越痛。本来踮起脚尖、拼尽全力可能触碰到的幸福，现在再也不可能碰到了。

“是啊是啊！”萌萌也含着泪在我眼前蹲下，“章姐……我给你买了你最爱吃的桃子，但你现在还不能吃，你乖乖听医生的话好不好？我还给你约了成都最好的心理咨询师，到时候你们见一面吧？”

见到我的样子，那个医生穿着的人慢慢往前走了一步，低声对我说：“章女士……我非常同情你的遭遇，但是你受伤了，我们需要检查你伤势的愈合程度。放心，除了紧要关头和医疗场合，我们是不会触碰你的，我们也不会伤害你。”

医生温柔的话语让我放下戒备。我慢慢地躺了下来，让头部尽量地和枕头贴合，这感觉真的很舒服。

“章姐……”小孙坐在我旁边似乎想拉我的手，但很久都没有动，“这些日子里我一直都在找你……对不起……我太笨了……我没有想到你离家这么近……”

“没关系。”我苦笑着说，“小孙，连我都没想到我的亲生父母会做出这种事来。”

很快，护士给我输了液，和医生一起走出了屋子。

看到他们离开，小孙挪了挪凳子，离我更近了。萌萌识趣地站到门边，通过窗口盯着门外过往的行人。

我从没见过小孙露出这副表情。

“章姐……”他皱着眉头说，“你为什么不让我报警？我不知道你当时的思绪是否混乱了，但那个男人不应该受到法律的制裁吗？我没有经过你的允许，已经把那个男人留在你身体里的液体采样了，如果你有需要，我们立刻就可以让他坐牢。”

让马屠户坐牢？

不……我不想这么做。

我长舒了一口气，看着小孙的眼睛，十分认真地说：“小孙，你知道吗？在我们村子里，给过彩礼，父母点头，我们就已经算是夫妻了。之前有人被拐卖到我们村子里，在村支书的调解下，那个女孩儿只是补了一张结婚证，便永远地留在了那里。”

“什么？”小孙明显愣住了，“章姐你在说什么？这种事怎么可能发生？”

“你没和山里的人打过官司吧？”我苦笑着说，“很多时候当地的民情也是重要的宣判依据。我的父母收了他的彩礼，在习俗上我们就是夫妻了，就算这是不合法的，却依然是当地的风土人情。”

“你是说……”

“小孙，我考考你。”我慢慢地转头望向他，“那个男人犯了什么罪？”

“非法拘禁、故意伤害、人口贩卖、强奸。”小孙脱口而出。

“现在人口贩卖已经很难成立了，就算剩下三个罪名全部坐实，这个人数罪并罚的话，最高可以怎么判？”

小孙听后慢慢眯起了眼睛……

“非法拘禁二十天……故意伤害……强奸……”他很快就发现了问题所在，“情节严重的话，一般是无期徒刑，情况非常恶劣的话……能判死缓……”

“我再问你，无期徒刑需要坐多久的牢？”

“表现得好，最长二十二年左右。”

“那死缓又是怎么判？”

“死缓……”小孙默默低下了头，一句话都说不出来。

“你我都知道，死缓死不了，所以我不能让他坐牢。”我说，“他如果在牢中安稳度日，这对我来说不公平。”

听完我的话，小孙明显愣住了。

“章姐……你……你要做什么？”他有些发愣地问，“你马上停止自己的想法！你不能为了那个人渣毁掉自己的一生啊！”

“是，我正在毁掉我自己的人生，可我的人生并不是现在才开始毁灭的。”我一脸绝望地对小孙说，“所以这件事不需要你参与，我自己来就好。”

“什么？”

“我赌上我自己的一切，就算要为此付出代价，我也绝不后悔。”

我绝不能让他坐牢。

我要让他死！

小孙听后沉默了很久，从喉咙中挤出一句话：“章姐，我说过了，不管做什么事我都想要和你一起，你安稳度日，我便也安稳度日……你铤而走险，那我也——”

“别傻了！”我有些绝望地看着他，“你还不明白吗？我是个怪物！”

“你哪里是个怪物？！”小孙也有些着急了，“你就是正在奋斗的人而已，章姐，你不要把这一切遭遇都当成自己的错啊！”

“你根本不明白……我已经不是原来的我了，我此生已经不配拥有爱情了，我是个肮脏无比的女人啊！”

那些噩梦般的镜头闪过脑海，让我整个人都眩晕了起来。

“你在胡说什么？！”小孙瞪起眼睛，非常认真地看着我，“姐，那个男人强暴你，肮脏无比的人应该是他才对吧？！应该是他受人唾骂、受人指责、受到法律的制裁，为什么是你？你只是受害者啊！受害者有罪吗？！”

是的，我是受害者。可是在这个社会中，又有几个人会愿意真心接受一个被强暴过的女人？有几个人会不戴有色眼镜地看待被强暴过的女人？

我是不是受害者又有什么区别？这是我身为章莱娣的原罪，怪不得任何人。

这件事一旦传出去，我和小孙的结合就会遭受无数人异样的目光，这对他不公平。他是个年轻有为、长相帅气、性格温柔阳光的律师，结果却找了一个阴险狠毒、性格阴沉、被强暴过的老女人。

可笑，太可笑了。

我如果是个路人，也一定会看不起他的。

他太好了，他太耀眼了。而我是什么？

“章姐，虽然我知道现在说这种话很不合时宜……但是我早就决定好了，要陪你走完人生剩下的路。”小孙眼中含着泪水，苦笑着说，“如果你做出危险的决定，我……也会陪你走。”

“就算我的人生只剩很短的时间，你也要和我一起吗？”我冷冷地问。

“是，无论你做什么，我都陪你去。”他说，“我们一起被宣判，然后离开这个世界。”

我盯着小孙的眼睛看了良久，慢慢低下了头。为什么……有一种无助感在我的周身徘徊？

我想去亲手杀了姓马的屠户，可我不能连累小孙。这件事和他没有关系，这对他不公平。

“小孙，你能不能不要管我？你永远都不可能理解我的人生，又要怎么陪我走完？”

“章姐，我们在一起相处了很多年，我了解你。”小孙说，“你只是想被别人当成一个普通人来对待而已，这样的要求真的不高。不管你以前遭遇过什么不公平的事情，接下来的日子我都会加倍给你补偿回来，让你、让我们来这世上走一遭，都不留下任何遗憾。”

我坐在床上蜷起了身体，把头埋在膝盖上。

这到底是为什么呢？

有人可以无条件地对我施放一切恶意，又有人可以不顾一切地对我好，这世上的天平到底是怎么回事？

上天，你到底是想折磨我，还是想拯救我？

为什么一次次给我搭起希望的堡垒，然后又让它一次次地倒塌？

我想不通，我只知道不能连累小孙。这对他来讲并不公平。

“我……不去了。”我摇摇头说，“我放弃了，我不希望你有事。”

“真的？！”小孙喜出望外地看着我，“章姐，你想通了？”

“嗯……”我苦笑着点了点头，“我们报警吧。”

…………

接下来的日子里，我安心调养身体，律师事务所的大小事务全由萌萌打理，而小孙则全权接手了起诉马屠户的案子。由于证据确凿、性质恶劣，警方很快开展了行动，他们趁夜色破开了马屠户的家门，将他直接缉拿归案。

他手机里储存的那些有关我的照片也全都交由我处理，我不想再看，只能忍着恶心将它们全都删除了。

走法律途径解决这件事，一切都是这么顺利。

这些日子里小孙替我忙前忙后，让我有些心疼。当我提出要给他律师代理费时，被他义正词严地拒绝了。

他说他不是在打官司，只是在帮朋友一个忙。他真的是个很好的人，同样也是我人生中的第二盏明灯。

除了宁婉儿老师之外，这世上没有任何一个人不图回报地对我报以善意。他理解我的一切感受，照顾我的一切想法，他把我当作这个世界上独一无二的人。

这种感觉实在是太虚幻了。

我时常都在怀疑自己是否真的能够拥有一个这么好的人。

两个月以后，我第一次以女朋友的身份去到了小孙家里，正式会见了他的父母和妹妹。

不，我不该称呼他为小孙了。他是我的男朋友，孙佳齐。

佳齐的父母和我印象中的并没有什么不同，在得知我是他的女朋友后，十分高兴地准备了一大桌子菜，她的妹妹也非常喜欢我这个嫂嫂，一直都在拉着我的手臂跟我摆龙门阵。

看着她拉住我的手，我感觉身上有些不自在。都已经过去这么久了，我还是不习惯有人碰我，就算对方是一个阳光开朗的女孩儿也不行。

“你莫要一直拉住晨泽……”佳齐细心地替我解围，“你拉住嫂嫂，嫂嫂怎么吃东西呀？”

“我不管！”妹妹撒娇地说，“我终于有嫂嫂啦！我要将哥哥小时候的糗事全都告诉嫂嫂！”

这种家庭氛围，简直如同天堂。

佳齐的父母从头到尾都没有问过我的年纪，只是一直语重心长地和我说佳齐的缺点，让我多多包涵。

我一直笑着答应，感觉整个人都飘在半空中。

本以为会是一场让我难堪的聚会，可是难堪的人莫名其妙地成了佳齐，让我不由得笑出声来。他父母数着他的缺点，他妹妹吐槽着他的糗事，让我第一次在他的脸上看到了窘迫的表情。

今天便是我新人生的开始。

“晨泽，五天之后Jay要来成都，上一次任小齐的演唱会没能和你一起，这次要一起去看吗？”佳齐问道。

“嗯，有时间的话，当然好啊。”

丁零零——

佳齐的手机响了起来，备注是青羊区公安局。

“喂。”佳齐拿起电话接听了起来，“是，我是孙律师，有什么事？”

电话那头传来了闷闷的声音，虽然我离佳齐很近，但听不真切。

“啥子？行，我知道了，我明天一早去找你们，这两个案子尽量合在一起吧。”佳齐的笑容慢慢沉了下去，“是的，我明白。虽然替那个女孩儿惋惜，但也能彻底惩治坏人了。”

佳齐挂断了电话表情有些惆怅，几秒钟之后，他扭头对我使了使眼色。

我和他来到阳台，不明所以地看着他。

“晨泽，不知道算不算好消息，但因为和你有关，不得不告诉你。”佳齐一脸沉重地对我说。

“什么？”

“警方调查发现，那个马屠户的后院里埋着一具女尸，经比对确认是很多年前失踪的女大学生。”

“女大……学生？”我听到这四个字，声音略微颤抖了一下。

我们村子里很少出现女大学生。

“是啊。”佳齐拿出一支烟叼在了嘴上，“唉……不知道算不算好消息，总之现在给那个马屠户判死刑已经是板上钉钉的事情了。明天我去警方那里看一下具体情况，据说在他后院里都埋了十几年了……”

我感觉自己的头很晕。

“佳齐啊……那个女……女大学生……叫什么名字？”我问。

“名字刚才好像有听到，但我没记住，听说是去支教的。”小孙有些疑惑地看着我，“怎么了？晨泽，你认识那个女孩儿？”

支教的女大学生啊……我怎么能不认识？

她是我人生当中最重要的灯。在这盏灯光的照耀下，我成功地离开了村子，用我的余生不断地奔向更好的生活。

我从来都没有想过，那盏照耀我前行的明灯，永远留在了那里。这么多年以来……她被埋在马屠户的后院中……她该有多么害怕、多么绝望？

我渐渐开始发抖。

在马屠户的那间小屋子里，我看到了满墙的划痕。那些划痕明显有些年头了。

原来是这样吗？

宁婉儿老师，你在某一个时空中，曾经和我一样绝望吗？

不……你比我更加绝望。因为你知道这世界上不可能有任何人来救你……你也知道自己永远也不可能从这个村子中逃脱。你只能慢慢地接受自己的死亡，你只能永远留在那里。

我的灯塔、我此生的明灯，一个给了我全部希望的女人，在十多年前的某一天，和猪一样绝望地死在了那个狭小的房间中。

“佳齐……我……我感觉很不好……”我的双眼红肿一片，我感觉整个天空都塌了，“我可能要失态了，我想先回家……”

“晨泽……你有事的话可以跟我说的。”小孙盯着我的双眼说，“所有的事情我都可以替你解决。”

解决？可悲的是……这件事情已经不需要解决了。

宁婉儿老师死了，现在马屠户也要偿命，这件事从各个方面来看不是都已经解决了吗？可我为什么还是这么绝望呢？

叮——

我许久未曾响起的手机忽然之间收到了微信——是成材发来的消息：哟？我刚才打电话给警察，他们说你醒了？

真是稀奇啊，八百年不联系的成材居然主动和我说话。

但是没关系，这些人已经影响不了我了，我现在就将他们所有的联系方式拉黑。我叹了口气，直接向左划了一下屏幕，准备将对话删掉的时候，又收到了信息。我略微一迟疑，还是打开看了看。

——你男朋友知道你这副样子吗？

接下来是一张成材和马屠户的聊天记录截图。

马屠户：被城里人调教过的婆娘就是骚啊，给你看看。

接下来就是我的照片。那些我本以为早就从世界上消失的照片，现在一张一张地出现在了眼前。后面更是有几段视频，将我所有的尊严都踩在了脚下。

我好像真的逃不过这个村子……逃不过这个吃人的村子。

你们能不能放了我？

你们能不能当作从来都没有见过我？

你们就当我已经死了不行吗？！

“晨泽，你怎么了？”佳齐有些疑惑地问，“谁给你发的信息？”

“我……”

他正要探头过来，我立刻将手机锁屏揣到了口袋中，慌乱中我甚至撞到了自己的手肘，但我没有感受到疼痛。我实在是太害怕了，我不想让佳齐看到我这副样子，就算世界上的所有人都能看到……也绝对不能让佳齐看到。

佳齐看到我慌张地收起了手机，并没有生气，只是面露尴尬：“对不起晨泽，我不是有意窥探你的隐私……”

“啊不……不是……”我有些慌张地摆了摆手。

自从确立了关系，小孙每次接打电话的时候都会坐在我身边，他或许是为了给我安全感，也或许是为了让我放心，总是会不经意间做出这种举动。他对我从不隐瞒，可这次我却慌忙地收起了手机，这对他来说并不公平。

“佳齐……不是你想的那样……我……”

我根本没想好该怎么解释，只是有些想哭，也想痛骂这个世界。可我不能哭。我若哭了，佳齐会担心。

明明是我自己的问题，却硬要牵连别人，这样不对。所以此刻的最优选择，应该是我默默地回到家，找一个没人的地方痛哭一场。

“我知道……我知道……”佳齐认真地点了点头，“晨泽，没关系，我没有怪你的意思，每个人都有不想让别人知道的事，等你想告诉我的时候，我就在这里等着。”

那一天的我感觉整个世界都在旋转。

我到底该怎么办？

我不记得我是怎么离开佳齐家的，等我回过神来的时候，我正站在家里的客厅中看着自己的手机出神。

成材来电话了。如果不把这件事解决，我的人生将永无宁日。

我从抽屉中拿出录音笔，又打开了手机录音功能，按下免提，接起了电话。

“说。”

“章莱娣，你瞎了？没看到老子的信息？”成材骂道。

“我看到了。”我回答道，“你给我发这些东西做什么？”

“我给你看看你的骚样子啊！”成材讥笑道，“怎么样？你不是耍朋友了嘛？他要是看到会咋想嘞？”

“直接说你的目的吧。”我开门见山地问。

“章莱娣……你莫要跟老子凶，老子要钱。”成材说，“两百万零三千，你打到我卡上，要不然你完咯！”

“两百万？你这属于敲诈。”我说。

“敲诈咋了嘛？！老子就算敲诈又咋了嘛？”成材冷哼一声，“你不给钱？”

“我没有那么多。”我低头看了看录音笔，“两百万我给不起。”

“问你男朋友要噻！”成材大喊一声，“你没得，他还没得啊？”

听到这句话，我终于冷笑一声：“不过有件事我不太明白，你要两百万就要两百万，为什么是两百万零三千？”

“老子好心噻！”成材听起来非常高兴，“老子把你的照片拿去彩印咯！花了三千块钱噻！这是你的照片啊，老子让你出名，你得报销的嘛。”

“什么？”

我微微一怔，没想到居然是这个答案。

“成材你——”

“章莱娣，你放心的嘛，这三千张照片都在我床底下，你要是给钱就算咯，你要是不给钱的话……老子可就要去成都街上张贴咯！”

听到这里，我看了看窗外漆黑的天空，然后面色冰冷地将手机的录音功能关闭，又关闭了录音笔。

接下来的话便不需要再录了。

“成材啊……你这样不好的。”我语气温柔地说，“你先莫要激动，给姐姐点时间，让我去筹钱，好不好？”

“当然好噻！”成材笑道，“你筹好了钱，直接给我打过来嘛。”

“不。”我摇摇头，“成材，这么大一笔钱直接转入你的银行卡，会引起警察关注的。”

“啥子？”

“我是律师。”我说，“爸妈不晓得啥是律师，你该晓得吧？我懂法律的。”

“一下子转入两百万警察会管的？”成材问道。

“是的。”我语重心长地对他说，“你想想，你连工作都没得，哪里能赚来两百万？警察问你不得？到时候你咋说嘛？”

“呲——”成材犹豫了起来，“那你说咋个办嘛？”

“我给你现金噻。”

“现金？”

“嗯。”我答应道，“由于法律规定，一次性取两百万也不行，所以我需要多花一点时间嘛，我得分五天取。”

“是嗦？”成材思索了一下，然后说道，“章莱娣，我警告你别要花招，五天之后你把两百万送家里来。”

“好。但我也得和你提前说好，你要是将我的照片泄露出去，我可就不给你钱了。”

“啥子？！”成材一愣，“章莱娣你是不是疯了？你以为两百万就算结束了？两百万是给你个警告！以后你要是不听话，这些照片指不定会出现在哪里！你晓得没得？”

“是吗？”我的眼神越发冰冷，我感觉在我脑海中紧绷的最后一根弦也断了，“你张口就要两百万，却只是个警告吗？”

“那咋子了？我也算是讲道理的，这些图现在就家里人看过，可你以后要是不听话，那可真讲不准咯！”

“家里人看过……”我慢慢地低下头，将电话紧紧地靠在耳边，“那他们怎么说？”

“我婆娘不爱看，老汉爱看噻，他屋里已经贴上了。之前你走了，你不晓得嘛，老汉屋子里贴的一直都是十多年前那个女大学生的照片哇，都掉色了，这次终于换上新的咯！”

我只感觉自己心里咯噔一声响，甚至连头发都要立起来了。

成材仿佛在跟我讲笑话一般地说道：“去过城里的女人真是不一样，皮肤白白净净的，还是妈妈说得好，早知道你这么放荡，应该再多加两万块钱的，真是便宜了老马，哈哈！”

哈哈哈哈。确实很好笑。

我咬着牙、咧着嘴、流着泪。

他们难道不知道我为什么会被拍下这些照片吗？

他们难道不知道我为什么会活成现在这副模样吗？

现在马屠户已经被解决了，只剩我的家人没有被解决。

他们为什么还不死呢？

真的是太好笑了。

“成材，你放心，我五天后就回家，将所有的钱都给你。”我依然笑着说。

“哈哈！你听话就行了噻！咱们是亲姐弟啊，我能害你不得？”

“是。”

挂断他的电话，我深深地舒了一口气。

太好了，我的苦难日子，马上就要结束了。

我在屋子里坐着，连一丝睡意都没有。

我看着大街上人来人往，看着午夜街头的车流，这世界这么大，却没有一方净土能够容得下我。

第二天，我把孙佳齐约到了家里，这是确立关系之后，我第一次让他来到我的家。

我知道自己剩下的日子只有五天了，在这几天里，我不想给他留下任何遗憾。

“晨泽……”小孙有些不解地看着我，“今天这么早就叫我过来，你不需要再休息休息吗？”

“不需要。”我笑着说道，“佳齐，你有什么愿望吗？”

“愿望？”他眨了眨眼，表情有些警惕，“怎么忽然这么问？是发生什么事了吗？”

“你有没有什么想和我做的事？”我问他，“如果这个世界马上就要毁灭了，你有没有什么未了的愿望？”

我慢慢地松动着自己的衣扣。

“晨泽。”他止住了我正在解开衣扣的手，一脸悲伤地说，“如果这个世界马上就要毁灭了，我不想脱掉你的衣服，只想给你披上婚纱，让你在世界毁灭的最后一刻成为这个世界上最幸福的新娘。”

我听到佳齐说的话，眼泪夺眶而出。

我到底……到底在做什么?

我曾在这个世界上最阴暗的角落，跟一个我最不想跟他待在一起的人说我什么都愿意，也曾在这个世界上唯一喜欢我的人面前，露出我最不想露出的样子。

我真的好难过。

佳齐对我越好，我就越想要逃离。我根本不该再拖累他。

“晨泽……你到底怎么了？”佳齐将我的衣服重新披好，然后捋了捋我的头发，“昨晚发生了什么吗？需要我来帮你解决吗？”

“我……”

我知道，只要这件事说出来，那就不只是我一个人的事情了，佳齐无论如何都会被牵连其中。

“没事……”我只能摇了摇头，将所有的过往埋在心中，就和以前的每一天一样。

刑法第二百七十四条，敲诈勒索数额较大或者多次敲诈勒索的，处三年以下有期徒刑、拘役或者管制。并处或者单处罚金；金额巨大的，处三年以上十年以下有期徒刑，并处罚金。

成材坐几年牢对我来说没有任何意义，在他出狱之后，等待我的将是永恒的地狱。

佳齐看了我半天，慢慢露出了一丝苦笑：“晨泽，我看过一个有趣的问题，让我问问你？”

“嗯。”我回过神来点点头。

“如果给你一千万的话，你想要吗？”

“什么？”我有点没懂。

“假如现在有人要给你一千万，你选择要还是不要？”佳齐重复道。

“如果有人白送我……那我当然会要。”我呆呆地望向他。

小孙笑着点了点头：“那假如，给你一千万之后，你会在明天天亮时就死去，你还会要吗？”

“我……”我苦笑着叹了口气，“那我肯定不要呀。”

“也就是说在你眼中，明天早上能醒来，比一千万更加重要。”

小孙扶着我的肩膀，认真地说道，“所以每天醒来，我们都要告诉自己，这是比一千万更加珍贵的一天，我们绝对不能辜负。”

“什么？”

“晨泽，你每一天能够醒来，对我来说比很多个一千万都重要。”小孙依然露出那副坚毅的表情，“我们的未来还有很久，让我们珍惜每一天地走下去吧。”

他将我的扣子一颗一颗系好，然后摸了摸我的头：“你不需要在我面前做任何自己不想做的事，因为我不想只当你的男朋友，我想成为你真正的另一半。”

呵，我的人生。

我悲惨的人生，真是一步错，步步错。

若我能再早一些接受佳齐的爱意，或许我的整个人生就会不同了。

若这个世界上有人可以这样爱我，我完全可以舍弃那缥缈的亲情，不对那些血缘上的家人抱有任何幻想。我不可能天真地回到家里，以姐姐的身份给弟弟送上红包；我不可能天真地以为离家十多年，他们对我的敌意就会减少一些；我不可能以为离家十多年，家乡的变化会大一些；我也不可能被关在那个阴暗的房间中。

可惜我从来都不是一个聪明的人，只是一个固执的普通人，我在做出每个选择的时候，永远都想不到自己的结局。

所以这都是我活该，怪不得任何人。

别再对我好了，我不想再有任何希望了。

因为我即将变成这个世上当之无愧的恶魔。

接下来的几天，我装作什么事都没发生一样和佳齐待在一起，只等待那天的来临。

第五天清晨时，我打开家里的空调和电视，然后下楼将自己车子上的行车记录仪拔掉电源线，关闭了手机的定位功能。

然后我在网上联系到了价格最高的黄牛，但我并没有和他们打电话，而是坚持要跟对方发微信沟通。

花了一万八千元后，我从黄牛手中顺利购买到了Jay演唱会的内场门票，然后又买了一些Jay的应援周边[①]，花了二百元。

我拍了照片发了朋友圈，屏蔽了成材之后配文“好激动”。

看到有人开始点赞，我将票根上写着“请勿泄露”的二维码匿

① 网络用语，指为偶像加油助威的相关产品。

名发到了Jay的贴吧中，并发帖询问“请问我买到的是真票吗？”。

如果不出意外，就算我没有到Jay演唱会的现场，这张票也会被验证掉。

接着我又联系到了之前让我帮忙打官司的几个灰色地带的人物，让他们不动声色地帮我做了一些事情。

最后一步，便是去街边的文印店，打印两张蓝色背景的数字，用来贴在车牌上改变车牌号，我不需要将所有的号码都改变，只需要变动两个数字，我的车就不再是我的车了。

准备好了一切，我迎着朝阳开车往家驶去。

我没有走任何一条高速和国道，尽可能地从各个村子里的小道穿行，虽然车牌号已经改变了，但我依然要尽量避开摄像头。

在傍晚的时候，我盘旋完了最后的一段山路，将车子停在了村口不引人注目的地方，然后打开手机打车软件，叫了一辆从自己家楼下到Jay演唱会现场的车。

几分钟之后，司机师傅打来了电话。

“喂？”

“美女，我到了啊，你在哪儿嘞？”

“师傅，我不上车了，你直接开到目的地，我给你付车费。”

“啥子？”

“就这样，挂了。”

看着手机软件显示行程开始，我将手机锁屏，开启静音，放到了口袋中，随后拿着手提包向村中走去。

我选择了最不引人注目的小路，一路上避开所有人的目光，来到了我的家。

我将手提包藏在门口的水缸旁，伸手敲了敲门。

他们似乎正在看电视，一家人哈哈大笑着，隔了很久才来开门。

“章莱娣？”成材开门之后就露出了喜出望外的笑容，“你回来了？！”

“嗯，让我进去吧。”我笑着对他说，“我想跟你们聊聊天。”

“妈妈啊，章莱娣回来了。”成材叫道。

那个女人本来还在乐呵呵地看着电视，听到成材说话之后立刻大骂着走出了屋子：“你还回来？！你干了啥子？警察怎么把老马带走了？”

她挪动着臃肿的身躯三步并作两步来到了我的眼前，指着我的鼻子大声骂道："村子里都说你克夫！你到底干啥子了？"

"哎！算咯！算咯！"我老汉笑眯眯地拉住了那个女人，"莱娣好不容易回来嘛，你莫要骂人噻。"

看到老汉洋溢的笑脸，我也微笑着朝他走去，然后将他推开，走进了他身后的房间中。

这个其乐融融的房间中贴满了我的照片，每一张照片上的我都在哭，可他们刚刚却在这里笑。

是啊，以前我不太懂老汉为什么每次见到我都笑，现在我懂了。

他每次打量我的身体，都会露出这种笑容。

我那新晋的弟妹此刻正拿着我的照片接着瓜子壳，她一直都在看着电视笑，连看都没曾看过我一眼。

"弟妹。"我叫道。

"哈哈哈！"她笑着吐着瓜子壳，然后斜眼看了我一眼。

如果有可能的话，我并不想对这个姑娘下手，因为她有可能有着和我一样的遭遇。还不等我说下一句话，她将手中的瓜子壳递到了我的眼前："喂，给我丢了。"

我看着那堆用我照片托着的瓜子壳，总感觉事情和我想象中的并不一样。

我接过那张纸，然后笑着问："弟妹，见过两次了，我还不知道你叫什么名字呢。"

"姚金豆。"她说道，"你要咋子？"

"金豆啊……"我点点头，"这名字好。"

"给我去把瓜子壳丢咯，我还要吃。"弟妹想了想又说，"对咯，你把钱带回来没得？"

"我……"我皱了皱眉头，这个女孩儿确实和我想象中的不同。

"她敢不带回来吗？"成材从身后走了过来，"章莱娣，你看到这个屋子里的照片了吗？我床底下还有很多呢。"

"真是不错啊。"我环视了一下屋子，脸上露出了释然的表情，然后低下头对弟妹说，"弟妹，你明明也是个女人，坐在这种房间里开怀大笑，不觉得有些别扭吗？"

"别扭？我别扭啥子？"金豆露出了一丝讥笑，"拍的是你又不是我，你如果没去过城里，早点嫁给老马，现在还有这些事没得？"

"是吗？"我顿了顿，"也就是说因为我去过城里，所以才被你们看不起吗？"

“城里女人就是浪噻。”金豆伸了个懒腰说，“你愿意去城里跟人睡觉挣钱，我不愿意噻。”

这句话有点意思，原来不去城里的人被视作忠贞，去过城里的人都放荡吗？

你们在为自己的懒惰和无能找什么借口？

“哎呀，好咯，好咯！”老汉又笑眯眯地走了过来，“莫要吵啦，莱娣，你弟妹说得也没有错噻，老马被抓了不要紧，你在家里多喝点牛奶，村里还有很多没结婚的男人，老汉再给你挑一家嘛。”

“是噻！”我妈妈说道，“二婚咯，这次不好卖咯，能卖到五万块钱就烧高香咯！”

哈哈。我真的好想笑啊。

“章莱娣，搞快点嘛。”成材问道，“钱呢？两百万零三千呢？为了结婚我还出去借了高利贷噻，现在就指望着你这两百万还钱呢。”

呵，你们甚至连高利贷的钱都放在心上，却从来没想过我能不能活下去。

“我去拿。”我回过神说，“我放在外面。”

“外面？”成材一愣，“啥子？让人拿走了怎么办？”

“不会的，我藏起来了，你等我一会儿，我现在去给你拿。”我笑着推开了成材。

“我和你一起啊？”

“不，我想给你个惊喜。”

众人愣在原地，看着我走出了屋子。

我来到屋门口，将刚才打车的车费付了，然后收起手机，戴上口罩，低下头在手提袋里摸索了一会儿，随即面色一冷，抬头说：“有点沉啊，成材，出来帮我拿一下。”

“啥子？来了来了！”成材高兴地喊道。

我拿着一个压缩罐站在门口，等那个身影走出来，立刻将压缩罐对准他的脸喷了过去。

成材连一声都没吭，直接倒了下去。

我蹲下身，他的眼神开始迷离，居然还在看我，我从地上随手抓起了一把沙子，用大拇指慢慢揉到了他的眼睛中，一直揉到自己的大拇指沾满鲜血。

你喜欢看，那我就让你看！你这个吸血的恶魔！

我慢慢开始发抖了，是害怕吗？

故意伤害罪，处三年以下有期徒刑、拘役或者管制。这个我背得滚瓜烂熟。

我用尽全身力气拉着成材向旁边挪了挪，压抑着颤抖的声音喊：“老汉啊……成材有些拿不动了，你也来帮一下忙吧，钱实在是太多了。”

“哦！来咯来咯！”

我故技重施。老汉整个人一蒙，随后身体摇晃了一下。

趁着他神情恍惚间，我捡起一个石头敲在了他的头上。老汉种了一辈子地，比我强壮得多，如果不能让他失去意识，我肯定会陷入危险。

故意伤害罪，致人重伤的，处三年以上十年以下有期徒刑。

老汉扑倒在了屋子中，发出了闷闷的声音，引起了那个老女人的注意。

她嘴里念叨着，往外走了两步之后怔在了原地。

“章……章莱娣！”她哑着嗓子大喊一声，“你做啥子？！你要做啥子？”

“妈，我想公平一点。”我面无表情地说，“你们不想让我活，那我就让你们死。”

听完我说的这句话，她扑通一声坐到了地上，而隔壁房间内，金豆依然在哈哈大笑着。毕竟眼前这个女人整天都在大呼小叫，相信金豆也习惯了。

“你和我都是女人，为什么你要对我赶尽杀绝呢？”我拿着乙醚慢慢地走向她，“我从六岁开始包揽家里的全部家务，你已经足够清闲了，我给你洗内裤、洗袜子，给你端茶倒水做饭，为什么你就是不肯放过我呢？你让我奋斗十年的努力化为泡影还不够……非要让我身败名裂不可吗？”

“你还来问我？”她颤抖地说，“都是你嘛！要是我第一胎是男孩儿，我早就享福了！你去哪里投胎不好，非要投到我肚子里？！”

我蹲下来，用一双冰冷地眼睛看着她：“女孩儿就该死吗？你投胎的时候也是女孩儿，你为什么不死？”

“章……章莱娣！你到底要做啥子？”她的声音越来越沙哑，没几秒她就尿了裤子，“你有病你别冲我来啊！”

“我是有病。”我不知道自己是不是在笑，总之我咧开了嘴，“我现在正在治我自己的病，你们就是扎在我身上的刺，你们全都死了，我的病也就好了。”

在她惊恐无比的目光下，我将乙醚喷到了她的脸上。我亲眼看着她在大口喘着的粗气中慢慢翻起了白眼……做完了这一切，我走出屋子，将成材和老汉拖了进来，然后从门口的手提包里拿出了提前准备好的煤油。

随后我来到成材的房间，在找到那些照片之后，将所有的煤油都浇在了他的床上。接下来，我拿出自己的打火机，点燃了我的一张照片，抛向了满是煤油的床铺。

就让这一切都消失吧。

成材的房间很快燃起了大火，而我没有犹豫，将剩下的煤油全都倒在了厅里几个人的身上，随后走出屋子，拿出了铁链和门锁。

我从屋外锁上了门，然后看着屋内的火焰迅速蔓延。

放火罪，尚未造成严重后果的，处三年以上十年以下有期徒刑；致人重伤、死亡或者使公私财产遭受重大损失的，处十年以上有期徒刑、无期徒刑或者死刑。

在山里，遇到火灾很难求助消防队，大多数人会选择观望。若是偶尔有好心人，可能会选择从井里打水灭火，只可惜我浇了煤油，遇到水反而更加危险。

很快我就听到了剧烈的咳嗽声，娇贵的金豆应该也忍受不了了吧？

对不起，真的对不起。虽然我对你没有深仇大恨，但是我不能让你走。

你若是走了，我的罪名就会坐实，今晚不能有任何人看到我，所以你只能死。

故意杀人罪，处死刑、无期徒刑或者十年以上有期徒刑，情节较轻的，处三年以上十年以下有期徒刑。

我站在门口痛哭流涕，我不知道我为什么会这么难过。

我明明亲手治好了我的病，可我真的好难过。这到底是什么人生？为什么会让人如此痛苦？

火势很快蔓延了整栋房子，我从窗口处看到满身大火的金豆在房间中乱窜，她的知识太有限了，既不会原地打滚扑灭火焰，也不会俯下身子躲避浓烟，在这种情况下只能等死。

在其他人注意到火势之前，我隐匿身形来到了村口，然后关闭车灯，在引起更大的骚动之前离开了山村。

直到小心翼翼地下了山，我才将车灯打开，扬长而去。几分钟之后我来到了镇里，找到了一个路边的洗车店，花三十元将车身和车轮上的泥土全部洗净。

我掏出手机看了看时间，拿出了Jay应援周边里面的贴纸，贴在了手臂上，然后打开荧光棒发了一张手臂的照片。

今晚真的很开心。

是的，今晚很开心。

压在我身上的一块巨石掉到了谷底。

我重新上路，这一次依然没有走大路，还是选择在村中的各个小道中穿行，由于天色太黑，村里大多没有路灯，我花费了更久的时间才终于回到成都。

车子开进成都时，天也刚刚放亮。

这座城市就如同我的心情一般，我黑暗的过去就要随着漆黑的夜色一起消失了，从今以后我会安稳地生活在这里。

而我的父母和弟弟，今夜不小心失火，死在了山中。

而我……而我……我应该……只是个不幸的人而已。

我在心中不断地安慰着自己，一直到自己泪流满面。

我此生一直都在欺骗自己，以前是这样，现在也是这样。我有着最不幸的童年，却妄想通过自己的努力成为人上人，明明罪不可赦，却又幻想着拥抱全新的人生。

我凭什么？

这世上犯罪的人那么多，如果我能逃脱法律的制裁，对所有人来说都不公平。

可现在的我，好想体会一次不公平。我想让这些事情全部翻篇，我想和佳齐安稳地度过余生。我想穿一次婚纱，做一个正常的女人。

今天的成都起了大雾，我的眼前一片浑浊。

"佳齐……你等着我……"我不断地擦着脸上的泪水，试图开导着自己，可是心里痛得像插了一把刀，"我回来了……我们以后每一天都要一起醒来……"

"欢迎您在早高峰收听音乐广播。"车载收音机里传出了闷闷的声音，"昨天Jay来到成都掀起了所有'80''90'后的回忆，如果你没有在现场，请跟随下面这首《以父之名》，一起回到华语乐坛的至尊年代吧。"

吹不散的雾，隐没了意图

谁轻柔踱步，停住
还来不及哭穿过的子弹就带走温度
我们每个人都有罪，犯着不同的罪
…………

“不……不是的……”我对着空气自言自语，“我没有杀人，只是……只是有人敲诈我两百万……这个案子涉及金额巨大、性质恶劣……我去收集开庭的证据而已……佳齐……你相信我的吧？”

那个人不仅敲诈勒索我……他甚至还借了高利贷的……佳齐……你一定是理解我的吧？我不想当恶魔……我只想当个普通人。

我现在真的没有任何包袱了……我们在一起吧？

只要警察没有找到我……我们就在一起吧？

等成都今天的大雾散去……我们就在一起吧？

我路过了杜甫草堂，从青羊正街开往武侯祠。

正准备给佳齐打个电话，我却忽然感觉天旋地转——地震来了，和之前经历过的几次地震不同，这次的震感非常强烈，似乎震源中心就在成都。

我见到前方不远处的地面开裂了，只能立刻刹车，稳稳地停在裂缝前面，却没想到身后的车子避让不及，造成了连环追尾。

我不断地擦拭着自己的眼泪，试图让自己冷静下来。

为什么还有一道难关呢？

为什么我想要走向新的人生……会这么困难呢？

车子不断追尾，开始将我撞向面前的裂缝。

“不要这样……”我在车里痛哭道，“老天爷，求你不要再考验我了……我只想活下去而已……能不能放过我一次？！”

可是这悲惨的人生和之前经历过的三十三年并无不同。

直到我的车子坠入深渊，我都没有看到任何的希望。

…………

这地方让我有不好的回忆。

这个游戏叫“送信人”。

我作为人质，被关在了一个巨大的微波炉里。可怕的是，这个微波炉的面积比马屠户关我的房间还要小。

那些痛苦的回忆不断地涌上我的心头，让我整个人都陷入了绝望之中。

我为什么会流落到这种地方呢？我又为什么会被关起来呢？

一定是因为我罪有应得，老天爷再一次给我送来了考验。

是的，这很公平。

可我很害怕，我到底应该怎么办？我不会被这个巨大的微波炉活活烤死吧？

我正坐在微波炉里面瑟瑟发抖，门却忽然被打开了，我一抬头，对上了他的视线。

就跟上一次一样，有人来救我了，外面的亮光投了进来，把眼前清秀的男人照耀得好似一座闪闪发光的灯塔。

“齐夏！”

我控制不了自已发抖的身体，上前去抱住了他。

“我……”他的神色有些尴尬，两只手都不知该放在哪里。

“太好了……真是吓死我了……”我浑身都在发抖，我实在是太害怕了，“我还以为自己会在里面被活活烤死……”

“章……章律师，我记得你好像不喜欢别人触碰你。”齐夏尴尬地说。

“啊……”我赶忙放开手，擦了擦双眼，“不……不好意思……我没有给你带来困扰吧？”

“倒是没有困扰，只是吓我一跳。”他摇摇头，“我不太喜欢超出预料的事情，在我印象中你不是这种人。”

“对……对不起。”我慢慢地低下头，恢复了往日的神态。

这些人不知道啊……他们不了解我。

我是一个罪有应得的怪物，我和这里的所有人都有着天壤之别。就算这里的恶人再多，也绝不可能比我更恶。

多么可笑啊……

他们以为我是一个刚正不阿的律师，却未承想我的内心可以黑暗到如此地步，所以这件事一定不能让任何人知道……毕竟我已经提前准备好了不在场证据。

只要能够从这里出去，我便可以回归正常的生活。

我等着佳齐给我披上嫁衣，走向那更好的未来。

我不是章莱娣。

我叫章晨泽。

虽然对你们不公平，但是对不起，我要开始说谎了。

END ON THE TENTH DAY

第6关

猫·葫芦兄弟

宋七和陈俊南快步前行，终于在完全天黑之前回到了猫的总部。

“大爷的……”陈俊南没好气地骂道，“找了半天都没找到冬姐……”

“你还真是乐观。”宋七看着陈俊南说，“这里这么大，你居然靠缘分来找人？”

“那怎么了？”陈俊南耸了耸肩，“小爷的随缘大法碍着你了？”

“倒不能说碍着我了……”宋七刚要说话，一旁却忽然扑过来一个白色的身影，竟是一个如同虫子般的人。

宋七头都没回，仅仅挥了一下手，那人便被一阵小型的爆炸击飞了出去，一闪而过的火光将二人的面庞在黑夜之中瞬间照亮。

“陈俊南……你到底为什么要跟着我回来呢？”宋七甩了甩手回头问，“你认识很多猫里的人吗？”

“说实话……应该不太多……”陈俊南嘴角一扬，“说不定就那么两三个。”

二人随后没了话，没几步便看到了漆黑夜色中监狱门口的守卫。

“六姐，我们回来了。”宋七对那女人毕恭毕敬地说。

“嗯。”周六微微一点头，随后看向了宋七身后的陈俊南，“啧，这位是？”

听到这简短的三个字，陈俊南微微皱了一下眉头。

多么可笑啊，在这个鬼地方，无论是关系多么可靠、经历过多少次生死瞬间的战友，都有可能将你彻底忘掉。

“小爷是个大帅哥，这位大美妞怎么称呼？”陈俊南问。

听到这句话，周六只感觉无名之火从心头冒起，她一伸手，从身后摸起了一根铁棍，用手一抡扛在了肩上：“啧，一会儿小爷一会儿大美妞……你这人说话是欠啊！”

陈俊南只感觉有些好笑，他慢慢往前走了一步，说：“哎，不是吧？你用铁棍招呼客人啊？”

“啧，你算哪门子客人？”

“六姐。”宋七摆了摆手，“这位就是齐夏要求辨别真伪的那个陈俊南啊，应该算是客人，你消消火。”

“啧……”周六一脸鄙夷地看了看陈俊南，然后低下头，轻声说了一句“开门”。

几秒的工夫，周六身后的监狱大门发出了咔啦咔啦的响声，卷帘门也随之缓缓上升。

“谢了啊！”陈俊南微笑一下，转身就跟着宋七走进了监狱。

他转过身后，脸上荡起了一丝失落。

周末已经不记得自己了，那么钱多多呢？

猫存在的意义和自己想象中的到底一样吗？

二人走过监狱的操场，却忽然见到有两个正在吵闹的身影，他们驻足看去，发现那二人正是乔家劲与齐夏。

“骗人仔，你看，这样出拳才有力啊！”乔家劲一边挥舞着拳头一边说，“你那样出拳真的不行的，一旦受力不稳，很容易伤到自己的手腕。”

“这样？”齐夏面无表情地问。

“不不不，这样。”

离二人不远的地方还坐着一个小孩儿，那小孩儿始终怀抱着一把报纸折成的短剑，小心翼翼地看着四周——正是陈俊南昨天见过的郑英雄。

陈俊南挠了挠头，随后又看向了齐夏和乔家劲，这可真算是百年难得一见的场面了，齐夏居然在跟乔家劲学打拳。

“俊男仔？”乔家劲发现了站在不远处的陈俊南，随后轻呼一声。

齐夏也扬了下眉头，回头看向了陈俊南。他原本想让宋七去确认一下陈俊南平安与否，没想到陈俊南却直接跟了过来。

如此一来天堂口还有回去的必要吗？

“今天怎么样？”齐夏开门见山地问。

“今天……”陈俊南听后慢慢皱了下眉头，然后回道，“老齐，这件事说来话长……”

他回头看了看宋七，又低声说：“找个能说话的地方吧，我把今天的事告诉你。”

齐夏点了点头，回身给乔家劲使了个眼色，三个人甩开了宋七，径直向牢房中走去。

郑英雄看着三个人的背影，鼻尖一动，将短剑插回腰间，也快步跟了上去。

来到牢房之后，陈俊南向外面看了一眼，确定附近没有人之后，将铁栏门伸手关上。

“你这么小心做什么？”齐夏说，“这门都是铁栅栏，隔音肯定不好。”

“老齐，我现在有点混乱……”陈俊南没有理会齐夏，只是在床上自顾自地坐了下来，“我有些事想不明白，得让你帮我想想。”

“想不明白？”乔家劲一听来了兴趣，“来，俊男仔，你说来听听，我来给你答疑解惑。”

陈俊南刚要说话，一个瘦小的身影已然站在了门口。

“少年小英雄？”陈俊南一愣，随后回头看向了齐夏，“这小孩儿什么成分？”

“我不好说……”齐夏摸着下巴说，“但他现在孤立无援，有可能会成为我们的帮手。”

“哟……”陈俊南听后露出了笑容，“老齐既然开口了，那这次就不收你门票了，进来听着吧。”

郑英雄听后认真地点了点头，也走了进来。

三个人看着陈俊南，不知道他到底要说些什么，在等了很久之后，他才揉着自己的太阳穴缓缓开口了。

“老齐，我现在就一件事想不明白……”

“你说。”齐夏说。

“我现在……到底是谁？”

“什么？”

这个问题问得几人一头雾水。

陈俊南无奈，只好将今天发生的事都讲述了一遍。

在他的记忆中，他本来准备天亮之后就去参与地级游戏，可没想到一睁眼，自己正站在一个阴暗的地下室中，面前正是背着一个包袱的金元勋。

金元勋以为被人跟踪，回头就要动手，却被陈俊南三两下抓住了胳膊。

二人僵持不下时，陈俊南率先开口了：“喂……这到底是什么地方？”

金元勋也感觉有些奇怪：“入口我都堵住了，你到底是怎么进来的？！”

“小爷哪儿知道啊？！”

二人又僵持了一会儿，陈俊南才开口说：“这样吧……你带我出去，我就当没来过，行不？”

金元勋警惕地看着他，最终慢慢松开了手。

二人始终盯着对方，金元勋在确认了陈俊南没有威胁之后将地下室的门打开了。陈俊南这才发现自己居然从天堂口旁边的坟墓中爬了出来。

“你是说……”齐夏皱着眉头看向陈俊南，“你的记忆只到今天以前？”

“是啊。”陈俊南点点头，“我出来之后发现已经是傍晚了，我本以为是自己梦游或者失忆了，谁知道回到教室之后我看到了另一个我……”

剩下的事齐夏都知道了。

按照已知情况来看，这一天出现了两个陈俊南。其中一个按照原计划去跟地级搏命，而另一个却莫名其妙地出现在了楚天秋的地下室。这么说来……那个跟地级搏命的陈俊南，如同弃子一样死在了教室中。

齐夏感觉自己的头稍微有点痛，于是伸手揉了揉眉心。

是啊，眼前的陈俊南到底是谁？他和之前的陈俊南有区别吗？这么久的时间里，这二人仅仅相差了一天的记忆。

“这个听起来跟‘生生不息’一样的能力……”齐夏小声嘟囔着，“楚天秋是怎么发动的？”

“什么？”陈俊南和乔家劲同时间出声。

片刻之后，陈俊南试探性地问：“你说我是……楚天秋用‘生生不息’制造出来的？那不是你的回响吗？”

齐夏听后没有说话，仅仅是揉着自己的眉心。这件事确实很值得推敲。如果楚天秋能够发动“生生不息”，那理论上他能够做到的事更多，为什么仅仅复活了陈俊南？

过了一会儿，齐夏沉声说道：“我可以肯定的是自己现在并没有回响，所以发动这个能力的人并不是我……现场的众人之中，能做出这种疯狂行为的只有楚天秋了。”

听到齐夏的推断，陈俊南也低头沉默了起来。

只可惜在楚天秋发动这个回响的瞬间他并不在现场，当时到底发生了什么事？

“陈俊南，你的记忆比较久，我想问问你，楚天秋的回响到底是什么？”

“他？”陈俊南冷哼一声，“小爷一直以为这人是个不幸者，结果没想到他确确实实有回响，但是他回响的契机非常鸡肋，他必须要等到第十天，见到所有的人开始飘散之后才会触发……”

“你等一下。”齐夏开口打断了陈俊南的话，“我有个问题。”

“什么？”

“已经有两个人跟我说过楚天秋回响的契机是见证终焉了，我想问问你们到底是怎么知道的？”

“这还不简单吗？”陈俊南说道，“那小子只要活到第十天，下一次循环就有记忆，若是死在了其他时间点，下次就需要跟他重新介绍自己了。那他的契机自然而然是待到最后一天，导致咱们有时候不得不保护这个小子。况且连他自己也说过，他回响的契机是见证终焉。”

齐夏感觉这其中似乎有个悖论。如果楚天秋只保留了两年记忆，那他不应该疯得这么厉害，这显然超出了正常范围。被终焉之地搞疯的人不在少数，但两年就疯的人太少了。云瑶保留了两年记忆，她没疯；猫队的众人都保留了两年记忆，他们也没疯。难道他们的心理素质比楚天秋更强大吗？

“我感觉楚天秋很久以前就在策划着什么东西……”齐夏感觉细思极恐[1]，“他并没有失忆，而且一直都认识我……”

“什么？”陈俊南一顿。

“你说有没有这么一种可能……”齐夏说，“楚天秋并没有撒谎，但见证终焉指的并不是见证终焉之日，而是见证终焉之地。”

“啊？”陈俊南一顿，然后也眯起眼睛思索了起来，“这么说的话……他岂不是落地就会回响？他也认识小爷我？”

乔家劲愣了半天，开口问：“那他认识我吗？”

二人谁都没理他，只是纷纷低头想着什么，如果楚天秋回响的契机真的是见证终焉，那他保留的记忆实在太多了。

郑英雄听了半天都没有听懂几人的谈话内容，只能无聊地提起鼻子闻了闻陈俊南的气味，然后皱起了眉头，自言自语地说：“是‘替罪’的清香……”

话音刚落，他便伸出了手，擦了擦鼻子里流出来的鼻血。

几人沉默了许久，齐夏抬头说道：“陈俊南，给我讲讲吧。”

“什么？”

---

①比较常用的网络词，形容事情仔细想一想就会觉得恐怖极了。

“你最初的记忆。”

陈俊南微微思索了一下，开口说：“老齐，这些事情没有什么隐瞒的必要，我可以跟你说，不过你听了就会知道，这些事情除了能让你多认识几个人之外，再无其他用处。”

在陈俊南的讲述下，那段尘封的记忆终于露出了水面。

他的记忆始于十年之前。

那时候的终焉之地和现在并没有明显的区别，只不过天空不如现在暗红。那时的头顶依然挂着土黄色的太阳，太阳表面有着丝丝黑线，正在从外围向内圈蔓延。空气里弥漫着令人作呕的腐臭，只需要在这里待上半天，这股味道就会深入骨髓。

四座巨钟坐落在城市四角，向大家展示着现身的回响者。而屏幕上最常见的两个回响无非是“替罪”和“招灾”。

“其实韩一墨那小子人还算可以。”陈俊南对齐夏和乔家劲说，“只不过他造了黄谣，小爷对他一直都有偏见。”

在陈俊南的描述中，韩一墨还没疯——韩一墨一直都在担忧那个被他造了黄谣的女孩儿，每次死后，他都会回到现实去想办法求得那个女孩儿的原谅。

只可惜这件事毁了那个女孩儿的一生，她绝对不会谅解。在她看来，她只是拒绝了韩一墨一次，可韩一墨却清楚地记得他被拒绝了无数次，这让他的心态在潜移默化中改变了。

“老齐，我们九个人当中有两个不幸者。”陈俊南继续说，“在所有的房间之中，我们的回响者比例已经很高了。”

后来，在齐夏、陈俊南和乔家劲的带领下，众人不断地参与游戏，一度成了终焉之地的名人。

由于陈俊南和韩一墨的回响极易触发，导致他们二人可以长久地保留记忆，再加上齐夏的周密安排，房间里的七人全部觉醒回响。

这其中有：

乔家劲的“破万法”，以信念和潜意识破除任何人之回响。

李尚武的“探囊”，拿出潜意识中认为存在的东西。

韩一墨的“招灾”，召唤潜意识相信并且能够发生的灾难。

陈俊南的“替罪”，以潜意识转移他人祸患，主动替死。

章晨泽的“魂迁”，以信念转移生物之灵魂。

甜甜的“巧物”，以潜意识创造、制作自己所了解的精密物品。

赵海博的“离析”，以潜意识瓦解无生命之物体。

“这是多么强大的队伍啊……”陈俊南苦笑道，“我们所见过的大多数房间中，回响者的比例都很少，能够有四五人便已是数一数二的队伍了，可我们有七个人回响了。”

齐夏听完只深深地感觉悲哀。

从大方向来看，他们现在所走过的路和十年前的并没有什么不同。准确来说，现在的进度没有之前快。现在现身的回响者很少。就算每个人都知道不能重蹈覆辙，但谁又能避免这种情况呢？

现在的人员配置似乎比那时好了一些。此时他这个房间里的九人全部都是回响者，林檎将肖冉替换了，并且带来了“激发”，再加上自己的“生生不息”……这支队伍能够成事吗？

“只可惜，你走了啊……”陈俊南面色沉重地说，“我们在终焉之地结识了无数战友，结果你却走了。”

在陈俊南的描述中，当时的终焉之地不存在极道、猫、天堂口或是任何其他势力，唯有齐夏率领的队伍。

楚天秋的房间、张山的房间、钱多多的房间，甚至包括苏闪的房间，里面众多强大的回响者慕名而来，形成了整个终焉之地团结一心的罕见盛世。

当时的生肖游戏和现在的有很大区别，通常只要齐夏出马，大多数游戏都会迎刃而解。

这种情况导致当时的生肖不得不集体减少道的奖励来延缓众人的收集效率，通常一整队人参与完了地级游戏，才能勉强获得一两颗道。

就当马上要收集到三千六百颗道时，这支庞大队伍的领导者齐夏，在一夜之间消失了。他只和自己的心腹陈俊南和乔家劲提过他找到了出去的方法，便永远消失在了面试房间中。

“老齐，从那一天开始，我临危受命，替你接管了这支庞大的队伍。”陈俊南面色越来越阴冷，好像想到了什么极其难过的回忆。

“可小爷真的感觉奇了个大怪……”他摇摇头，一字一顿地说，“自从你消失后，那些生肖的游戏开始变化了……一旦我们赌死了原先的地级生肖，新的地级生肖便会带来更加强劲的游戏……原先我能勉强应对游戏，后面每一次都要绞尽脑汁……他们好像得到了全面强化，和原先完全不在一个维度上。”

在陈俊南的描述中，原先的地级游戏只是会导致参与者丧命，但总体来说难度不大。只要谨慎一点，不仅不会丧命，甚至还会满载而归。可自从齐夏消失后，情况便大不相同了。

听到这句话，齐夏慢慢皱起了眉头。如若猜得不错，这件事八成和他有关。

“所以我们的队伍很快就土崩瓦解了……”

由于意外死亡的人数急速增多，大多数人都被迫脱离了队伍，陈俊南也无法将他们一一找回，仅仅五六次循环之后，众人之前积累起来的全部成绩付之一炬。

“当时连我们自己房间中的人都开始失忆……我、老乔、老李、小韩就成了房间中最后的希望……”陈俊南捂着自己的额头说，“可是小韩逐渐开始疯癫，由于他的回响危险性过高，我只能被迫放弃了他，选择和老乔、老李单独行动……”

但问题在于这三个人几乎都是冲动型选手，短板过于明显，这使他们接连经历了无数次的失败。

“老乔……你真是好样的……”陈俊南抬起头看着乔家劲，“危急关头我给你‘替罪’，你却破我的法……谁教你这样用回响的？”

“哦？”乔家劲听后呆呆地笑了一声，“我以前这么犀利[①]吗？”

“老乔那段时间，孤孤单单地死了好多次……”陈俊南又扭头看向齐夏，“这都是因为你……老齐，你把他丢下了。”

齐夏的表情也有些落寞，似乎自从到了这个地方，等待着众人的就只剩绝望了。

“于是我放弃了。”陈俊南说道，“我不想再出去了，我想找几个志同道合的人，在这里给家人谋点福利。”

“什么？”

正在此时，一个身穿皮衣的身影默默来到了几人的房间门外，但他未显出身形，只是靠在门口点燃了一支香烟。

“那时我带着两个房间内的队友，前去找到了钱多多和周末，他们是在我记忆中，完全没有理由出去的人。”陈俊南似乎也发现了门口的身影，但并未戳破，只是自顾自地说话，“那时我们来到了这座监狱，准备成就一番大事。”

“你所谓的大事……”齐夏问，“就是成为雇佣兵给家人赚钱……”

“老齐，这只是第一层含义。”陈俊南打断道，“正如我所说，

① 粤语中“犀利”表示厉害。

生肖已经全面成长了，但是参与者在全面降级，我们和生肖拉开了巨大的差距，我们需要韬光养晦，在收集到足够的情报之前决不能贸然出手，我需要聚集一批不会失忆的人在这里作为信号塔。”

陈俊南说完又看向了齐夏：“当时我想……假如……我是说假如有一天……齐夏那个贱人能够回来的话……我们便是在终焉之地经受过无数磨炼的专业队伍，也是隐藏在此的第十三号生肖，只可惜我们全员都是回响者，没有成为生肖的资格。”

“所以是猫……”齐夏低声说。

“没错，其实一开始我并不想叫猫的……”陈俊南苦笑了一声，“我是大娃，老乔是二娃……”

“原来是这样……”齐夏眯起眼睛问，“那剩下的人呢？”

“剩下一个姓张的三陪小姐，就是那个甜甜；一个姓李的阿sir，李尚武；一个身高只有五尺的钱多多；外加一个每天只想过周六的周末……算上我陈大娃、乔二娃，我们六个人便是葫芦七兄弟啊……”

“等……等一下……”齐夏明显没听明白，“你们是六个人啊，什么葫芦七兄弟？”

“傻子……你没有看过葫芦娃吗？”陈俊南叹了口气说，“七兄弟当中有一个是隐身娃，所以我们六个人就可以扮演七兄弟了。”

齐夏感觉自己的思维有点被堵住了。

这个理由虽然听起来荒唐，但如果是从陈俊南口中说出来，一切都显得那么自然。

“我……”齐夏无奈地捂住了额头，“我没有想到甜甜居然是猫的第三人，可她的能力这么强大吗？居然能够排到第三？”

“这和能力有什么关系？我们又不是梁山好汉，我只是觉得张三顺口。”陈俊南解释道，“张四、张五、张六都很别扭啊，有没有？”

齐夏感觉自己有的时候实在是想得太多了。

“后来呢？”他叹了口气又问道。

“后来就有点不好描述了……”陈俊南扭脸望向了乔家劲，“我和老乔大吵了一架，这小子还揍我了呢。”

“啊？”乔家劲一愣，憋了好久才憋出三个字，“谁赢了？”

“还有脸问呢？”陈俊南伸手捶了一下乔家劲的胸膛，“在这个鬼地方，也就张山那个老小子能跟你五五开，剩下的人都得被你压着打。”

说完他又觉得气不过，回头拍了拍齐夏："老齐，你可记好了啊，这小子发起火来连自己人都打。"

这一次齐夏有点听不下去了："乔家劲是什么人我也知道……如果连他都发火了，事情肯定不小。"

"也不能算什么大事……"陈俊南撇了撇嘴，"我就是当着这小子的面把你臭骂了一顿。"

"骂我？"

"是啊，你小子抛下我们哥俩自己逃了，就算不是王八蛋也差不多了，我让老乔死心，不用再等你了。"陈俊南说完又耸了下肩膀，露出无奈的表情，"可我没想到老乔这小子脾气还挺大，直接跟我分道扬镳了。"

齐夏知道陈俊南也是在嘴硬，如果他不抱有同样等待自己的想法，便不可能建立葫芦七兄弟这个让人想笑又令人惆怅的组织。

明明只有六个人却硬要叫七兄弟，第七个位置是留给谁的？

"分道扬镳是指……"齐夏又问。

"这小子退出了，他当时是这么说的……"陈俊南清了清嗓子，学着乔家劲那不太标准的普通话，"如果界个主织不系为了等骗人仔肥来，那偶就不待了啦。[1]"

乔家劲听完露出了一脸鄙夷的表情："我平常是这么说话吗？"

"反正差不多。"陈俊南贱兮兮地说。

听到这句话齐夏又感觉有些头痛。当年到底发生了什么事？如果自己正在引领一大群拥有回响的参与者，又到底为什么要选择铤而走险去成为生肖呢？

"如果不是这小子自己出去送死……"陈俊南咬着牙说，"现在估计我还是陈大娃，依然待在这里当老大呢。"

乔家劲听后有些尴尬地笑了笑："这……这和我没什么关系吧？"

"老齐，要说这小子没头脑，他做事还是蛮有计划的。"陈俊南伸手搭在了乔家劲的肩膀上，"他好像去干了些什么，当时的钟声确实变频繁了，但我也不断地收到他的死讯。"

"我的死讯？"

"是啊。"陈俊南点点头，"楚天秋那小子动不动就来找我，抱怨你又冲动了、又死了……话说你当时到底去干吗了？"

---

① 如果这个组织不是为了等骗人仔回来，那我就不待了。

“楚天秋……”齐夏皱了下眉头。

乔家劲听到陈俊南的问题只能无奈地摇摇头，他的记忆根本没有留存。

“我本来以为时间一长他就会放弃……”陈俊南回过神来，“可我没想到他甚至在没有回响的时候都去参与地级游戏，直到洗掉了所有的记忆。”

以乔家劲的为人来看，他确实会这么做。

“由于老乔失去了记忆，所以他又会重新带着一腔热情去送死……”陈俊南盯着齐夏，眼神中带着一丝埋怨，“虽然这个臭小子揍了我一顿，但我和他毕竟有过命的交情，所以不能再让他惨死了。”

于是，陈俊南回到了房间中。

在他的不懈努力下，众人只会干净利索地被人羊打碎头颅，然后失去记忆不断循环着这一天。

“韩一墨那小子不知道犯了什么毛病……居然也失去了记忆。”陈俊南又补充道，“我已经很久没有跟他来往了，每次离开房间我都会直接走。不知道从哪一次开始，那小子失去了记忆，我当时并没有意识到，整个房间里保留记忆的人仅剩我自己了。”

齐夏推断了一下韩一墨的情况——他回响的条件大概率是恐惧，他会失去记忆，那必然是他找到了一个不错的靠山，让他暂时忘记了恐惧，结果却不小心丧了命。

这恐怕就是生于忧患，死于安乐。

“所以你以一己之力……”齐夏说道，“让整个房间的人卡住了七年……”

“是啊。”陈俊南点点头，随后懒洋洋地瘫坐在椅子上，“小爷不想让大家出去绞尽脑汁然后惨死。”

陈俊南说完这句话后，齐夏皱了皱眉头。

“真奇怪啊……”齐夏摸着自己的下巴，眼神冷峻地看向了陈俊南，“对于每个失去记忆的人来说……他们每次死亡都是第一次死，你拯救这些人的意义何在？他们并不会因为不断的死亡而感到烦恼，也不会因为你的拯救而感到开心。”

“我……”陈俊南皱了皱眉头，面色也阴沉了下来。

“你明明有更好的办法……”齐夏说，“那可是整整七年啊……七年里……你都没有想过让乔家劲重新加入你的组织吗？你也没有想过带领大家再挣扎一次吗？”

乔家劲和郑英雄同时看向了陈俊南，没想到他竟然沉默了，仅仅盯着齐夏的双眼。

几秒之后，齐夏似乎反应过来了，只能点点头，说：“可能是我多虑了，你继续说吧。”

听到这句话的陈俊南也松了口气，继续说：“后面的事你们都知道了……林檎来到了我们的房间，结果我却没有控制好自己的信念，接连两次替林檎死去。不过也算因祸得福，现在肖冉消失了，我们房间已经是全员回响者的状态了。”

齐夏面色沉重地点了点头。

“只不过……话又说回来了……”陈俊南压低了声音，再次问道，“虽然我现在能够坐在这里和你们侃侃而谈，但我不确定我到底还是不是我。”

齐夏也回过神来打量了一下陈俊南，他曾与陈俊南接触过，说实话这二人的气质完全相同，甚至连说话时的微表情和小动作都一模一样。

他们记忆相同、形态相同，如何能否认眼前的陈俊南不是陈俊南?

这依然是手表定理。当你发现自己有两块时针不同的手表时，只要随意打碎一块，那另一块上的时间就是对的。

“你们二人的记忆不相通吗？”齐夏问。

“目前看来是的。”

“也就是说你们俩没有办法得知对方的想法，自然也没法同步记忆……”

“不……”陈俊南伸手打断了齐夏，“要说沟通……确实有个办法让我们二人可以得知对方的想法。”

“什么？”

陈俊南听后微笑一下，从自己的上衣口袋中掏出了一张纸，在齐夏面前打开了。

“因为死的次数太多了，我有留下遗书的习惯……本来这封遗书是留给你的，但阴错阳差地回到了我的手中。”

齐夏探头望去，那封遗书写得非常潦草，不知道是陈俊南的字体本就如此，还是他写这封遗书的时候处于慌乱之中。

老齐，当你看到这封信的时候，我大概是死了。

怎么样？

这开头吓一跳吧？

哈哈哈哈。

小爷我准备去地蛇的场地转一转，要是活着回来就给你讲讲小爷的丰功伟绩，要是没回来就下次再讲，反正你得听。

当然也不排除我一上头和他赌了命，那结局就不好说了。

不管怎么样，这封遗书还在，你应该能想象出小爷的飒爽英姿吧？

对了，我想起来我要说什么了，天蛇极其护短，倘若我真的干翻了地蛇，八成会有一书呆子出来寻我，你们和我出自同一房间，也有可能被钉上。只要见到了那个书呆子，便证明天蛇也离开了列车，而传说天蛇是天龙的得力助手，若是连天蛇都离开了列车，便证明其他天级全部出动，小爷建议你打地洞逃生。

我见过的天级生肖仅三个，但他们一个比一个难搞。

但话说回来，若是天蛇没有现世，那一定要等我回来再行动。

我怀疑整个终焉之地见识过天马和天虎的手段并且还保有记忆的人只剩我了。

就这样吧，此致敬礼。

不用回信啊，我根本收不到。[①]

齐夏看完这封遗书，再一次抬头盯着陈俊南的双眼。

是的，有件事他没提——关于天级。

通过陈俊南刚才的讲述来看，他们的经历不足以触碰天级，那陈俊南有什么理由认识他们？

“这上面写的三个……人。”齐夏隐去了不必要的词汇，对陈俊南说，“你是什么时候见到他们的呢？”

“在你消失之前。”陈俊南回答说，“那时有一半的……人，出动了，甚至还发动了游戏。”

“什么？”齐夏扬起了眉头，“到底是什么游戏？”

“基本上可以说是……洗牌游戏。”陈俊南叹了口气，“在他

① 陈俊南在写这封信时，并未严格按照信件格式书写。

们的游戏当中我们根本不必考虑怎么才能赢，能想办法活下来就已经是万幸了。”

正在此时，门外靠在墙边的身影终于走了过来。

众人回头看去，钱五正拿着香烟朝他们走来。

陈俊南上下打量了一下这个女人，感觉并没有什么印象，直到目光停留在她左脸的疤痕上，才忽然露出了笑容：“钱多多？”

“是我啊，陈大娃。”

此时齐夏和乔家劲才终于确定，这看起来如此有城府的一个女人，本名居然真的叫作钱多多。

“小钱豆啊！”陈俊南看起来格外高兴，两步走上前去抓住了钱五的肩膀，“你还记得小爷我啊，这次我没白来！”

钱五在此时陡然化身成了男人，身材看起来与陈俊南一模一样。

“呀，你小子回响着呢？”

“是，我感觉有些抱歉啊，在门外偷听了这么久……”钱五对陈俊南笑道。

“这叫什么话？我们能在这里聊这些，说明没把你当外人啊。”陈俊南打了个哈哈。

“我明白。”钱五点点头，然后面色沉重地看了一下众人，“刚才听你们提到游戏，我只是想提醒一下诸位，今天时间不早了，你们最好早点休息。”

说完之后，他转眼看向屋内众人，随后用力皱了皱眉头。

齐夏明白了钱五的意思。

现在他和陈俊南探讨的话题有些敏感，说不定哪句话就会被监听到。

可是这个监听到底是什么意思？

齐夏曾经在毫无防备的情况下，在天堂口的天台上告诉陈俊南他便是那个强大的回响者，如果真的有人在监听，现在他应该已经被天级带走了。

也就是说……他们所说的话，只是有可能被监听到。

“我觉得你说得对……”齐夏点点头，也冲身旁的人使了个眼色，“今天很晚了，确实该休息了。”

陈俊南和乔家劲纷纷点头。

“得，今儿确实也不早了，我先找地方休息了。”陈俊南拍了拍齐夏和乔家劲的肩膀。

“骗人仔……那我也走了。”乔家劲也站起身，回头看了一眼钱五，冲他点头示意，两个人一起离开了牢房。

房间里又只剩下了齐夏和郑英雄。齐夏刚要找地方休息，却发现眼前这个小孩儿不太对，他一直都在擦拭自己的鼻子，脸颊已经抹满了鲜血。

“喂……”齐夏皱了下眉头，“你怎么了？”

“我没事……”郑英雄吸了吸鼻子，让鼻血停止了几秒，但很快又流了出来，“老毛病了……我一直这样……”

“这叫什么老毛病？”

齐夏将郑英雄扶到椅子上坐下，将他的头向前倾，然后伸手捏住了他的鼻子。

“你经常流鼻血吗？”

“嗯……”英雄小声回答，“你这是在做什么？我不应该把头仰起来吗？”

“不该。”齐夏回答道，“鼻血止不住时仰头会让你的鼻血倒灌到胃里，不仅无法让血液凝固，更有可能损伤胃肠道和气管。”

“哦。”

齐夏捏着郑英雄的鼻子，一分钟后就皱起了眉头。

通常情况下流鼻血，捏住鼻子等待血液自然凝固就可以止住，但这个孩子的鼻血似乎越来越多，已经开始从齐夏的指缝中流出了。

“这好像不是寻常鼻血，你像是受伤了……”

齐夏松开了手，郑英雄的鼻腔瞬间淌出一大摊鲜血。他愣了一下，只能赶忙撕开一块布条堵在了郑英雄的鼻子里。

“我没事……没事的……”郑英雄不断摆着手，“这鼻血流着流着就不流了……”

齐夏看了看郑英雄，不由得叹了口气。

难道是因为这孩子的回响是“灵嗅”，所以他的鼻子才会受伤吗？

END
ON THE
TENTH DAY
副本
列 车

列车。

地虎正在一扇木门前面焦躁地等待着，路过的生肖纷纷行礼，然后躲得远远的。

“还不下班？”地虎一只手撑着墙壁，面色看起来烦躁至极，“你小子整天加班到底图个啥啊？”

又等了几分钟，地虎面前的门才缓缓打开了。

一身黑色毛发的地羊从中走出，面无表情地看了地虎一眼，转身就要离去。

“等会儿！”地虎叫道。

地羊听后停下脚步，回过身来没好气地说：“你有毛病吗？这才第一天，你的道我慢慢还。”

“谁要道啊？”地虎一把就拉住了地羊，“老子有个新想法，想让你帮个忙……”

“直接说。”

“我……”地虎刚要说话，忽然又想起了什么，“这个……那个……求人办事，我是不是得先请你吃个饭？”

“你能不能不要忽然假客气？”地羊一把将地虎推开，“你不说我走了。”

“等会儿等会儿……”地虎露出了为难的表情，“这里说话不方便，你先去我的房间吧？”

“啊？”地羊露出了不耐烦的表情，“你到底要干什么啊？”

“哎……来吧来吧……”

地虎生拉硬拽地将地羊向自己的房间拉去，走了没几步，面前另一扇门打开，显出了另一个身影，那是一只光着上身披着西装的狗。

“哟……”地虎敷衍地点了下头，“稀奇啊，狗子，你也有加班的时候？”

“别提了，遇到老手了。”地狗叹气道，“虎子，你那儿有吃的吧？带我去吃点东西，下班太晚了，饭都没领到。”

“啥？今天不行。”地虎当机立断地说，“明天吧，明天我请你吃两顿。”

“什么东西？”地狗听后皱起了眉头，“不是吧……你小子这么抠的吗？我自己藏的酒都给你喝了，让你请我吃顿饭你都不肯？”

“哎！今天真不行啊！！”地虎有些委屈地看着地羊，“咱俩有事要谈的，是吧？”

“谁跟你有事要谈？”地羊冷笑一声，“地狗，你一起来吧，这小子说要请吃饭呢。”

“我就知道。”地狗打了个哈欠，“快走吧虎子，不要浪费珍贵的下班时间。”

本来是地虎生拉硬拽着地羊，可片刻之后就变成了地狗拖着他们俩一起进了地虎的房间。

地虎一脸无奈地推开房门，里面正有七八个人级生肖坐在桌子旁边等他，而桌子上放满了饭菜。

“老师回来了……”一个女性人猴说。

一语过后，所有的学生都看向了地虎。

“那个……那啥……”地虎露出了一脸窘迫的表情，“你们先滚一下，我们三个有事要说。”

七八个学生看到进门的居然是三个地级，谁也不敢怠慢，纷纷站起身来走出门去，队伍最后的人猴细心地将门关上了。

地狗看到满桌子的饭菜也不再客气，坐到椅子上就吃了起来，一旁的地虎和地羊却一直沉默。

“你们聊你们的啊……”地狗说，“我耳朵不好，啥也听不见。”

地虎暗骂一声：“你说的话自己信吗？你是狗啊，你耳朵不好？”

“那我能怎么办？”地狗一边低着头拿着食物一边说，“你这儿又没有塑料袋，要不我就打包带走了。”

地羊双手环抱在胸前，叹了口气说：“有事你就说吧，别耽误大家时间了。”

“可是有外人在啊！”地虎叫道。

“外人？”地狗嘴里塞着包子环视了一下，“这哪儿还有人啊？”

“就你啊！”地虎吼道，“你干啥非得过来啊？！”

“你这可太伤人了。”地狗摇摇头，又咬了一口包子，“要不是我今天被迫加班，能跟你俩遇上吗？我能跟你们遇上是一种缘分，而你请我吃饭代表了生肖情谊，从各种方面来说……这都应该是一次愉快的见面……”

“快拉倒吧！”

地羊伸手拿起了桌子上的一根胡萝卜，咬了一口对地虎说：“咱俩跟这只狗也认识不少年了，算不上外人吧？还有什么事是他不能听的？”

“哎……是……是……”地虎压住嗓音说，“是羊哥啊……”

虽然他已经极力压住了自己的声音，可奈何他的嗓门实在是太大，这句话清清楚楚地传到了地狗的耳中。

“羊哥？！”地狗愣了一下，“白羊哥？”

“你小子别听啊！！”地虎叫道。

“不是……你也太离谱了，你这低音炮的嗓音我不想听都不行啊。”地狗说，“羊哥好歹是我偶像，我没跟你说过吗？一开始我是想当羊的，只可惜人难骗，羊难当，最后不得不成了狗……”

“啊，行了行了……”地虎摆了摆手，“你小子这叫自找倒霉，接下来说的话是你自己要听的，出了事老子概不负责。”

“哎！”

听到地虎这句话，地羊和地狗感觉不太妙，忽然有些后悔跟他过来了。

“老黑、狗子。”地虎看着两人的眼睛，十分认真地说了一句让两人都瞪大了眼睛的话，“咱们造反吧。”

一语过后，地狗猛烈地咳嗽一声，显然被食物呛住了。

地羊也慌忙地站起身，小声嘟囔了一句“告辞”，随后就向屋门的方向没了命地奔去。

“哎！别走啊！”地虎跨步上前拉住了地羊，“你小子可都听见了啊，现在走也晚了。”

说完他又回头指着不断咳嗽的地狗：“还有你小子现在也入伙了，谁走我就告发谁，你俩谁也跑不了。”

地狗咳了半天才将噎住的食物咳出来：“你个老小子也太狠了吧……我这辈子第一次蹭你饭，你就给我来这出？你等着，我现在就给你吐出来……”

地狗慌忙地用自己的手指抠着喉咙，但看起来作用不大。

“吐了也没用了！”地虎说道，“我话已经说出来了，你俩都是知情者，要么现在告发我，我到时候反咬你们一口，要么咱们坐下来好好探讨一下这件事的可行性。”

地狗一直把自己抠到连连作呕，也没想明白这件事和自己到底有什么关系。他只是想吃一顿饭而已，没想到上了这么荒谬的贼船。

地虎脑子有泡吗？

“你跟我玩阴的是吧？”地羊一脸窘迫地推了地虎一把，“你这不是让我们俩去送死吗？”

“这有什么送死的？”地虎大大咧咧地说，“你在怕啥？怕天？”

“你……”地羊听到这句话赶忙回身看了一下屋门，他总感觉自己现在离死不远，“你能不能小点声？！”

“反正我不管……”地虎说，“本来我只想拉你下水的，现在狗子也来了，那咱三个就一起吧。”

“什么玩意就一起……”地狗噌的一声站了起来，“你没事吧？你哪只眼睛看到我要和你一起？”

看到地虎的表情不像开玩笑，他又看向了地羊：“这赔钱虎到底怎么了啊？”

“这……”地羊的眼神中露出了一丝迟疑，“应该是因为羊哥的事……”

“羊哥怎么了？”地狗不解地看着两人，“羊哥现在不是天羊吗？他鼓动你们造反？”

“别胡说……”地羊打断道，“这件事和羊哥一点关系都没有，纯粹是赔钱虎自己心血来潮。”

在地羊的讲述下，地狗大体知道了事情的全貌。

“什么？”地狗听完黑羊的讲述，眉头微微一皱，“你们怀疑羊哥没有成为天羊……反而变成了普通的参与者？”

“只是猜测。”地羊说，“可是这个赔钱虎仅仅因为猜测，已经要造反了。”

地狗听完还是有些不理解：“不是……赔钱虎，你到底为什么啊？如果你真的确定那个叫齐夏的男人就是羊哥，难道不应该和他聊聊吗？”

地虎听后暗骂一声：“在外面我聊个屁啊！你顶头上司的耳朵你又不是不知道，万一被他听见了怎么办？”

“那你也不能在这儿聊啊！”地狗说完眨了眨眼，“不对，你在哪儿都不应该聊这个啊！你要死啊？”

“这有什么？”地虎讥笑着说，“天的身体素质和我们是一样的，只不过多了一些奇怪的能力……我觉得只要狠下心，造反根本不是问题……”

“不不不……”地狗疯狂地摇着头，“赔钱虎，你先听我说……”

“你说。”

“你说有没有可能……咱们成为生肖的原因是为了活下去、逃出去？”

地狗说完又看了看地羊，他们二人现在有一个共同目标，那就是劝地虎放弃这个想法。

“没错，赔钱虎。”地羊点了点头，“你冲动不代表我们也冲动，好好地待在这里晋升不好吗？你花了这么多的时间才成为地级，就这么白白葬送了？”

“你们俩是傻吗？”地虎没好气地问，“我们根本不能变成天级啊！羊哥的例子不是已经活生生地摆在这里了吗？就算我们完成了任务，就算我们上头的天级是空缺的，我们也只会变成普通参与者啊！”

“我都说了这只是猜测啊！”地羊有些着急了，“赔钱虎，我们没有百分之百的把握确定齐夏就是地羊，你忘了吗？人蛇说要去确认一下那个人的身份……”

“到底还有什么可以确认的？”地虎的声音也越来越大，“你、我、死蛇三个人都觉得像，咱们可是最了解羊哥的人啊！这世上会有这么巧的事吗？”

二人谁也说服不了谁，只能陷入沉默。

“等一下……”此时的地狗又开口了，他的眼神和刚才稍有不同，“我现在已经不太在乎造反这件事了……你们刚才说我们不能变成天级，这句话是真的吗？”

地虎听后严肃地点了点头：“狗子，你自己想吧，在你成为生肖的这些年里，有哪个地级真的变成了天级？”

“话不能这么说吧？”地狗回答道，“现在的问题在于咱们和天级根本没有待在一起，你又怎么知道那些地级没有成功晋升？”

“老子的脑袋瓜子只有一根筋！”地虎说，“晋升成功的我一个都没见过，晋级失败的却见过一个，综上所述，晋级失败的概率是百分之百。”

“你……”地羊被地虎的强盗逻辑堵得说不出话来。

而狗的表情此时已经完全变化了。

“虎子……如果我们真的不能晋升为天级……那情况确实会比较麻烦啊……”地狗的表情渐渐认真了起来，“我小心翼翼地在这里摸爬滚打这么些年……如果最后得不到好结局，那我之前通过游戏杀掉的人算什么？我付出的努力算什么？我每天按时上班的目的是什么？”

“地狗，怎么连你……”地羊错愕一下，“我记得你不是这种人啊……”

“我对以前那些事都可以不在乎，因为那没有触及我的利益，只要能够准时下班我就别无所求了。”地狗摇了摇头，“可现在，如果情况真如虎子所说……那我不得不重新考虑这件事了……”

“你……你们俩冷静一点……”地羊慢慢伸出了手，“虽然我现在理解你俩的想法了，但能不能再等一等？”

“等什么？”地虎问道。

“等人蛇确认齐夏的身份……”地羊有些紧张地说，“至少还有几天的时间，是吧？”

“那几天有什么意义吗？”地虎说道，“如果那条死蛇真的确认了齐夏的身份，那说明他也会被卷入这场斗争中，可他是人级啊，虽然咱们三个互相看对方不顺眼，但你真的想让他死吗？”

“是人级也没关系吧……”地羊摇了摇头，“但你至少先等等……我们还需要再等等……”

“老黑……”地虎慢慢站了起来，走到了地羊面前，“你好像有点奇怪啊……现在的情况还不清晰吗？要么你答应下来，咱们三个一起商讨一下；要么你现在就走，我就当你今晚没来过，这样说你能明白吗？”

“不……”地羊摇了摇头，用一种非常奇怪的眼神看着二人，“我不会走，也不会让你们造反。”

“哦？”地狗听到这句话冷笑一声，“原来如此啊……你既不能走，又不能答应，也就是说你有别的计划……是吧？”

“我……”地羊一愣，随后看向地狗，“话不要乱讲，我哪里会有别的计划？”

地虎听到这句话也感觉有些奇怪。

“老黑……你在盘算什么？”他一步一步地靠近地羊，“虽然我经常想活剐了你，但我知道你没有什么坏心思……但现在……你在想什么？”

“我……”地羊彻底语塞了，在他来到这个房间之前并未预料到会是这种情况，所以连说辞也没有准备好。

“你想要卖我？”地虎问。

“别瞎说！”地羊叫骂一声，“我如果想弄死你，绝对会光明正大地和你打一架，告密出卖你算什么？”

“那我就有点搞不懂了……”地虎好像在看犯人一样地看着地羊，让地羊感觉浑身难受，“有什么事是不能和我说的？什么叫你既不能离开又不能造反？”

“我不能说。”地羊说道，“这件事另有隐情，所以真的不能说。”

“原来你小子真的有事瞒我……”地虎皱起眉头，一张大脸凑近了地羊，“和羊哥有关？”

地羊的面色也沉重起来，他沉声说：“赔钱虎，你要是真的为了羊哥着想，现在就绝不能出乱子。”

“什么？”

“羊哥有自己的安排，你摸着你那海绵一样大的脑袋好好问问自己，你和羊哥的计划谁更靠谱？”

“你扯什么犊子？[①]”地虎胡须微微一动，“你这话说出来自己信吗？羊哥如果真的是天级，你怎么知道他的计划？如果羊哥不是天级，他又怎么给自己安排计划？”

“总之我就是知道。”地羊非常认真地回答道，“如果你俩真的要造反，那我宁可现在就和你们干一架。”

地虎知道地羊的性子，这种情况下地羊敢说出这句话，八成是铁了心。

地羊见到地虎已经沉默不语，便转头看向地狗：“狗，你是真的准备跟赔钱虎一起了吗？”

“我和谁一起都无所谓……”地狗抬眼说，“我的想法比虎子还简单，先想办法让天级空缺……就知道我们到底能不能晋升了。”

这句话出口，地虎和地羊同时一怔。

“你的目标是天狗？”地虎问。

“可不是吗？”地狗渐渐露出了一副慵懒的表情，“你们所谓的造反，难道不是杀死自己的顶头上司吗？这样我们便有极大的概率成为天级，如果还有碍事者，就把其他同类也杀了……”

地羊转头打断道：“喂，生肖残杀没处理好的话我们要面对的可不仅仅是其他生肖……你要是惊动了白虎该怎么办？”

“哈……”地狗忽然露出了一丝意味深长的笑容，“没错，玄武负责维持公正，朱雀负责审判生肖，白虎负责调停残杀……可你

① 扯犊子，东北地区俗语，意为做的事情或者说的话都不切实际。

们有没有发现一个问题？”

“什么问题？”二人扭头看向他。

“白虎……在这列列车上吗？”

“啊？”地虎略微愣了一下，“啥意思？白虎……没上车？”

“你们有谁见过那个传说中的白虎吗？”地狗问，“他长什么样子？现在在哪节车厢？”

二人本想找个理由反驳地狗，但仔细想想似乎真的有些古怪。

若是涉及公正，无论是参与者害人夺道还是触发与生肖赌命，玄武都会从天而降维护这次事件的公平性。

若是涉及犯规，无论是生肖犯规还是参与者在人级游戏中犯规试图杀死人级生肖，朱雀都一定会现身正法。

但要说到生肖残杀，或许是因为生肖比任何参与者都惜命，这列列车上至今为止发生过最严重的事件莫过于斗殴。这也导致在很长一段时间里白虎都未曾现身过。

可话又说回来……如果白虎不在列车上，那生肖们的处境岂不是很危险？

“我感觉你被赔钱虎传染了……”地羊说，“没见过就是没有吗？你应该知道就算你运气好，能跟天级硬碰硬，神兽也绝对碰不得。就算有百分之一的概率会惹到白虎，我也绝不能冒险。”

“没错……”地虎听后点点头，“如果真的要对抗神兽……仅凭咱们三个人确实不行，还需要更加强而有力的帮手……”

“喂！什么叫咱们三个？我什么时候决定入伙了？”地羊说，“你刚才没听懂我说的话吗？羊哥有安排，你不要自作主张！”

地虎眨了眨眼睛，抬头看向了地羊。

“看我做什么？”

地虎露出一颗虎牙，忽然笑出声来：“老黑，我忽然想到一件很有意思的事。”

“什么？”

“既然你口口声声说羊哥有安排，那理论上他应该是在变成天羊之前和你说了些什么吧？”

“是。”地羊点头答应道。

“你我都知道羊哥是什么样的人……我也不觉得我比你差在哪里……”地虎说。

“什么意思？”地羊反问道。

“我的意思是……假如真如你所说，现在的一切都是羊哥提前计划好的，可他故意没有跟我透露过，那会不会……我的造反也在他的计划之内？”

听到这句话，地羊和地狗同时瞪大了眼睛。

是的，将人心掌控在指尖，这可太像羊哥会做出来的事了。

“就是因为羊哥知道我冲动的性子，所以一旦我发现他没有成为天羊，便一定会去找天龙问个清楚，若是我再狠狠心，说不定可以把整趟列车搞得乌烟瘴气……”地虎此时又抬头看向地羊，认真地说，“他知道我和你是死对头，你越是阻拦我，我的反骨就会越重，所以这件事……他单单告诉了你。”

“荒谬……”地羊微微动了动嘴唇。

他虽然嘴上在否定，可心中却觉得这简直就是白羊真正的计划。

“现在不正是最好的机会吗？”地虎笑道，“我不管羊哥和你说了什么……我都要开始我自己的计划了。”

“所以你要杀你的顶头上司天虎？”地狗在一旁问道。

“不一定……”地虎的眼神一冷，“我最终目标并不是我的顶头上司……而是我顶头上司的顶头上司……”

“你是说天……”地狗没有说出口，只是咽了下口水，然后压低声音问，“你是疯了吧？你说的造反，目标是龙？！”

“要不然叫什么造反？”地虎坏笑一下。

此时的地羊也有些失神地坐了下来。现在看起来，他早就进入白羊的计中计了。

“也就是说……”地羊低声说道，“羊哥连自己不会晋升为天级都提前算到了……他知道只要自己重新变成参与者，不论过去多么久，都一定会和我或者和你相遇，那时候他提前铺好的路就会发挥作用。”

“就是这个意思。”地虎点点头，“我一直以为你比我聪明，可这次你却这么晚才开窍。”

此时的地羊却失神地看着地面。

这种感觉很奇怪，他一直都在替白羊保守着这个秘密，到头来却发现自己被耍了一顿……这种感觉多么无助？

“如果你的计划这么远大……”地狗缓缓站起身来，“就靠咱们三个是不行的。”

“确实……”地虎点点头，“我们需要帮手……需要更多的生肖……”

“你快得了吧。”地狗看了他一眼，眼皮随之耷拉下来，“你这破人缘能找到什么帮手？”

“我不行你行吗？”地虎反问道。

“至少比你行吧。”地狗慢慢地走向房门，“在职场上这么多年，唯一学到的事情就是和同事搞好关系比讨好领导更重要，我手上有几个不错的人选，他们都在等待着晋升为天级，只可惜领导一直不调走，下面的人没有机会上位。”

“你把这里比作职场……岂不是太小看列车了？”地羊说，“哪个职场里允许杀掉自己的上司？”

“你想把这里比作什么我没意见，但在我眼中这里就是职场。”地狗再一次回过头来对二人说，“我隐忍了这么久，装作对任何人都没有威胁，目的就是向上爬，如果我发现我没有晋升的希望，将会完全变成另一副嘴脸。现在请给我几天时间，我去动员其他的隐忍者。”

一语落地，地羊的表情非常沉重。

这种诡异的发展到底是怎么回事？就算一切都如地虎所说，这是白羊提前安排好的，那仔细想想不是更奇怪吗？这分明是在把自己和地虎当枪。造反会有什么好下场吗？

等到地虎将这里搞得天翻地覆，任何和他有关系的人都会陷入极其危险的境地，到时候就算白羊真正的计划达成了……现在房间里的三个人也必死无疑。

地羊慢慢地闭上了眼，感觉这件事还需要从长计议，如果贸然跟着地虎行动，最后的结局一定是坠入深渊。

“羊哥，我从心底里尊敬你……你不要让我失望……”

地狗打开门走了出去，地羊也缓缓站起身来。

“今天到这儿了。”地羊说道，“我暂时不参与你们二人的任何行动……我需要观望。”

“你爱观不观吧。”地虎没好气地嘟囔一句，“走的时候把我的学生们叫进来，那群臭小子该饿坏了。”

…………

END ON THE TENTH DAY
第7关
白虎·
文巧云

第三天的长夜降临了。

所有保存记忆的人似乎都感觉这里变得更加奇怪了。空气中的浑浊感、腐臭感越发沉重，窸窸窣窣的声音爬满了屋外的墙壁。偶尔有夜风吹过，将干枯的大树吹得沙沙作响，这阵响声带着阵阵腐臭，然后没命似的飘向更加黑暗的远方。

不管是监狱里的人、学校里的人，还是被迫在外过夜的人，他们共同看着窗外漆黑的景象，隐隐地感觉到有什么大事将要发生了，空气中弥漫着一股压抑低沉的气息。

第四天的太阳升起时，存活在这里的人都痛苦地爬起身，拥抱着第四天的太阳。

章晨泽赶忙起身查看了一下屋内几个人的状态。除了她之外，剩下三个人身上都有着大大小小的伤势，一夜过去，情况有可能再度恶化。

她走到林檎面前，看了看林檎断掉的腿。那条腿的膝盖下方已经完全肿胀了，需要马上进行夹板治疗，只可惜现在她们身处一家玻璃店，并没有合适的工具。

“林檎，你还好吗？”章晨泽伸手去拉林檎的手，发现她的双手通红一片，像是冻伤了。

“还好……”林檎苦笑一下，“我全身都在痛……但都不是致命伤，你还是看看老秦吧。”

章晨泽听后点点头，走向了秦丁冬。秦丁冬还没醒，她只能伸手摸了摸秦丁冬的额头。

“还好……没发烧……应该没什么大碍……”章晨泽轻轻晃了晃秦丁冬，“丁冬，你还好吗？”

秦丁冬听后慢慢睁开了双眼，刚要说话却忽然剧烈地咳嗽了起来，几秒之后就吐出了一大口血痰。

“娘啊……你救我我也就忍了……居然还要在早晨叫醒我……”秦丁冬擦了擦嘴角看向了章晨泽，“知不知道有句成语叫‘早起毁一天’？”

章晨泽苦笑一下：“这叫什么成语？我只是担心你有事……”

“哎……好了好了……别对姐姐太好，姐姐心软……”秦丁冬摆摆手，勉强坐起身来，又看向苏闪，“小闪怎么样了？”

“我去看一下。”

章晨泽挽起袖子来到苏闪身边，发现苏闪也在沉睡。

“苏闪？”章晨泽摇晃了一下她。

章晨泽以为苏闪的状况相比于其他二人应该更好一些，可摇晃了很久都不见苏闪醒来。

“怎么回事？”章晨泽疑惑了一声，随后又用力摇晃了一下她，“苏闪，你听得到吗？”

见到苏闪依然没有回应，章晨泽伸手摸了摸她的额头，发现分外滚烫。

“她怎么了？”秦丁冬问。

“我不知道……”章晨泽皱着眉头说，“她发烧很严重……”

两个人挪动着接近报废的身体走向了苏闪，发现苏闪身上并没受伤，但此刻双颊一片通红，明显是发了高烧。

几人正在担忧地看着苏闪，却发现她的双眼慢慢张开了。她的眼白一片血红，瞳孔也像是死去很久的人一样开始涣散了。

“嗯……”她微微一怔，转头望向几人，看了看面前的章晨泽，片刻之后就皱起了眉头，“你们……”

“苏闪，你没事吧？”章晨泽问。

“我……”苏闪听后挤出了一丝笑容，“我能有什么事？”

林檎以前和苏闪少有接触，并不知道苏闪身上发生了何事，只能扭头望向秦丁冬。

秦丁冬叹了口气，往前走了一步，伸出自己的手握成了一个拳头：“小闪，告诉我，我伸出了几根手指？”

“你……”苏闪低头看向秦丁冬的拳头。

盯了好久，苏闪才眨了眨眼，说：“两根。”

秦丁冬听后翻了一个大白眼，对章晨泽和林檎说：“小闪看不见了。”

“这……”苏闪听后皱了下眉头，感觉秦丁冬比自己还要了解自己。

二人虽然早有预料，却感觉情况有点怪异。

章晨泽明显记得苏闪在醒来之后第一时间看向了自己，而且刚才秦丁冬伸出拳头的时候，苏闪也在盯着她的拳头看。

“我……我隐约还能看到点东西……”苏闪苦笑道，“只是不想让你们担心……”

“别骗人了。”秦丁冬说道，“你现在只能看到一个个发光的轮廓，是吧？”

“你连这个都知道？”

“小闪，我说过了，我以前和你组过队。”秦丁冬咳嗽了几声，说，“那条死狗昨晚并不是挑拨离间，我确实害死过你。”

“是吗？”苏闪并没有感觉很意外，“在这种地方……害死身边的人是难免的吧……”

“你能想明白就好。”秦丁冬点点头，“我并不讨厌你，甚至也想过和你成为朋友，但咱们俩的职业决定了咱们不是一路人。”

“嗯……”苏闪点点头，“说起来还要和你们道个歉，在这场游戏中……我一开始打算害死你们的。”

“这不是很正常吗？”秦丁冬说，“没有人告诉过你狗类游戏需要合作，都需要你自己去猜，你能在最后关头破除我房间里的冰雹，已经算是出了奇策了。”

苏闪苦笑着站起身来，随后摇晃了一下身体。

“苏闪……”章晨泽扶住了她的手腕，“你真的没事吗？你现在还在发高烧……”

“发烧？”苏闪一愣，慢慢露出了一个诡异的微笑，“不，我没有发烧的感觉，我现在很好。”

章晨泽明显感觉她的手腕很烫，但她的意识看起来确实是清醒的。

“我们都受了伤……”苏闪瞪起眼睛环视了一下屋内的三人，她的眸子如同破碎的宝石，已经完全失去了光芒，“咱们回去找那位医生看一下吧。”

众人互相对视了一眼，随后点了点头。林檎和秦丁冬的伤短时间内根本不可能治好，而苏闪的双眼更是浑浊一片，靠现有的医疗手段完全不可能让她康复。

几个人互相搀扶着，开门走出了屋子，却正巧看到缓慢走来的地狗。

“哦？”地狗打了个哈欠，“早啊，打卡了吗？”

“死狗……”秦丁冬痛骂一声，“什么打不打卡，你以为我们在这儿上班吗？”

“哦，搞错了。”地狗懒洋洋地揉了揉眼睛，“你们不上班，我上班。”

“那你就上你的死班吧。”秦丁冬似乎觉得不解气，又冲地狗脚下吐了口口水，“累死你。”

地狗没在意，只是看了看苏闪：“苏闪，你怎么样？”

“我……”苏闪向地狗看去，漆黑无比的视野里有一个清瘦男人的轮廓，她慢慢露出笑容，“我还好。”

“你这也算老毛病了，以后省着点用吧，希望能再见到你。”地狗摆了摆手，从几个女生之间穿行了过去。

他刚要进入玻璃店，却忽然想到了什么，缓缓转过身来。

“对了……”地狗看了看眼前的四人，开口说，“你们当中有老手吧？存了多久的记忆？”

“姐姐我存了三十万年。”秦丁冬大吼一声，“你要干吗？”

地狗听后翻了个大大的白眼。

秦丁冬毫不示弱，立刻跟了一个白眼。

“懒得跟你计较。”地狗说，“我想找个人，不知道你们谁认识。”

林檎听后试探性地问：“你要找谁？”

“一个叫齐夏的人。”地狗说，“我想见见他，不知道能不能有这个机会。”

几个女人都颇有城府，在听到齐夏二字的时候，没有任何人露出异样的表情。

“我可以帮你找找看。”林檎说道，“但这算交易了吧？你要拿什么换取这个人的情报？”

“嗞……”地狗听后摸了摸下巴，“你们要道吗？”

“不要。”林檎摇头，“你还有别的东西能给吗？”

“连道都不要……所以我说老手真的难搞啊……”地狗思索了几秒钟，抬头说，“食物怎么样？我给你们搞几块小蛋糕、几瓶饮料，外加一些新鲜水果。”

林檎听后微微咽了下口水，看向身旁几人。

“小蛋糕……和水果？”秦丁冬听后也有些心动了。

地狗说的这些东西，林檎和秦丁冬已经有许多年都没有吃过了，她们的记忆里只记得腐烂食物的味道。可偏偏每十天她们的身体就会刷新，所以就算吃土都不会营养不良。

现在的情况看起来有些奇怪，由于不知道地狗的动机，二人这样做像是准备用齐夏的命来换小蛋糕，罪恶感十足。

苏闪盯着地狗的轮廓看了一会儿，笑着插话道：“你们生肖为什么要单独见参与者啊？那个人很重要吗？”

“他……”地狗沉思了一下，“他有可能是我的故人，所以我想见见他。”

他顿了几秒钟，看了看众人的表情，又补充道：“我不会伤他性命的，毕竟生肖有生肖的规则，在游戏之外我们不可以杀人。如果你们认识他的话……能帮我转告一声吗？”

几个女生听后既没有同意也没有拒绝，心知这件事只能去问问齐夏的意思。

“我帮你留意。”林檎说道，“走了，回见。”

地狗点了点头，转身进入了玻璃店，而四个女生此时也顺着道路离去了。

一路上，章晨泽扶着林檎前行，而秦丁冬则伸手拉着苏闪。虽然苏闪能够看到一些隐约的轮廓，但完全看不见道路，地上的小石头都能让她绊一跤。

走了大约半个小时，林檎感觉自己的右腿有些支撑不住了，提议找个地方休息一下。苏闪点点头，刚要说什么，却忽然看到不远处有两个发光的人形轮廓格外清晰。

“那里好像有人。”苏闪伸手指了指发光的方向，“是认识的人吗？还是生肖？”

众人顺着她的手指看去，那个小广场中央立着一座带有显示屏的巨钟。显示屏上此刻正显示着四个回响，分别是“替罪”“招灾”“灵视”“魂迁”。

“苏闪，那里没有人。”章晨泽说，“你是不是看错了？”

“看错了？”苏闪慢慢地瞪起双眼，她的眼睛再度一片血红，那两个人形轮廓也越发清晰了，“我没有看错……那里站着人的……”

苏闪面带笑容地往前走了一步：“你们看不到吗？一男一女站在那里，他们在做什么？他们怎么一动不动呢？”

众人看了看显示屏和巨钟，总感觉有些诡异。

“喂……”林檎伸手拉住了苏闪，“你似乎回响过度了，要保持清醒啊……要记住是你在控制回响，不是回响在控制你。”

“不……我很好……”苏闪回过头来看向林檎，一双眼睛再度流下血泪，“我现在看得更加清楚了……我正在重新审视这个世界……”

秦丁冬慢慢皱起了眉头，上一次她和苏闪合作时只是在室内行动，从未带她出过门，所以此时她并不确定苏闪是疯了还是真的看到了什么。

“林檎……你的光芒很温暖……”苏闪继续露出微笑，伸手握住了林檎的手腕，“你的周身飘满了‘激发’两个字……就像太阳般温暖……”

说完，她又看向了章晨泽：“晨泽，你的光芒形状很特殊，它飘在你的头顶，飘荡着浑浊的‘魂迁’，远远看去，你就像个黑色的灯塔。”

听到“黑色的灯塔”这几个字，章晨泽的表情明显黯然起来。

“小闪，你真的需要休息了一下了，我们现在不太需要知道自己的回响是什么形状，但你需要把眼睛闭上一会儿。”秦丁冬转头对林檎说道，“老林，咱俩先带她找个室内坐会儿。”

“好……”林檎点点头，她刚想要拉住苏闪，却又被苏闪推开了。

苏闪微笑着环视着四周，开口说：“你们发现了吗？人越来越多了……”

“什么人？”三人也跟着看了看四周，这里只有破碎的建筑。

“我们被人包围了啊……”苏闪大笑道，“终焉之地原来有这么多人吗？好热闹啊……”

她慢慢地往前走了几步，来到了一个老旧的路灯底下，伸手摸了摸路灯柱。

“你为什么不动呢？”苏闪笑着问道，“你早就站在这里了吗？”

“苏闪……”章晨泽想上前去叫住她，却被另外两人拦住了。

“晨泽，没什么用了……”林檎一脸惋惜地说，“只能等下次了……”

三个人看着苏闪跟路灯说话，心里都有些不是滋味，若不是苏闪的这双眼，她们现在都已经死在地狗的游戏中了。可也正是这双眼，让苏闪失去了理智。

作用于双眼的回响和其他的回响似乎有点区别。毕竟人类的好奇心是无限的，人类对于看不到的东西根本不会关注，可一旦能开始看到模糊的轮廓，便会想更加用力地看清它。

现在的苏闪想要看清这些模糊的轮廓，也想看清周身所有的光芒。

她会被这双眼睛害死的。

“好奇怪呀……”苏闪面带笑容地回过头来看向众人，“你们听到这个人说话了吗？”

众人发现她的眼睛已经变成了暗红色，看起来格外骇人。

章晨泽看了看她面前的路灯，面色沉重地摇了摇头：“没听到。”

“我也没听到……”苏闪的表情逐渐呆滞了起来，“这个人一直都在张嘴，可我听不到他讲话……我还以为自己的耳朵也坏了……”

说完她又仔细看了看周围大量的人……他们仿佛都在讲话，但周遭静谧无比。

“好有意思呀……”苏闪顿了顿，“就好像在看静了音的电视……”

“老林……”秦丁冬小声说道，“我去杀了她吧，这样不是办法。”

“唉……”林檎叹了口气，“你还有力气吗？苏闪以前怎么说也是个警察，肯定受过训练的……”

“没事，我去找块石头吧。就算她受过训练，对着脑袋直接砸下去的话……”

“你们……在商讨什么？”章晨泽愣了一下。

“晨泽……”林檎皱着眉头看了看她，“我们准备送苏闪上路，虽然听起来不太合理，但你以后也会习惯这种事的……”

章晨泽仔细想了想，这事虽然尽显不公，但确实是无奈之举。

若是苏闪继续以这样的状态存活完剩下的六天，对她自己来说也是一种折磨。

“既然如此，我去吧……”章晨泽沉思了一会儿说道，“你们二人的体力不足以完成这个任务了。”

说完她便走到一旁，拿起了路边的一块石头。

二人呆呆地看着她，只感觉这个女人有点过于理智了。正常的新手能够在开始阶段就做好这个心理准备吗？

章晨泽拿着石头，静静地来到了苏闪的身后，只感觉这一幕似曾相识，却又不太一样。这一次她要杀死的是一个对自己不错的人，这种感觉有些难过。

“但我已经背负命案……”章晨泽咬了咬牙，将手中的石头举了起来。

此时苏闪正背对着她，缓缓地抬起头看向了天空。片刻之后，苏闪后退了半步，差点撞到了章晨泽。

“什么？”苏闪疑惑地看着天空，表情格外诧异。

章晨泽本想趁此机会下手，但还是没控制住自己的好奇心，也跟着苏闪的目光抬头看去。

天上只有一个土黄色、带着丝丝黑线的太阳。

“你们看……”苏闪慢慢地抬起了手，脸上的表情也转为了微笑，“这里真的好热闹……连天上都飘着一个女人……她为什么会飘在那里呀？”

听到这句话的三人只感觉后背一凉。这天上哪里有人？

暗红色的天空上甚至连一片云彩都看不见，只挂着一个太阳。

“你要下来玩吗？”苏闪伸出双手做出拥抱的动作，“飘那么高……不会很危险吗？”

话音一落，苏闪的眸子变成了纯黑的颜色，黑色的鲜血也渐渐流满了面颊。仅仅几秒钟的工夫，她的双手垂了下去，一头栽倒在了地上。

章晨泽一愣，赶忙放下手中的石头检查了一下苏闪的脉搏，发现她已经死了。

不远处的显示屏也响起了一阵钟声，“灵视”消失了。

“她……”章晨泽诧异地回过头来看着林檎和秦丁冬。

“她的状态本来就已经很差了……”林檎面带失落地说，“对她来说是一种解脱吧……等下次她回来的时候恢复理智，我们再问问她究竟看到了什么吧。”

章晨泽沉默着点了点头。这个地方比她想象中的更加恐怖。

“请问……”章晨泽抬头对二人说，“只要是使用回响，都会有这么严重的后遗症吗？这不是一种超能力吗？”

“回响从来都不是超能力，它是一把双刃剑。”秦丁冬说，“在这个地方，每个人的回响必然有其明显弊端，甚至连你也一样。”

章晨泽想到了昨晚逃走的那件西装。对她来说，回响何止是把双刃剑？它分明是一块毫无作用的废铁。

“通常来说……如果回响是作用于自身的，那么就极易对自身造成伤害。”林檎解释道，“苏闪就是很好的例子，但她似乎还混合了另一种情况。”

“什么情况？”

“若回响是作用于其他方面，那便会对自己的大脑造成伤害，最终使人失去理智。如果我没猜错，咱们三个人的回响至少都有这个弊端。”林檎顿了一下，看向了苏闪的尸体，“按理来说苏闪的回响作用于自身，副作用应该只是废掉双眼，但她也同样失去了理智，或许她的回响还有我们不知道的功能。”

“原来如此……”章晨泽伸出自己的左手看了看，“要是我大量地使用这个能力……我会疯掉？”

“是的。”林檎点头道，“一旦进入疯癫状态，人的认知就会错乱，这导致回响者既有可能变得更加强大，也有可能彻底把自己毁掉。”

林檎说完又看向了前方的显示屏，“魂迁”依然在列。

她知道章晨泽回响的风格和自己完全不同，那更类似于“招灾”的技能，只要发动起来就有极大的概率造成负面影响，这种回响如果不能加以控制的话，情况会越来越难办。

“晨泽。”林檎道，“我以前没有见过你，所以不知道你该怎么关闭自己的回响，当你再次听到钟声的时候，一定要记住当时的感觉。”

“哦……”章晨泽认真地点了点头。

三个人正对着苏闪的尸体发呆，思索着要不要将尸体带回天堂口的时候，却发现远处走来了三个身影。

“咦？”

两个队伍看到对方之后都露出了惊讶的表情。来人正是云瑶、甜甜和李香玲。

六个女生在巨钟面前见面了。

“你们……”林檎说道，“这是出来参与游戏吗？”

“不……”云瑶摇头道，“我们三个已经退出天堂口了。”

“嗯？”林檎一顿，“云瑶，你不是天堂口的副首领吗？”

“发生了很多事……”云瑶的表情有些失落，“那个地方已经变了，我认识的楚天秋也不在了。”

“是吗？”林檎三人对楚天秋的了解并不多，自然无法对这件事发表看法。

云瑶的视线转向了躺在地上的苏闪：“她……”

“我们参与了一场地级游戏……”章晨泽说道，“苏闪回响了，但是被副作用给害死了。”

几个人听后都略带惋惜地点了点头。

“对了……”云瑶开口说道，“我想建立一个新的组织，正准备招募几个队友，你们有兴趣吗？”

“新的组织？”

“嗯。”云瑶对几人说道，“我们似乎在这里活得太久了，已经忘记了真正的目标——我们要逃出去，要回到曾经的世界啊。我想要为这个目标而努力，但我知道自己能力有限，所以叫了甜甜和李香玲跟我一起，你们要加入吗？”

秦丁冬伸手摸了摸下巴，偷瞄了一下林檎。

“我……”秦丁冬说道，“我只是个招摇撞骗的小人物啊，而且独来独往惯了，加入组织什么的……要不还是看看老林的意见吧？”

林檎盯着云瑶的眸子看了半天，开口说：“我是极道者。”

“啊？”云瑶一愣，“你是什么？”

“我是极道者林檎。”林檎笑道，“拉我入伙，你想好了吗？”

云瑶的面色非常难看，她总感觉自己离开天堂口再正确不过了，因为极道已经完全渗入了这个地方。

不管是燕知春还是林檎，她们都有可能彻底瓦解天堂口。

“极道确实不行。”云瑶说，“我最痛恨的便是极道，所以你不能入伙，那剩下的人要来加入我们吗？”

“极道怎么你了？”秦丁冬没好气地问，“拿你的了还是吃你的了？有些人还真是有意思，自己都不去了解清楚情况，直接就开始排外了。”

“我还不够了解吗？”云瑶冷静地说，“曾经我们天堂口的目的非常纯粹，只是为了攻破游戏而已，可极道经常潜入破坏，轻则让我们准备许久的游戏攻略失效，重则害我们全员阵亡，这还不够吗？”

“那你可知道原因？”秦丁冬说，“你们赌死所有生肖是对的，他们阻止你们就错了吗？”

“问题不在这里。”云瑶皱起了眉头，“他们明明可以不干涉我们，正如你所说，既然无法确定谁对谁错，那我们完全可以各走各的路，可这群疯子偏偏要一次次地骗取我们的信任，再一次次将我们全都出卖，这真的合理吗？！难道对他们来说，完成自己的任务就必须建立在背叛之上吗？我这辈子最恨的就是背叛。”

秦丁冬听完之后也没了脾气，从某些方面来说云瑶说的话的确没错。

极道如果想要保护这里，就只能不断地击碎别人的计划，这对于云瑶来说极其残忍。

林檎此时也往前走了一步，开口说："虽然我并不想加入你们，但话也要说清楚，每个极道者的做法都是不同的，你不能因为一个人的背叛而质疑我们所有人。"

"是的，但我依然保持自己的看法。"云瑶说，"我根本不知道你们有多少人，也不知道每个人会使出什么手段，只能一刀斩断。"

"可是这不公平。"章晨泽忽然插话道，"这世上……不应该有任何人因为自己没做过的事而接受惩罚。"

云瑶看了看章晨泽，半天之后才点了点头。

"我明白了，我们要走的路不一样。"云瑶说道，"道不同不相为谋，只能祝福你们了。"

"云瑶……是吧？"章晨泽确认道。

"是我。"

"虽然不知道你们的计划究竟是什么，可我和林檎、秦丁冬、苏闪一起参与了游戏，我认为她们是可以信赖的人。"章晨泽语重心长地说，"你没有和林檎一起参与过游戏吧？所以你也不该对她的行为指手画脚。"

云瑶的眼神渐渐暗淡下来，她开口道："你说得对，我道歉，但这是我心里过不去的坎，因为极道，我曾经一次次地失去队友，那种感觉太痛苦了。"

"没事的……"林檎点点头说道，"现在的极道也早就不是最初的极道了，我和他们的行事风格有区别。"

说完之后她又惆怅地看了看苏闪的尸体，转头问云瑶："你们想好要去哪里了吗？"

"嗯……"云瑶点点头，"之前参与地蛇游戏的时候，记得他的游戏场地很大，而且分为很多个小房间，我想把那里当作第一个落脚点。"

此时甜甜也走上来，看了看几人的伤势，问："你们好像都受伤了……真的不跟我们一起走吗？"

李香玲也在身后看了看林檎的右腿说："姐，我……会一些正骨，能帮你大体治疗一下。"

林檎和秦丁冬对视了一眼，二人对于云瑶的印象说不上有多好，但此时拖着这副身体回天堂口也必然是个麻烦。

"就算不找赵医生……"林檎说道，"我们也要先回去找齐夏，有件事需要问问他的意思。”

“齐夏？”云瑶听后默默摇了摇头，“齐夏昨晚没有回天堂口，他和乔家劲、李警官一起去了猫的根据地，后来陈俊南也跟着去了，现在应该还在那里吧。”

“什么？陈俊南那个王八蛋也去了？！”秦丁冬一愣，“这小子真的不是躲我吗？我来了他就走，真服气了。”

“所以你们怎么说？”李香玲问，“林檎姐姐现在伤势不轻，走回去的话估计很危险……”

“既然齐夏不在天堂口，那我们也没有什么必要回去了。”林檎说完又看向李香玲，“能帮我固定一下右腿吗？晚点我去猫那里找齐夏。”

“没问题的，林檎姐姐。”李香玲点了点头。

“那我们能和你们一起先去那个地蛇游戏场地吗？”林檎又问云瑶。

“是……可以的。”云瑶说道，“刚才的话你别在意，我只是……”

“没事的。”林檎微笑了一下，“通过你的微表情我能知道你在想什么，你只是被骗怕了。”

云瑶苦笑着点点头。

六个人刚商量好要离开，一转身，赫然发现面前站着一个奇怪的男人。这男人的身影并不像是凭空出现的，他好像老早就站在这里，此时正在呆呆地盯着屏幕。

此人面色苍白、头发蓬乱，脸上架着一副厚厚的黑框眼镜。他左手抓着一本《博弈论》，穿着一件有些褶皱的白色衬衣，虽然年纪不大，却把衬衣的下摆掖在了裤子里。

“不好意思……十分抱歉……”男人结结巴巴地说，“刚才听你们说地蛇，是吧？请问……我是说虽然有点打扰了……但你们有什么关于他的消息吗？”

看到这个人的面孔，秦丁冬倒吸一口凉气，不动神色地退了半步。这简直太离谱了！

“百鬼夜行了属于是……”秦丁冬暗道一声，随后四下张望着，正在思考从这里逃脱的可能性。

云瑶见到这人，微微皱了皱眉头，她心知能够悄无声息地出现在附近的人必定不是什么寻常角色，就连天性敏锐的李香玲都未能发现他的存在，这值得她们小心应对。

“我们……刚才确实提到地蛇了，我们刚才说想去参与他的游戏。”云瑶说，“你要一起吗？”

“哦，是的……对……”男人点了点头，然后伸手推了一下眼镜，“你们这些女同志……你们这些人是应该去参与地蛇的游戏的……地蛇确实是有游戏的，合理。”

简短的一句对话，云瑶便感觉这人好像是原住民，他思维似乎不太正常。

“所以你也要去吗？”云瑶又问。

“我？我去吗？”男人窘迫地看了看云瑶，再一次结结巴巴地说，“我不去……我去了没用，我要找人。”

“你要……找谁？”云瑶又问。

“找……我找谁？”男人似乎被问蒙了，“我找谁来着？我找……我不认识那个人啊……对啊……我不认识怎么找啊？”

“那你找人的原因是……”林檎也在一旁问。

男人听后表情慢慢变冷了：“我的研究材料……我的实验样品断货了……没有地蛇，没有地蛇我进行不下去了……这可怎么办？”

他慢慢地伸出一只手抓着自己的头发，将原本就蓬乱的发型抓得更加凌乱。

“我这可怎么办？！地蛇还剩几个？！实验样品不能断啊！”

地蛇还剩几个？

几个女生纷纷皱起了眉头，这人难道还和各个地蛇做了交易吗？

“别理他了……”林檎小声说，“这个人太怪了，快走吧。”

“嗯。”云瑶点点头，回身给甜甜和李香玲使了个眼色。

众人刚要离去，却发现秦丁冬已经退出好几步远了。

“哎……”男人也扭头看向了秦丁冬，眯起眼睛仔细地打量了一下这个女人，“不好意思……你怎么离我那么远？”

“啊？！”秦丁冬一愣，“我……我没啊……我一直都站在这儿啊……”

“等会儿……”男人推了眼镜，仔细地看了看秦丁冬，“抱歉，你……你刚才说什么？”

“我说我一直都站在这儿啊……”秦丁冬重复道。

“你说你八年之前见过我？！”男人瞬间瞪大了眼睛，失声喊道，“你想骗我？！”

“我的妈……”秦丁冬大呼不妙，转身就跑。

男人瞪大了眼睛微微一挥手，秦丁冬脚下瞬间生出藤蔓，将她绊倒在地。

“真奇怪啊……”男人目光呆滞地扭过头，又看向了云瑶，“你又在说什么？”

云瑶见到这个男人的手段不禁微微咽了下口水：“我……我没说话……”

“你说那个人叫陈俊南？”男人喃喃自语道，“真是奇怪啊……我真是搞不懂……你们明明知道，却不肯跟我说？你们都打算骗我吗？”

几个女生已然感到后背发凉，谁都不敢再说一句话。这个男人似乎可以听到人心中所想。

男人瞪着眼睛看向她们：“你们都认识那个叫陈俊南的？”

秦丁冬自知情况已经超出控制了，只能大叫一声：“快跑啊！是天蛇啊！”

还不等几人反应，所有人的脚下都生出了藤蔓，将她们牢牢地捆住了。

“好啊……好啊……”天蛇生气地点了点头，“都骗我是吧？我对你们以礼相待，你们骗我是吧？我……我……”

他似乎想要说点什么狠话，可总是结结巴巴地说不出口。

“等……等一下……”林檎忍住右腿的剧痛开口说，“你……你要找陈俊南是吧？我告诉你他在哪里……你捆住我们没有用的……”

“什么？”天蛇盯着林檎看了几秒。

林檎只感觉自己的灵魂都要被这道目光所吞噬。

天蛇慢慢扬起了眉头，问：“猫是什么意思？监狱又在哪里？”

“我……”林檎听后只能赶忙闭上眼睛，尽量不让对方看到，“你让这些人全都走……她们走了我就告诉你……”

她感觉这种强大的读心能力应当需要发动条件，而发动条件极有可能是看到对方的双眼。

“需要这么麻烦吗？”天蛇扭头看向躺在地上的秦丁冬，“我来一个一个地审问你们……总有人会告诉我的……”

他缓缓地向秦丁冬走去，然后蹲下身，开口问：“请听题……”

“听题？”秦丁冬一愣，“别……你等会儿……我有个想法……你先听我说……”

“请问峰终效应是什么意思？”

“等……等会儿……”秦丁冬瞬间慌乱了起来，“你就算真的要问……是不是应该挑点简单的？”

“五秒倒计时。”天蛇说。

“你……”秦丁冬听后立刻闭上双眼，慌乱之中连身后的巨钟都摆动了起来，她嘴中赶忙念叨着，“这些藤蔓好可惜……居然是假的……那么真的藤蔓到底在哪儿？”

她的额头流下了一丝细汗。

多荒唐的信念啊，从地里生长出来的、带着泥土气味的翠绿色藤蔓……能是假的？这可是天蛇的手段，又怎么可能是假的？

天蛇叹了口气，伸手掐住了秦丁冬的脖子：“没有知识，你就注定要死。”

他苍白纤细的手慢慢收紧，秦丁冬只感觉自己的舌头都要被咬断了。

“我……我知道！”章晨泽忽然开口道，但声音有些颤抖，“我和她是一起的……能不能让我替她回答？”

天蛇没有说话，回头看向她。

“峰……峰终效应是说……人类通常只会记得一个阶段中，最顶峰的情绪和结束时的情绪……”章晨泽努力让自己冷静下来，“如果这两个情绪都是正面的，那总的来说这个阶段就是愉快的……反之亦然。”

天蛇依然沉默着，手上的力气缓缓加大了。

章晨泽不知何意，只能赶忙补充道：“比如在某些餐厅……其中一个菜品味道很好，让你印象深刻，结账时又看到柜台有免费的糖果……当你吃下这颗糖果，就会触发典型的峰终效应，由于顶峰状态和结束状态的感觉都是不错，那这间餐厅在你的印象中就是不错，人们也会忽略那些由于上菜慢、环境吵、要排队等负面因素带来的影响，很多店铺都会广泛应用这个原理……这就叫……”

咔！

天蛇一用力，将秦丁冬的脖子捏断了。

章晨泽甚至还没说完话，整个人就噎住了。

秦丁冬认识天蛇，可她还没说出该如何应对这个狠辣的男人便已殒命。殷红的鲜血溅在了天蛇的白色衬衣上，他表情呆滞地甩了甩手，站起身来看向章晨泽。

章晨泽咽了下口水，感觉自己马上也要死了。

“你……很有知识。”天蛇点点头，“我喜欢你，你要来当我的助理吗？”

“助理？”章晨泽慢慢皱起了眉头，“你是一个因为没有知识就会杀人的人，有谁会愿意当你的助理？”

“难道无知的人不该死吗？”天蛇看向了章晨泽的眼睛，“上天给我们每个人的时间都是一样的……我能够学习这么多知识，可他们却这么无知……多么可悲？与其让他们一直浪费自己的时间，不如我送他们走。”

“可这公平吗？”章晨泽知道自己没有退路，只能鼓起勇气继续说，“就是因为你比她多知道了一个峰终效应，她就该死？你也知道上天给我们每个人的时间都是一样的，既然我们没有用来学习你所谓的知识，那自然是去做了你没做过的事，你又凭什么决定我们的生死？”

林檎和云瑶都被章晨泽这股咄咄逼人的气势吓到了，虽然她说的是实话，可现在这个节骨眼应该激怒天蛇吗？

“我不信。”天蛇冷笑道，“这世上不可能有我不知道的知识。”

“好。”章晨泽也点点头，“请听题。”

“什么？”

周围的几个人都瞪大了眼睛看着她。

“伪造货币，应该如何判罚？”章晨泽问。

天蛇听后微微思索了一下：“这应该是刑法第一百七十条，凡参与者，处三年以上十年以下有期徒刑，并处五万元以上五十万元以下罚款；若是团伙首领或伪造数额巨大、有其他严重情节的，处十年以上有期徒刑或无期徒刑，处五万元以上五十万元以下罚款或没收财产。”

章晨泽听后微微咽了下口水，只能在脑海中寻找更加冷门的问题：“若是帮忙代管他人财物……却忽然想占为己有，应该怎么判？”

“第二百七十条……数额较大，拒不退还的，处二年以下有期徒刑、拘役或罚金；数额巨大或有其他严重情节的，处二年以上五年以下有期徒刑，并处罚金。”天蛇再一次回答道，这次的回答速度明显高于上一次，看来他已经知道章晨泽的提问策略了。

“我说过……”天蛇慢慢走向了章晨泽，“这世上不可能有我不知道的知识，你们比不过我，所以都是蠢人，蠢人都得死。”

大家这下没了办法，任谁也不会想到跟平常一样地走在大街上，居然会遇到天蛇。

几乎所有人蛇和地蛇的游戏种类都逃不过问答，如此看来天蛇必然是其中的行家。仅靠对他提问，能够摆脱困境吗？

“我还有最后一个问题……”章晨泽的眼神冰冷了下来，“若是这个问题你也知道，那你杀了我我也认了。”

“你说吧。”天蛇冷笑道，“只要你问的问题有答案，我就绝不会不知道。”

章晨泽深呼一口气，也学着林檎的样子闭上眼睛说：“我有个同事，他每个周一都会到事务所楼下的火锅店独自一人吃火锅，他最喜欢店里的黄喉和耗儿鱼，因为店家给它们取的菜名很有意思，请问这两个菜品在这家店叫什么名字？”

此言一出口，身旁的几个人全都愣住了。

“嗯？”天蛇微微一愣，虽然这个问题当中的每个字他都听清楚了，可一点都没听懂。

“黄喉……是什么东西？”天蛇问道，“耗……耗儿鱼……”

“五秒倒计时。”章晨泽继续闭着眼睛说。

空气在众人面前凝固了五秒，天蛇一句话都说不出来。

“你看……”章晨泽睁开眼说，“你也有不懂的知识……所以你根本没有权利决定我们的生死，是吧？”

“这个问题是你编的吧？！”天蛇看了看章晨泽的眼睛，几秒之后发现自己失算了，这个问题居然真的有答案。

天蛇的面色越来越冰冷，那张苍白的脸也开始抖动起来。

“我一定要你来当我的助理……”他看了看身边的两具尸体，说道，“你比她们厉害太多了……”

“不，我说过，我们每个人都有许多你不知道的知识。”章晨泽继续平静地说道，“如果你想让自己变得越来越博学，那就不要轻易地杀死任何人。”

天蛇再一次看了看章晨泽的双眼，嘴唇一动：“你居然没有骗我？”

“是，我不喜欢骗人。”章晨泽说。

“真是奇怪啊……”天蛇一步一步靠近了她，伸出一只冰冷的手放在了她的脖颈上，“我每次出现，所有人都会骗我……你却偏偏没有？”

沾着鲜血的冰冷指尖触碰到章晨泽的脖颈时，让她微微颤抖了一下。

“你的遭遇如此奇特……”天蛇面带诡异的表情盯着章晨泽的双眼，“你这么博学……家人却这么无知？你真的能忍受自己的人生吗？”

“我和你不同。”章晨泽回答道，“这世界上确实有很多无知的人，但我不想让他们都变得博学，我只能做好我自己。”

她想到自己那荒诞的人生。为了摆脱那吃人的山村，她无时无刻不在学习新鲜的事物，只为了让自己变得更好，没想到此时居然能够派得上用场。

“有道理。”

章晨泽压抑住自己的恐惧，开口说：“我喜欢讲道理的人，你不会无缘无故杀死我们的，是吧？”

天蛇顿了半天，最终收回了手。

“你说得是。”他点点头，“我这辈子最讨厌有人骗我了，既然你没有骗我且又如此博学，那我也没有理由杀你……现在，你们告诉我那个叫陈俊南的人在哪儿，我就可以放过你们。”

林檎和云瑶听到这句话后迟疑了一下，在场的众人只有她二人知道陈俊南的准确位置，也只有她们二人知道猫在哪里。

“你们和那个叫陈俊南的有关系吗？”天蛇问，“你们愿意为了他而死吗？”

“当然不愿意，我可以告诉你他的位置。”林檎说。

“喂……你说真的吗？”云瑶小声问，“齐夏他们也在那里啊。”

“没有别的办法了……”林檎小声说，“就算我们不说，他也依然有办法读取我们的想法，既然如此不如趁机换自己一条命。”

通过刚才的观察，林檎发现天蛇似乎有着奇怪的执念，他喜欢聪明人。换句话说……如果将他引到齐夏面前，齐夏八成不会死。

连章晨泽都能临时想到对策，齐夏不可能想不到。

更何况，那里还有“双生花”坐镇，就算是天级生肖想要动手也只能三思。

“看着我的眼睛。”林檎说，“猫的位置在我的记忆里。”

天蛇盯着她的眼睛看了半天，忽然瞪大了眼睛。

“你的眼神里不仅有猫的位置……还有我和猫拼杀的画面……你准备让我去跟那个叫钱五的人打一场？！”

"什么？不是……"

他立刻冲着林檎伸出了手，直冲对方心脏："你敢跟我耍心机！"

林檎一怔，她从未跟这种人交手过，根本不知道对方的能力上限。

就在天蛇的手马上就要刺穿林檎的心脏时，一股强劲的风忽然吹来，将现场的几人吹了个趔趄。

天蛇第一时间站起身，回头一看，面前正站着一个面容枯槁的老人。

那人踮着脚尖，整个身体以一个诡异的幅度向前倾着，面庞几乎和天蛇的贴在了一起。

"你……"天蛇往后退了一步，伸手扶住了自己的眼镜。

"一股子生肖的臭味……"老人露出仅剩的一颗牙齿，面色怪异地说，"虽然这事不该我管……但你凭什么在路中央大摇大摆地杀参与者？谁给你的胆子？"

"你……你是？"天蛇已经很久没有从别人身上感受到压迫感了，这个老者给他的感觉有些奇怪。

"奇怪啊……"老人瞪着一双干黄浑浊的眼睛看向天蛇，"你明明犯规了……却没有人干涉？此地的平衡多么微妙……一旦被打破岂不是后患无穷？"

天蛇也瞪着眼睛看着面前的老人，可怕的是他读不出老人的任何想法。

这个老人心中只剩一片黑暗，仿佛一块没有思想的石头。

"你……你是神兽？"天蛇愣了一下。

"吾既是白虎。"老人慢慢站直了身体，"你是谁家的生肖？奉谁的命令杀人？"

"我……"天蛇的目光慢慢变得恭敬，"我是天蛇，奉天龙的命令……若有需要，可以杀死任何碍事者。"

"什么？！"白虎沙哑的声音破口而出，"我本在巨钟面前等待那两个小辈，却没料想等来了天大的笑话……"

"所……所以……"天蛇低下头说道，"如果有得罪……我在这儿跟您道歉……我不知道这里是您的地盘……"

"天龙……真是这么说的吗？"白虎慢慢靠近了天蛇，逼得他连连后退，"他说你们可以随意杀人？他连主人的话也不放在心上了？"

就在天蛇信念动摇的瞬间，几个女生脚下的藤蔓迅速枯萎，没几秒就干枯断裂了。

她们迅速聚到一起，站在不远处看着这奇怪的二人。她们留也不是，跑也不是。

“我不知道什么主人……”天蛇回答说，“我只听天龙的安排……”

白虎听后慢慢抬起了头，望着头顶的虚无之处，仿佛在半空之中寻什么人。

“你在做什么？”他问道，“你能制作出三千六百颗叫道的东西……却又违背主人的命令随意杀人……这两件事不矛盾吗？你不准备下来跟我解释解释吗？”

只可惜天空之中一片安静，白虎没有得到任何回答。

天蛇一直恭敬地低着头，既不敢说话也不敢抬头看他。

“你倒是说说……”白虎低下头看着天蛇，“天龙为什么下达这个命令？你们天级又为什么可以在没有发动游戏的情况下随意杀人？”

“具体我不清楚……”天蛇有些紧张地低声说，“在某一天夜里天龙被一阵剧烈的钟声吵醒，从那一刻起他便夜不能寐、日不能食……命令我们一定要找到那个触发钟声的人。”

“剧烈的钟声？”白虎眉头一皱，脸上的皱纹变得更加深邃了，“我有印象……我有印象啊……”

“前辈您知道？”天蛇抬起头看了看白虎的表情，“您知道那个回响者是谁吗？您知道他的能力是什么吗？”

白虎听完刚要说话，又慢慢闭上了嘴。他伸出手，狠狠地抽了天蛇一个耳光。

啪！

这一耳光声音异常响亮，简直像是鞭炮在眼前炸开。天蛇的头在这一巴掌的作用下扭到一边，但他很快便回过神，重新低下了头。

“你是个什么东西？”白虎冷笑道，“若是天龙有问题，让他当面过来问我，派你过来是看不起我吗？”

“是……是的……前辈您说得对……”天蛇眼神一冷，似乎将这笔仇恨记在了心里，“我会去通知天龙的……”

“滚吧。”白虎说，“要记得你是生肖，你存在的目的不是滥杀无辜。我就在这里等着天龙，他想要来，我随时恭候。”

“是是是……”天蛇恭敬地对白虎鞠了个躬，“我这就走……

不打扰您了……”

天蛇扭过脸，用阴冷的目光看了看几个女生，随后转身离开了这里。

但对于现场的几人来说目前还不能放下心，毕竟还有一个白虎。他的立场是什么？

“你们不走？”白虎问。

“啊……”云瑶怔了一下，“是的，我们也要走了，这次真的谢谢您。”

“不必谢我。”白虎摆了摆手，“你们可是参与者，你们只能死在游戏中……或是永远在这里循环，这样才对……”

短短的一句话让几人后背冒出了冷汗。

“老人家。”章晨泽此时壮着胆子上前去搭话，“请问我们参与者，到底怎样才能从这里出去？”

“从这里出去吗？”白虎的眼神渐渐落寞了下来，“或许只有他……只有齐夏才能做到……”

“齐夏？”

章晨泽和林檎感觉颇为奇怪，自从今天醒来，似乎所有人都在寻找齐夏。他到底做了什么？

“只有成为‘万相’……”白虎咳嗽了几声，然后伸手挠了挠蓬乱苍白的头发，“只要在这个乐园中创造出一个‘万相’……大家就都解放了……”

“什么？”章晨泽不太相信自己的耳朵，“老人家，如果我们不想成为‘万相’……能逃出去吗？”

“逃……出去？”老人怔了怔，“你们要逃到哪儿去？”

“回到现实世界啊！”

“哈……”白虎咧开了嘴角，空洞的嘴巴里仅仅悬着一颗牙齿，“傻孩子……你们哪里还有现实世界？你们注定要在这里生，要在这里死。”

林檎此时也默默低下了头，表情悲伤。

“什么意思？”云瑶有些愣住了，“你刚才不是说有人成为‘万相’……我们就能够解放了吗？”

“哈哈……”白虎笑道，“这里已经有人参透真相了……因为有人撒了天大的谎啊……哪有人可以逃出去？”

章晨泽嘴唇颤抖了一下：“那你说的解放……是什么意思？”

"解放……是啊，你们会解放的……"白虎点点头，"只要有人通过了这一切考验成为'万相'，你们就不必再受这循环之苦了……你们便可以永远地死去，永远地忘记这一切……"

"你说什么？！"云瑶感觉自己的信念有些崩塌了，"什么叫现实世界不存在了？什么叫我们在受循环之苦？"

"不……我没有说现实世界不在了……"白虎摇摇头，目光呆滞地说，"只是你们的现实世界不在了，所以一定要放宽心啊……你们的家人都在呢，从世界上消失的只有你们而已，放心、放心。"

"那……可……可是……"云瑶明明想问些什么，却显然被这个消息给击垮了，整个人只能愣在原地，一句话都说不出来。

"每次他洗牌之后，接下来的人就会充满新的热情……"白虎微笑道，"你们应该早就体会到了，这正是我所说的循环之苦，与其保存记忆一直在这里痛苦着，倒不如忘掉一切让自己好好活着吧，痛苦能少一天就是一天……"

"不对吧？"章晨泽愣了一下，然后看向了白虎，"老人家，您刚才说过……只有齐夏才能做到是什么意思？这里只有他能出去吗？"

"他……"白虎听后挠了挠头，干枯的头发也在此时来回摇摆，"他也出不去啊，他唯一能做的就是解放众人，让这一切结束。"

"你的意思是……"在场的几人都在此刻想到了什么。

"不错……"白虎点点头，"他最接近'万相'，在他成为'万相'的那一天，你们所有人的存在都会失去意义，你们将会跟着这个地方一起毁灭。"

听到这句话，章晨泽和云瑶的心中咯噔一声闷响。

"就算他成为'万相'我们也出不去？"云瑶确认道。

白虎点点头："齐夏成为'万相'的那一天，四神兽将带领所有的生肖一起，和此地所有的参与者一起迎接毁灭，这是我们本就该有的命运。"

"那你们岂不是太自私了吗？"章晨泽说道，"我们所有人都在这里奔波，你们让我们来就来，你们让我们毁灭就毁灭……这对于齐夏来说也不公平吧？他也强烈地想要回到现实生活中，你们却让他在被逼无奈之中成为'万相'？"

"我们让你们来？我们自私？"白虎冷笑一声，"我这不是在好意提醒你们主动忘记这一切吗？你们……如何体会我们的心情？

齐夏他自己的执念，又如何抵得过我们的执念？”

章晨泽只感觉这句话太可笑了，每个人都有自己的执念，可这些高层人物却只关注自己的感受。

“你以为我们会这样放弃？”云瑶皱着眉头说道，“你们和生肖是一起的，你现在说的话也是站在生肖的立场上考虑，我们忘记得越多，生肖能杀死我们的次数就越多，所以我不能相信你。”

白虎点点头：“你说得也有道理。”

“所以我们会继续的。”云瑶说道，“我会继续杀死所有的生肖，让这个鬼地方彻底瘫痪，当你们连创造‘万相’都做不到时，这个地方对你们还有意义吗？”

白虎听后深深叹了口气，说道：“好久没有跟参与者沟通了……没想到你们现在已经这么激进了……你现在的状态和当年那个女人有点像啊……”

“什么？”

“她叫什么来着？”白虎摸了摸自己的下巴，“很久以前在这里大闹了一番，最后受到了应有的制裁，叫什么来着？”

众人等了半天，白虎才缓缓地说出了那个人的名字。

“好像叫什么巧云……”说完他又拍了拍自己的脑门，“唉……实在是太久远了，那都多少年了啊……你们可以自己去看看。”

“自己去看看？”

白虎听后伸出了一根手指，指向不远处的一条街道：“那里有间便利店，推门进去你就能看到那个曾经光芒万丈的领导者，她如今生不如死，终日与腐烂的食物和自己的排泄物为伴，如同一具行尸走肉。”

“什么？”林檎听后微微一怔。

“多么好的例子？”白虎说，“你们都太渺小了……老老实实地生活在这里不好吗？那个叫巧云的女人不正是你们的先驱者吗？她杀死过生肖，成为过生肖，最后落得如此下场……终是证明所有的路都不通。”

几个人默默地看着白虎，一言不发，可心里早已一片混乱。

“我感觉齐夏正在走巧云走过的老路啊……”白虎感慨地说道，“你们每一代人当中都会觉醒一个领导者，齐夏曾经消失了几年，想必也已经度过了第二个阶段……如今正要找到他自己的结局……”

白虎说完又有看向几人：“所以……你们能做的只有等待，若是继续冒险，这里所有的行尸走肉都将是你们的榜样。”

话音一落，白虎整个人慢慢飘向半空，随后在空中倏地消失了。

终焉之地向来如此。

这些人想来就来，想走就走，他们想杀人就杀人，想救人就救人。

秦丁冬被天蛇用极其荒诞的理由捏死在了手中，不管她还有什么心愿未了，都只能再等下一次循环了。

章晨泽也感觉自己有些怪怪的，明明接连死去了两个队友，可是只要想起她们能够复活，自己就毫不担心，这种心理显然有些病态了。

倘若有一天大家带着这种心态回到现实世界，也一定会下意识地认为死能够解决一切问题。只可惜人类从来都不是等待重启的计算机，死亡解决不了任何问题。

“接下来怎么办？”李香玲在身后小声问。

“香玲……”云瑶回头看向她，“你先带林檎去医治一下伤势吧，让甜甜和章律师也跟你去，我想去看看那个女店员。”

“不……我也要去看看那个女店员。”林檎说道，“带我去吧……我这伤就算不治也没事，活不了几天了。”

云瑶听后迟疑了一下，随后点了点头，便带着众人向那间便利店走去。

巨钟的位置距离便利店不远，还未进门，屋里面腐烂恶臭的气味便飘散了出来，让人轻嗅一口便皱起了眉头。

林檎梦回和齐夏组队的第一天，那时候他们误打误撞地来到了这间便利店，看到那个女人在烹煮“小猪崽”。

“我早该想到的……”林檎喃喃自语道，“当时她拉着齐夏进入屋子，三个大男人都拦不住……她的身体是强化过的……”

“你们的队伍遇到过她吗？”云瑶说完又看了看章晨泽和甜甜。

“我不记得了。”甜甜摇摇头。

“我也……”章晨泽叹了口气。

云瑶随后不再追问，推门进去，身后四个女生也小心翼翼地往里看了一眼。

屋里没人，但是气味格外强烈。地上躺着一具已经干枯发黑的尸体，上面爬满了蛆虫。

“有人吗？”云瑶壮着胆子问。

很快，屋内传来了窸窸窣窣的声音，一个极度消瘦的女人推开内屋的门走了出来。

她看起来营养不良，不仅面颊深深凹陷了下去，连身上的皮肤都如同老树一样干瘪了。

“嗯……”她呆呆地望向几人，然后挤出一丝笑容，露出干黄发黑的牙齿，“欢迎光临……请随意挑选……”

云瑶看了看屋内的环境，无奈地眨了眨眼，然后径直走向了店员。

“巧云？”云瑶轻声呼唤她的名字。

店员听到这两个字完全没有反应，只是愣愣地看向她，然后开口说：“请自己挑选货物。”

“我们不找货物，我们要找巧云，你是巧云吗？”云瑶问。

她也跟原住民接触过，很多时候原住民是能够记住自己的姓名的，可是眼前的女人似乎疯的时间太久，对“巧云”两个字完全没有反应。

或者说……白虎是胡扯的？

“我们这里没有巧云这种东西……”女店员张了张嘴，“货物都摆在架子上了，如果没有的话可以去别的店里看看……”

“是她吗？”章晨泽小声问，“白虎所说的……很多年前的领导者？”

“这谁又能知道呢？”云瑶无奈地摇摇头，“虽然她还活着，但怎么说也是‘死无对证’的事了……”

林檎听后觉得自己好像找到了什么线索，于是抬头问店员：“你好，请问你这里有吃的吗？”

“吃的……”女店员听后愣了很久，然后伸出自己肮脏的手捧起来，另一只手比作筷子，向嘴里拨弄了两下，“你是说这种吃的？”

“是……”林檎感觉这一幕似曾相识。

当时齐夏曾经问她这里是否有针线时，她的第一反应也是用手模拟穿针引线的动作。她似乎是在靠这种方法让自己保留少许的理性。

“我们店里食物特别少……”女店员有些遗憾地摇摇头，“吃的东西每次只来货一点点……连我自己也很久都没吃饭了……”

此时的甜甜和李香玲正在便利店内四处查看，她们很快就发现货架上有几个罐头，这些罐头看起来还很新。

甜甜开口说：“这里有几个罐头，你自己为什么不吃啊？”

听到罐头二字，林檎回过头去看了看，她记得上一次来这里时货架上分明空无一物。

二十多天的时间过去了，店里居然真的补充了货物？

“我不能吃的……”店员摆了摆手，“我们店员如果要吃，也是需要买的……可我买不起……”

林檎思索了一下，现在有两个重要的问题需要搞清楚。

“既然你从不吃店里的东西……那你多久没吃饭了？”林檎问。

“多久……没……”店员干黄的眼睛眨了半天，才终于想起了什么，“我上一次吃饭……吃了一锅小猪崽炖成的汤……很好吃……”

“至少二十四天。”林檎脱口而出。

正常人二十四天不吃东西会是她这副样子吗？

不……这件事细思极恐。这个店员会不会在二十四天以前就没有吃过东西了？

短暂思索了一下，这件事就已经有了答案。

“我感觉白虎说的话不假……”林檎回头对几人小声说道，“这个女生的身体绝对是经过强化的……她有着地级的身体素质……所以她能够靠自己体内的能量活到现在……”

云瑶也重新打量了一下眼前的女店员，她的身形如今和骷髅无异，这说明很长一段时间里她的身体都在消耗本身的能量。

“如果真如你所推断的一样……”云瑶面色沉重了起来，“这说明她活不了多久了……看起来她身上的肌肉和脂肪的含量已经非常低了，如果不想办法让她摄入营养，估计她很快就会变成一具永远站不起来的尸体。”

林檎听后点了点头，又问女店员：“既然如此……到底是谁在给你提供货？”

“货？”

林檎伸手指了指不远处的货架：“你的罐头是从何处来的？这个地方真的有人会给你供货吗？”

“啊……”店员扬了一下眉头，由于皮肤已经完全干瘪，她的抬头纹也格外明显，“是送货员……他会定期给我送来一些罐头……可我不能碰……这是店里的东西……我买不起……”

“送货员？”

云瑶拿起一个罐头看了看，很快就发现了端倪。这些罐头她太熟悉了。

“你说的那个送货员……长什么样子？”

“他……”女店员思索了一会儿，伸出一只手放在眼睛上，“他戴着一副……一副金色的……”

“眼镜。”云瑶提醒道。

“对的……眼镜，他穿着干净的衬衣……很爱笑，笑起来很好看……”女店员说着话不自觉地露出了笑容，“他跟人讲话的时候声音很温柔……身上的味道也很好闻……”

随着她的描述，一个人影准确无误地进入几人的脑海。

“楚天秋。”云瑶和林檎同时脱口而出。

楚天秋？女店员听到这三个字，表情才慢慢变化起来。仿佛“楚天秋”三个字比“巧云”更让她印象深刻。

“楚天秋是谁？”她干裂的嘴唇不断颤抖着，仿佛正在将一些沉睡的记忆唤醒。

云瑶没有回答这个问题，只是皱着眉头看向了林檎。一个奇怪的想法开始在她脑海当中盘旋。

“林檎……小猪崽是什么意思？”云瑶问。

林檎三言两语，将她第一次来到这里的事情说了个大概。云瑶听完，默默低下了头。

很快，她的眼神来回闪烁，仿佛有什么线索将各种不合理的事情全部连在了一起。

“等一下……”云瑶喃喃道，“不是因为齐夏……”

“什么？”

“我进入了一个误区……”云瑶有些失神地说，“我本以为楚天秋彻底发疯……是因为他在二十天以前见到了齐夏……”

“难道不是吗？”林檎反问道。

“你说有没有另一种可能……”云瑶回过头来，表情格外惊恐，“他是为了这个女生？”

“什么？”

“或者说……”云瑶努力让自己的心情平复下来，“是为了那个孩子？”

短短几句话让几个人的眉头都皱了起来。

“云瑶……”林檎开口打断道，“你这个假设是不是太大胆了？你是说那个孩子是楚天秋的？”

“是……”云瑶点点头，“正如这个女生所说，她长时间以来最常见到的人就是楚天秋，不知道是什么原因，楚天秋和这个女生发生了关系，在他得知自己的孩子惨死之后，彻底疯了……”

听到这里章晨泽忍不住插话道：“太……太荒谬了……我也见过那个楚天秋，虽说不甚了解，但他的为人我基本上也知道了，虽然他疯得很厉害，但怎么可能在这里跟这个女人生下孩子？他……他在我的记忆中不是这种野蛮的人……”

“楚天秋疯得厉害？”云瑶反问道，“果然啊，好的名声不管持续了几年，只需要一朝疯魔就会全部瓦解，这也算他咎由自取了。”

“难道不是吗？”章晨泽看了一眼林檎。

“你们了解的只是现在的楚天秋……”云瑶怅然地说，“不管你们信不信，在齐夏没有出现的这些年里，楚天秋一直都是良人的王，他为所有参与者做过的事情比你们想象中的还要多。”

林檎之前也听说过楚天秋的名号，可自从见到他之后才发现他跟自己想象中的完全不同。想想也是，若是楚天秋从一开始就如此疯癫，那又怎能成为良人王？

整个天堂口为什么会有如此多的人拥护他？

章晨泽听后顿了顿：“你是说楚天秋在终焉之地有一个孩子……可是这个孩子被她的妈妈当成了小猪崽……这件事导致他变得如此疯癫？”

“只能说是我的猜测……”云瑶叹了口气，“虽然我也不想这样猜测，但仔细想想，一旦这个理由成立，楚天秋所有的动机就合理了。”

众人听后纷纷沉默起来。

当自己唯一的念想都在终焉之地崩塌的时候，谁又能不疯魔？

可是那个孩子……真的是楚天秋的念想吗？

“之前看到齐夏头痛时……我就很想说这个问题了。”云瑶对众人说，“楚天秋也有头痛的毛病，这个毛病导致他没有理由出去。”

“什么？”林檎眉头一扬，“他也头痛过？”

“是的，这件事估计陈俊南也知道。”云瑶点点头，一字一顿地说，“楚天秋有脑癌。”

“什么？”

几个人这才想到之前陈俊南把刀架在楚天秋脖子上时，曾经敲着自己的太阳穴问他这里还痛不痛。

“楚天秋本来就没有出去的理由。”云瑶说道，“他在现实世界中的生命只剩两个月，终焉之地是他唯一的归宿，他愿意为良人做这么多事已经算是无私了。按道理来说……没有任何人可以指责他，他曾经在很长一段时间里，自己搜集食物分给众人，并且无私地分享游戏攻略，为的只是让众人在这里存活的概率提高一些。”

“可按照你这么说……”林檎说，“你根本没有理由离开那里啊，终焉之地还有比他看起来更可靠的人吗？”

云瑶顿了顿，又说道：“我对他不满，是因为他在玩弄天堂口所有人的生命，我们如此信任他，他却把我们玩弄于股掌之间，这是背叛。他明明可以告诉我们真相，让我们自己选择结局，而不是让我们带着一腔信任去死。”

众人能够理解云瑶现在心中的苦楚，被出卖不可怕，可怕的是被最信任的人出卖。

云瑶现在越发相信，在楚天秋得知这个叫巧云的女人把孩子吃掉之后，他开始变得疯癫了。在发动那个诡异的复制能力时，他也掏出了一块血肉塞进嘴里，难道他在学巧云？

“你们说的楚天秋……到底是谁啊？”店员的声音越发颤抖，她似乎想到了什么，但无论如何也唤不回自己的理智。

“你记得楚天秋吗？”云瑶问，“他就是给你送货的那个人，他的笑容很好看，声音也很好听。”

店员眨了眨眼，总感觉有些缥缈的记忆在脑海中复苏，可是那些记忆有多久了？

几十年了吧。

“小文，我们要带领所有人出去，我们要毁掉这个地方。”

“小文，你就是我们全部的希望，但如果出去之后你没有找到我……那可能是我不想见你。”

“小文，你现在在走的路非常危险……”

“小文，你这些年都去了哪里？连我都不记得了吗？”

“我是小文？”店员的眼睛不断闪烁着，似有泪水要流，她嘴中呆呆地念叨着，“我是文巧云？”

众人看到她的样子不禁松了一口气，她似乎正在恢复理智？

可几秒之后，文巧云的面色就暗淡下来，眼神也再次变得呆滞，仿佛刚才的记忆只是一块扔入湖中的石头，涟漪终会散去。

“请随意挑选……”她慢慢低下头，“请自行挑选货物，请……”

正如以前见过的所有原住民一样，他们起先会有一些曾经的记忆，可一旦仔细追问下去，那些远古的记忆就会被慢慢忘掉。

“所以……”章晨泽看着云瑶和林檎问，“假如成了原住民，便永远无法回归正常状态吗？”

林檎点点头：“是的，我从未见过原住民能够清醒过来的情况。”

云瑶也本想点头答应，到嘴边的话却哽住了。

“不……”云瑶面色沉重地说，“我现在对这件事持保留态度……原住民说不定真的可以恢复清醒……”

“什么？”林檎皱着眉头看向她，这种事她从未听过。

“小年……”云瑶对林檎说道，“你记得那个人吗？她叫许流年，齐夏说她曾经变成了原住民，可她现在回到了天堂口，不仅完全恢复了理智，甚至还能发动回响。”

“恢复了理智？”

“但还是很奇怪……”云瑶说，“许流年没有回到面试房间……她似乎逃脱了第十天的毁灭，只是终日在此处徘徊。”

听完这句话，林檎彻底愣住了。

“不对吧……真的存在这样的人吗？”她皱着眉头说道，“如果她能逃脱，就说明她再也没有可能回到现实世界了，就连我们都可以每十天回去一次，她却不行……她现在算什么？参与者还是原住民？”

“我不知道……”云瑶说，“我曾经私下问过她，她也只是说自己一觉醒来便恢复了清醒，然后回到了天堂口。楚天秋临时授命，让她扮演他……后来的事你也知道了。”

“既然有过先例……那就说明这件事是可行的……”林檎慢慢睁大了眼睛，“如果不经历第十天的毁灭，那就说明她的记忆永远不会丧失……如果能找到正确的方法，我们完全可以让整个终焉之地的人都逃脱这个诅咒，那时我们将迎来一个新的高峰……”

“可是还有一个问题我想不明白……”云瑶话锋一转，“她若是不会回到面试房间，那就说明她死了也不会复活……可是这一次的她分明复活了……她在哪里复活的？又为什么会复活？”

林檎听到这个问题也默默皱起了眉头。

是的，向来只有参与者能够复活，原住民和生肖不行。那么从原住民变回了参与者的许流年为什么可以复活？她是彻底的不死之身了吗？

甜甜听不懂这两人到底在说些什么，只是默默地走到一旁，拿起了一个罐头，然后用力打开了它。

这是一个鱼肉罐头，看起来保存还算完整，甜甜提起鼻子闻了闻，味道也没变化。她拿着罐头缓缓来到了女店员面前，放在了她面前的柜台上。

巧云回过头来，咽了下口水说："您就只买这个吗？"

"是的。"甜甜点点头，"我就买这个，结账吧。"

巧云愣了半天，伸手去摸扫码器，可是扫码器已经完全损坏了。

"这个……这个东西扫不了……"巧云有些失落地说道，"您再换一个吧。"

"那就当我偷的。"

"什么？"

"我说我偷东西了。"甜甜轻声说，"扫不了码也没事，待会儿你可以想办法报警。"

"啊？"女店员一愣，"你……你偷东西？"

"嗯。"甜甜点点头，"这东西是我偷的，但我现在送给你。"

"送给……我？"

"是的，你放心吧，警察来抓的话也只会抓我，我不会把你供出来的。"甜甜微笑着说道，"我偷东西只是为了好玩，自己也不喜欢吃。但是浪费食物也不好，所以只能送给你了。"

巧云明显被甜甜说的话吓住了。

"你这样……你这样真的会被抓的。"

"没事。"甜甜摇摇头，"我本来就是警局常客，被抓也无所谓，批评教育两句就送出来了，你拿去吃吧。"

巧云听后慢慢伸出了手，捧起了那个老旧的罐头。

鱼肉罐头连汤带肉满满一碗，一些油渍正飘在鱼汤表面，闻起来格外香醇。

"我……我能吃这个？"巧云有些不可置信地问。

"当然了。"甜甜点头道，"我偷的，又不是你偷的，你怕什么？"

云瑶看到这一幕深深地叹了口气，看来之前楚天秋送来的罐头这个女店员一个都没吃，反而是被很多光顾这里的人给偷走了。只可惜这个地方的执法者根本不会顾及这种小事，这个失去了理智的女店员只能一次次地认栽。

在众人的注视下，巧云伸出脏兮兮的手拿起了一条脱骨的鱼肉，盯着看了半天，然后颤抖着放进了嘴中。

紧接着她便痛哭流涕，哭得格外伤心，那表情像是彻底认输了。

不管这个女人曾经多么叱咤风云，带领过多少参与者对抗天龙，她在今天都输给了一罐过期的鱼肉罐头。

在场的几人见到这一幕心中也有些悲伤。

什么原住民？什么生肖？她只是一个普普通通的人而已，她只是想吃点东西，却一连饿了这么多年。

然后，她剧烈地干呕起来。长期的营养不良导致她身体的各个器官都开始衰竭，这显然不是靠一个罐头就能弥补的。可是谁都劝不了她，这个叫巧云的姑娘只能不断地吃了吐、吐了吃。她很想把这些东西咽下去，可是她的身体不允许。

到底需要多么强大的身体素质才能活下来？

“谢谢……谢谢……”巧云一边吐着酸水一边哭着说，“太感谢你了……”

林檎听后面容上也闪过一丝忧伤，转身去货架上将所有的罐头都打开了。

“这些都算是我抢劫的。”林檎继续说，“现在存放在你这里，你要记得一天只能吃一罐，否则我们就会在警察面前把你供出来。”

巧云用力地点着头，泪水打湿了干枯的面庞。

“谢谢……太感谢了……”

众人只感觉自己的做法是在一间马上就要燃烧殆尽的建筑物上泼了一桶水，这桶水究竟要有多大的魔力才能扑灭这场大火？

云瑶看着这一幕，隔了好久才说：“我们兵分两路吧……”

“什么？”林檎问道。

“原本我不想再管天堂口的事了，但现在看来许流年和楚天秋仍然有着自己的秘密……”云瑶扭头对林檎和章律师说，“我们三个是回不去了，你们能帮忙回去打探一下吗？”

章晨泽听后看了看林檎受伤的右腿，然后思索了一下说：“你们一起行动吧，我自己回去就行。”

“你自己？”

“嗯……”章晨泽点点头，“之前我说过，在对一件事情没有完全认识之前，我不会贸然做出任何选择，可现在过去了三四天，我已经对这个地方有些了解了，所以接下来的事情你们可尽管交给我来做。”

“可是楚天秋的城府很深……”云瑶说，“就算他不想杀你，你也不可能套到任何信息，不如让林檎和你一起……她至少保留了很多年的记忆。”

“没有必要。”章晨泽摇摇头，“只要对方能讲道理，我就不会输。”

“什么？”林檎感觉章晨泽的气势和第一次见到她时不太一样了，仔细想想这些日子以来她问过的问题和做过的事，难道她真的在尽可能地收集情报吗？

“林檎的腿伤得很严重，你们先带她去固定一下腿骨。”章晨泽微笑一下说，“你们千万不要有事，我很喜欢你们，我喜欢世界上所有坚强、善良的女孩儿。剩下的事情都交给我来办就好。”

众人只感觉眼前的章晨泽很像一个温柔可靠的大姐姐。

“那……你自己一定要小心。”云瑶说道，“最近似乎有天级生肖在四处活动，这是以前从来没有出现过的情况，我在过去很多年的时间里都没有见过天级，甚至一度以为这里不存在天级……”

“我明白。”章晨泽点点头，“你给我画张地图，事后我去找你们。”

云瑶从便利店中找到一张废纸，三两下画出了从此处前往地蛇游戏场地的路线，接着又交代了几句，而后带着众人离去了。

章晨泽也看了看眼前正在认真吃着东西的巧云，面露悲伤。

她感觉这姑娘很像曾经的自己，可她来得太晚了，完全帮不上忙。那个叫楚天秋的男人看起来温文尔雅，难道也像马屠户一样把这个女孩儿囚禁在这里吗？

章晨泽的面色逐渐阴冷下来，随后她走出了便利店，向着天堂口的方向进发了。

尾声

天马时刻之前

让他吸收
回响者的眼睛。

END ON THE TENTH DAY

猫总部，监狱。

清晨，诡异的太阳照常升起，将不算明亮的光芒洒向了这座荒废的监狱。监狱一直都是一个充满奇幻色彩的地方，有的人来到这里后改过自新，推出大门奔向新的生活；有的人只是因为偷钱包而来到此处，等到出去的时候却样样精通。

所以，有心向善的人不管做过什么错事，只要有一丝光芒照耀便会挣脱泥潭，奔向头顶的蓝天。而甘愿堕落的人无论头顶有多少阳光，也只会看见脚下万丈的深渊。

钱五安排了两个成员简单收拾出一间休息室，然后叫齐夏、乔家劲、陈俊南、李尚武、郑英雄一起进入其中。

“各位……”钱五带着周六和排行十九的“缄默”走了进来，然后随手关上了门。

可是今天钱五的形象很奇怪，他是个男性侏儒。

“钱……五？”齐夏看着钱五左脸上的疤痕，试探性地问。

“是我。”钱五点点头，“怎么，我这副样子吓到你了吗？”

“我对你的样子一点兴趣都没有。”齐夏说，“快开始吧。”

“可是我今天很有感触。”钱五笑了笑，“已经至少有七年没见到猫的几位元老全都聚在此处……除了……张三，不知道她现在——”

“别废话了，直接入正题。”齐夏说，“以后你们有的是时间叙旧。”

“真苛刻啊，齐夏。”钱五笑了一声，“你好像变了很多，我记得你以前并不是这样……”

“我向来如此。”齐夏冷声说。

钱五点了点头也不再说话，回过头去给十九使了个眼色，十九也心领神会地闭上了双眼。

“缄默”发动了。

看起来好几个人都有话想说，大家纷纷张开了嘴，可是看到其他人有话想说之后又把自己的声音压了下去。

“我就一句话要说，让我先来吧……”钱五率先开口对齐夏说，“本来想借着这次机会跟你说说我们猫的真正目的，但现在大娃来了，我就退居二线，让他将猫的最终计划和盘托出吧。”

齐夏点了点头，回头看向陈俊南，其余的几人也纷纷看向他。

陈俊南跟着点了点头，几秒之后就觉得不太对。

“什……什么玩意儿？猫的最终计划……哪有这种东西？”

“嗯？”

此言一出，在场的几个人都愣了一下，最吃惊的莫过于钱五。

“什……什么？”钱五慢慢从椅子上站了起来，但尴尬的是，他站起来之后比坐着矮了不少，“你怎么会不知道？你难道忘了你给我安排的最终任务吗？”

“小爷我知道什么啊？”陈俊南也有点蒙了，“不就是在这里收集情报、挣取报酬吗？有朝一日齐夏那个老小子回来，也能有个容身之所啊。”

“你……”钱五无奈地叹了口气，然后双手一撑，重新坐回了椅子上，“大娃，你是在逗我吗？你的军队计划呢？”

“军……”陈俊南愣了半天，忽然想到了什么，“啊，你是说……这……”

陈俊南想起他马上就要回到面试房间中的时候，曾经给钱五胡诌了一个军队计划。他建议钱五扩大势力，把猫组建成一支管理有序的军队，所有人要统一制服、统一代号，并且接受军事化管理，每天都接受格斗训练和理论知识。由于这个目标实在太难达成，身为一个残疾人的钱五大概率会放弃，陈俊南此计也算是让他知难而退。

当时的钱五还问过这样做的目的。

陈俊南的回答是：“要是老齐真的回来了，咱们就带着这支军队一起去杀神兽。”

可连他自己也没想到，钱五不仅将他曾经说过的玩笑话一一兑现，甚至连齐夏也回来了。如此看来他岂不是成了最不靠谱的那个？

“等……等会儿……”陈俊南果断摆了摆手，“我……我这些年又仔细想了想，杀神兽这个计划还是——”

“杀神兽？”齐夏冷笑了一下，“太有意思了，说详细点。”

“哎？！”陈俊南一顿，“慢着慢着慢着……老齐，你脑子还在吧？今天是不是起床太快，脑子粘床上了？”

“我想听听你们的计划。”齐夏说，“我从没想过猫的最终目标居然是神兽，我感觉神兽的地位要在生肖之上，但在天龙之下，如果猫的计划这么远大，我愿闻其详。”

陈俊南听后只感觉有点头晕。事情仿佛失控了。

杀神兽……这是多么荒谬的计划啊？为什么这里真有人会相信这种计划？

“通过这些年的调查，我们摸清了两个神兽的能力。”钱五说，“若是你们同意，我们可以从这两个神兽开始下手。”

“说来听听。”齐夏说。

“首先，我认为最易击杀的就是玄武。”钱五说，“原因有以下几个方面。”

钱五条理清晰地给众人列举了击杀玄武的可能性：

第一，玄武一心求死，会给击杀她的人无数次尝试的机会。

第二，玄武极易遇到，最简单的方法便是害人谋道将其引出。

第三，玄武的能力已经摸清，她有着很大的局限性。

“等等……”齐夏愣了一下，“玄武的能力？”

他满脑子都是自己的器官被玄武摘掉时的记忆，这种恐怖的能力居然有其局限性？

“没错。”钱五点点头，“玄武的能力恐怕只有三种：其一为‘跃迁’，她可以随时出现在任何地方；其二为‘探囊’，玄武可以拿取任何自己想要拿取的东西；其三为‘离析’，玄武只需挥手，就可以将无生命的物体瓦解……”

听完这段话，现场的几个人默默瞪圆了眼睛。

齐夏更是震惊到难以言表：“你在跟我开什么玩笑？”

“怎么？”

“这……这些东西……不都是回响吗？！”齐夏有些难以置信地说，“你是说玄武不仅有回响，还同时拥有三种？！”

“该怎么解释呢？”钱五思索了一下说，“我也花了很多时间来理解这个问题，但仔细想想，有个最简单粗暴的理由，可以直接解释这个现象。”

“什么理由？”

“他们就像神明。”钱五说，“你应该听过一种说法，我们每个人的回响都是一种神力，虽然这种神力和我们想象中的不同，但他确实是普通人类所不具备的能力。”

“所以你是说……”齐夏慢慢抬起了头，“这些神兽本来就不是人类……他们是神？所以他们天生就具备这些能力？”

钱五听后苦笑着点点头：“齐夏……你觉得合理吗？”

这怎么可能合理？一群所谓的神，把普通人囚禁在一个如此令人绝望的地方反复折磨……可是齐夏已经见过三个神兽，他们哪里还像人？他们不论是外貌还是能力，都早就脱离了人的范畴。更何况他们每个人都如此疯癫，如果是靠潜意识来发动那恐怖的力量，他们几乎可以百分之百成功。

仔细想想，玄武的手段确实很像“探囊”，她只需要伸手一握，手中就会出现她想要的东西。

但这是一件细思极恐的事情，到底是多么疯癫的人，才能相信自己一定能拿到对方身上的器官？看来不同的回响在不同的人身上可以发挥出完全不同的效果。

只可惜人毕竟是人，短时间内根本无法疯癫到神兽的程度。可到底为什么李警官会和神兽拥有同样的回响呢？

李警官低下头看着自己的手。同样都是“探囊”……那个叫玄武的神兽居然可以拿到自己想要的任何东西？

“我想问问那个‘跃迁’……”齐夏说，“拥有这个回响的人你们认识吗？”

“若我没记错……”钱五说，“那人叫金元勋。”

“金元勋……”齐夏点点头，“那个看起来像是打手一样的少年，他就是‘跃迁’？”

“是的。”钱五说，“这是个非常实用的能力，只要信念足够强大，便可以出现在自己想象中的任何地方。但是那个叫金元勋的少年明显初窥门径，他只能跃迁到目之所及的地方。”

若是钱五不说，齐夏甚至都没意识到，无论是朱雀、玄武还是白虎，似乎都有这个叫“跃迁”的能力，他们总会忽然消失又忽然出现。

原来这只是回响吗？

从这个角度来思考，齐夏忽然感觉自己距离这些神兽很近，如果同样都是回响者，那他不认为自己跟那些神兽有着天壤之别。

“至于‘离析’……”齐夏说，“陈俊南昨天说过，这是我们房间赵医生的回响。”

“不错。”钱五点点头，“跟赵海博一样，玄武可以对物体进行破坏，只不过玄武破坏的规模异常庞大，就算是这栋监狱，只要她想，都能一瞬间变成碎石和沙子。”

齐夏听后微微摸了摸下巴，然后问：“如果把玄武视作一个拥有三个回响的参与者，听起来还不算可怕，但我感觉实际情况比这复杂得多吧？”

“哦？”钱五扬了下眉头。

“我曾经用一把刀子插入了玄武的脑袋。”齐夏说，“但是手感非常奇怪……我好像把刀子插入了稻草里。”

“什么？”现场的众人全都愣住了。

陈俊南更是吓得张大了嘴巴：“不是……你小子很离谱啊，你已经试过刺杀神兽了？”

“试过？”齐夏摇摇头，“我何止是试过，我在她身上扎了无数刀，可是每一刀都不流血，我扎了她的眼睛、脖子、胸口、腹部，可是没有一处是要害，这种东西我们要怎么杀？”

齐夏的面色渐渐凝重起来，那一夜的景象历历在目：“她力大无穷，而且根本没有痛觉……她会不会还有地级生肖的身体素质，外加‘忘忧’或是‘不死’这种看不出来的能力？”

钱五听后也默默皱起了眉头：“说实话……我们的刺杀神兽计划一直都处于理论阶段，毕竟我们猫的生存法则就是隐藏自己的目的，若是动手则必须保证百分之百成功，否则所有的成员都有可能在回响之前被肃清，毕竟谁也说不准刺杀神兽的后果是什么。”

齐夏此时抬起头看着钱五，开口问：“我想问个问题。”

“你说。”

“假如你们真的要刺杀玄武，会选择如何动手？”

钱五听后深吸一口气，说：“运气好的话，我一人足矣，运气不好的话，需要所有猫的人来辅助我，只要让我碰触到玄武，我就有机会让她死。”

“什么？”听到这句话，齐夏感觉杀死神兽对于钱五来说似乎并不是什么难事，“你的‘双生花’到底是什么？”

“双生花，一花绽，双花放，一花枯，双花死。”钱五说道，“在我触碰到玄武之后，一定时间内我会和她共生死，换句话说到时候只要杀死我，玄武就会死。”

“就这么简单？”齐夏有些不可置信地看向钱五。

如果钱五的能力如此特殊，那么理论上他可以带走终焉之地的所有人，无论是天级生肖还是神兽，只要以命换命即可。毕竟钱五是可以复活的，可是生肖和神兽不行。

这个三个字的回响看起来简直是专门用来对付生肖和神兽的。

“所以你们决定带着猫一起闯一闯吗？”钱五一脸认真地看向

齐夏，“所有的猫都只听队长的号令，只要一声令下，我们便可以赴汤蹈火。”

“不必着急。”齐夏冷眼看向钱五，思索了几秒后说，“杀死神兽的方法我已经完全明白了，可现在还有一件事需要搞清楚。”

“什么？”

“假如说我们真的杀死了玄武……”齐夏说，“你有没有考虑过后果是什么？”

“后果？”钱五听后神色暗淡了下来，“后果无所谓，我们猫……只会服从命令……不过问缘由也不考虑以后……”

“撒谎。”齐夏打断他，“据我所听说的情况，玄武管理的是害人夺道和生肖赌命，一旦她不在了，整个终焉之地的公平性就会完全崩掉。”

钱五的面色依然不太好看。齐夏猜他早就考虑过这个问题了。

“所以你真的想杀玄武吗？”齐夏略带怀疑地看着钱五，“一旦她死了，所有的参与者就可以为了一颗道而随意杀戮，而生肖赌命也不再有裁判，到时候我们怎么办？就一直靠杀戮逃出这里吗？”

“也……不是不可以……”钱五说。

“这只是第一种情况。”齐夏说，“如果有第二种情况怎么办？”

钱五抬起头来看着他：“第二种情况？”

“如果神兽也像生肖一样，可以随意替换呢？会不会我们杀了这个玄武，第二天又出现一个新的玄武？”

“这……”

“现在我们的情报太少了。”齐夏摇了摇头，“在这个地方想要执行这么大的计划……只靠我们是不够的。”

“可是除了猫你又能指望谁呢？”钱五反问道，“极道？天堂口？虽然回响者越多越好，但实际情况是所有人都心怀鬼胎，整个终焉之地再也没有一支队伍比猫更可靠了。”

“有的。”齐夏点头说，“理论上有一支队伍可以比得过千军万马，他们虽然心怀鬼胎，可有着共同的目标，只是现在还不知道该如何将他们聚集起来。”

“哪有这支队伍？！”钱五有些不理解，“如果真有这么强大的队伍，为什么我会从未听说过？”

“是所有的地级生肖。”齐夏说。

“什么？”

“地级生肖比任何参与者都想逃出去，他们不仅有着逃出去的觉悟，更是为了这个目标一直奋斗至今，这就好比大浪淘沙，他们是终焉之地替我们选拔出来的优秀者，而那些实力不够的生肖早在人级时就被淘汰了。”齐夏思索了一会儿又看向钱五，“只要这支队伍愿意帮忙……我们便可以尝试瓦解整个终焉之地。”

“这会不会太大胆了？”钱五看向齐夏的双眼，只感觉在看一个疯子，“正如你所说，地级生肖比任何人都惜命，他们花费了这么多的时间晋升地级，又怎么可能帮你毁掉这里？这两条路如果都可以选的话……也分明是成为天级更安全。”

“成为天级……”齐夏微微扬起了嘴角，“他们真的能够成为天级吗？”

在场的几人忽然想到了什么——按照齐夏所说，他在马上就要成为天级的时候被打回了原形，重新成为参与者。如果所有的地级都听到并且相信了这件事，那对他们来说无疑是个巨大的打击。

可是双方作为敌对阵营，要怎么才能让那些地级相信一个普通参与者的话？

“我怀疑……”齐夏知道众人的疑惑，当即开口说，“我在生肖里插下了针。”

陈俊南听后点了点头，可忽然发觉不太对：“等会儿，老齐，你在生肖里埋针？你什么成分啊？”

齐夏想到还未跟陈俊南透露过这事，于是三言两语将自己成为生肖的猜测讲了一遍。

一直都不太正经的陈俊南听到这件事后满脸震惊。

“老齐……你当过生肖？”

“只是个合理的推测。”齐夏说，“以我对自己的了解，我不可能做出毫无准备的事……我在想……为什么有些生肖对我印象这么深？我对他们做过什么？”

“你的意思是……”钱五感觉现在的齐夏很像自己第一次见到他时的样子，一个人仅凭一个大脑，居然妄图操控整个终焉之地的走向。

“我会提前给自己留好后手。”齐夏说，“一旦我没有成为天级，我埋下的针就会开始走动，然后再由现在的我想明白这一切……跟之前的自己凭空里应外合。”

好一个“凭空里应外合”。若不是钱五曾经见过齐夏，他绝对会认为眼前的人是个彻头彻尾的疯子。

毕竟这一切全都是猜测啊！就连齐夏成为过生肖也是猜测！

齐夏不仅完全相信自己成为过生肖，更将成为生肖之后的事情在脑海中复盘了出来。他在完全没有记忆的情况下，试图跟曾经的自己合谋一个如此长远的计划。

这难道不疯吗？

这个计划当中只要有任何一环出现了纰漏都会完全崩掉。

“你们不需要这样看着我。”齐夏说，“我没有选择。”

“什么？”

“我只能相信曾经的自己。”齐夏说，“这是一个需要配合的计划，若我不能相信自己，计划现在就已经失败了。”

“可你就那么确定吗？”钱五说，“你确定曾经的你真的给现在的你铺好了路吗？”

齐夏还未说话，陈俊南先开口了：“应该是真的。”

“嗯？”

房间内的众人都扭头看向他。

“老齐一直都是个怪物，我相信他真的铺好了路。”陈俊南低着头，沉思道，“这条路比我们想象中的都还要漫长……”

“什么？”这句话连齐夏也没听明白。

陈俊南转过身，面对着齐夏，一脸认真地说：“老齐，我怀疑你在成为生肖之前，就已经想到了自己会回到这里。”

“什么？”

陈俊南苦笑了一声，说：“还记得吗？你昨天问我为什么要卡住整个房间的人七年……你说我有其他的计划。”

“是。”齐夏点点头，“难道不是吗？”

“老齐，那根本不是小爷我的计划。”陈俊南眼睛闪烁了一下，“而是你的计划啊！”

“什么？”

“小爷我一直在说谎。”陈俊南像是完全想开了，“以前我总是想不通这件事，只能不断地往自己头上揽，可自从听说你做了生肖，我一切都想通了……”

“你的意思是……这件事是我让你做的？”

“没错。”陈俊南点头道，“这件事是你在消失之前单独交代给我的，你和我说：‘陈俊南，若是有一天我跟地级生肖赌命失败了，不管用什么办法，你一定要困住房间里的人，时间越久越好，最好久到所有的生肖全都更新一遍。’”

听到这句话，齐夏伸手摸了摸自己的下巴。

这下事情可有点意思了。计划……不是连起来了吗？

齐夏慢慢地抬起头，仿佛在眼前看见了曾经的自己——他正如现在的自己一样，摸着下巴，双眼看着地面，一言不发地思索着什么。

“仔细想想……你真是做了很多事啊……”齐夏对他说。

余念安、生肖里的针、猫队、被隐藏七年的房间以及……“生生不息”。

“你到底想让我做什么呢？”齐夏皱着眉头看向眼前的幻影，“究竟是多么绝望的处境……才会让你铺设一条如此漫长的路？你发现十天不可能逃脱……甚至连十年都不行？”

“所以……”钱五看向了齐夏，“你接下来到底准备怎么做？是带着我们去击杀玄武，还是想办法去见地级生肖？”

“首先要解决的是生肖的事。”齐夏说道，“我会游走于各个游戏场地，试图将所有的地级联合起来。”

“会那么顺利吗？”

“不会太困难。”齐夏摇摇头，“我埋下的那根针应该会和我一起发挥作用，据我所知，所有的生肖晚上都有可能会见面，那我就负责白天的工作，‘针’负责晚上的工作，这个进度应该会比我想象中的快不少。”

“可你自己也说过，地级生肖全都是人精，他们手上沾满了鲜血，这些人绝不是靠你三言两语就能说服的。”

“是的。”齐夏沉声道，“但你也不要忘了，我们是参与者，我们有我们自己的手段。”

“你的意思是……”

“我来跟他们赌命。”齐夏说，“只要激发羊群效应，一旦有一个人因为拒绝合作而死，剩下的生肖就会避开这条路，当有至少一半的地级生肖加入我们时，这道高墙便会不攻自破。”

“赌命？”

钱五听后慢慢皱起了眉头。

这个方法不是不行，但是太险了。

“你有过和地级赌命的经验吗？”

齐夏想了想，说：“有过半次吧，那次我发动了赌命，但是游戏没有分出胜负。”

“那算你运气好。”钱五说。

“运气吗？”齐夏点点头，“或许吧。”

“你知道赌命失败的后果是什么吧？”

“算是知道。”齐夏点点头，“会被夺走理智。”

“是的，这里的统治者似乎想要给所有自作聪明的人一个惩罚……”钱五惆怅地说，“换句话说……越是那些能够对抗生肖的厉害人物，就越有可能变成原住民。”

“那你有没有想过……这些所谓的厉害人物会输，是因为他们并没有那么强大？”

钱五无奈地叹了口气，说：“齐夏，我虽然相信你有这个能力赌死地级，可你有没有想过……靠威胁来组建的军队有多么不堪一击？”

“哦？”

“你可以威胁他们……天龙同样可以……”钱五的面色越来越难看，“如果和这些不安定分子一起战斗，我很难想象咱们的结局。”

“你多虑了。”齐夏说，“连《孙子兵法》都说‘善用兵者，役不再籍，粮不三载；取用于国，因粮于敌，故军食可足也’。”

“我读书少。”钱五摇摇头，“那是什么意思？”

“意思就是打仗没必要一直使用自己国家的兵马和粮草，这样就算打赢了，也会不断消耗我国的国力，我们可以从敌人那里获得兵马和粮草。”

听到这句话，钱五才感觉自己和眼前的男人的想法确实不在一个层面。

“所以……你已经认为这是打仗了？你准备从敌方拉拢兵马？”

“是。”齐夏说，“如果地级生肖真的能够跟天龙开战，那会是一件多么好的事？”

还未等钱五再说什么，一旁的十九忽然皱起了眉头，扭头说：“五哥，六姐来信了，有情况。”

钱五听后点点头，然后回头对众人挥了下手，这一次的“缄默”结束了，众人的谈话也戛然而止。

“怎么了？”

“有大人物来了。”十九说。

“大人物？”钱五听后一脸凝重地点了点头，“天马和天虎来了？”

“好像不是，来的是个男人。”十九说，“但具体不知道是谁……总之不是普通人。”

“我去看看。”钱五说。

“我也去。”齐夏跟了一句。

他刚要站起身，钱五却伸手按住了他的肩膀，霎时间钱五的身形一变，看起来与齐夏无二。

“齐夏……来的可能是天级。”

“我知道，所以我才要去。”齐夏点点头，“我从没跟天接触过，这是个极好的机会。”

钱五的手一直放在齐夏的肩膀上，他总感觉这件事不太对：“可是齐夏……你做过生肖，你不怕被他们认出来吗？”

“我若是能见到天级，也至少是个地级。”齐夏说道，“可是地级的头颅是动物头颅，我不认为天级能够知道我的本来长相。”

“但是每个天级都有自己的能力……你在铤而走险。”钱五说。

“那就让我也去。”乔家劲站起来，伸了个懒腰，“你们整天说的天啊天啊的，我也想看看同样都是人，自己和他的差距到底在哪里。”

齐夏转头看了看乔家劲，又低头思索了一下。

如果神兽的能力是回响，那么天级的能力又是什么？假如他们的能力全部都是回响，那么“破万法”会不会有效？

“好。”齐夏点点头，“那就我和‘拳头’去看看吧，陈俊南你认识的人多，暂时不要露面，以免遇到不必要的麻烦。李警官你们也在这里等着吧，毕竟有些危险，有情况的话还有机会周旋。”

来到监狱门口，钱五看到周六将那个男人挡在了门外。

而那个男人完全没有不满，只是拿着一本书静静地立在原地。听到有人走来，周六将手上的铁棍收起来，然后回头看了看钱五。

钱五冲她微微点头，说：“你先去他房间。”

周六心领神会，伸手拍了拍齐夏和乔家劲的肩膀。

“嗯？”二人都有些摸不着头脑。

“啧，待会儿可能用得上。”周六沉声说了一句，便转身进入了监狱。

来到走廊的窗口旁，周六躲在一旁，低声说：“这是测试，请勿回答，若是听到请看向左后方。”

齐夏和乔家劲同时回头看了一眼周六，周六冲二人点头，便走向了陈俊南的房间。

“哟？周末？”陈俊南笑了一下，“怎么的？”

“啧，我是周六，不是周末。”

“周六就是周末啊。”

“啧，别耍贫嘴了。”周六把陈俊南拉到窗边，一脸严肃地说，“你看看那个人……有印象吗？”

李警官和郑英雄听后也慢慢走到了窗边。只见一个戴着黑框眼镜的男子站在大门旁，虽说看起来有些邋遢，但人还算和善。

“这能不认识吗？”陈俊南皱着眉头说道，“这人不就是天蛇吗？”

“啧！天蛇？”周六一下子瞪大了眼睛。

陈俊南听后看向了她，说：“周末，你知道吗？我此生有三个愿望。”

“啧，什么？”周六没好气地问。

“我一愿世界和平，二愿再无苦命人，至于这第三……”陈俊南叹了口气，“我希望我那个叫周末的朋友，说话的时候能不用‘啧’开头。”

周六听后动了动嘴唇，想要直接说话，结果却发现不用‘啧’真的是没法开口。

“啧！我怎么说话和你有什么关系？！”她伸手狠狠地打了陈俊南一拳，“你能不能说正事？你认识天蛇？”

“嗯。”陈俊南点了点头，“周末，你让那几个人千万不要直视天蛇的双眼，如果怕被怀疑，那就盯着对方的鼻子看。”

“啧，为什么？”

“因为那个狗贼能在对视的时候知道你在想什么。”陈俊南说，“还好小爷聪明，找到了破解之法。”

周六感觉事情有些不妙，钱五大概率认识天蛇，但齐夏和乔家劲脑海中都有着不少秘密，一旦提前被天级发现定然是后患无穷，于是她立刻低头传音过去。

站在钱五身后的二人听到周六的传音后不动声色地转动了视线。

钱五看清眼前人后，默默从胸前的皮衣口袋中掏出了一副老旧的墨镜戴上了。

"呀，你这……"天蛇苦笑了一下，一脸拘谨地说，"'双生花'，你这是做什么呀？咱俩认识这么多年，我第一次来你的地盘，你……你这待客之道……"

"天蛇，你虽是客，但我不能完全相信你。"钱五笑了一下，"你根本控制不好自己的能力，毕竟别人心中的秘密对你的诱惑太大了。"

"哎！"天蛇笑了一下随后点点头，"是啊……是的，虽然很失礼……但我真的控制不住自己啊……"

他说完又看了看钱五身后的齐夏和乔家劲。

"可能有点冒昧了……但这二人是？"

"有必要打听得这么详细吗？"钱五说，"总之是我的朋友，最近在我这里住着，倒是你，我们素无瓜葛，你看起来也不像是来做生意的，有何贵干？"

"我……我其实……"天蛇有些紧张地搓了搓手，"我是想来找个人的……"

"十万。"钱五说，"十万元，我们可以在一个循环内帮你找到任何人，原住民除外。"

"十万？"天蛇微微一顿，随后又赔笑道，"嗐……都多久没听过钱这个东西了……我哪里有钱？"

"那我们很难帮你啊……"钱五故作为难地说。

"你看这样行不行……"天蛇往前走了一步，小声说，"我最近有个新的研究成果……那就是让原住民施放回响……你要是愿意接受的话，我可以用这个成果跟你换。"

钱五听后一顿，思索起了这件事的可行性，很快他就觉得不太妙。

"等会儿……"钱五摇摇头，"原住民的理智几乎都不在了，他们确实能够以极高的概率施放回响，可他们不知道自己在做什么，一切都将随着本能行动，这件事听起来未免太危险了。"

"可是原住民很好骗呀！"天蛇笑了一下，"你不觉得吗？只需要三言两语，我们就可以像哄孩子一样把他们哄骗过来，再用他们的回响达到目的……"

"可他们是人。"钱五说罢便从裤子口袋中掏出一根烟，叼在嘴上点燃了，"我和你唯一的区别，就是不会把人当作工具。"

"人……人怎么不能是工具呢？"天蛇一脸疑惑地说，"不只可以把人当作工具……还可以当作武器、盾牌、研究材料和实验对象……人是这里最不值钱的东西啊！”

“呵……”钱五冷笑一声，向地上吐了口口水，“我不想听你扯，但你可以先说你要找谁。”

“陈俊南啊！”天蛇大叫一声，“我要让这个小子生不如死！”

“哈……”钱五的表情瞬间阴冷了起来，“天蛇，你要在这里找谁我都不管，你愿意用原住民做实验也跟我没关系，可你偏偏踩了我的雷。”

“踩你的……雷？”天蛇完全没听懂。

“居然在我面前说要让大娃生不如死……”钱五一步一步地走向了天蛇，“你可知道猫因为什么而存在？”

在天蛇完全没有反应的时候，钱五抓住了他的手臂。

下一秒，钱五的身形肉眼可见地变化着，最终与天蛇完全统一。

“你……”

钱五还想说点什么，却忽然感觉呼吸有点困难——天蛇这副身体好像有着很严重的问题。

“你这是做什么？”天蛇不解地问，“你复制了我的身体吗？”

钱五刚要说话，却忽然感觉胸口一阵闷痛，他赶忙捂住自己的胸膛，眼前一片漆黑。

“‘双生花’……你没事吧？”天蛇一脸担忧地问，“我身上有不少我自己制作的器官……你只复制了我的肉体怎么能行？你承受不住的啊……”

天蛇说完话后慢慢捂住了自己的胸膛，感觉也有些呼吸困难了。

“你是个什么怪物？”钱五喘着粗气说，“你给自己制作器官……”

“你这‘双生花’到底是……”天蛇默默地低下头，努力保持着呼吸，感觉心跳开始加快，似乎在害怕着什么。

钱五不再说话，当即从腰间掏出一把匕首抵在了自己脖子上：“天蛇……你不走运。”

齐夏和乔家劲都被这突如其来的一幕吓得一顿，虽说知道钱五要杀死天级生肖，可没想到他的出手会如此果断。利刃划破脖子的瞬间，天蛇的脖子上也开了一道小小的口子，可还未等这一刀完全刺下，几人的面前又陡然出现了两个人。

那是一个老太太牵着光屁股的小男孩儿，正是天马和天虎。

见到这二人，钱五手上的动作不由得停了下来。他赶忙回头触碰齐夏，身体也在瞬间变化，不仅看起来与齐夏无二，脖子上的伤痕也消失得无影无踪。

天蛇此时才反应过来，伸手摸了摸脖子，发现自己的脖子上多了一条伤口。

“‘双生花’啊……”天马微笑着往前走了几步，“你们在这儿做什么呢？”

“周六，警戒。”钱五沉声说了一句，随后便抬起头来冷冷地盯着眼前三人。

此时竟有三个天级同时出现在这座监狱的门口，虽说钱五可以执意与他们其中一个同归于尽，但若他死了，接下来该怎么办？

若没有人在此主持大局，猫的队员怎么办？齐夏和他的同伴又怎么办？

这些生肖现在似乎摒弃了规则，他们可以根据自己的需要大开杀戒，若是不小心应对的话，猫极有可能就此解散，这对隐忍了七年的猫来说无疑是最差的结局。

“天马……”钱五呢喃道。

齐夏和乔家劲听到这句话微微一怔，也看向了面前二人。这二人曾经与他们有过一面之缘，只不过那时双方擦肩而过，谁都没有说话。

“‘双生花’啊……”天马皮笑肉不笑地说，“已经一天过去了……我拜托你找的人呢？”

钱五的眼神微微一冷，他一时之间想不出任何的对策，这一次的循环中天级生肖大量出动，他们甚至来和猫做生意，估计换谁都不知该怎么应对。

“时间太短了。”钱五回道，“我还需要几天的时间，如果找不到那个人的话，我愿意提头来见。”

齐夏不动声色地瞄了钱五一眼——这句话既是说给天马听的又是说给他听的，看来钱五是决定不把他交给对方了。钱五所有的念想都在猫里，如今他又带着陈俊南、乔家劲和李警官前来加入，对钱五来说已经没有跟生肖合作的理由了。

“几天？”天马微微一笑，“‘双生花’……你当我傻吗？”

“怎么？难道你给我布置任务，我不需要时间完成吗？”

“要是再过上几天……你提头来见有什么意义？”天马瞪着一

双苍老的眼睛说，“到时候你队伍里的所有人都获得了回响，那你们死不死又有什么区别？”

“那你想怎么样？”

“明天是最后期限。”天马说，“明天早上我依然会在这里等你，若到时你交不出那人，我便发动天马时刻，让你们的组织彻底瓦解。”

钱五慢慢皱起了眉头：“明天？”

“我给足你面子了，‘双生花’，要知道你现在在跟天级谈条件。”天马慢慢地转过头，看向了天蛇，说：“蛇哥，你也是来这里找那个强大的回响吗？”

天蛇有些局促地搓了搓手：“强大的……回响？那是……啊？”

“你……”天马的脸上慢慢浮起了一丝戏谑神色，“不愧是天龙面前的头号红人啊……连任务都搞忘了，他居然不生气吗？”

“啊对……是的……我们有任务的……”天蛇尴尬地转过头对钱五说，“能不能拜托你帮我找一个强大的回响？如果找不到的话天龙会生气的……”

钱五的面色冰冷到了极点。

“那就明天早上。”钱五说，“明天早上若我不能交出那人，便心甘情愿地接受天马时刻。”

“这可是你说的。”天马微微一笑，拉起了天虎的手。

“奶奶，我不能吞噬他吗？”

“乖，他味道不好。”天马伸出另一只手摸了摸天虎的头，“他在跟奶奶耍心机，所以肉很酸。”

“啊？是吗？”天虎眨了眨眼睛。

看着这二人瞬间在眼前消失，钱五面色阴沉地又看向了天蛇。

“喂，你怎么说？”

“啊……什么？”天蛇一愣，“我？”

“我和天马有了约定，你要不要也再等一天？”钱五说，“明天过后我再和你商讨那个陈俊南的事。”

天蛇听后仔细地盯着钱五的双眼，只可惜钱五戴着一副漆黑的墨镜，看不透他在想什么。

“天马说你在耍心机……我不知道该不该相信你。”

“你……”钱五抿了抿嘴唇，他非常想杀死眼前这个人，可如果自己死了，猫的所有人定然逃不脱天马时刻。

齐夏看到钱五为难，擅自开口说："你不相信'双生花'没关系，那你相信天马吗？"

"什么？"天蛇微微一愣，扭头看向齐夏，却发现从这个人的眼神中读不出任何的东西。

"看起来那个天马对你很不满……"齐夏说，"那有没有可能……刚才那句话是故意说给你听的？"

"你是说……"天蛇的神情慌乱了一下，随后他皱起了眉头，"那个老太婆居然敢诈我？"

看到他的神情，齐夏心中暗松了一口气。

就算是天级，也同样有其弱点。他们和参与者的差别并不大。

见到这几个天级之前，齐夏最担心的情况便是这些人团结一心，那自己将拿这支强大的钢铁队伍毫无办法。可现在看起来每个天级都有自己独立的思想，且关系并不和睦。

这简直是天大的好消息。

"可我怎么觉得……"天蛇慢慢皱起了眉头，"你说的这句话这么耳熟呢？好像……好像有谁对我说过……"

他慢慢地靠近了齐夏，厚重眼镜底下的狡黠双眼不断地寻找着齐夏瞳孔的方向。

"你的城府很深……"天蛇喃喃道，"我们……见过吗？"

"我们……"齐夏深吸了一口气，目光和天蛇的瞳孔猛烈地对在了一起，"应该……没见过吧？"

瞳孔相撞的一瞬间，带给天蛇的信息实在太过庞杂，如同一枚炸弹炸在了他的脑海中，让他瞬间闭上了眼睛。

"什么……什么东西？"天蛇皱着眉头后退了两步，慢慢捂住了双眼，"好杂乱的思绪……你到底在思考多少事情？"

"我只是个普通的参与者……"齐夏深呼吸了一口气，挪开了自己的视线，重新盯着天蛇的鼻子说，"我思考的每件事都是让自己活下去，只不过快被这里逼疯了而已。"

"普通的参与者？"天蛇抬起眼睛看着齐夏，这双瞳孔在一瞬间给了他十分庞杂的信息，可那些信息如同飘落在空中的细线，慌乱之中的他连一根都没有抓到，"我……我不相信一个普通的参与者会有这种思维……"

"那说不定……我比别人多看了点书？"齐夏说。

"多看了书？"这句话似乎点燃了天蛇奇怪的胜负欲，"你很博学吗？”

“那要看跟谁比。”齐夏回道。

“跟我呢？”

“我不好说。”齐夏摇摇头，“仅靠猜测，我不能判断你有多少知识储备。”

“那就太简单了……”天蛇笑了一下，“请听题。”

“喂！”钱五往前走了一步，想要伸手触碰天蛇，却被天蛇躲开了，“你凭什么给我的人出题？经过我的允许了吗？”

“嘿……”天蛇笑了一下，“只是以文会友，以文会友啊！”

“听题？”齐夏也感觉有点意思，“你要问什么题？”

天蛇绕过了钱五，慢慢看向了齐夏：“请问竹子原理是什么？”

听到这个问题，齐夏慢慢扬起了嘴角。这就是最爱问答的蛇吗？

“你要和我赌什么？”齐夏问。

“什么？”

这一次轮到齐夏步步逼近了：“你发动的问答看起来很像是游戏，既然是游戏，不如我们好好赌一场，我若是答出来了，你准备付出什么代价？”

“代价？”

短短的一句话让天蛇当即皱起了眉头。

这个男人似乎跟别人不太一样。

以往自己每次提出问题时，所有的参与者都是在慌乱之中寻找答案，可他居然第一时间想要赌注？

“你想赌什么？”天蛇试探性地问。

“我若回答上来了，你死，怎么样？”齐夏说。

天蛇听后慢慢露出了笑容：“嘿嘿……你在想什么？这可不是天蛇时刻，只是我出于招聘层面的小小考验……也是天龙赋予我的特殊权利……你以为我会这么容易就发动游戏吗？”

“那有什么意思？”齐夏又说，“这种简单的问题我回答上来了对我有什么好处？”

“也就是说你很博学……”天蛇笑道，“要不要来当我的助理？我们可以掌握整个终焉之地最前沿的科技……”

“没兴趣。”齐夏回答，“这样吧，我若能答出来，你之前说的那个……让原住民发动回响的方法就告诉我，怎么样？”

“唑……”天蛇听后转了转眼珠子，伸手摸着自己的下巴，思索了一会儿说，“那也太便宜你了，三个问题吧，若是三个问题你都能答上来，我便和你分享那个方法。”

齐夏听后微笑一下：“那我可要先说好……你提的问题，必须有答案。”

“你放心……我干不出耍赖的事情……”

“那就好。”

听到齐夏这三个字出口，天蛇感觉自己似乎有些轻敌了，但这世上爱骗人的人很多，他说不定是在虚张声势。

“那三个问题你要是答不出来……”

“我死。”齐夏斩钉截铁地说。

天蛇听后面无表情地点了点头。

齐夏思索一秒，回答道：“竹子定律是说，竹子用了四年时间成长了三厘米。但从第五年开始，每天以三十厘米的速度快速生长，六周时间内，竹子可以疯狂成长到十五米。这是因为在前四年里，竹子的根已经在土壤里延伸了数百平方米，这是鼓励人们厚积薄发的常用定律。”

“你……”天蛇听后想说什么，但还是沉了口气，说道，“第二题，请听题。”

“请。”

“奥格尔维法则是什么？”

“在一个团队中若是拉拢的每个人都比自己强，那么这支队伍将所向披靡。”齐夏不假思索地脱口而出，“这就是奥格尔维法则。”

连续两个问题被齐夏破解，天蛇的表情明显变了。他比别人多活了这么久，好不容易从书上学来的知识竟然被一秒钟破解，这是他行走在终焉之地以来从未见到过的情况。

“问第三个。”齐夏用命令般的语气说，“胜负马上就要定下了，不要浪费时间。”

“我……”天蛇慢慢皱起了眉头，虽说他很喜欢博学的人，但他更喜欢赢。

他在终焉之地见过很多人，可没有一个人像眼前的男人一样博学。在他头脑一片混乱时，脑海中慢慢浮现出了章晨泽的身影。

同样都是三个问题……那个女人却在最后关头赢了自己？

“是啊……我也不能墨守成规……”天蛇慢慢露出了笑容，“这个问题……会让你死得明明白白。”

"你说。"

"我……尚在现实世界的时候……每天上班之前都会去楼下的早餐摊吃我最爱的早餐，无论什么季节我都爱去吃……因为对我来说那真的很方便……请问我吃的是什么？"

齐夏听到这个问题，慢慢露出了一丝鄙视的表情。

"天蛇……你让我看不起你。"齐夏说，"拿出这种问题来，能够证明你比我聪明吗？"

"嘿嘿……"天蛇咧开嘴笑了一下，"我今天明白了一个道理……只要我比你知道得多，那就证明我比你强。"

"真的是无聊至极的问题。"齐夏冷眼看向了天蛇，"你确定要把这个问题作为我们的决战吗？"

"你不知道……对不对？"天蛇看起来格外开心，"你完全没有我博学……对不对？"

"天蛇……"齐夏像看傻子一样地看着他，最终叹了口气缓缓地开口说，"听口音你不像南方人，也就是说饮食习惯和我差不多……至于早餐摊，卖的东西无非三五样，你作为成年男性，榨菜和炸糕吃不饱。如果答案是一样物品的话显然不合理，而鸡蛋会弄脏手，对你来说又不够方便，所以你能吃的东西无非就是油条、豆腐脑、粥，这种东西。"

天蛇听后微微咽了下口水，说："你……正在推断答案？"

"是啊。"齐夏点点头，"你问出这么愚蠢的问题，我只能用最愚蠢的方法回答你。"

"就算如此……你依然要挑出准确答案。"天蛇皮笑肉不笑地扬了下嘴角，"如果你说不出来，我依然会让你死。"

两人沉默了几秒，钱五和乔家劲都有些紧张地看向齐夏。

"是油条。"齐夏说道，"你最爱在楼下早餐摊吃的东西就是油条。"

"你……"天蛇慢慢抿起了嘴唇，一句话也说不出来。

"因为你每天都会去，考虑到夏天喝粥和豆腐脑会过于热，并不方便。"齐夏顿了顿又说，"而且你头发蓬乱，衬衣上全都是褶皱，说明你平日里是一个不修边幅的人，连收拾自己的时间都没有，更不可能耐心地等一碗热粥凉下来。我可以再大胆地推测一下，你每天出门都很慌乱，有时甚至是买完早餐直接拿着这个东西走在路上吃。"

“你的眼镜片很厚，冬天吃豆腐脑和粥会在眼镜片上产生雾气，对你来说依然是一件麻烦事。”齐夏微笑一下，“一个连头都不梳的人，怎么会愿意擦眼镜？所以我猜……答案是油条。”

天蛇始终盯着齐夏的双眼，虽然从这双瞳孔中没有看出任何东西，但他始终觉得这个男人有点熟悉。他曾经也被这样一双眼睛看透过。

“你……答对了。”天蛇表情复杂地看着齐夏说，“我输了。”

“那你答应给我们的东西呢？”齐夏问。

天蛇的表情阴晴不定，思考了好久他才伸手从上衣的口袋里摸出一张皱皱巴巴的纸。他将纸慢慢地递到齐夏面前，齐夏却没有伸手去接。

“这就是那个方子……”天蛇说，“上面记载了如何让原住民发动回响。”

天蛇看到齐夏仍然没有接过纸，面子有些挂不住了。

“你怎么这么失礼？你到底要不要？”

“我有些好奇……”齐夏说，“我翻开你这张脏兮兮的纸，里面记载的东西就是你保密的、你最看重的、所谓的终焉最前沿科技？”

“就是这样。”

“那你为什么如此随意地带在身上呢？”齐夏冷声说，“如果它用这么一张小小的纸片就可以记载，你又为什么不直接开口告诉我呢？”

看着齐夏如此咄咄逼人，身旁的乔家劲和钱五都为他捏一把汗，眼前的人就算露出再大的破绽也毕竟是天级。

“首先，我是不会骗人的。”天蛇说道，“我最恨骗子，所以我只会说真话，我之所以将这张纸一直带在身上，是因为大约一年以前，曾经有个参与者也和我进行了交易，但他只看了一眼纸上的字就还给了我。我不想随意丢掉，也不舍得撕毁，所以一直带着。”

“哦？”齐夏慢慢眯起了眼睛。

“其次，赢我的人只是你，所以这个信息只能分享给你，正因如此我才不会开口说出来。”天蛇一直举着手中的纸，看表情并没有说谎。

齐夏点点头，伸手接过了纸，回头便递给了钱五。这个小小的动作让天蛇的表情格外阴冷。钱五没想到齐夏会这么做，稍微愣了一下还是把纸接过来放在了口袋中。

“我能问问那个人的名字吗？”齐夏又问。

“谁？”

“一年前和你做交易的那个参与者。”

天蛇摇了摇头：“我虽然不说谎，但也可以选择不说。既然我和他有交易，那就说明我们双方都有对方的把柄，我没有理由在这里告诉你他的名字。”

“好。”齐夏点点头，“那我没有任何问题了。”

天蛇听后叹了口气，又看向钱五：“‘双生花’，我也给你一天时间。明天不管你有没有死在天马时刻里，我都会来找你的。”

“不送。”钱五说。

天蛇一脸幽怨地看了看他，刚想转头离开，却忽然听到了连续不断的心声。

“好想打一拳试试。”

天蛇以为自己听错了，慢慢地停下脚步仔细听了听，却发现这个声音格外清晰，这阵心声很纯粹。

“好想在他的下巴上来一拳。”

他转过身，看了看眼前的三人，耳畔又传来了清晰无比的声音。

“好想试试他能不能扛住我这一拳。”

“该用摆拳还是直拳？”

天蛇转头看向了心声的方向，那里正站着一个发呆走神的花臂男人。

“你说什么？”天蛇问。

“啊？”乔家劲一愣，茫然地左右看了一下，“我？”

“你要打我？”天蛇慢慢皱起了眉头，“你好大的胆子……”

齐夏听后立刻站在了二人身前，说：“喂，什么意思？”

“我听到了……”天蛇透过齐夏指了指乔家劲，“那个人心里的声音我听到了……他想打我！”

乔家劲听后赶忙移开了自己的视线：“啊？你……你这都知？”

“心里的声音？”齐夏感觉有些不太妙，如果天蛇真的能够听到每个人的心声，那将是有史以来遇到的最强对手了。

天蛇一把将齐夏推开，来到了乔家劲面前，而乔家劲只能呆呆地望着对方的鼻子。

“喂……我对你们以礼相待，你却想打我？”

“是啊。”乔家劲盯着天蛇的鼻子点了点头，“我真的蛮想打你一拳试试看。”

“不得不说你很诚实……”天蛇的表情越发阴沉，“但你为什么要打我？”

“拜托……”乔家劲耸了耸肩，“你是生肖啊，而我是参与者，咱俩不是一队的，我不该打你吗？”

天蛇眨了眨眼，感觉思路有点乱。

“等一下……我是天级生肖啊。”

“所以我也没打啊。”

“你……”天蛇一怔，感觉对方说的话有几分道理，可总感觉哪里怪怪的，“不……不对吧？那你就这么正大光明地想？”

“光明正大地想？”乔家劲一脸无辜地摇了摇头，“我说出来也没关系啊，这又不丢人。我真的很想扁你一顿，但估计我打不过，所以就是想想而已。”

简短的几句对话让天蛇直接愣在了原地。

齐夏感觉自己的担心有点多虑了，就像自己和乔家劲聊天时会莫名其妙地卡壳一样，乔家劲特殊的逻辑应该非常克制天蛇。

“你……你……”天蛇指着乔家劲说，“你不准想。”

“为什么？”

“因为你的心声会让我听到。”

“我丢，那你别听啊。”乔家劲也指着天蛇说，“你管好自己呀，管我做咩啊？”

“我……我不听？”天蛇挠了挠头，“可……可我是天级啊！”

“所以我想打你啊！”乔家劲强调道，“不就是这个逻辑关系吗？怎么又问一遍？”

“我……”

气氛忽然之间变得沉寂。

天蛇的脸色已经变得非常难看，他明显生了很大的气。

“好……好……”他用力地点点头，“我记住你了……明天你最好别让我看到你。”

“那你明天可以不来。”乔家劲笑了一下。

天蛇张了张嘴，似乎还有话想说，但最终还是甩了甩手扭头走了。

看到他慢慢走远，钱五“哈哈哈哈”大笑几声。

“二娃，真有你的……”钱五回头说道，“在这里估计就你能用嘴皮子把那人戗得哑口无言了。”

齐夏此时叹了口气，说：“钱五，你这么乐观吗？”

“怎么？”

“天马时刻是什么？”齐夏说道，“明天我们该怎么办？”

“进去说吧。”钱五冲二人示意了一下，然后确定四下无人之后，回头将监狱的门关了起来。

几个人再度来到了陈俊南和李警官的房间。

十九在此等候多时，他看起来面色有些苍白，整个人已经进入恍惚状态了。

“十九，再给我三分钟。”钱五说。

十九点了点头，随后慢慢闭上了双眼。

陈俊南刚要说话，钱五伸手拦住了他：“大娃，时间有限，让我先说。”

“嗯。”

“所谓天马时刻即是天马游戏，游戏范围是整个终焉之地。”钱五一脸认真地说，“我和大娃经历过一次，明天才第五天，若是天马时刻降临，终焉之地估计有一半的人要被洗牌。”

“是什么游戏？”齐夏问。

“生命竞速。”钱五盯着齐夏的眼睛说，“有东西在追我们，被追到就死。”

齐夏从未想过所谓的天马游戏竟然会如此简单粗暴。

“你说过游戏范围是整个终焉之地……”齐夏感觉这个游戏有点不可思议，“会有这么多东西来追我们吗？现在虽然是第四天，但回响者的数量也已经很多了，我们不能联合起来反抗吗？”

陈俊南听后摇了摇头：“反抗是不可能反抗的，老齐，追我们的东西是像头发丝一样的细线，我们根本不知道怎么对付这根线，打也打不了，扯也扯不断，所以只能跑。”

齐夏扭头看了看陈俊南：“每个人……一根线？”

“是的。”陈俊南点点头，“如果那个老太婆足够狠心，我们可能要跑整整一天。”

“一天？”

齐夏听后感觉问题有点棘手，不必说一天，没有接受过系统训练的普通人连续奔跑一个小时都会体力透支。

如果每个人都被一根线追逐，那就说明众人奔跑的方向也有可能不同，难以互相照应。

“应该没有那么久……”钱五说，“大娃，上一次天马时刻应该只有一个多小时。”

陈俊南点点头：“是啊，但咱们一共就经历了一次天马时刻，你怎么会知道她每次都是一个小时？万一下次忽然延长了呢？”

“我经历过两次。”钱五叹了口气说道，“两次都是一个多小时。”

“两次？”陈俊南眉头一皱，陡然想起了什么——他和钱五的记忆已经不同步了。

“我们只剩二十四个小时了。”齐夏冷眼看向了钱五，“你信誓旦旦地跟天马说明天交人……是有什么对策吗？”

“是的……”乔家劲也不解地看了看钱五，“一天时间我们能做什么？”

“齐夏，你这眼神似乎觉得我会出卖你。”钱五微笑一下，“如果我要出卖你的话，今天就动手了。”

“因为我想不出合理的对策……”齐夏说，“你争取这二十四小时的意义在哪里？现在最好的方法不是把我交给她吗？以我之命换所有人之命，咱们下一个循环再开始计划。”

“不行。”钱五和陈俊南同时开口说。

“嗯？”

“齐夏。”钱五叫道，“你若是跟他们走了，估计就没有下一个循环了。”

“这样吗？”齐夏微微眯起了眼睛，“他们可以主动将一个人踢出循环？”

钱五点点头：“这事朱雀做得到，天蛇也做得到，他们可以把你整得人不人鬼不鬼，随时可以把你变成原住民。”

齐夏听后也点了点头：“我明白了……既然如此……一天的时间虽说不长，但也勉强够用。”

“什么你就明白了？”陈俊南和乔家劲互相看了一眼。

“若我没猜错……”齐夏盯着钱五说，“你想在今天让猫全员回响，明天一早击杀天马。”

“就是这个意思。”钱五说道，“今天有一整天的时间可以激活他们的回响，就算明天的刺杀失败了，猫也不至于损失惨重。”

“不……不对吧？”乔家劲一愣，“你们是可以回响了，可是骗人仔怎么办？”

“对啊……”陈俊南也发现了问题，“小钱豆，你这虽然保下了猫，可还是保不下老齐啊。”

钱五面色凝重地低下了头。

“钱五做得没错。”齐夏说道，“我的回响很难激发，这已经是最优的计划了。”

“老齐……连你也……”陈俊南瞪着眼睛看向他。

“我也想不出更好的办法了。”齐夏说，“现在最重要的就是分头带领猫的队员去参与地级游戏，若是时机合适，我会直接提出与对方赌命。”

“你……”钱五眨了眨眼，“都已经到了如此紧要的关头，你还想着你的计划吗？”

“是的。天马只是眼前的难题，但我们要解决的远不止她一人，我们还有最终难题。”齐夏说，“这一次时机正好，我和钱五分头行动，可以各带一支小队去参与游戏，在绝境之中让猫全面爆发。”

钱五点点头：“我本想自己完成这个任务的，现在齐夏愿意帮忙的话更好……”

他转过身来，一脸认真地盯着齐夏：“只不过回响有失败的可能，只有我们二人带队依然不保险，我建议大娃和二娃也各带一队，我会把每个人回响的契机告知你们……你们随机应变，自己决定对策。”

“咩？！”

“什么玩意儿？！”

乔家劲和陈俊南同时一愣，表情都有些不自然。

陈俊南清了清嗓子，说：“我说小钱豆……你是不是有点搞错我的身份了？老齐在这里我当个屁的领队啊？你是不是不知道我啥成分啊？”

乔家劲也干笑了一下：“我说……变身佬，你有点高看我了，我只会打架，要不然也不可能跟骗人仔合作了。”

“我了解你们。”钱五说，“如果全都由齐夏带队，我感觉很难让队员们陷入绝境。”

陈俊南听后点了点头，但很快就发现不对：“不是……你小子是不是在这儿败坏我俩名声啊？我俩领队能把人逼入绝境是怎么的？你最好给我重新说一次。”

“事实就是如此。”钱五点点头，一脸认真地看向了陈俊南，“大娃，我会给你一支均衡部队，这些人既有头脑又有身手，但他们是资深的猫，参与游戏的经验很少，将由你来带领他们。”

陈俊南听后想要反驳点什么，但仔细想想这支队伍应该还算不错，于是便点头答应了。

说完，钱五又看向乔家劲：“二娃，我会给你一支文弱部队，这些人有头脑，但是不擅格斗，由你带领他们去参与争斗和体力型游戏，关键时刻你可以让他们帮你出主意，但是想要赢下游戏，你依然需要付出不小的努力。”

“哦……好的。”乔家劲点了点头，“虽说我少了‘大脑’，但听起来你给了我一队‘小脑’……”

“差不多就是这样。”钱五点点头，“至于我自己，将会带领整个队伍中最弱的几人前去参与游戏，这些人交给我应当是最合适的。”

“那我呢？”齐夏皱着眉头说道，“这样看来……你岂不是要给我一整队的莽夫？”

“不。”钱五摇摇头，“猫没有莽夫，但你依然责任重大。”

“哦？”

“我将给你猫中著名的问题成员，这些人性格各异，极难管教，但是各个实力不俗，我希望你不仅用今天的时间让这些人回响，更能让他们见识一下你的人格魅力。毕竟我们很快就要一起行动了，这些人如果不服你的管教，将来会是个麻烦。”

“人格魅力……”齐夏冷笑一声，“我有那种东西吗？”

“有。”钱五确认道，“只是不知能不能让他们看到。”

李警官在一旁听了半天，茫然地开口问：“那我？”

“你跟我走。”钱五说道，“我会在今天激发你的回响。”

听完这句话齐夏表情一沉，若他记得不错，李警官的回响契机是濒死。难道钱五有办法将濒死之人救回来吗？

几个人确立好了最终战术，便让十九撤去了“缄默”。

钱五召集所有人进行了分队，在监狱的广场上确立好了众人的队伍分配后，他便低头写下三张字条，分别是每个人的回响契机，然后交给了除自己之外的三位领队。

乔家劲接过字条看了看自己面前的人，感觉有点头疼，男生三人女生三人，他们虽然看起来眼神很坚毅，但是身材一个比一个瘦弱，这其中还有刚刚一直在发动回响的十九，他看起来已然格外疲劳了。

“让一群聪明人去参与体力型和争斗型的游戏？”乔家劲眨了眨眼，叹着气说，“为什么不找个适合的游戏啊？”

反观陈俊南，却在见到自己的队员之后露出了一脸开心的笑容。他不用看其他的五人，单单一个宋七就是最有力的帮手了，这人不仅头脑和格斗水平在线，甚至还提前获得了回响。

“小宋啊！”陈俊南开心地搂住了宋七的肩膀，“真没想到你能跟我走，这也是一种缘分吧？”

宋七有些拿陈俊南没办法，但仔细想想他曾经是猫队地位最高的人，也只能点点头苦笑道：“我也没想到你是我的队长。”

要说众人当中最难受的莫过于齐夏了。

首先冲着他走来的便是一脸不屑的周六，她的腰间插着一根金属棒球棒。她漫不经心地嚼着口香糖，和齐夏眼神对上的瞬间像是跟齐夏打了个招呼，但更像是翻了个白眼。

齐夏再往她身后一看，来的又是熟人——“忘忧”罗十一。

罗十一暗骂一声：“我来到这里的时候可没人跟我说过还要去参与游戏啊……”

按照乔家劲的描述，这人发动回响和厮杀时格外狠辣，不惜多次以命换命，如果利用得好，应当也是一大助力。

再往后看还有两人——一个差不多一米七五上下的人，齐夏第一眼居然没有分辨出这人的性别，他的脸看起来好像是个男人，但是看身材又像个女人；另一个则是一脸丧气的矮胖男人，他的长相讨喜，但看表情像受了天大的委屈。

“喂！你是队长？”那个难辨雌雄的人问。

“是。”齐夏点点头，“你是？”

“邱十六。”那人说，“当我的队长，你凭什么？”

“啧！”周六叫了一声，“十六，你瞎废什么话？不管对方是人是狗，反正五哥安排了，咱们还能忤逆五哥吗？”

罗十一也在一旁点点头：“是啊，五哥的安排啊，到时候这人把咱们都害死了咱也不能怨五哥啊。”

齐夏微笑着看了看眼前的四人：“有点意思。”

四支队伍分配完毕，钱五又来到了齐夏身边。

“怎么了？”齐夏问。

“这个……”钱五从怀中掏出另一张字条，那正是天蛇的方子，“你不想看看吗？”

齐夏看了看那张字条的尺寸，说：“估计里面也就写了一句话，我感觉真实性有待考究。”

“好歹也看看吧。”钱五将字条递给了齐夏，“毕竟是你靠自己的本事赢来的。”

“一起看。”齐夏说。

“一起？”

“钱五，你对我拿出了诚意，所以我也要展示我的诚意。”齐夏说，“不管这张字条上写的东西是真是假，我都和你分享。”

钱五听后微微顿了一秒，才点点头说：“好。”

听闻此言，齐夏当着钱五的面将这张字条打开，不出所料，上面只有非常简短的一句话——

让他吸收回响者的眼睛。

仔细读了几遍之后，钱五和齐夏纷纷皱起眉头。

过了几秒，钱五低声问：“你觉得……真不真？”

“这……”齐夏挠了挠头，“虽说这句话写得很清楚……但实在是超出我的认知范围了，我不能确定。”

“有空的话我帮你留意一下。”钱五说，“今天过后……我们既有可能获得回响者，又有可能获得回响者的尸体……所以这件事应该很好确认。”

“好。”齐夏点点头，几秒钟之后又补充道，“但我更希望没有尸体。”

随后四支队伍带了少量的物资，分别朝着不同的方向出发了。

齐夏带领着身后的四个问题青年走在宽阔废旧的马路上，漫不经心地伸手拿出了每个人回响契机的字条看了看。

周六，回响契机为离群。

王八，回响契机为受辱。

罗十一，回响契机为挫败。

邱十六，回响契机为暴怒。

“王八……秋石榴……”齐夏无奈地摇了摇头，“钱五，真有你的。”

齐夏将字条又放回口袋中，随后思索了一下：这似乎是他们第一次正经地探求回响的契机，虽说每个人的契机都是简短的两个字，但若实际情况真的这么容易，也不需要众人冒险前去参与地级游戏了。

“你们的能力是什么？”齐夏转头问。

“啧，我的能力你知道了。”周六回答，“至于他们……王八是‘巨化’，罗十一是‘忘忧’，邱十六是‘赤炎’。”

齐夏听后摸了摸下巴，“忘忧”的能力自己大概了解了，另外两个回响似乎都能靠名字推断出一二。

保险起见，齐夏还是开口问：“‘巨化’和‘赤炎’是？”

那个叫作王八的矮胖男人慢慢地抬起头，一脸委屈地说：“我可以让东西变得更加巨大……”

“我能着火。”邱十六说。

“果然啊……”齐夏点点头，看向了王八，“那你‘巨化’的能力有多强？可以变成巨人吗？力量也会相应增强吗？”

“我……”矮胖男人忽然收起了委屈的表情，开口说，“嘿嘿，我整个人巨大化是不行了，但如果只是局部，说不定……”

周六听后用极大的声音说了一句“啧”，然后狠狠地往他面前吐了口口水：“猥琐男……我总有一天要把你杀了。”

“嘿嘿！六姐六姐！”矮胖男人憨笑了一下，随后立刻又露出了委屈的表情，“你别生气嘛……我是说把我的拳头巨大化，帮你们打架呀！”

“啧，你最好是。”周六说完之后翻了个白眼。

“那至于你……”齐夏转头又看向了邱十六，“你的引火有多大的作用？能让物体着火，还是能喷射火焰？”

邱十六听后叹了口气，说：“你真的能当我的队长吗？！我什么时候说过我会引火了？”

“不是吗？”

“我再重申一次，我能着火。”邱十六说道，“我发动回响时，浑身会燃起大火。”

“嗯？”齐夏微微皱了下眉头，感觉自己有点理解不了这个能力，“你……你的火焰是从身上冒出来的？”

“是啊。”邱十六点点头。

“那你能耐高温？”齐夏问。

“不能。”

简短的两个字让齐夏感觉很难接住。

“你没毛病吧？！”邱十六有些生气地说，“我是人啊，我是人我耐什么高温？你被烧的话能抗住吗？”

齐夏皱着眉头看向她：“也就是说——”

“每次发动回响我都会被烧死。”邱十六毫不在意地说，“但这不叫问题吧？过去的这些年来我每一次都被烧死，也差不多习惯了。”

齐夏听后略带茫然地点了点头。

能让自己全身燃起大火的回响……猫居然会拉拢这种人到队伍里？他只要回响了就必然会死，而且会以这个世界上最痛苦的死法死去。这个回响的死亡率连“招灾”也望尘莫及，应当是目前齐夏已知所有回响中最危险的了。

“恕我直言……”齐夏说，“你的回响真的有必要获得吗？”

“什么意思？”邱十六问。

“这一次的本意是锻炼队伍。”齐夏解释道，“可如果你回响了就会死，那就根本没必要参与这一次的游戏。”

“你是不是傻？”邱十六再一次向齐夏投去了狐疑的目光，“我为什么回响了就会死？”

齐夏感觉自己还是没听明白：“你刚才不是说过吗？”

“要注意……”邱十六伸出一根手指跟齐夏声明道，“我刚才说，只要发动了回响我就会死，但我可以选择不发动。”

此时齐夏才终于明白了这个临界点般的含义。

邱十六可以单纯地听到回响的钟声，却不让自身燃烧。

“五哥应该跟你说了，我的回响契机是暴怒……”邱十六叹了口气说，“但我真的很容易生气……所以你的难题不是如何激发我的回响，而是在我听到了钟声之后，如何让我立刻冷静下来。”

“我还得让你冷静下来？”

齐夏感觉自己好像一个保姆，不仅要带着这四个问题队员前去涉险，甚至要考虑他们每一个人的想法。若不是要借用猫的力量，他永远都不会去做这种出力不讨好的事。

“我不冷静就会死。”邱十六重申道，“如果你和五哥的目的是练兵，那我会尽可能控制我的回响，虽然你没资格当我们的领队，但五哥的面子还是要给。”

“道理是这个道理。”齐夏点点头，“但我不会保证百分之百成功，毕竟我的目标只是让你获得回响，就算你获得回响之后当场烧死，我的任务也完成了。”

“呵。”邱十六冷笑一声，但额头上已然青筋暴起，“我早就知道你小子不会这么好心……五哥到底是瞎了哪只眼，让你当我们的领队？”

齐夏听后也面色一冷，缓走两步来到了邱十六面前，冷冷地盯着对方的双眼，轻声说：“你若有意见，现在就可以走。”

“你……”邱十六咬着牙看了看齐夏，只感觉这双眼睛有点可怕，“我为什么要走？”

“你若是不走，就给我放尊重一点。”齐夏说，“惹怒了我，我有无数种方法让你毫无防备地惨死在游戏中。”

邱十六自问在终焉之地已见识过无数危险的场面，可没有一次比这双眼睛更让人感到惧怕。

“你到底是干吗的？”邱十六依然皱着眉头，但语气有些服软。

“我是个害死过无数人的骗子。”齐夏回答道，“跟我耍心机的人都不会有好下场。”

“骗子？”邱十六皱着眉头思索了一下，“那我怎么知道你说的哪句话是真的？”

“我所有的话都有可能是假的。”齐夏说，“但我目前没有让你们去死的理由，所以在游戏中要一切听我安排。我帮你们只是为了给钱五一个交代，不要以为你们对我有多重要。”

“你……”

“嘿嘿嘿嘿！”王八走过来狠狠地拍了一下邱十六的屁股，“十六啊！咱们这一次是战友，要好好合作啊！”

邱十六被王八的动作吓了一大跳，回过神来立刻将他踹倒在地。

“你……”邱十六一脸愤怒地说，“你疯了？！”

“哟……忘了忘了……”王八在地上打了个滚，面色委屈地站起身来，“我差点忘了啊！十六你太爷们儿了，我老是以为你是个男人，抱歉，抱歉啊！嘿嘿！”

邱十六的表情变了，她似乎想要责怪两句，但又没什么理由。

周六听后抡起自己的铁棍，慢慢放在了王八的肩膀上，冷声说：“啧，若你再敢胡来，我让你今天回去的时候一颗牙都不剩。”

“嘿！知道知道！”

齐夏没有理会这几人，反而看了看邱十六——原来她是女人吗？她留着利索干净的短发，脸上棱角分明，皮肤黝黑又略显粗糙，看起来确实更接近男性。

“没事……六姐。”邱十六说道，“再有这种情况我亲自掰断他的手指。”

“嘿嘿……要牵我的小手吗？”王八伸出胖乎乎的手掌，“如果是十六，我现在就可以让你掰。”

“你找死！”

齐夏看着这个矮胖男人，略微感觉有些头疼。

他的回响契机是受辱，可若一个人的脸皮如此之厚，那还有什么方法能让他受辱？估计钱五之所以给他“王八”这个代号，目的也是要从侧面激发他的回响，但没想到他实在是另类，完全不受任何影响。

“别吵了……”齐夏沉声说，“我们的时间很紧张，今天要尽可能地多参与几个游戏。”

几个人渐渐地停止争吵，扭头看向他。

沉默了半天的罗十一此时也往前走了两步：“我说……我们到底要去参与什么游戏？”

齐夏听后看了看远处的街道，伸出手指指了一下道路尽头：“我们顺着这条道路一直走，看到的第一个地级生肖就是我们的目标，如何？”

几个人看了看眼前的道路，他们终日在监狱附近活动，对这里自然是不陌生，往前走去应该会遇到一只鼠。

“啧，躲藏寻找类……也好。”周六点了点头，“齐夏，五哥说你是个很有头脑的人，正好趁这次机会让我们看看吧。”

“所以你们都知道那个游戏吗？”齐夏问。

“我们见过那只鼠，但是没参与过他的游戏。”罗十一说，“你有信心让我们所有人都在那场游戏中活下来吗？”

“没有。”齐夏果断地说，“这种事情你们准备光指望我一个人吗？”

“你不是领队吗？”罗十一戏谑地说。

“哦？”齐夏扭头看向了他，“我虽是领队，但我们毕竟有五个人，你曾经以命换命都没有赢下一场地虎游戏，带着你这种队友，我要如何赢？”

"你……"

罗十一上一次和齐夏接触得不多，满脑子都是那个能解除自己"忘忧"的花臂男人，可现在看来这个叫齐夏的男人同样不好对付——他软硬不吃，极有主见。

"齐夏，是吧？"罗十一说道，"我们之所以对你有这么大的意见，是因为我听说你仅仅保留了两次循环的记忆，可你知道我们保留了多久的记忆吗？"

"知道。"齐夏说。

"我们能组成小队和你一起行动，算是给足了五哥面子了。"罗十一说，"五哥跟我们同生共死数年，绝对不是你一个只经历过两次循环的人能比拟的。不管你到底有多强，你也别指望我能通过一天的时间来对你刮目相看。"

"我没这么想过。"齐夏说，"我只是还钱五一个人情，替他激发你们的回响。"

"那最好了。"罗十一点了点头，"你们的队伍确实很强，但对于我们来说毕竟是外人。"

"是。"齐夏点头道，"你们对我来说也一样是外人。"

气氛有些紧张，随后大家都没了话，纷纷冲着道路深处走去。

到目前为止，可以公开的设定：

郑英雄来自另外一个城市，那个城市没有用来警醒他人的显示屏和巨钟，而他能闻到他人回响的特殊能力，使他成了那个城市的英雄。在那个城市中，人们将回响称之为清香，游戏的道具也不是道，而是叫作玉的东西。那个城市的过往和秘密，暂时还不得而知……

猫队的前身是陈俊南一手组建起来的葫芦兄弟，在钱五的努力下，队伍越来越庞大。乔家劲、甜甜、李尚武等人，都是其中的成员。

楚天秋可以靠吸收其他回响者身体的一部分短暂地获得其他人的回响，林檎等人从云瑶口中得知他患有脑癌，这和齐夏的头痛是否有所联系，目前还不得而知……

《十日终焉·万相》正在加载中，敬请期待……

“想要在这个地方获得所谓的超凡能力，我们便需要把每个人心里的创伤找到、撕碎，反复践踏之后再扔给他们看，这就是契机。我很好奇，这种做法到底是让我们变得更强大了……还是更疯癫了？”